MEIN IST DIE MACHT

W0336151

Dieses Buch ist ein Roman. Handlungen und Personen sind frei erfunden. Ähnlichkeiten mit lebenden oder toten Personen sind nicht gewollt und rein zufällig.

LEON SACHS

MEIN IST DIE MACHT

THRILLER

emons:

Bibliografische Information der Deutschen Nationalbibliothek
Die Deutsche Nationalbibliothek verzeichnet diese Publikation in der Deutschen Nationalbibliografie; detaillierte bibliografische Daten sind im Internet über http://dnb.d-nb.de abrufbar.

FSC
www.fsc.org
MIX
Papier aus verantwortungsvollen Quellen
FSC® C083411

© Emons Verlag GmbH
Alle Rechte vorbehalten
Umschlagmotiv: iStockphoto.com/Carther
Umschlaggestaltung: Nina Schäfer
Gestaltung Innenteil: César Satz & Grafik GmbH, Köln
Lektorat: Lothar Strüh
Druck und Bindung: CPI – Clausen & Bosse, Leck
Printed in Germany 2018
ISBN 978-3-7408-0433-6
Thriller
Originalausgabe

Unser Newsletter informiert Sie
regelmäßig über Neues von emons:
Kostenlos bestellen unter
www.emons-verlag.de

Dieser Roman wurde vermittelt durch die
Literaturagentur Lesen&Hören, Anna Mechler, Berlin.

Für Frania und Utz
Für Patrick
Für uns

Prolog

20. November, Köln

Am Anfang war der Verrat, dachte Boris Ulbricht.

Der dichte Nebel schien die Geräusche ihrer schnellen Schritte zu verschlucken. Die Atemwölkchen, die ihren Mündern entwichen, vermengten sich augenblicklich mit der kalten, schweren Luft, die in diesen Tagen über Köln lag. Ulbricht blickte sich um. Nur einen Moment, um sicherzugehen, dass niemand sie beobachtete. Im gelben Licht der Laternen war von der Venloer Straße kaum etwas zu erkennen. Die Scheinwerfer eines Autos durchschnitten die weiße Nebelwand. Langsam glitt der Wagen an ihnen vorbei. Sekunden später waren die roten Rücklichter nicht mehr als ein fernes Flackern im Dunkel der Nacht. Zufrieden stellte Ulbricht fest, dass sich niemand für sie zu interessieren schien. Und sollte doch jemand zu dieser unchristlichen Zeit aus einem der Fenster der umliegenden Häuser in die Nacht blicken, würde er nur zwei dunkle Schemen erkennen, die um drei Uhr früh durch Köln-Ehrenfeld liefen. Der Nebel war ihr Freund.

Ulbricht sah wieder nach vorne. Auf den Rücken des Mannes, hinter dem er herlief. Er spürte, wie die Trageriemen seines Rucksacks in seine Schultern schnitten. Das Gewicht war brutal. Dazu trug er zwei kleinere Taschen links und rechts mit seinen behandschuhten Händen.

Dieser Typ hätte ihm wenigstens diese Last abnehmen können, ärgerte sich Ulbricht.

»Ich will nichts damit zu tun haben«, hatte der Mann gesagt, als Ulbricht ihm die kleinen Taschen in die Hand hatte drücken wollen. »Ich zeige Ihnen nur den Weg.«

Ulbricht hatte nur verächtlich gelacht.

Was für ein prinzipienloses Pack, dachte er. Sie waren bereit, ihre eigenen Leute zu verraten. Aber wenn einer wie er ihre Hilfe brauchte, taten sie nur das Nötigste. Doch er musste irgendwie in dieses Gebäude gelangen. Und der Mann, der nun vor ihm lief, war sein Schlüssel.

In diesem Moment gab sein Begleiter ihm ein Zeichen. Sie blieben stehen. Ulbricht sah zu, wie sein Begleiter an einem Schutzzaun herumfummelte und Sekunden später einen Spalt in dem Metallgestell öffnete. Das Loch war gerade groß genug, damit er hindurchschlüpfen konnte. Ulbricht folgte ihm, blieb aber mit einer Schlaufe seines Rucksacks am Zaun hängen. Er unterdrückte einen Fluch, befreite sich und betrat das Gelände, das er in den Monaten zuvor bis in den letzten Winkel erkundet hatte.

Ulbrichts Blick glitt am südlichen Minarett der Kölner Zentralmoschee hinauf. Die zwei goldenen Ringe des ausgehöhlten Gebetsturmes, die das Podest des Muezzins symbolisierten, waren gerade noch zu erkennen. Die fünfundfünfzig Meter hohe Spitze dagegen verschwand im Nebel.

»Hier entlang!«, flüsterte der Gehilfe.

Ulbricht wandte sich dem Mann zu und sah ihm in die Augen. Sein Begleiter, sein Türöffner, war ein junger Mann von vielleicht dreißig Jahren. Er wollte Mohammed genannt werden. Ulbricht war sich sicher, dass dies nicht sein richtiger Name war. Der spielte auch keine Rolle. Sie würden sich nach heute Nacht nie wiedersehen. Mohammed hatte eine Wollmütze tief in die Stirn gezogen. Sein Feuermal, das eine Hälfte seines Gesichts bedeckte, konnte er damit aber nicht verbergen. Die Lippen des Mannes schienen ansatzlos in die Wangen überzugehen. Im diffusen Licht der Laternen sah er angsteinflößend aus.

Ulbricht riss sich von Mohammeds Gesicht los und sah die Betonstufen hinauf, die auf den Vorplatz der Moschee führten. Er war schon viele Male hier gewesen. Auch nachts. Aber nie hatte er die Stufen nach dem Nachtgebet erklimmen können, wenn das Gotteshaus seine Pforten bis zum nächsten Morgen schloss und den Zugang mit dem Schutzzaun verriegelte. Er hatte sich Führungen angeschlossen und über das sechzehntausend Quadratmeter große Gelände alles gelernt, was es zu wissen gab.

Die Moschee war auf einem ehemaligen Fabrikgelände errichtet worden, das schon vor ihrem Bau die Heimat der muslimischen Gemeinde gewesen war. Über dreißig Millionen Euro waren in die Konstruktion aus Beton, Glas und Holz gepumpt worden. Zumindest offiziell. Inoffiziell waren es viele Millionen mehr gewesen, davon war Ulbricht überzeugt. Er hatte den vielen Besuchern zugehört, die sich für die offene, abstrakte Architektur begeistert hatten, für die fünfunddreißig Meter hohe Kuppel, für die beiden stilisierten Minarette. Wie er diese gespielte Bewunderung verabscheut hatte. Darüber, dass den Gebetstürmen die Form von Schreibfedern gegeben worden war, um die Bildung im Islam zu symbolisieren. Darüber, dass sie auch noch eine Bibliothek errichtet hatten, als Kubus gleich neben der Moschee. Darüber, dass alles zeigen sollte, wie weltoffen der Islam war. Ulbricht wurde schlecht bei dieser schamlosen Lüge. Noch schlechter wurde ihm aber bei dem Gedanken, dass das ach so tolerante Deutschland dieses Märchen schluckte.

Was war bloß los mit diesen Deutschen? Was war bloß los mit seinem Land? Diese Bundesrepublik Deutschland war nicht sein Land. Sie war eine Schande. Sie gehörte niedergerissen und neu erbaut.

Wieder mahnte ihn Mohammed zur Eile.

Ulbricht lief quer über die Treppe zum südlichen Minarett und lehnte eine der kleinen Taschen vorsichtig an den Fuß des Turms. Dann stieg er die Stufen zum Vorplatz empor. Über Natursteinplatten hinweg ging er an den Verwaltungsgebäuden vorbei. Davor hatte man einen dieser Brunnen errichtet, die so modern waren, dass niemand ihren Sinn verstand. Danach gefragt, wusste der Künstler mit Sicherheit eine bedeutungsschwangere Geschichte zu erzählen, die bei Zuhörern zu pseudonachdenklichem Nicken führte. Ulbricht dagegen hatte für so etwas nur Kopfschütteln übrig. Er ließ den Brunnen links liegen und schritt auf das zweite Minarett zu. Es ragte neben der Bibliothek vor einem Café in die Höhe. Er ging in die Knie, platzierte die zweite Tasche in der Rundung des Betongebildes und richtete sich unter Stöhnen wieder auf.

Der Rucksack auf seinem Rücken ließ ihn schwer atmen. Viel länger konnte er das Gewicht nicht mehr tragen.

Das musste er auch nicht.

Als sich Ulbricht zum Haupteingang wandte, sah er Mohammed an den fünf Meter hohen Flügeltüren stehen, durch die es in das Allerheiligste der Moschee ging. Der Mann mit dem roten Gesicht hielt ihm einladend eine der hölzernen Pforten auf.

Ohne Mohammed wäre er nie an diesen Punkt gelangt. Das musste er sich eingestehen. Der Mann hatte sich um den Wachmann gekümmert, der nachts patrouillierte. Die Sicherheitskameras hatte er außer Kraft gesetzt. Nun hielt er Ulbricht die Tür auf, zu der er den Schlüssel besorgt hatte. Hier sollten sich ihre Wege trennen. Eigentlich. Doch Ulbricht dachte nicht daran. Keine Zeugen waren besser als einer, der doch irgendwann reden konnte. Egal wie viel Geld Mohammed bekommen hatte. Egal ob der Mann noch radikaleren Gedanken folgte als er selbst.

»Sie kommen mit rein«, sagte Ulbricht bestimmt.

Mohammed blieb unbeweglich stehen.

»Das war keine Bitte.« Ulbricht trat einen Schritt zurück und bedeutete dem Mann vor ihm, durch die Tür zu gehen.

»Das war so nicht vereinbart.«

»Sie tun, was ich Ihnen sage. Sie sind gut bezahlt worden. Also rein da!«

Er hatte keine Zeit für diese Spielchen. Er zückte ein Militärmesser, das er in einer Scheide am Hosenbund trug. Doch im selben Moment, als er Mohammed am Arm packen und in die Moschee zerren wollte, griff der Mann mit der freien Hand hinter seinen Rücken und zog eine Pistole hervor. Ruhig und ohne den Anflug eines Zitterns richtete er sie auf Ulbricht.

»Ich verachte diese Gemeinde. Deshalb habe ich Ihnen geholfen. Aber ich verachte auch Sie.« Mohammed blickte Ulbricht ungerührt in die Augen. »Ich habe mich an die Abmachung gehalten. Also halten Sie sich jetzt auch an Ihre. Erledigen Sie, was Sie zu erledigen haben, und wir sehen uns nie wieder.«

Ulbricht erkannte, dass er geschlagen war. Zumindest für den Augenblick. Die Wut in sich unterdrückend, steckte er das Messer weg und trat in den Vorraum der Moschee. Er sah zu, wie Mohammed die Tür ins Schloss fallen ließ, sich umdrehte und über die Treppe im Nebel der Nacht verschwand.

»Verfluchter Araber!«, schimpfte Ulbricht.

Kurz spürte er das Verlangen, laut zu schreien und alles in Reichweite kurz und klein zu schlagen. Dann besann er sich, atmete tief durch und setzte den Rucksack vorsichtig auf dem Boden ab. Er holte einen LED-Handstrahler hervor, raffte den Rucksack am Trageriemen und betrat den Gebetsraum.

Er machte sich nicht die Mühe, nach muslimischer Sitte die Schuhe auszuziehen. Seine schwarzen Stiefel sanken in den türkisen Teppich ein, mit dem der Raum ausgelegt war. Ulbricht musste sich nicht groß orientieren. Der Raum war nach einer offenen, einfachen Struktur errichtet worden. Hinter ihm lag die Galerie für die Frauen. Vor ihm lagen zur Rechten die Predigtkanzel des Imams und zur Linken der Kursi, der Lehrstuhl, von dem aus Vorträge und Erklärungen zum Koran gehalten wurden. Ulbricht ging mittig auf die Gebetsnische zu. Die Mihrab, das hatte er mehrfach bei den Besichtigungen gehört, war wie die Moschee nach Südost ausgerichtet, in Richtung der Kaaba, des quaderförmigen, schwarzen Hauses im Innenhof der Heiligen Moschee in Mekka. Die Muslime, die hier auf die Knie sanken, sollten im Gebet ihr wahres Gesicht offenbaren.

Gleich, dachte Ulbricht, werde *ich* mein wahres Gesicht offenbaren.

Mit diesem Gedanken holte er eine Miniarmbrust aus dem Rucksack hervor. Er spannte einen Pfeil ein, an dessen Ende ein ultradünnes Stahlseil befestigt war. Mit einem Blick hinauf zur Decke der Kuppel positionierte er sich.

Er beruhigte seinen Puls. Nur diesen einen Versuch, mehr hatte er nicht. Er hob die Armbrust und blickte durch ein Leuchtpunktvisier. Im Nachtsichtmodus konnte er sein Ziel klar und deutlich erkennen. Ulbricht visierte es an und schoss.

Der Pfeil schlug mit einem dumpfen Geräusch ein. Durch das Visier kontrollierte Ulbricht das Ergebnis, zog am Seil und vergewisserte sich, dass der Pfeil seine Position hielt. Er hatte perfekt getroffen. Das Geschoss war in der Mitte eines Sternes eingeschlagen, der von einer gläsernen Konstruktion getragen wurde. Das herabhängende Seil war noch immer mit der Armbrust verbunden. Ulbricht verband die Waffe mittels eines Karabinerhakens mit dem Rucksack und betätigte einen Schalter an der Armbrust. Eine automatische Seilwinde übernahm den letzten Teil der Arbeit. Langsam schwebte der Rucksack, von der Armbrust getragen, zur Decke der Moschee empor. Noch einmal prüfte Ulbricht mit dem Strahler die Stabilität des Pfeils und die Position des Rucksacks. Dann nickte er zufrieden.

Er zog sein Mobiltelefon hervor. Sobald er in Sicherheit war, würde er eine Nummer wählen. Dieser Anruf würde im Rucksack und in den beiden Taschen an den Minaretten Sprengladungen auslösen. Die Explosionen würden so gewaltig sein, dass die Moschee wie ein Kartenhaus in sich zusammenfiel. Der Stolz der Muslime in Deutschland würde aufhören zu existieren. Und er, Boris Ulbricht, würde in seinen Kreisen zu einem der Anführer aufsteigen. Wenn nicht sogar zum einzigen echten Anführer.

Er war anders als die meisten seiner Mitstreiter. Er war keiner dieser Papierterroristen, die die deutsche Regierung bekämpften, indem sie den staatlichen Apparat mit einer Flut von Klagen und Einsprüchen lahmzulegen versuchten. Er sah sich auch nicht als Terrorist. Er war ein *Territorist*. Er kämpfte um sein Territorium. Um sein Recht, das Land, das ihm und seinen Vorvätern gehörte, vor jenen zu verteidigen, die es besetzten oder zu besetzen versuchten. Und dieser Kampf ließ sich nur durch Gewalt gewinnen.

Er wollte sich gerade auf den Weg machen und die Moschee verlassen, als er ein Geräusch hörte, das ihm durch Mark und Bein ging.

Ein Handy klingelte.

Aber nicht seins.

Ulbricht blickte hinauf zu der Quelle des Geräuschs. Das Klingeln drang leise aus dem Rucksack zu ihm herab.

Sein letzter Gedanke, das überraschte ihn, galt den achteckigen Sternen, die überall in der Moschee zu sehen waren. Sie symbolisierten die acht Pforten zum Paradies. Auch das hatte er in einer der Führungen erfahren. Er bezweifelte, dass er in wenigen Augenblicken durch eine dieser acht Pforten gehen würde.

Auch am Ende war der Verrat, wusste er jetzt.

Dann explodierte die Moschee.

1

5. Dezember, Köln

Es war immer das Gleiche. Hotels, die ihre Stühle für Banketts auswählten, damit sie zum Ambiente, nicht aber unter die Allerwertesten ihrer feinen Gäste passten. Fabrice Mannarino rutschte unruhig hin und her. Das goldene Polster hatte so einladend gewirkt. Mit seinem dunklen Holzrahmen passte es perfekt zum feudalen Gobelin Saal des Excelsior. Aber vielleicht hätte der Raumgestalter dieses Luxushotels auch an den Komfort derjenigen denken sollen, die stundenlang stillsitzen mussten.

Seinen Namen verdankte der Raum dem blauen Teppich, von dem allerdings durch die fast zweihundert Gäste nicht viel zu sehen war. Zwei Gemälde zierten die Kopfseiten des Raumes. Mächtige Kronleuchter schwebten über den Anwesenden. Fabrice Mannarino blickte zu den hohen Decken hinauf und fragte sich, ob dieser Ort der richtige Rahmen war für das, was am nächsten Tag bevorstand. Vielleicht hätte es auch etwas weniger Prunk getan. Auf der anderen Seite nächtigten im Excelsior Hotel am Kölner Hauptbahnhof nur die zweitrangigen Würdenträger. Als Rabbiner aus Bordeaux gehörte Fabrice eindeutig dieser Kategorie an. Die wirklich wichtigen Personen residierten im Grandhotel auf dem Petersberg. Im Vergleich zu diesem historischen und verschwenderisch luxuriösen Ort im Siebengebirge nahm sich das Hotel mit Blick auf den Kölner Dom fast schon als Herberge für Normalsterbliche aus.

Fabrice kehrte mit seinen Gedanken in den Gobelin Saal zurück. Auf dem Petersberg, dachte er, mochten die Mächtigen hofiert werden, die Vorzeigepolitiker, die in nicht einmal vierundzwanzig Stunden einen historischen Vertrag unterzeichnen würden. Hier in Köln jedoch saßen diejenigen, die dieses Werk gestaltet hatten. Die Diplomaten und Unterhändler, die

Gelehrten, Vermittler, Übersetzer und Sekretäre von insgesamt neunundzwanzig Religionsgemeinschaften und -strömungen in Deutschland und seinen Nachbarländern. Katholiken und Protestanten, Russisch- und Griechisch-Orthodoxe, liberale, konservative und rekonstruktionistische Juden, sunnitische, schiitische, alevitische und alawitische Muslime, Jesiden, Taoisten, Hindus, Bahai. Selbst Fabrice bekam nie alle zusammen.

Wenn der verheerende Bombenanschlag auf die Zentralmoschee Kölns vor zwei Wochen etwas bewirkt hatte, dachte Fabrice, dann dieses Treffen. Es schüttelte ihn, dass eine solch abscheuliche Tat nötig gewesen war, um die religiösen und politischen Vertreter so vieler Glaubensrichtungen wieder aufzuwecken. Morgen würden sie auf dem Petersberg einen Friedensvertrag unterschreiben, wie es ihn seit 1993 nicht mehr gegeben hatte. Damals hatte das Weltparlament der Religionen in Chicago eine »Erklärung zum Weltethos« verfasst. Diese sollte die Menschen auf aller Welt daran erinnern, jeden Mitmenschen so zu behandeln, wie man selbst behandelt werden wollte. Der Anschlag auf die Kölner Moschee hatte den Deutschen aber gezeigt, dass diese Erklärung nicht mehr ausreichte. Der neue Friedensvertrag würde einen Rat der Religionen ins Leben rufen. Eine Instanz, die mehr sein sollte als nur ein Lippenbekenntnis zu mehr Toleranz und Glaubensfreiheit.

Wie viele Menschen hatten dafür in den letzten Jahrhunderten sterben müssen? Fabrice wusste es nicht. Was er hingegen wusste, war, dass acht Tote und eine zerstörte Moschee in Köln das Fass zum Überlaufen gebracht hatten. Die Nacht auf den 20. November würde in die Geschichte eingehen. So wie die Novemberpogrome 1938.

Er erwischte sich bei der Frage, ob eine zerstörte Synagoge den gleichen Aufschrei ausgelöst, die gleiche Kettenreaktion in Gang gesetzt hätte, die ihn und die knapp zweihundert weiteren Religionsvertreter hierhergeführt hatte. Oder waren Deutschland und Europa inzwischen derart islamfixiert, dass die Zerstörung eines jüdischen Gotteshauses nicht gereicht hätte? Hatte es ein Anschlag auf eine Moschee sein müssen, noch dazu ausgeführt in der Nacht vor Maulid an-Nabi, dem Geburtstag des Propheten?

Diese Diskussion hatten sie in den vielen informellen Gesprächen der letzten Tage immer wieder geführt. Besonders die jüdischen Vertreter, aber nicht nur. Fabrice fand, es sagte viel über die Ernsthaftigkeit der Verhandlungen aus, dass auch die muslimischen Vertreter diese Sorge teilten. Sie hatten sie sogar von sich aus angesprochen.

Natürlich nicht alle, dachte Fabrice bei sich. Bei aller Offenheit der letzten Tage konnten einige Gläubige eben doch nicht aus ihrer Haut. Sie waren hier, weil sie keine Wahl hatten, weil sie andernfalls als die intoleranten Aussätzigen angesehen worden wären, die sie in Wirklichkeit waren. Der Anschlag auf die Moschee hatte eine Dynamik in Gang gesetzt, der sich selbst einige der engstirnigeren Strömungen nicht hatten entziehen können.

Fabrice blickte nach vorne zu einem Rednerpult. Es erinnerte ihn an das Podest des amerikanischen Präsidenten. Es fehlten nur das Wappen mit dem Weißkopfseeadler und das sternenbesetzte Banner der USA. An die Stelle des Sprechers trat soeben Stephan Wolf. Ein hochgewachsener Mann von schätzungsweise Ende vierzig. Er schien eine endlose Auswahl an dunklen Rollkragenpullovern zu besitzen, die er unter einem seiner ebenso zahlreichen karierten Sakkos trug.

Wolf war einer dieser typischen Selfmade-Milliardäre, die zu cool waren für ein Hemd mit Krawatte und zu viel Geld hatten, um sich mit modischer Stangenware zufriedenzugeben. Ein frühzeitig ergrauter Milliardär, sportlich gebaut, der sein Geld im Silicon Valley gemacht hatte und sein Vermögen inzwischen in wohltätige Zwecke steckte. Ein wortgewandter, intelligenter Geschäftsmann mit jugendlichem Charme und einer der Großsponsoren dieser Verhandlungen. Angeblich hatte er sich auch schon mit dem islamischen Verband DITIB getroffen, um den Wiederaufbau der Moschee zu unterstützen. Fabrice waren solche Menschen nicht ganz koscher, die ein Unglück wie einen Bombenanschlag nutzten, um sich derart in den Vordergrund zu rücken. Aber Wolfs finanzielles Engagement, daran gab es keinen Zweifel, war beträchtlich.

Wolf wollte gerade die Anwesenden begrüßen, als sich vor ihm eine junge Frau erhob. Sie schien Wolf einen langen Moment anzustarren, dann drängte sie sich unsanft aus ihrer Sitzreihe, schwang ihre Handtasche über die Schulter und marschierte in Richtung Ausgang.

Fabrice kannte auch sie. Cara Allegri hatte als Lobbyistin in Berlin für die Gespräche über einen Friedensvertrag der Religionen gekämpft. Sie war an diesem Abend eine der wenigen Frauen im Raum, was viel über ihren Status aussagte. Und viel über die Rolle der Frau in den diversen Religionen, dachte Fabrice bei sich. Doch Cara Allegri war eine der Frauen, deren Wort Gewicht hatte. Sie hatte sich in den letzten Tagen als unerbittliche Verhandlungspartnerin erwiesen. Sie schmeichelte denen, die ihr von Nutzen sein konnten, und kochte alle, die sich ihr in den Weg zu stellen wagten, mit feinster Diplomatie eiskalt ab. Nur mit Stephan Wolf stand sie auf Kriegsfuß. Das wusste jeder hier im Saal.

Demonstrativ kehrte sie Wolfs Rede den Rücken und blickte stolz und starr über die Köpfe der Anwesenden hinweg, als sie in Richtung Ausgang strebte. Sie musste den Gobelinteppich hassen, dachte Fabrice. Ihr wäre wohl ein Steinboden lieber gewesen, auf dem ihre Absätze laut und deutlich geklackert hätten. So entschwand sie fast lautlos durch die gläsernen Flügeltüren aus dem Saal.

Als die Reden und Diskussionsbeiträge endeten und sich die einzelnen Gruppen zu letzten Beratungen zurückzogen, begann für Fabrice der erste echte Feierabend seit über einer Woche. Für die jüdischen Vertreter übernahm der Zentralrat die letzten Gespräche. Fabrice war raus und froh darüber.

Er bewohnte ein großzügiges Zimmer im dritten Stock des Hauses. Zwar war er durchaus müde, verspürte aber noch keinen Drang, ins Bett zu gehen. Er sah auf die Uhr. Erst kurz nach acht. Draußen war es längst dunkel. Aus dem Fenster des Gobelin Saals hatte Fabrice gesehen, dass es zu schneien begonnen hatte.

Ihm stand nicht der Sinn nach einem Spaziergang oder einem Abendessen, schon gar nicht in den zwar ohne Frage exquisiten, aber für seinen Geschmack viel zu eleganten Restaurants des Hotels. Er entschloss sich zu einem letzten Glas Wein an der Bar. Auch wenn dies bedeutete, dass er in weitere Diskussionen verwickelt werden konnte.

Ein Mann im Frack saß an einem Steinway und spielte ein Medley aus Klassikern von Frank Sinatra. In einer Ecke entdeckte Fabrice den Generalvikar des Erzbistums Köln im Gespräch mit einem Ratsmitglied der Bahai. An einem Tisch unweit des Pianospielers saßen drei Muslime. Fabrice erkannte zwei sunnitische und einen schiitischen Vertreter. Was für einen Durchbruch könnte der Rat der Religionen darstellen, wenn sich allein nur diese beiden Zweige des Islam, die sich seit Jahrhunderten bekämpften, annähern würden?

Fabrice nahm auf einem der Barhocker Platz und bestellte einen Château Pichon Longueville aus Pauillac. Ein bisschen Heimat in der Ferne. Er vermisste seine Frau. Esther hatte ihn nicht nach Köln begleiten wollen. Er konnte es ihr nicht verübeln. Sie hätte hier kaum etwas von ihm gehabt. Sie war lieber in Bordeaux geblieben, um die Feiertage vorzubereiten. Chanukka stand vor der Tür, für Esther und ihn das schönste Fest des Jahres. Ihre beiden Töchter würden zu Besuch kommen und einige Tage bleiben.

Er hatte auch seine Nichte Natalie eingeladen, aber sie hatte sich bislang nicht gemeldet. Das war untypisch für sie. Er hatte ihren Verlobten Alex angerufen. Der wiederum war kurz angebunden gewesen. Ihrer Mutter gehe es nicht gut, Natalie werde sich bestimmt melden. Aber Fabrice wurde das Gefühl nicht los, dass ihm etwas verheimlicht wurde. Die Villeneuves hatten in den letzten Jahren viel durchmachen müssen und noch längst nicht alles überwunden.

Er nahm das Glas, das ihm der Barmann unauffällig hingestellt hatte, und roch an der dunkelroten Flüssigkeit. Der samtige Geruch von Vanille und Zimt stieg ihm in die Nase. Ein bisschen Weihnacht im katholischen Köln für einen Juden aus Frankreich mit Wurzeln in den USA und Israel – irgendwie passte selbst der

Wein zum Geist dieser Tage. Er trank einen ersten Schluck und schloss zufrieden die Augen.

Als er sie wieder öffnete, sah er in einen Spiegel hinter der Bar. Alt bist du geworden, sprach Fabrice in Gedanken zu seinem Spiegelbild. Ja, er hatte die siebzig schon hinter sich gelassen. Aber als vor vier Jahren die ersten grauen Haare zu sprießen begonnen hatten, war er ganz und gar nicht amüsiert gewesen. Inzwischen war das dunkle Braun auf seinem Kopf und in seinem Vollbart immer weiter zurückgewichen. Esther fand zwar, dass ihn die silbernen Strähnen distinguierter wirken ließen. Zudem passten sie zu seinen blassblauen Augen. Aber für ihn war die Farbe Grau der Inbegriff des Altwerdens.

»Probieren Sie mal eine Smokey Lemonade«, ertönte in diesem Augenblick eine weibliche Stimme neben ihm.

Fabrice hatte Cara Allegri im Spiegel kommen sehen und war deswegen nicht überrascht. Sie setzte sich neben ihn und signalisierte dem Barmann, dass sie soeben ihre Bestellung aufgegeben hatte.

»Eine was?«

»Smokey Lemonade«, wiederholte Allegri. »Mezcal ist ein mexikanischer Schnaps. Dazu Limettensaft, Fleur de Sel und Grapefruitsaft. Ein echter Wachmacher!«

Fabrice wandte sich ihr zu.

Auch die Lobbyistin war ein echter Wachmacher. Sie sprühte vor Energie, wann immer man sie antraf. Passend dazu schienen einige Männer ihre eigene Müdigkeit augenblicklich zu vergessen, wenn die hochgewachsene Blondine mit dem modischen Kurzhaarschnitt in Erscheinung trat. Selbst die, die das Zölibat als Lebensweg gewählt hatten.

Jetzt trug Allegri ein dunkelrotes Kostüm, das ihre gertenschlanke Figur perfekt betonte. Fabrice kannte sich in der Welt der Haute Couture nicht aus. Er hatte aber keinen Zweifel, dass das Outfit ein Vermögen gekostet hatte. Sie stellte eine kleine Handtasche in dem unverkennbaren Louis-Vuitton-Design auf die Bar, fingerte ihr Smartphone hervor, checkte den Bildschirm und ließ es anschließend wieder in die Tasche gleiten.

»Wir müssen reden«, sagte Allegri ohne Umschweife. Sie sprach Französisch. Fließend, mit einem leichten Akzent des Italienischen. Eine Färbung, wie Fabrice aufgefallen war, die sie in ihrer zweiten Muttersprache Deutsch nicht durchklingen ließ. Sie hatten in den letzten Tagen festgestellt, dass sie mehrere Sprachen gemeinsam beherrschten. Französisch, Italienisch, Deutsch und Englisch. Fabrice sprach zudem noch Spanisch und Hebräisch. Allegri konnte mit Hocharabisch und Russisch glänzen. Das machte sie unter den Gelehrten und Politikern zu einer noch außergewöhnlicheren Person. Mit nahezu jedem Anwesenden konnte sie in dessen Muttersprache parlieren. Ein Vorteil von unschätzbarem Wert, wenn es um so sensible Themen wie Glaube und Religion ging.

Fabrice empfand Bewunderung für die Achtunddreißigjährige. Er hatte ihr Alter auf einer Website eher durch Zufall in Erfahrung gebracht. Allerdings hatte er explizit nach Informationen über sie gesucht. Über eine Frau, die derart großen Einfluss auf die Zentralräte der Juden und Muslime in Deutschland hatte und bis tief in die katholische Kirche vernetzt schien, wollte er so viel wissen wie möglich. Auf einer Website, einer Art Lobbyisten-Watch, war er fündig geworden.

Allegri stammte aus Rom. Ihre Eltern waren Theologen, die Mutter Italienerin, der Vater Deutscher. Cara wuchs in einem erzkatholischen Umfeld auf, entfloh aber früh dem Nest. Sie machte ihren Schulabschluss in England, erhielt ein Stipendium für das Amherst College in Massachusetts und ging über den großen Teich in die USA. Sie studierte Politik und Geschichte, promovierte über Afghanistan während des Kalten Krieges und lernte dafür Russisch und Arabisch. Gerüchten im Netz zufolge schlug sie nach Erhalt ihrer Doktorwürde ein Angebot der CIA aus. Stattdessen heuerte sie bei einer gemeinnützigen Organisation in New York an, die sich gegen religiöse Unterdrückung im Big Apple einsetzte. Aufsehen erregte sie, als sie in einem unabhängigen Blog eines Freundes mehrere Angebote enthüllte, die ihr verschiedene Unternehmen gemacht hatten, um die Arbeit ihrer Non-Profit-Organisation zu unterwandern.

Der Skandal machte mehrere Topmanager arbeitslos und Allegri über Nacht zum internationalen Star am Himmel der unabhängigen Lobbyisten-Szene. Hätte sie kein Heimweh nach Europa verspürt, wäre ihre Karriere in den USA von diesem Moment an vorgezeichnet gewesen.

Stattdessen brach Allegri quasi über Nacht ihre Zelte in New York ab und verschiffte ihre Habe in zwei Koffern wieder auf die andere Seite des Atlantiks. Doch statt nach Rom zog sie nach Berlin. Sie wollte ihre andere familiäre Hälfte kennenlernen und ließ sich in der deutschen Hauptstadt nieder. Nicht, dass sie dort weniger zu tun bekommen hätte als im Schmelztiegel an der amerikanischen Ostküste. Auf Kollisionskurs mit dem lauter werdenden Rechtspopulismus in der Bundesrepublik nutzte sie ihre Vita geschickt, um in kürzester Zeit zu einer gefragten Expertin zu werden. Und als in den USA auch noch ein Mann ins Weiße Haus gewählt wurde, der jede Minderheit beleidigte, die ihm in die Quere kam, gehörte Allegri zu den lautesten – und intelligentesten – Stimmen, die sich aus dem politischen Berlin an Washington wandten. Schließlich teilte der neue Präsident der Vereinigten Staaten seiner virtuellen Twitter-Gemeinde mit, er halte diese italo-deutsche Blondine zwar für überaus heiß, aber auch für überaus dumm. In der Welt, in der sich Cara Allegri bewegte, galt diese Beleidigung als Auszeichnung.

Jetzt saß sie neben Fabrice und blickte ihn erwartungsvoll an.

»Worüber wollen Sie mit mir reden?«, fragte er.

Allegri ließ ihre Augen wandern, als wollte sie sich vergewissern, dass niemand sie belauschte. Dann flüsterte sie: »Morgen soll ein weiterer Anschlag verübt werden.«

2

5. Dezember, Köln

Cara Allegri hatte wahrscheinlich eine andere Reaktion erwartet. Doch Fabrice Mannarino sah sie nur aufmerksam an. Er mochte in den USA aufgewachsen sein. Aber zum Mann gereift war er in Israel bei der Armee. Wer in diesem Land von einem möglichen Terrorangriff hörte, brach nicht gleich in Panik aus. Die Gefahr durch Anschläge gehörte in Israel zum Leben dazu. Gerade für das Militär.

»Woher haben Sie das?«, fragte er ruhig.

Allegri sah sich erneut in der Bar um. »Das kann ich Ihnen nicht sagen.«

Fabrice erhob sich von seinem Hocker. Er nahm seinen Wein und deutete auf Allegris Drink. »Kommen Sie!«

Er ließ die Getränke auf sein Zimmer schreiben und nahm die Lobbyistin ins Schlepptau. Er war sich der Blicke der anderen Herren in der Bar bewusst. Ein Mann im fortgeschrittenen Alter und eine attraktive, junge Frau verließen mit ihren Drinks in der Hand eine Hotelbar. Selbst in der Welt des Generalvikars des Erzbistums Köln musste diese Szene eine gewisse Bedeutung haben.

Sie traten auf den Flur, als ihnen ein Mann entgegenkam. Seinen dunkelblauen Anzug trug er wie ein Staatsmann. Das ergraute Haar lag ordentlich in einem Seitenscheitel. Und dann war da noch der Anstecker, den Fabrice schon häufiger an ihm wahrgenommen hatte. Der Buchstabe X haftete silberglänzend am Revers des Maßanzuges. Leopold Roth war einer der Rechtsanwälte, die vom ersten Tag an die Gespräche begleitet und schließlich in einen Vertrag gegossen hatten. Roth gehörte der katholischen Entourage an. Kaum ein anderer Jurist hatte mehr Einfluss.

»Wohin des Weges?«, fragte Roth ohne Umschweife. »Man könnte meinen, Sie beide hätten noch was vor.«

»Man könnte meinen, das ginge Sie nichts an«, erwiderte Cara Allegri trocken.

»Meine Gute, uns zwei verbindet nicht viel. Aber sicherlich geht uns hier so ziemlich alles etwas an, wenn es mit diesen Verhandlungen zu tun hat.« Roths Augen ruhten auf der Lobbyistin. Ihr selbstbewusstes Auftreten schien ihn völlig kaltzulassen.

»Dann hoffen wir für Sie, dass die Verhandlungen nicht in letzter Sekunde platzen. Das wäre nicht gut für Ihre Chancen in Berlin. Habe ich recht?«

»Ich schätze Sie als eine der bestvernetzten Politikerinnen in Berlin, aber ich –«

»Sie wissen, dass ich keine Politikerin bin.«

»Und was machen Sie seit Jahren? Politik! Frau Allegri, je früher Sie sich eingestehen, dass Sie aus dem Beiboot des Lobbyismus in die wirkliche Politik wechseln sollten, desto eher werden wir uns im Bundestag heiße Debatten liefern. Ich freue mich darauf. Und jetzt entschuldigen Sie mich. Wir wollen schließlich nicht, dass die Verhandlungen wirklich noch scheitern, oder?«

Mit diesen Worten zog Leopold Roth an ihnen vorbei. Fabrice, der das Gespräch auf Deutsch unbeteiligt verfolgt hatte, würdigte er dabei keines Blickes. Ein Rabbiner aus Frankreich stand in der Nahrungskette eines politischen Schwergewichtes wie Roth sehr weit unten.

»Kennen Sie ihn?«, fragte Allegri, als Roth außer Hörweite war, und wechselte wieder ins Französische.

»Leopold Roth, knapp über fünfzig, würde ich schätzen, Jurist wie seine Mutter, reich wie seine ganze Familie, Vater von vier Kindern und ein eiskalter Schlipsträger der schlimmeren Sorte, wenn ich mir diese persönliche Bemerkung erlauben darf.«

»Dürfen Sie«, schnaubte Allegri. »Nicht nur der schlimmeren, sondern der schlimmsten Sorte. Haben Sie das X an seinem Revers gesehen?«

»Ich habe mich in der Tat schon gefragt, wofür es steht.«

»Das wissen Sie nicht? Ganz einfach. FSSPX.«

»Die Piusbruderschaft?«

»Er würde es abstreiten, aber ja. Ein erzkonservativer Scheißkerl, der mit Leuten wie uns beiden herzlich wenig anfangen kann.«

»Juden, Frauen –«, begann Fabrice.

»Homosexuelle, Liberale, Muslime, Protestanten – fangen Sie an, wo Sie wollen, und Sie hören so schnell nicht mehr auf. Dass Leopold Roth am Rat der Religionen mitarbeiten darf, macht ihn eigentlich schon jetzt zu einem der Totengräber, sollte das hier doch noch platzen.«

»Und er will in die Bundespolitik?«, erkundigte sich Fabrice.

»Er hat seinen Platz schon sicher. Man will ihn zum nächsten Innenminister küren.«

»Deutschland, was ist bloß aus dir geworden?«, murmelte Fabrice vor sich hin.

Er führte Allegri in den ersten Stock. Dort lag das Domzimmer, ein kleiner Besprechungsraum für nicht mehr als zwanzig Personen. Fabrice öffnete die Tür, trat ein und machte Licht. Wandstrahler an den mit himmelblauen Tapeten bezogenen und stuckverzierten Wänden erhellten einen vornehmen Raum mit verspiegelter Feuerstelle. Er war eingedeckt worden, offensichtlich für einen Stehempfang am nächsten Tag. Fabrice gab Allegri zu verstehen, sie möge ihm folgen, schloss die Tür und löschte das Licht.

»Warum machen Sie das Licht wieder aus?«

»Weil dann niemand den Schein unter der Tür sehen und in die Versuchung kommen könnte zu lauschen.«

»Sie sind ein vorsichtiger Mensch.«

»Ich habe lernen müssen, dass Vorsicht und Misstrauen überlebenswichtig sein können.«

Im Dunkel nahm er Allegris schlanke Figur nur noch als schwarze Silhouette wahr. Sie war fast so groß wie er und stand mit dem Rücken zu einem der deckenhohen Fenster. Hinter ihr drang der Lärm des abendlichen Verkehrs auf der Trankgasse zu ihnen herauf.

Er ging zu ihr hinüber und sah durch die Glasscheiben auf die weltberühmte gotische Doppelturmfassade der dritthöchsten Kirche der Welt. Gotteshäuser wie der Kölner Dom sollten

Menschen Demut lehren, aber gleichzeitig Sicherheit und Orientierung symbolisieren. Fabrice fürchtete, dass sich diese Wirkung immer häufiger ins Gegenteil verkehrte.

»Sie sagten, es soll noch einen Anschlag geben?«

Allegri folgte seinem Blick auf den Domvorplatz. »Nicht hier. Auf dem Petersberg.«

Er beobachtete sie im Augenwinkel. »Wer sagt das?«

»Eine gut informierte Quelle.«

»Was für eine Quelle?«

Allegri stellte ihren Drink auf einen der Tische und entnahm ihrer Handtasche ein goldenes Zigarettenetui. Sie fingerte eine dieser schlanken, langen Zigaretten hervor, wie sie Filmstars in den fünfziger Jahren geraucht hatten.

»Was für eine Quelle?«, wiederholte Fabrice, während die Flamme eines Feuerzeugs aufleuchtete und Allegri zum Fenster schritt, um es zu öffnen.

»Kann ich Ihnen nicht verraten«, sagte sie und blies den Rauch ins Freie.

»Und warum kommen Sie damit zu mir?«

»Weil ich Ihre Hilfe brauche.«

»Wobei?«

»Ist das nicht offensichtlich?« Allegri drehte sich zu Fabrice um. »Um den Anschlag zu verhindern.«

Er musterte sie. »Wie kommen Sie darauf, dass ein alter Rabbiner in der Lage wäre, einen Terroranschlag zu verhindern?«

»Weil ich Ihre Vergangenheit kenne.«

Fabrice nahm einen Schluck Wein. Er wusste genau, worauf sie anspielte. »Das ist doch aberwitzig. Dafür gibt es Geheimdienste, den Staatsschutz und die Polizei. Haben Sie sich schon mit denen unterhalten?«

»Die tappen im Dunkeln. Die wissen nicht, wonach sie suchen müssen.«

Fabrice dachte einen Moment nach.

»Das heißt«, sagte er vorsichtig und beobachtete ihre Reaktion, »dass Ihre Quelle entweder im Geheimdienst oder im Staatsschutz sitzt. Die wissen was, aber nicht genug.«

Allegris Miene blieb ausdruckslos. Sie war gut, dachte Fabrice. Aber ihr Schweigen war Antwort genug.

»Von wem nehmen die ihre Informationen?«, fragte er.

»Von einem befreundeten Dienst.«

»Von wem?«, insistierte Fabrice.

»Langley.«

Er überlegte kurz. »Der Anschlag soll also morgen auf dem Petersberg stattfinden, und die CIA ist die Quelle?«

»Womit auch Ihnen klar sein dürfte, wer das Ziel sein soll, oder?«

Jetzt war es Fabrice, der schwieg.

Jeder wusste, wer morgen auf dem Petersberg erwartet wurde.

Sie gehörte zu den umstrittensten Politikerinnen der USA. Weil sie eigentlich gar keine Politikerin war, sondern ein ehemaliges Model und zufällig die Tochter des mächtigsten Mannes der Welt. Zumindest dann, wenn man glaubte, dass der Präsident der Vereinigten Staaten noch immer der mächtigste Mann der Welt war. Fabrice zweifelte nicht erst daran, seitdem dieser zweifelhafte Charakter ins Oval Office gewählt worden war.

Die First Daughter, wie sie genannt wurde, tourte seit einigen Tagen durch Europa und befand sich gerade in Berlin. Als sie gehört hatte, dass der Friedensvertrag am 6. Dezember unterschrieben werden sollte, hatte sie kurzerhand angekündigt, der feierlichen Unterzeichnung beiwohnen zu wollen. Das musste für die Sicherheitsdienste eine alptraumhafte Nachricht gewesen sein. Es genügte schon, die Delegationen der neunundzwanzig Glaubensgemeinschaften, die Politiker, das Hotel Excelsior, den Petersberg und weitere Unterkünfte und Versammlungsorte über eine Woche lang sichern zu müssen. Da brauchte es nicht auch noch die Tochter des US-Präsidenten, die mit dem Secret Service aufkreuzte.

Der Grund ihres Erscheinens war kein Mysterium und für die Organisatoren sogar wie die Zusatzzahl bei einem Sechser im Lotto. Sie würde den Rat der Religionen über den Atlantik hinweg bekannt machen. Kein schlechter Gedanke, wenn man bedachte, welche Politik ihr Vater betrieb. Was er davon hielt, dass sie kommen wollte, wusste niemand. Ausnahmsweise hatte er sich dazu noch nicht auf Twitter geäußert. Aber niemand zweifelte daran, dass er sich schon bald in einhundertvierzig oder mehr unflätigen Zeichen einmal mehr im Ton vergreifen würde.

Oder würde er sich seiner Tochter zuliebe zurückhalten? Sie war sein Joker in allem, was er tat. Gerade in der Frage der Toleranz gegenüber Minderheiten. Sie war für ihre Hochzeit mit einem erfolgreichen Geschäftsmann zum Judentum übergetreten und hatte zusätzlich den jüdischen Namen Ziva angenommen. Fabrice fand, dass sie ihrem Namen gerecht wurde. Wo sie auftrat, strahlte sie tatsächlich wie ein leuchtend heller Stern. Insofern würde sie dem Rat der Religionen entsprechenden Glanz verleihen. Vorausgesetzt, der Rat hatte Erfolg und sorgte wirklich dafür, dass die Menschen nicht nur wieder miteinander redeten und sich näherkamen, sondern auch Taten folgen ließen. Wenn aber die Tochter des US-Präsidenten auf deutschem Boden einem Terroranschlag zum Opfer fiel, musste man kein Prophet sein, um vorauszusehen, welche Taten dann folgten.

Fabrice rief sich das Grandhotel auf dem Petersberg in Erinnerung. Er war in den letzten Tagen mehrfach dort gewesen. Ein Areal am höchsten Punkt eines Hügels gelegen, der nur über eine Straße befahrbar war. Allerdings führten diverse Wanderwege am Gelände des Hotels vorbei. Die Wälder, Wege und die Zufahrt wurden von mehreren Hundertschaften der Polizei rund um die Uhr gesichert. Dazu kamen die Personenschützer des Staatsschutzes für Politiker und Würdenträger. Wenn jetzt auch noch der Secret Service seine Finger im Spiel hatte, würde der Petersberg zu einer schier uneinnehmbaren Festung mutieren. Wie sollte dort ein Attentat verübt werden?

Er teilte seine Bedenken mit Allegri. »Sind Sie sicher, dass der Anschlag auf dem Petersberg stattfinden soll? Unterwegs würde die First Daughter ein einfacheres Ziel abgeben.«

»Kennen Sie sich mit so was aus?«

»In Israel lernt man mehr, als einem lieb ist.«

»Angeblich sind die Informationen sehr konkret. Was mich wundert: Der Secret Service soll nicht sonderlich besorgt sein.«

Fabrice kam eine Idee. »Das lässt sich herausfinden.«

Der Mann, an den er dabei dachte, hieß Jaron Glasser. Er war der Sohn eines alten Freundes, mit dem Fabrice in den USA zur Schule gegangen war. Jaron war nicht nur ein Ex-Marine, er gehörte auch der gleichen jüdischen Gemeinde an wie die Tochter des Präsidenten. Noch während des Wahlkampfes ihres Vaters hatte sie ihn für ihren Personenschutz ausgewählt. Dass sie dabei die üblichen Standards des Secret Service hatte umgehen müssen, störte sie herzlich wenig. Inzwischen, so hatte Fabrice über dessen Vater gehört, reiste Jaron überallhin, wo auch die First Daughter war. Das hieß: Er war jetzt mit ihr in Berlin. Und Fabrice hatte seine Nummer.

Aber bevor er ihn anrief, musste er noch etwas wissen.

Er zweifelte nicht an dem, was Cara Allegri ihm gesagt hatte. Fabrice hatte schon zu viel erlebt, um nach dem Anschlag auf die Moschee ein Attentat auf eine der umstrittensten Figuren der Weltpolitik auszuschließen. Dazu kam, dass Allegri zu den wenigen Personen gehörte, denen Fabrice in den letzten Tagen abgenommen hatte, dass sie gegen keine inneren Konflikte ankämpfte. Sie warf alles in die Waagschale, um den Friedensvertrag zu ermöglichen. Auch jetzt, da sie ihn ins Vertrauen zog. Sie gehörte zu der selten gewordenen Spezies unabhängiger Lobbyistinnen, die aus ideellen Überzeugungen heraus handelten. Die politischen Spielchen beherrschte zwar auch sie. Allerdings wusste man bei ihr immer, woran man war. Ihr größter Trumpf schien eine entwaffnende, aber auch überaus unangenehm deutliche Ehrlichkeit zu sein.

Auf diese Ehrlichkeit setzte Fabrice auch jetzt. Denn eine Frage hatte Cara Allegri ihm noch nicht zu seiner Zufriedenheit beantwortet.

»Was haben Sie damit gemeint, Sie würden meine Vergangenheit kennen?«, hakte er nach.

Allegri schien nicht überrascht, dass er darauf zurückkam. »Dass ich meine Hausaufgaben gemacht habe und Bescheid weiß«, antwortete sie und nahm einen tiefen Zug an ihrer Zigarette. »Ich wollte wissen, mit wem ich es zu tun habe. Und es ist ja nicht so, als ob Ihr Gesicht nicht schon einmal in einer ähnlichen Sache in den Medien aufgetaucht wäre.«

Damit hatte sie allerdings recht. Es war in Frankreich ein riesiger Skandal gewesen, und seine Familie hatte mittendrin gesteckt. Eine geheime Organisation, die sich die Wächter genannt hatte, hatte landesweit Politik und Wirtschaft unterwandert. Sie hatte kontrolliert, manipuliert, fingiert, bestochen, genötigt, erpresst, gekidnappt, gemordet. Dagegen wirkten die Jungs von der Camorra wie Pfadfinder. *Les gardiens* – ihre Geschichte reichte zurück bis in den Zweiten Weltkrieg. Und genau wegen dieser historischen Verflechtung war Fabrice' Familie in ihr Visier geraten. Er selbst hatte nur mit viel Glück überlebt.

Bei diesem Gedanken fasste er sich an seine rechte Schulter. Eine Kugel hatte sein Schlüsselbein durchschlagen, als der oberste Wächter ihn hatte erschießen wollen. Noch heute erinnerte ihn ein dumpfer Schmerz ständig an die Vorfälle von damals. Es war dieser Schuss gewesen, der ihn über Nacht hatte ergrauen lassen.

Mit seinen Erinnerungen war er allerdings nicht allein. Die ganze Familie war auch Monate nach dem Vorfall kaum zur Ruhe gekommen. Die *Police nationale* hatte im ganzen Land Mitglieder der Wächter verhaftet. Und als irgendwann ans Licht gekommen war, welche Rolle die Villeneuves und ein angeschossener Rabbiner aus Bordeaux in dem Spektakel gespielt hatten, hatten sich die französischen Medien mit geifernder Lust auf sie gestürzt. So kursierten ihre Namen, Gesichter und Geschichten noch heute in der Öffentlichkeit.

»Das hat den Ausschlag gegeben«, sagte Allegri. »Ich habe das Gefühl, ich kann Ihnen vertrauen.«

»Vertrauen ist ein großes Wort.«

»Genauso groß wie das, was wir mit dem Rat der Religionen erreichen wollen. Rabbi Mannarino«, sprach Allegri ihn das erste Mal an diesem Abend mit seinem Titel an, »ich kann das nicht allein. Sie müssen mir helfen.«

»Wobei genau?«, fragte Fabrice, überlegte aber schon längst, was sie tun konnten.

»Ich will herausfinden, wer dahinterstecken könnte.«

»Wie wollen Sie das anstellen?«

»Beim Attentat auf die Moschee soll es einen Helfer gegeben haben. Das weiß ich aus sicherer Quelle. Was, wenn es jetzt –«

»Sie glauben«, unterbrach Fabrice sie, »dass jemand aus dem Kreis des Rates es auf die Tochter des amerikanischen Präsidenten abgesehen haben könnte?«

»Mein Gefühl sagt mir, dass hier zumindest nicht jeder mit offenen Karten spielt.«

Fabrice blickte wieder auf die hell erleuchtete Fassade des Kölner Doms. Cara Allegri konnte recht haben. Sie würden sich aber verdammt clever anstellen müssen, um überhaupt etwas herauszufinden. Ihr Vorteil war: Sie gehörten zum inneren Kreis, konnten sich überall dort bewegen, wo offizielle Ermittler vor verschlossenen Türen – und Menschen – standen. Wenn die deutschen Sicherheitsbehörden jetzt noch keine Ahnung hatten, wonach sie suchen mussten, würde sich das über Nacht kaum ändern. Es sei denn, jemand hatte Spuren hinterlassen.

Er sah auf die Uhr. Es war inzwischen nach neun.

»Also gut. Wie es scheint, haben wir eine lange Nacht vor uns.«

3

6. Dezember, Petersberg

Es war ein malerischer, klarer Morgen. Der blaue Himmel machte die Eiseskälte erträglich, die über dem Rheintal lag. Die Sonne erhob sich über dem Siebengebirge. Fabrice Mannarino stand auf der Westseite des Grandhotels auf der Terrasse und blickte auf die Burg Drachenfels. Eine Ruine, die auf dem Vulkangestein stand, aus dem der Kölner Dom einst erbaut worden war.

Hier im Rheinland lag alles nah beieinander, dachte Fabrice. Die Geschichte der Region, der Menschen, der Welt. Kein Ort wusste das besser zu erzählen als der Petersberg. Hier oben im Grandhotel hatten sich 1949 die westlichen Siegermächte zur Alliierten Hohen Kommission zusammengeschlossen. Nur wenige Wochen später, am 22. November desselben Jahres, hatte Konrad Adenauer das Petersberger Abkommen unterzeichnet und damit den Grundstein für die Unabhängigkeit Deutschlands gelegt. Die Stadt, auf die Fabrice nun hinabsah, war ihre Hauptstadt geworden: Bonn.

Bis heute hatte der Petersberg seinen Mythos nicht verloren. Die Vereinten Nationen hatten hier ihre erste Afghanistan-Konferenz ausgerichtet. Die Europäische Union hatte sich in den Räumen des Grandhotels mit ihren Außenministern getroffen. Die britische Queen hatte auf dem Petersberg ebenso residiert wie Nelson Mandela und Bill Clinton. Das Siebengebirge beherbergte bis heute die Mächtigsten der Welt. Meist ging es darum, Kriege abzuwenden oder zu beenden und Frieden zu schließen.

Nicht immer gelang es.

Und heute?

Fabrice blickte zur Rotunde, dem prachtvollen Saal, in dem all diese Treffen stattgefunden hatten. Dort sollte in gut einer Stunde der Friedensvertrag unterzeichnet werden. Fabrice unterhielt sich gerade mit dem zweiten Vorsitzenden des Zentralrats der Juden in Deutschland. Sie diskutierten die letzten, nächtlich herbeigeführten Änderungen im Abkommen. Nichts war dabei, dem Fabrice widersprochen hätte. Es waren die typischen Spitzfindigkeiten, wenn hier und dort ein Wort durch ein Synonym ersetzt wurde, damit allen Gefühlen und Befindlichkeiten Genüge getan war. Nicht immer kam es allein auf die Bedeutung des Wortes an, sondern darum, das letzte Wort zu haben.

Für ihn war ein Punkt wichtig, der erst spät eingeflochten worden war. Er hatte für hitzige Diskussionen gesorgt, doch am Ende hatten sich alle darauf geeinigt, dass der Religionsunterricht in Deutschland radikal verändert werden sollte. Künftig würde es einen gemeinsamen Unterricht für alle Konfessionen geben, keine Trennung mehr nach katholischen und evangelischen Schülern. Und schon gar nicht sollten Muslime und Juden nachmittags noch extra in die Moschee oder Synagoge müssen, um dort unterrichtet zu werden. Natürlich konnten die Gemeinden diesen Unterricht weiter anbieten, genauso wie die Kirchen. Aber in der Schule sollten die Kinder und Jugendlichen gemeinsam lernen, was Religion war, nicht, woran sie zu glauben hatten. Es sollte um die Geschichte der großen Religionen gehen, um ihre Gemeinsamkeiten und Unterschiede, darum, weshalb in der Welt so viele Konflikte herrschten, die man lösen oder zumindest mindern konnte, wenn die eine Seite etwas mehr über die andere wusste. Die nächste Generation sollte mit mehr Wissen, mit mehr Verständnis aufwachsen. Der Glaube eines jeden Kindes konnte sich in der Familie und im sozialen Umfeld ausprägen. Die Eltern sollten wieder mehr in die Verantwortung genommen werden, ihren Kindern zu vermitteln, woran es sich zu glauben lohnte. Kirchen, Moscheen, Synagogen und Gemeindezentren waren die Orte, an denen Kinder mehr über ihren Glauben erfahren konnten. Deutsche Schulen dagegen sollten nicht mehr missbraucht werden, um Kinder und Jugendliche für eine spezielle Konfession zu begeistern. Alle sollten gemeinsam lernen, welche Religionen es überhaupt gab.

Fabrice war der Überzeugung, dass das die wahre Aufgabe einer Schule war: Kindern die ganze Galaxie zu zeigen, nicht nur einen Stern. Und schon gar nicht sollte sie ihnen vorgaukeln, dass sie von unterschiedlichen Sternen kämen.

Das Gespräch mit dem Zentralratsvorsitzenden kam zum Ende. Fabrice war ohnehin kaum bei der Sache gewesen und sah dem Mann nun nach, als dieser in der Rotunde verschwand. Anschließend wandte er sich wieder dem Tal zu. Dabei fiel sein Blick auf einen Balkon des Hotels. Es war der größte des mondänen Hauses mit der prachtvollen Fassade, den hohen Fenstern, den weißen Fensterläden und dem Schieferdach. Er gehörte zur Präsidentensuite, einer zweihundertfünfzig Quadratmeter großen Wohnung mit eigener Küche, zwei Schlafzimmern, Wohnzimmer, Esszimmer und Büro. Eigentlich hatte man sie wegen nötiger Reparaturen geschlossen, doch als sich ein besonderer Ehrengast angemeldet hatte, waren die Arbeiten in Windeseile erledigt worden.

Die Tochter des amerikanischen Präsidenten hätte keine anderen Räumlichkeiten akzeptiert. Zudem konnte ihre Entourage in extra nahe gelegenen Einzelzimmern für Bedienstete unterkommen. Prinzessin Ziva, wie Fabrice sie seit letzter Nacht für sich nannte, würde es gemütlich haben.

Würde ihr Kommen dem Rat der Religionen den glamourösen Anstrich verleihen, um weltweit wahrgenommen zu werden? Oder würde ihre Anwesenheit all die Bemühungen der letzten Tage noch ins Gegenteil verkehren? Würde es wirklich einen Anschlag geben? Fabrice wusste es nicht. Er war müde, hatte kaum geschlafen. Bis tief in die Nacht hatten Cara Allegri und er Gespräche geführt, sich umgehört, versucht, etwas herauszufinden. Gleich nach ihrem konspirativen Treffen im Domzimmer hatte er Jaron Glasser angerufen, seinen Kontakt beim Secret Service. Er hätte es sich sparen können. Jaron hatte ihn von der ersten Minute an wissen lassen, was er dessen Meinung nach war: ein alter Mann, ein Rabbiner, der einem erfahrenen Marine, einem Agenten des Secret Service, einem Beschützer der First Daughter, etwas über Sicherheit erklären wollte. Fabrice war sich wie ein Depp vorgekommen.

Doch etwas in Jarons Stimme hatte ihn aufmerken lassen.

Fabrice spürte, wenn jemand ihm etwas vormachte. Auch am Telefon. Er war sich sicher, dass der Secret Service mehr wusste und auch besorgter war, als der Sohn seines Schulfreundes hatte eingestehen wollen. Aber vielleicht gehörte auch das zum Spiel eines Agenten dazu.

Fabrice sah auf die Uhr. Es war kurz nach zehn. Das Flugzeug der Präsidententochter musste inzwischen auf dem Flughafen Köln/Bonn gelandet sein. Von dort aus war es nur noch ein Katzensprung zum Petersberg. Bald würde sie am Grandhotel eintreffen.

Und was dann?

Fabrice hegte noch immer Zweifel. Aber weniger an den Informationen, die Allegri mit ihm geteilt hatte, als am Verlauf. Als er in der Nacht gemerkt hatte, dass er nicht mehr weiterkommen würde, hatte er sich mit dem Anschlag auf die Moschee befasst. Die Behörden hatten den Bombenleger als einen Boris Ulbricht identifiziert. Er hatte der Bewegung der Reichsbürger angehört.

Fabrice wusste nicht viel über sie, weshalb er im Internet nach Informationen suchte. Ohne Frage war ihnen jeglicher Verstand abhandengekommen, sollten sie je welchen besessen haben. Für diese Leute existierte noch immer das Deutsche Reich. Sie erkannten die Bundesrepublik nicht an, weigerten sich, Steuern zu zahlen, bastelten sich eigene Personalausweise, Führerscheine und Autokennzeichen und formierten sich zum Protest gegen die »Besatzermacht aus Berlin«, genannt Regierung. Der Großteil dessen, was Fabrice über die Reichsbürger las, klang nach Spinnertum und wilden Verschwörungen.

Doch Ulbricht war offenbar ein spezieller Fall: ein überzeugter Neonazi, der schon früher zur Gewalt tendiert hatte, um »das Reich von ausländischem Abschaum zu säubern«. So ähnlich hatte es angeblich in dessen Tagebuch gestanden, das die Polizei bei Ulbricht zu Hause gefunden hatte. Dort hatten auch detaillierte Pläne für den Anschlag gelegen. Was den Behörden allerdings weiterhin Rätsel aufgab, war der Umstand, dass Ulbricht hatte überleben wollen.

Der Anschlag war nicht als Selbstmordkommando geplant gewesen.

Ulbricht hatte die Reichsbürgerbewegung als ihr neuer Führer übernehmen wollen. Stattdessen war er unter den Trümmern der eingestürzten Moschee begraben worden. Wie die Polizei erklärt hatte, waren die Bomben ferngezündet worden. Sie schloss aus, dass es Ulbricht selbst gewesen war.

Aber wer dann?

Fabrice dachte an Allegris Worte. Ulbricht hatte Hilfe benötigt, sonst wäre er nicht in die Moschee gekommen. Standen andere Leute dahinter, die ihn von vornherein als Bauernopfer und Kollateralschaden einkalkuliert hatten? Und wenn ja, konnte es jetzt wieder jemanden geben, der für sie die Drecksarbeit erledigte, um die Tochter des US-Präsidenten zu liquidieren? Vor allem diese Frage trieb Fabrice um.

Und dann war da noch immer der Ort. Die Behörden hatten die Sicherheitsvorkehrungen auf dem Petersberg ein weiteres Mal erhöht. Hatte das Grandhotel in den letzten Tagen schon einer Festung geglichen, kam nun niemand mehr auch nur in die Nähe, ohne an Dutzenden Beamten vorbeizumüssen. Eine Vorhut des Secret Service war bereits in der Nacht eingetroffen und hatte das Gelände nach eigenen Standards noch einmal kontrolliert und gesichert. Dazu kreisten seit dem frühen Morgen mehrere Hubschrauber der Polizei über dem Siebengebirge.

Als Fabrice am Morgen vor seinem Hotel in Köln auf den Shuttlebus gewartet hatte, war ihm ein Gedanke gekommen. Die Moschee war ein weiches Ziel gewesen. Kaum bewacht, noch dazu in der Nacht, einfach zugänglich, mitten in der Stadt gelegen. Für jemanden, der über so viel Sprengstoff und eine entsprechende Ausrüstung verfügte, hatte sie ein leichtes Ziel abgegeben. Warum wählten die Täter, wenn es denn dieselben waren, jetzt ein so ungleich schwierigeres, maximal bewachtes Ziel aus? Das ergab nur dann einen Sinn, wenn es ihnen um die politische Wirkung ging. Der Tod der First Daughter würde die Welt schockieren. Alle Augen wären plötzlich auf Deutschland gerichtet.

Und der Mann im Oval Office würde durchdrehen.

Aber ging es den Tätern wirklich darum? Vielleicht verfolgten sie ganz andere Ziele. Wie oft hatte Fabrice schon in Kaufhäusern gestanden und sich gefragt: Was, wenn jetzt ein Mann mit einem geladenen Maschinengewehr hereinkommen und das Feuer eröffnen würde? Wie lange würde es wohl dauern, ehe die Polizei vor Ort war? Fünf Minuten? Zehn? Wie viele Menschen würden bis dahin im Kugelhagel sterben? Und was brauchte es dafür? Einen einzigen Mann, ein Gewehr und einen belebten Ort. So etwas war für die Sicherheitsbehörden kaum zu verhindern. Genauso wenig wie der Amoklauf eines Mannes am Steuer eines Lkws.

Aber das hier, ein Anschlag auf eine Politikerin von solchem Rang und Namen, war eine ganz andere Hausnummer. Sie war kein weiches Ziel. Sie gehörte zu den bestbewachten Menschen auf der Welt. Und heute würde sie sich an einem der bestbewachten Orte der Welt aufhalten.

Fabrice schoss eine ganz andere Frage durch den Kopf, die er sich bis dahin noch gar nicht gestellt hatte: Was sagte es über diejenigen aus, die glaubten, einen solchen Anschlag wirklich verüben zu können? Sie waren entweder größenwahnsinnig oder, was viel beunruhigender war, derart gut ausgerüstet und professionell, dass sie einer paramilitärischen Einheit gleichen mussten. Sollte es diese Einheit wirklich geben, dann war vielleicht nicht nur ein Menschenleben in Gefahr.

Wie aufs Stichwort hörte Fabrice das Funkgerät eines Polizisten knarzen. Er konnte nicht alles verstehen. Aber der Gesichtsausdruck des Beamten verriet Fabrice alles, was er wissen musste.

Prinzessin Ziva gab sich die Ehre.

4

6. Dezember, Petersberg

Cara Allegri winkte ihn zu sich. Sie stand in der Rotunde auf der geschwungenen Treppe, die über eine Galerie ins Foyer des Grandhotels führte. Die Lobbyistin trug ein dunkelblaues Kleid, geschäftsmäßig und doch mit einer besonders eleganten Note. Eine goldene Brosche, ein Löwenkopf, funkelte Fabrice von ihrem Kostüm an, als er zu ihr trat. Ihre blonde Frisur und die Mähne des Königs aller Tiere ähnelten sich einander farblich. Fabrice hätte sich nicht gewundert, wenn Allegri sich dessen bewusst war. Sie schien ihm eine Person zu sein, die auch auf solche Details achtete.

Um ihre Hälse baumelten Ausweise mit Lichtbild, Name und Organisation sowie den Arealen, zu denen sie Zutritt hatten. Das Hotel wimmelte von Politikern, Würdenträgern, Journalisten, Dolmetschern, Lobbyisten, Vermittlern und Hilfskräften aller Art, die für eine solche Veranstaltung vonnöten waren. An allen Türen, Ein- und Ausgängen kontrollierten Sicherheitskräfte jeden, der sich von einem Raum in den nächsten bewegen wollte. Auch die Angestellten des Hotels mussten sich ständig ausweisen. Überall hingen Überwachungskameras, teils fest installiert, teils nachträglich montiert. Und Fabrice wusste aus eigener Erfahrung, dass niemand das Grundstück des Hotels betreten haben konnte, ohne vollständig kontrolliert worden zu sein. Die Fahrzeuge wurden bereits am Fuße des Berges abgefangen und von Einsatzkräften mit Spiegeln und Spürhunden abgesucht. Oben am Grandhotel angekommen, mussten alle Personen durch Metallscanner. Die Gepäckstücke wurden wie am Flughafen durchleuchtet.

Für die Medien gab es abgesperrte Bereiche, in denen sie ihre Kameras, Stative, Kabelberge, Lichter und Mikrofone aufbauen konnten. Und alles konzentrierte sich auf den eleganten Rundbau, in dem die feierliche Zeremonie stattfinden würde. Unter der hell erleuchteten Kuppel der Rotunde würden schon bald die Entscheidungsträger an einem Tisch zusammensitzen, der an eine Tafelrunde erinnerte. Die Namensschilder standen bereits aufgereiht vor den jeweiligen Mikrofonen an jedem Platz. Kabinen waren eingerichtet worden, in denen später die Dolmetscher saßen und simultan übersetzten. Gläser und kleine Fläschchen Wasser, Kaffeetassen und silberne Thermoskannen, alles war angerichtet für den letzten Schritt zu einer Welt, die morgen vielleicht ein kleines bisschen besser sein würde.

Vorausgesetzt, es passierte nicht das, was Fabrice Mannarino und Cara Allegri fürchteten.

Sie stiegen die Treppe zur Eingangshalle des Hotels empor, wiesen sich allein auf den wenigen Metern dorthin zweimal aus und wunderten sich. Dafür, dass der Ehrengast in wenigen Augenblicken eintreffen sollte, waren nur wenige Menschen hier. Da bemerkten sie ihren Fehler. Das Hotel verfügte über zwei Eingänge. Ein Portikus, eine offene Säulenhalle mit Giebeldach, diente als Entree für die Lobby. Eine modernere Konstruktion mit Glasdach jedoch trug den Namen »Präsidenteneingang«. Er führte direkt in die Gemächer der luxuriösesten Suite des Hauses. Und genau davor hatte sich das Empfangskomitee versammelt.

Fabrice und Allegri blieb nichts anderes übrig, als durch die Fensterscheiben einen Blick zu erhaschen. Sie sahen den Hotelchef neben dem Bundespräsidenten, dem Erzbischof von Köln und dem Präsidenten des jüdischen Zentralrats. Andere Würdenträger reihten sich dahinter auf. Durch Absperrbänder getrennt, drängten sich die Medienvertreter in einer kleinen Zone zusammen und kämpften um die besten Plätze.

Das Blitzlichtgewitter kündigte die Autokolonne an, noch ehe Fabrice sie sehen konnte. Sekunden später kamen schwarze SUVs in Sicht, ohne Zweifel gepanzert und mit schwer bewaffnetem Personal besetzt. Sie glitten über das Kopfsteinpflaster, bremsten sanft und kamen wie in einer einstudierten Choreografie zum Halt. Der nächste Akt ließ mehrere in schwarzen Anzügen gekleidete Männer aus den Autos springen. Die meisten von ihnen trugen die Sonnenbrillen, die viele für ein Klischee hielten. Doch sie gehörten zum Standard eines jeden Secret-Service-Agenten, genauso wie die SIG Sauer P229, die sie unter ihren weit geschnittenen Sakkos trugen. Fabrice erkannte die markanten Wölbungen im dunklen Stoff sofort. Offiziell durften ausländische Sicherheitskräfte nicht bewaffnet auf deutschem Boden agieren. Doch die US-Diplomatie machte sich über solche Spitzfindigkeiten deutscher Behörden eher lustig. Natürlich waren alle Agenten bewaffnet.

Gerade heute, dachte Fabrice.

Er erkannte einen Mann von bemerkenswerter Statur. Groß, breitschultrig, massige Hände, kahl rasierter Schädel, der Mund eine ausdruckslose Linie, zwei Falten zwischen den Augenbrauen verrieten einen finsteren Blick. Jaron Glasser hielt den Griff der hinteren Tür eines SUVs eine Sekunde in der Hand, prüfte mit einem letzten Blick die Umgebung und riss die Tür dann auf.

Fabrice musste gestehen, dass Zivas Erscheinung der einer Prinzessin würdig war. Langsam, fast schon bedächtig kamen erst ihre schlanken Beine zum Vorschein, die Füße in schwarzen High Heels. Ein anthrazitfarbener Rock, der sich einen Augenblick später als Teil eines eleganten Kostüms herausstellte, saß knapp über ihren Knien. Einer Dame ihres Status angemessen, stieg sie selbstsicher aus dem Wagen, würdigte ihren Agenten keines Blickes und richtete ihre Aufmerksamkeit stattdessen auf die Menschen, die sie erwarteten. Als Fabrice schon dachte, Jaron werde die Tür wieder zuschlagen, folgte zu seiner Überraschung ein zweites Paar Beine. Sie steckten in auf Hochglanz polierten dunkelbraunen Lederschuhen und einer mittelblauen Anzughose.

Die Prinzessin hatte ihren Prinzen mitgebracht.

»Pfui Teufel«, spie Allegri neben ihm aus. »Hätte sie ihren Dackel nicht zu Hause lassen können?«

Sie schien eine ähnliche Meinung über den ach so perfekten Schwiegersohn des US-Präsidenten zu haben wie Fabrice. Ein smarter, eiskalter Geschäftsmann, der sich für keine Lüge und keinen Betrug seiner eigenen Werte zu schade war. Ein modern orthodoxer Jude, der die Geschichte seiner Familie dazu missbrauchte, Politik zu machen. Der sich nicht einmal schämte, seine eigene Religion und die seiner konvertierten Ehefrau dazu zu nutzen, um seinem Schwiegervater ein Alibi für dessen antisemitische Ausfälle zu liefern. Ein loyaler Arbeiter und gewiefter Stratege, der als Sohn eines Milliardärs mit zweifelhaftem Ruhm das Familienimperium nur noch mächtiger gemacht hatte und nun im Weißen Haus Chefstratege spielen durfte.

Dieses Ehepaar der amerikanischen High Society stand nun vor dem Grandhotel und schüttelte Hände. Ein paar warme Worte, die Fabrice und Allegri nicht verstanden. Ein paar Fotos und Videosequenzen, die schon in wenigen Minuten online auf deutschen und internationalen Nachrichtenportalen zu finden sein würden. Ein paar Blicke auf das Anwesen, in den Park, auf die kleine Kapelle, die ebenfalls zum Grandhotel gehörte. Dann war die First Daughter mit ihrem Göttergatten durch den Präsidenteneingang verschwunden.

Fabrice wusste, dass jetzt ein informelles Gespräch mit dem Ehrengast anstand. Das offizielle Protokoll sah vor, dass sich alle – also alle, denen es gestattet war – in weniger als einer halben Stunde in der Rotunde einzufinden hatten. Allegri und er gehörten nicht dazu. Das machte auch nichts, ihre Arbeit war getan. Der Festakt würde auf diversen Monitoren in die restlichen Aufenthaltsräume des Hotels übertragen werden. Und natürlich live im Fernsehen in alle Welt.

Sie entschieden sich für einen Platz an einem Kamin in einem Nebenraum zur Lobby. Hier hing ein Ölgemälde von Konrad Adenauer. Auf Podesten standen die Büsten von Schiller und Goethe. Auf einer Anrichte warteten diverse Flaschen Champagner auf ihre letzte Reise. Die Feuerstelle war mit dem gleichen Vulkangestein ausgestaltet wie der Kölner Dom.

»Es liegt alles nah beieinander«, murmelte Fabrice mehr zu sich selbst.

»Das können Sie ruhig laut sagen.« Allegri lehnte sich vor und griff in eine Schale Erdnüsse, die vor ihnen auf einem Glastisch stand. Die Nüsse in einer Handfläche, lehnte sie sich zurück und warf ihren Kopf in den Nacken. »Bin ich froh, wenn das vorbei ist. Glauben Sie, wir haben etwas übersehen?«

»Sie meinen, ob es doch noch einen Anschlag geben könnte?«

Allegri antwortete nicht. Mit dem Kopf deutete sie in Richtung eines Fensters, durch das sie ein Einsatzkommando der Polizei beobachten konnten. Spezialeinheiten standen für den Fall bereit, dass ein Eingreifen nötig war. Hektische Betriebsamkeit sah allerdings anders aus.

Fabrice hatte zwar in Israel genügend Momente erlebt, in denen ein Anschlag aus dem Nichts gekommen war und niemand selbst im Nachhinein die Anzeichen hätte erkennen können. Doch jetzt fühlte sich alles irgendwie normal an. Alles schien sicher.

»Was meinen Sie, waren die Informationen der CIA falsch?«, fragte Allegri. »Oder haben es sich die Attentäter anders überlegt?«

»Sie meinen, ob der Anschlag zu einem anderen Zeitpunkt stattfinden könnte?«

Sie nickte. »Wie Sie gesagt haben: Andere Orte wären leichter zu treffen. Oder bin ich paranoid?«

»Das gehört zu unserem Leben mittlerweile dazu«, antwortete Fabrice. »Glauben Sie, ich blicke mich nicht ständig in Bordeaux um und frage mich, ob nicht jemand auf die Idee kommen könnte, einen Anschlag auf die Synagoge zu verüben?«

Dass die Wächter die Synagoge einst ins Visier genommen hatten, erwähnte Fabrice nicht. Allegri hatte womöglich ohnehin davon gehört. Die Einschusslöcher der damaligen Schießerei waren noch heute in den Gemäuern zu sehen.

»Also wird alles wie geplant über die Bühne gehen?« Allegri futterte ihre Erdnüsse. Die Nervosität stand ihr ins Gesicht geschrieben.

»Das werden wir gleich wissen.«

Einer der Monitore in der Lobby zeigte die Tafelrunde im Saal. Langsam füllten sich die Plätze am Tisch. Fabrice sah auf die Uhr. Es war kurz vor elf. In wenigen Minuten ging es los.

Fabrice wusste nicht, warum der Mann ihm auffiel. Er trug die Uniform eines Hotelangestellten. Schwarze Hose, weißes Hemd, Weste, Krawatte. Der Ausweis hing gut sichtbar um seinen Hals. Er durchquerte zielstrebig die Lobby. Allegri schenkte dem Mann kaum Beachtung, aber Fabrice' Blick folgte ihm aufmerksam.

Er richtete sich in seinem Sessel auf.

»Stimmt was nicht?« Allegri hatte seine Veränderung sofort bemerkt.

»Ich bin mir nicht sicher.«

Der Mann wandte sich in Richtung Treppenaufgang. Fabrice konnte es im matten Licht der Lobby nicht gut erkennen, aber er meinte, dass etwas mit dem Gesicht des Mannes nicht stimmte. Da trafen sich ihre Blicke. Nur ein kurzer Augenkontakt, aber Fabrice wusste sofort, dass dieser Mann nicht für das Hotel arbeitete. Ein Angestellter des Hauses wäre dem Blickkontakt mit einem Gast nicht ausgewichen. Das war die erste Regel in einem Luxushotel. Dem Kunden galt die volle Aufmerksamkeit. Egal wann, egal wo, egal unter welchen Umständen. Doch dieser Mann hatte sich bemüht, aus Fabrice' Blickfeld zu verschwinden.

Fabrice erhob sich.

»Was ist los?«

»Ich weiß es noch nicht. Bleiben Sie hier! Wenn ich in zwei Minuten nicht wieder da bin, alarmieren Sie den Sicherheitsdienst!«

Ehe Allegri antworten konnte, war Fabrice aufgesprungen und am Treppenabsatz. Man hatte ihm gesagt, er sei in den letzten Jahren äußerlich gealtert. Aber auf seine körperliche Konstitution legte er noch immer großen Wert. Mit Leichtigkeit nahm er zwei Stufen auf einmal.

Auf der ersten Etage angekommen, blickte er nach links und rechts in die Flure. Der Mann war nicht zu entdecken. Gedämpfte Schritte drangen über das Treppenhaus zu ihm herunter. Fabrice folgte seinem Instinkt und erklomm die nächsten Stufen.

Zweiter Stock. Wieder nichts. Die Flure lagen ruhig und still da. Um kurz vor elf, dachte Fabrice, würde niemand mehr auf den Gängen unterwegs sein. Alle warteten jetzt nur noch auf den Moment der Unterschriften. Sie saßen alle vor irgendwelchen Monitoren oder in der Rotunde und sehnten den Augenblick herbei, da alle neunundzwanzig Religionsvertreter sich zusammenschlossen zu einem Rat für Frieden und Toleranz.

Es sei denn, dieser Mann, dem er folgte, hatte etwas dagegen.

Fabrice lief weiter. Auf der dritten und letzten Etage angekommen, machte er halt und lauschte. Außer seinem kontrollierten Atem hörte er nur ein leises Stimmengewirr aus den unteren Etagen. Er sah sich um. Ein grüner Läufer auf Marmorfliesen führte zu den Zimmern. Die Lampen an den Wänden leuchteten den Flur aus. Es gab keine Ecken, in denen sich der Mann hätte verstecken können. Er musste eines der Zimmer betreten haben. Aber welches? Oder war er über ein zweites Treppenhaus, das nur wenige Meter entfernt lag, wieder nach unten gegangen? Das ergab keinen Sinn.

Fabrice betrat den Flur und orientierte sich. Er befand sich zwei Stockwerke oberhalb der Präsidentensuite. Die Zimmer links von ihm lagen auf der Ostseite des Hotels. Von ihren Fenstern aus blickten die Gäste in die Wälder des Siebengebirges. Die Zimmer zu seiner Rechten lagen auf der Westseite. Und unter ihren Fenstern lag –

Die Rotunde!

Was konnte der Mann vorhaben? Und was waren Fabrice' Optionen? Allegri würde in wenigen Augenblicken die Sicherheitskräfte verständigen, falls er nicht wiederkam. Aber würden sie ihr überhaupt glauben? Ihm blieb keine andere Wahl. Er musste den Mann finden.

Langsam schritt Fabrice den Flur ab. Er konzentrierte sich auf die Türen zu den Zimmern auf der Westseite. Sie würden verschlossen sein. Eine Schlüsselkarte hatte er nicht. Aber vielleicht konnte er etwas hören. Als Erstes horchte er an Zimmer 703. Nichts. Er fragte sich, wie dick die Türen waren, wie viel Schall sie absorbierten von dem, was drinnen vor sich ging. Er ging weiter zu Zimmer 702. Auch hier verharrte er mit einem Ohr an der Tür, wagte nicht zu atmen, lauschte. Wieder nichts. Um zu Zimmer 701 zu gelangen, musste Fabrice einen Mauervorsprung umrunden.

Da sah er es.

Die Tür zu Zimmer 701 stand wenige Zentimeter offen.

So leise er konnte, schlich er an die Zimmertür heran. Durch den Spalt konnte er Stimmen hören. Er brauchte einen Augenblick, bis er begriff: Der Fernseher war eingeschaltet, es lief die Übertragung der Zeremonie im Kuppelsaal.

Fabrice überlegte. Er sah sich um, konnte aber nichts entdecken, was ihm als Waffe hätte dienen können. Es gab also nur einen Weg.

Er legte seine Hand auf die Klinke und trat vor. Die Tür schwang auf, und Fabrice stand Sekunden später mitten in Zimmer 701. Doch er war allein.

Irritiert sah er sich um. Auf einem Schreibtisch erblickte er einen altertümlichen silbernen Brieföffner. Er griff danach und hielt ihn wie eine Stichwaffe in der Hand. Sofort gab ihm der kalte Gegenstand ein besseres Gefühl.

Die Zimmertür war hinter ihm ins Schloss gefallen.

Er ging zum Badezimmer, spähte hinein. Leer.

Hier war niemand.

Aber wie konnte das sein? Hatte er sich getäuscht? Warum hatte die Tür dann offen gestanden? Im Flur hätte sich der Mann nicht verbergen können. War er doch über die zweite Treppe geflohen? Oder hatte sich Fabrice das alles nur eingebildet?

Er sah sich um. Das Bett war unberührt und frisch bezogen. Eine anthrazitfarbene Tagesdecke lag ordentlich über dem Doppelbett. Zwei moderne Sessel im gleichen Farbton standen davor, dazwischen ein niedriger Tisch mit einer Topfpflanze und einem Obstkorb. Nichts deutete darauf hin, dass jemand dieses Zimmer bewohnte oder kürzlich hier gewesen war. Es lag in der obersten Etage. Durch zwei Giebelfenster des Dachgeschosses drang Tageslicht in den Raum.

Da fiel Fabrice auf, dass auch eines der Fenster angelehnt war. Nach drei großen Schritten stand er davor. Sein Blick fiel auf die

Rotunde, die gut zwanzig Meter unter ihm lag. Die Konferenz musste jeden Moment beginnen.

Er wollte gerade die Möglichkeiten durchgehen, die ein Attentäter von hier oben gehabt hätte, da fiel ihm ein schwarzer Kasten ins Auge, der in einem Fach des Nachttisches neben dem Bett lag. Fabrice legte den Brieföffner aus der Hand, fingerte ein Stofftaschentuch aus seiner Hosentasche, nahm den Kasten und legte ihn aufs Bett. Es war ein Plastikkoffer, nicht größer als eine Laptoptasche. Vorsichtig löste Fabrice das Schloss und klappte den Deckel auf. Er sah auf den Inhalt hinab und brauchte einen Moment, um zu begreifen, was er vor sich hatte.

Vor ihm lagen, in Schaumstoff gehüllt, ein Smartphone und etwas, das aussah wie eine Spinne aus Carbon. Doch Fabrice wusste es besser. Er hatte von diesen Dingern schon einmal gehört. Neben dem Smartphone lag eine ultraflache Minidrohne. Sie passte in seine Handfläche und war in der Luft für das menschliche Auge kaum zu sehen. Er wusste es nicht sicher, aber er hätte darauf gesetzt, dass an der Drohne ein winzig kleiner Sprengsatz befestigt war. Wenige Gramm reichten aus, um einen Menschen zu töten, falls die Drohne das Opfer an der richtigen Stelle traf. Ein Anschlag, der kaum zu verhindern war, weil das tödliche Objekt sich unbemerkt der Zielperson nähern konnte. Und wenn jemand doch aufmerksam genug war, bestand praktisch keine Chance, die Drohne aufzuhalten. Die einzige Möglichkeit lag darin, die Zielperson rechtzeitig in Sicherheit zu bringen. Andernfalls war es vorbei, ehe jemand realisierte, was da passierte.

Das also hatte der Mann vor. Er konnte die Drohne mit dem Smartphone von hier oben aus steuern. Er würde sie unbemerkt in die Rotunde manövrieren, sie über den Köpfen der Anwesenden kreisen lassen, bis er sein Ziel anvisiert hatte. Dann würde alles ganz schnell gehen. Die Drohne würde auf Kollisionskurs gehen. Ein greller Blitz wäre das Letzte, was die Tochter des amerikanischen Präsidenten sehen würde, wenn der Flugkörper in ihrem Gesicht explodierte. Sie wäre auf der Stelle tot.

Fabrice wollte gerade den Kasten wieder schließen, da hörte

er ein Klicken an der Tür. Sein Puls beschleunigte sich. Jemand hatte eine Schlüsselkarte benutzt, um sich Zutritt zu Zimmer 701 zu verschaffen. Kam der Mann zurück, um sein Werk zu beenden?

Die Tür öffnete sich einen Spalt breit. Doch statt des Mannes flog ein Gegenstand in den Raum. Diesmal verstand Fabrice sofort, mit was er es zu tun hatte. Er warf sich auf den Boden, schloss die Augen und hielt sich die Hände auf seine Ohren. Doch er hatte keine Chance. Ein gleißend helles Licht und ein lauter Knall drangen in jede Pore seines Körpers ein. Die Wirkung der Blendgranate in dem kleinen Zimmer ließ ihn zusammenzucken und aufschreien. Seine Trommelfelle schienen zu implodieren. Seine Augen brannten, als wären sie von einem Laser getroffen worden. Er verlor jede Orientierung, wusste nicht mehr, wo oben und unten war. Dann verlor er das Bewusstsein.

5

7. Dezember, Mussidan, Frankreich

Natalie Villeneuve erwachte von ihrem eigenen Schrei. Sie saß aufrecht im Bett. Wieder dieser Traum! Sie zitterte, spürte einen schweißnassen Film auf ihrer Haut. Im schwachen Licht einer Nachtlampe blickte sie auf ihre Hände. Es musste Blut daran kleben, sie konnte noch den kühlen Griff des Messers spüren, das sie gerade gehalten hatte.

Aber es war nur ein Traum gewesen.

»Geht das nicht leiser?«, murmelte neben ihr eine männliche Stimme.

Zunächst war Natalie verwirrt. Das war nicht Alex' Stimme. Sie sah sich um. Dann wusste sie wieder, wo sie war. Sie lag gar nicht in ihrem Bett in ihrer gemeinsamen Wohnung in Paris. Die Pritsche unter ihr verdiente die Bezeichnung Bett nicht. Eine von acht in einem stickigen Raum einer Herberge, in der sie gestern Abend noch einen Schlafplatz gefunden hatte.

Natalie griff zu ihrem Smartphone, das neben der Pritsche in einem ihrer Wanderschuhe steckte, und ließ das Display aufleuchten.

Vier Uhr achtundfünfzig.

Erschöpft sank sie wieder ins Kissen und betrachtete das Hintergrundbild, das auf dem Bildschirm erschienen war. Ja, das war sie dort auf dem Foto. Ob andere Menschen ihr die Alpträume ansahen, die sie schon so lange quälten? Die innere Zerrissenheit, die sie jeden Tag versuchte zu überspielen? Oder sah man nur die äußere Hülle einer schönen, starken Frau mit schwarzen Locken, braunen Augen und bronzefarbener Haut? Sahen die Menschen etwas von ihrer Geschichte? Von ihren Taten? Von dem, was sie nachts nicht schlafen ließ? Von dem, was sie in jeder wachen Minute verfolgte, wenn sie mit sich und der Welt allein war? Und wen sahen die Menschen in dem Mann, der auf dem Foto neben ihr stand, sie liebevoll im Arm hielt? Kaum älter war er, gerade vierzig geworden, groß, schlank, mit diesen durchdringenden, wachen, intelligenten Augen und den dunkelbraunen Haaren, die er für einen Professor einen Tick zu lang trug. Würden die Menschen glauben, dass Natalie Villeneuve und Alexander Kauffmann ein glückliches Paar waren?

Gedankenverloren spielte Natalie mit ihrer goldenen Halskette, die sie seit jüngster Kindheit trug. Auf diesem Foto, das Natalies Mutter Suzanne von ihnen bei einem Abendessen geschossen hatte, waren sie glücklich gewesen. Zumindest wollte sie das glauben. Sie hatten sich doch gerade erst verlobt. Sie mussten glücklich sein. Aber in Wahrheit gab es für Natalie kein wirkliches Glück mehr.

Nicht mehr seit diesem Tag, der alles verändert hatte.

Dieser Tag war der Grund, warum sie überhaupt hier war. In Mussidan, irgendwo zwischen Limoges und Bordeaux. Seit fast drei Wochen war sie nun schon unterwegs. Anfangs hatte sie nicht gewusst, wohin. Sie hatte eines Morgens einfach ihren Rucksack gepackt und war aufgebrochen. Mit dem Zug nach Nevers. Und seitdem zu Fuß. Über vierhundert Kilometer. Jeden Tag war sie gewandert. Mal zwanzig. Mal dreißig. An einem Tag sogar etwas über vierzig Kilometer. Von morgens früh bis abends spät. An einem Abend war sie so spät noch unterwegs gewesen, dass die meisten Unterkünfte an der Via Lemovicensis schon geschlossen waren. Es war immerhin schon Dezember. Die meisten Pilger auf diesem französischen Teil des berühmten Jakobsweges würden erst wieder ab März ihre Schuhe schnüren. Aber Natalie war es recht so. Sie wollte allein sein. Allein mit sich. Allein mit ihren Gedanken. Allein mit ihren Ängsten. Allein mit ihren Alpträumen.

Sie gab sich einen Ruck und schwang ihre Beine aus dem Bett. An Schlaf war ohnehin nicht mehr zu denken. Das kannte sie bereits aus den letzten Tagen. Sie ging ins Gemeinschaftsbad, wusch sich und zog anschließend im Schein der Nachttischlampe leise ihre wetterfesten Wanderklamotten an. Dann schlüpfte sie in ihre Stiefel, schulterte ihren Rucksack und verließ ohne Frühstück die Unterkunft.

Um fünf Uhr einundzwanzig marschierte sie los.

Es wurde immer früher, dachte Natalie. Am ersten Tag war sie um kurz nach sieben losgezogen. Aber sie schlief immer weniger, immer kürzer, immer schlechter. Noch schlechter. Dabei hatte sie gehofft, die Anstrengungen des Wanderns würden ihr helfen. Wenn sie ihren Körper an die Grenze trieb und darüber hinaus. Wenn sie ihren Körper so auslastete, dass ihre Gedanken sie nicht noch zusätzlich belasten konnten. Wenn sie ihren Körper so strapazierte, dass er sich irgendwann einfach nahm, was er brauchte. Schlaf. Einfach nur Schlaf. Und Ruhe. Vor allem in ihrem Kopf.

Doch Natalie schien mit jedem Tag auf dem Jakobsweg noch rastloser zu werden.

Es bedeutete ihr nichts, den Jakobsweg zu laufen. Sie brauchte die ganze Mystik nicht, die sich um diesen sagenumwobenen Pfad zu Gott drehte. Sie glaubte nicht daran, dass Er ihr irgendwann erschien. Sie hatte gelesen, dass der Weg jeden irgendwann so weit hatte. Aber sie hatte auch nicht vor, bis Santiago de Compostela zu laufen. Zumindest noch nicht. Sie brauchte die Bewegung, die frische Luft, die Weite, die Einsamkeit. Sie musste zugeben, dass sie einige Details niedlich fand. Die Muscheln, die einem den Weg wiesen; die Unterkünfte, die auf Pilger einstellt waren; die Shops, in denen man sich Wanderstöcke, Hüte und Andenken kaufen konnte. Und natürlich Blasenpflaster für die geschundenen Füße. Natalie hatte Glück. Ihre Schuhe erwiesen sich jeden Tag aufs Neue als genau richtig. Keine Blasen, keine Druckstellen, keine Schmerzen.

Nur die Schmerzen, die ihr die Alpträume bereiteten.

Sie musste an den Arztbesuch denken an jenem Tag, bevor sie aufgebrochen war. Sie hatte es kommen sehen, gespürt, dass etwas mit ihr nicht stimmte. Sie hatte es nicht wahrhaben wollen, selbst als sie auf der Liege gelegen und die Diagnose auf dem Bildschirm gesehen hatte. Der Arzt hatte ihre Hand genommen, als ihr die Tränen kamen.

Der berühmte Tropfen, der ein Fass zum Überlaufen brachte. So hatte sich Natalie in diesem Moment gefühlt. Alex hatte sie nichts davon erzählt. Sie war am nächsten Morgen zu ihm gegangen, hatte ihm erklärt, dass sie diese Reise machen musste, und war aufgebrochen. Er hatte sie nicht einmal ernsthaft versucht zurückzuhalten. Ob er gespürt hatte, dass es zwecklos gewesen wäre?

Ach was, dachte Natalie, als sie über Kopfsteinpflaster Mussidan in Richtung Westen verließ. Sie schritt energisch aus, fast schon wütend setzte sie einen Fuß vor den anderen. Sie trug eine Kopflampe, die ihr den Weg leuchtete. Alex und Gefühle! Das ging nicht zusammen. Sie erinnerte sich an einen Artikel in einer Zeitschrift für Psychologie. Wie hieß der Begriff noch gleich? Alexithymie. Er beschrieb die Unfähigkeit, Gefühle anderer zu erkennen und seine eigenen in Worte zu fassen. Was für eine Ironie, dachte Natalie. Alex leidet an Alexithymie.

Ein kräftiger Wind wehte ihr entgegen. Er verlieh ihr neue Energie. Der Winter in dieser Gegend Frankreichs konnte unangenehm kalt werden. Aber jetzt fühlte er sich frisch an, wie ein neues Leben.

Nach einer Stunde lag ihre Herberge der letzten Nacht schon fünf Kilometer zurück. Natalie würde nur noch heute dem Jakobsweg weiter folgen und dann in Richtung Bordeaux laufen. Das war ihr in den letzten Tagen klar geworden. Sie spürte, dass es sie dorthin zog, wo alles seinen Ursprung hatte. Ihre Familie, aber auch ihre Alpträume.

Streng genommen war Natalie Villeneuve ein Waisenkind. Von ihrer krebskranken Mutter abgegeben, die ihr einzig die goldene Halskette hinterlassen hatte. Ihre erste echte Familie hatte Natalie im Waisenhaus gefunden. Einen Jungen, der sie wie seine kleine Schwester beschützt hatte, mit ihr aufgewachsen und für sie da gewesen war. Heute war Alex der Mann, den sie liebte. Er war ihr Verlobter. Sie zweifelte nicht an ihren Gefühlen für ihn. Sie hatte ihn immer geliebt. Sie zweifelte, dass Liebe allein ausreichte, um hinter sich zu lassen, was passiert war. Nicht ihre gemeinsame Vergangenheit im Waisenhaus. Die hatte beide nur noch mehr zusammengeschweißt. Aber nichts hätte Alex und Natalie auf das vorbereiten können, was die Wächter mit all ihrer Macht und Brutalität mit ihnen angestellt hatten.

Zwei Männern hatte Natalie es zu verdanken, dass sie noch lebte und ihre Familie nicht ausgelöscht worden war: ihrem Verlobten Alex und ihrem Onkel Fabrice. Sie hatten ihr Leben riskiert, um Natalies zu retten. Am Ende jedoch hatte Natalie auch ihnen das Leben gerettet, indem sie jemanden getötet hatte.

Es war dieses Bild, das Natalie nicht loswurde. Das Bild eines Wächters mit einer Pistole in der Hand, über Alex gebeugt, der am Boden lag. Natalie, die nicht nachdachte. Natalie, die zustach. Mit einem Militärmesser direkt in den Hals. Bis heute suchte dieser Moment sie heim. Am Tag, in der Nacht, wenn sie zur Ruhe kam, wenn sie ihre Gedanken nicht mehr kontrollieren konnte.

Mein Name ist Natalie Villeneuve. Ich bin siebenunddreißig Jahre alt und habe einen Menschen getötet.

Sie blieb stehen. Erstaunt, dass sie nicht mitbekommen hatte, wie sie in einen Ort gelaufen war. Sie hatte keine Ahnung, wo auf der Strecke sie sich befand. Der Tag begann zu erwachen, der Himmel über dem Süden Frankreichs hellte langsam auf. Sie nahm ihre Stirnlampe ab, verstaute sie im Rucksack und sah sich um. Eine kleine Touristeninformation lag keine fünfzig Meter vor ihr. Sie sah noch verschlossen aus. Gegenüber befand sich ein Café. Der Duft frisch gebackenen Brotes wehte bis zu Natalie herüber. Es war Zeit für ein kleines Frühstück.

Sie ließ sich ihren Thermobecher mit heißem Kaffee füllen, kaufte sich zwei *pains aux raisins* und setzte sich vor dem Café auf den Bürgersteig. Ein kurzer Blick auf ihr Handy ließ sie stutzen. Alex hatte sie schon mehrfach versucht anzurufen. Sie hatte es nicht mitbekommen. Was um alles in der Welt wollte er so früh am Morgen von ihr? Sie hatten vereinbart, dass nur sie sich melden würde. Alex sollte ihr Zeit geben, die Chance, Abstand zu gewinnen. Bislang hatte er sich daran gehalten. War etwas passiert? Ging es ihm gut? War etwas mit Suzanne? Ihr Herz pochte schneller.

Sie checkte ihre Nachrichten. Keine SMS, keine WhatsApp, keine Voicemail, keine Bitte um einen Rückruf.

Dann konnte es nicht so wichtig sein, dachte sie. Wenn er etwas wollte, sollte er halt noch mal anrufen.

Wie aufs Stichwort begann das Smartphone in ihrer Hand zu vibrieren. Wieder Alex! Natalies Zeigefinger kreiste einen Moment unsicher über dem Display. Dann nahm sie den Anruf entgegen.

6

7. Dezember, Flughafen Köln/Bonn

Als ob jemand mit der flachen Hand auf einen Tisch geschlagen hätte. So fühlte es sich an, als der Airbus A321 aus München auf der Landebahn am Flughafen Köln/Bonn aufsetzte. Natalie Villeneuve schaute aus dem kleinen Fenster des Flugzeugs. Es schneite nicht, es regnete nicht. Irgendetwas dazwischen fiel vom dunkel verhangenen Himmel herab. Winter in Deutschland hatte offenbar nichts vom viel zitierten Wunderland.

Was für ein Wahnsinnstrip, dachte Natalie und atmete durch, als das Flugzeug langsam in Richtung Gate rollte. Nach Alex' Anruf am Morgen hatte sie sofort ein Taxi bestellt und sich die knapp hundert Kilometer nach Bordeaux zur Gare Saint-Jean fahren lassen. Der Taxifahrer hatte sein Glück kaum fassen können. Aber Natalie hatte ihm in der Eile sogar noch zwanzig Euro Trinkgeld überlassen, weil sie sonst den TGV nach Toulouse-Matabiau verpasst hätte. Zweieinhalb Stunden später ein weiteres Taxi zum Flughafen Blagnac, einen Flieger mit der Lufthansa nach München und von dort aus weiter nach Köln.

Zehn Stunden lagen zwischen dem ersten Schluck Kaffee auf dem Bürgersteig in dem namenlosen Örtchen kurz hinter Mussidan und jetzt. Aber es hätten auch zehn Jahre sein können. Während sich Natalie zwischen den Menschen hindurch zur Gepäckausgabe drängte, schien ihre Wanderung der letzten Tage und Wochen schon unendlich weit weg. Nur ihre Kleidung und ihr Rucksack, der soeben auf dem Laufband in ihre Richtung angerollt kam, erzählten von den gut vierhundert Kilometern, die sie zu Fuß zurückgelegt hatte.

In Gedanken war Natalie längst ganz woanders.

Sie fühlte sich schmutzig, ihre widerspenstigen Locken hatte sie zu einem wilden Pferdeschwanz gebunden. Sie brauchte eine Dusche. Aber das spielte keine Rolle. Was sie vor allem brauchte, waren Informationen über Fabrice. Wie ging es ihm? Was war wirklich geschehen? Überhaupt: Was in drei Teufels Namen ging da vor sich?

Alex hatte ihr am Telefon nicht viel sagen können. Esther hatte ihn angerufen und erklärt, Fabrice sei von einem Sondereinsatzkommando der deutschen Polizei überwältigt worden, angeblich nur wenige Augenblicke bevor er einen terroristischen Anschlag habe ausüben können. Natalie war schwindelig geworden, jedes Wort von Alex hatte sich wie eine Nadel in ihren Kopf gebohrt. Sie fühlte sich auch jetzt noch kaum besser, aber zumindest war das überwältigende Gefühl verklungen, die Welt sei im Begriff, über ihr einzustürzen. Dazu hatte auch Alex beigetragen.

Nüchtern und sachlich hatte er ihr erzählt, was passiert war. Ohne Panik, ohne die unnötigen Floskeln von wegen, alles werde gut. Nichts war gut, und sein analytischer Verstand hatte es ihm verboten, irgendetwas anderes zu behaupten. Genauso hatte er ihr ruhig und ohne Hektik erklärt, wie sie auf dem schnellsten Wege nach Deutschland kommen konnte. Er hatte ihren Flug gebucht, ihr den Zug nach Toulouse rausgesucht und war anschließend selbst mit dem Thalys von Paris aus aufgebrochen.

Jetzt stand er vor ihr.

In der Empfangshalle des Flughafens, in eleganten Jeans, sein graues Wollsakko, von dem er wusste, dass sie es besonders an ihm mochte, über einem weißen Hemd und mit einem weinroten Schal um den Hals. Wortlos nahmen sie sich in die Arme. Es fühlte sich gut an, merkte Natalie. Die Vertrautheit, sein Geruch, die Brust, auf die sie ihren Kopf so gerne legte. Dann kamen die Erinnerungen an die letzten Wochen wieder hoch, an den Arztbesuch, an die Gedanken, die sie sich auf ihrer Wanderung gemacht hatte. Sie löste sich von ihm und trat einen Schritt zurück.

»Erzähl!«, forderte sie ihn auf.

Alex blickte sie aus seinen schwarzbraunen Augen an. In dem Moment wurde Natalie erst bewusst, dass sie sich drei Wochen nicht gesehen hatten. Er sah müde aus, irgendwie ausgelaugt. Aber das war sie auch.

»Ich bin vor drei Stunden angekommen«, begann er, »habe einen Mietwagen genommen, uns ein Zimmer in dem Hotel besorgt, in dem Fabrice gewohnt hat, und bin zum Flughafen gefahren. Für viel mehr blieb keine Zeit. Fabrice sitzt im Polizeipräsidium in Untersuchungshaft. Der Rat der Religionen ist erst mal auseinandergegangen und will in drei Tagen wieder –«

»Dieser komische Rat interessiert mich einen Scheißdreck«, unterbrach Natalie ihn unwirsch.

»Das sollte er aber«, erwiderte Alex ungerührt. »Darum war Fabrice schließlich hier.«

»Danke, das habe ich auch mitbekommen.«

»Natalie, es geht darum, dass Fabrice genau deswegen jetzt in Haft sitzt. Wir beide wissen, dass er nichts von dem getan hat, was man ihm vorwirft. Aber ich bezweifle, dass wir irgendwelche Antworten von der Polizei bekommen werden.« Er nahm einen langen Mantel und eine Umhängetasche, die zwischen seinen Beinen gelegen hatten, und bedeutete ihr, ihm zu folgen. »Deshalb habe ich uns im Excelsior eingebucht. Ein Großteil der Delegationen sitzt sich dort jetzt drei Tage den Hintern platt, bis der Rat wieder zusammenkommt. Wenn wir was erfahren, dann da. Esther ist heute früh nach Köln geflogen und wohnt in einem Hotel direkt neben der Polizei. Du kannst dir sicher sein, dass sie sich da nicht wegbewegen wird, bis Fabrice wieder frei ist. Wenn wir helfen wollen, wird uns das nicht gelingen, indem wir den Grund, weshalb Fabrice hier war, ignorieren.«

»Bist du fertig mit deiner Vorlesung?«, blaffte Natalie. »Können wir jetzt?«

Sie gingen wortlos in ein Parkhaus. Natalie wusste, dass sie unfair zu Alex war. Er war ihr gedanklich zwei Schritte voraus gewesen.

Schweigend stiegen sie in einen Audi A6. Natalie ließ sich in den Ledersitz fallen und schloss die Augen. Der Wagen roch, als wäre er gerade frisch aus der Fabrik gerollt. Der typische Ledergeruch, den neue Autos oft verströmen – es fühlte sich falsch an. In den letzten Wochen hatte sie in einfachen Herbergen geschlafen, die nicht immer sauber gewesen waren, war stundenlang bei jedem Wetter durch Frankreich gelaufen, hatte geschwitzt, gestunken, sich manchmal nur notdürftig waschen können, hatte ihre Kleidung per Hand geschrubbt und trug auch jetzt noch immer ihre Wanderklamotten, die schon länger keine Waschmaschine mehr von innen gesehen hatten. Sie traute sich kaum, die Armaturen zu berühren. Sie sollte nicht hier sein. Sie sollte heute noch mehr als zwanzig Kilometer laufen. Stattdessen hatte sie über tausend Kilometer in der Luft zurückgelegt.

Als hätte Alex ihre Gedanken geahnt, sagte er: »Ich habe dir ein paar Sachen mitgebracht. Sie liegen auf unserem Zimmer. Du kannst dich in Ruhe frisch machen, danach fahren wir zur Polizei.«

»Danke«, erwiderte sie knapp.

Alex folgte den Anweisungen des Navigationsgerätes. Die weibliche Stimme sprach Deutsch. Natalie versuchte zu verstehen, was sie sagte, verstand jedoch kein Wort. Alex dagegen konnte Deutsch. Er war damals von einer Familie adoptiert worden, die in die Schweiz gezogen war. Zwar hatten sie im französischsprachigen Westen gelebt. Aber Alex war praktisch zweisprachig aufgewachsen. Sie nicht. Sie musste sich in den nächsten Tagen mit Französisch oder Englisch durchschlagen. Sie spürte schon jetzt eine Abhängigkeit von ihm in sich aufsteigen, die ihr aufs Gemüt schlug.

Der Schneeregen fiel weiter unablässig. Das Licht der Scheinwerfer ließ die weißen Kristalle funkeln, ehe sie vor der Windschutzscheibe auseinanderstoben. Natalie hatte keine Ahnung, wo sie sich befanden. Sie sah sich um. Gerade passierten sie einen Bahnhof. Das Navi zeigte an, dass sie auf der Mindener Straße fuhren. Dann rechts auf die Deutzer Brücke. Der Rhein. Natalie war noch nie zuvor in Köln gewesen. Der Audi glitt dahin, als unter ihnen der schwarze Strom in Sicht kam. Natalie folgte dem Fluss mit ihrem Blick an das andere Ufer. Sie sah die beiden Türme sofort. Der Kölner Dom.

Hell erleuchtet wirkte er im Schneeregen wie ein Leuchtturm in stürmischer See. Natalie hatte in ihrem Architekturstudium viel über ihn gelesen. Im 9. Jahrhundert hatte an gleicher Stelle noch eine gewaltige karolingische Kirche gestanden. Als im 12. Jahrhundert die Gebeine der Heiligen Drei Könige nach einem Italienfeldzug den Weg nach Köln gefunden hatten, war die Stadt am Rhein zur Pilgerstätte in weiten Teilen der Christenheit geworden. Also musste ein neuer Dom her, der in seiner Größe und Bedeutung den Heiligen Drei Königen gerecht wurde. Es sollte eine Kathedrale im hochgotischen Stil werden, ihre Ausgestaltung sollte sich an den französischen Meisterbauten von Amiens und der Sainte-Chapelle in Paris orientieren. Aber klar, sie musste größer sein, noch schöner, noch prächtiger.

Wie heute, dachte Natalie, in einer Zeit, in der kein Wolkenkratzer mehr hoch genug sein konnte. Sie fürchtete nur, dass die meisten Architekten von heute gar nicht mehr in der Lage wären, eine Kirche vom Ausmaß eines Kölner Doms zu bauen. Damals, bei der Grundsteinlegung 1248, waren die Pläne an die Grenzen des technisch Möglichen gegangen. Okay, musste Natalie zugeben, es hatte am Ende auch schlappe sechshundert Jahre gedauert, bis er 1880 fertiggestellt wurde. Aber dann war der Kölner Dom das höchste Gebäude der Welt. Und das, obwohl die Baupläne aus dem 13. Jahrhundert stammten. Was für Pioniere es gebraucht hatte, um diesen Dom zu erbauen!

Als Alex schließlich in ein Parkhaus einbog, musste Natalie gähnen. Sie war inzwischen über achtzehn Stunden auf den Beinen. Die Autofahrt hatte sie schläfrig gemacht. Zum Glück hatte sie in Toulouse am Flughafen eine Kleinigkeit gegessen. Das würde noch ein bisschen vorhalten.

Direkt gegenüber vom Parkhaus lag das Hotel. Natalie spürte den Dom in ihrem Rücken, als sie über die Straße in Richtung Excelsior gingen. Alex führte sie direkt auf ihr Zimmer. Sie spürte die Blicke einiger Hotelgäste, als ob Natalie mit ihrem Wander-Outfit und Rucksack nicht in dieses Etablissement gehörte. Womit diese Spießer auch recht hatten! Eigentlich, erklärte Alex ihr gerade, hätte es kein freies Zimmer mehr geben dürfen. Aber nach dem vereitelten Anschlag auf dem Petersberg waren einige Gäste überstürzt abgereist. Er öffnete ihr die Tür zu einem Doppelzimmer mit weichem Teppichboden, warmen Cremetönen an den Wänden, einem antiken Schreibtisch und einem Bett, dessen Matratze dreimal so dick war wie jede andere Unterlage, auf der sie in den letzten drei Wochen geschlafen hatte.

Sie ließ ihren Rucksack fallen und ging ohne weiteres Wort ins Badezimmer. Sie konnte es nicht fassen. Hier gab es sogar einen Jacuzzi. Was hätte sie nach der einen oder anderen harten Wanderung für ein Bad in so einem Ding gegeben! Am liebsten hätte sie sofort heißes Wasser eingelassen und sich hineingelegt. Die Chancen wären groß gewesen, dass sie fünf Minuten später eingeschlafen wäre. Stattdessen zog sie sich aus und stellte sich unter eine Dusche. Die Brause war größer als ihr Kopf, es schien, als prasselten Hunderte Liter Wasser pro Sekunde auf sie herab. Sie erlaubte sich, diesen kurzen Augenblick zu genießen. Das Wasser, das ihre Haut aufheizte. Die Seife, mit der sie nicht nur den Dreck versuchte abzuschrubben, sondern mit ihm auch die negativen Gedanken. Der Föhn, mit dem sie sich anschließend ihre Locken trocknete.

Das Handtuch umgebunden, trat sie wenige Minuten später ins Zimmer. Alex lag auf dem Bett.

»Geht's dir besser?«

Sie antwortete nicht sofort, blickte sich nach ihrem Rucksack um. Er lehnte unangetastet am Kleiderschrank.

»Deine Sachen hängen im Schrank.«

Irritiert sah sie nach.

»Ich habe dir ein paar Kleidungsstücke aus Paris mitgebracht.«

Da erst sah sie, dass er ihr schon was aufs Bett gelegt hatte. Er kannte sie zu gut, dachte Natalie. Ihre Lieblingshose, eine schwarze Stoffhose, elegant, geschäftsmäßig, aber superbequem, dazu ihren bordeauxroten Kaschmirpulli, den sie immer trug, wenn es ihr nicht gut ging.

»Danke«, sagte sie und ging zu ihm. Sie setzte sich neben ihm aufs Bett. »Ich weiß, du hast viele Fragen. Aber jetzt zählt nur Fabrice.«

Er nickte und richtete sich auf. »Dann los!«

7

7. Dezember, Köln

Das Polizeipräsidium lag im Osten Kölns. Alexander Kauffmann hatte sich vom Concierge des Excelsior erklären lassen, dass die Kölner ihre rechtsrheinische Seite auch »Schäl Sick« nannten. Im übertragenen Sinne bedeutete der Ausdruck »falsche Seite«. Einer Geschichte zufolge trug die Sonne die Schuld. Wenn sie morgens über Köln aufging, blendete ihre Spiegelung im Wasser die Menschen, die vom Westen aus versuchten, das andere Rheinufer zu erblicken. Die Kölner mussten also blinzeln. Anders ausgedrückt: Sie mussten »scheel« gucken, um die andere Seite des Flusses zu erspähen.

An diesem Abend ließen höchstens die Scheinwerfer der entgegenkommenden Autos Alex und Natalie blinzeln, als sie über die Deutzer Brücke in Richtung Osten fuhren. Alex steuerte den Audi über die nassen Straßen, Natalie blickte gedankenverloren aus dem Fenster. Keiner von ihnen sagte ein Wort, ehe hinter einer Unterführung ein großes Gebäude in Sicht kam.

Selbst im Dunkeln wirkte es wie ein typischer Regierungskomplex. Zwei fünfstöckige Seitenhäuser, die über gläserne Zwischengebäude mit einem turmartigen Haupthaus verbunden waren. Fahnenmasten vor dem Eingang trugen das Wappen der Stadt Köln und des Bundeslandes Nordrhein-Westfalen. Kniehohe Betonkugeln, auf denen sich kleine Schneekäppchen gebildet hatten, schlossen den Vorplatz ein. Wahrscheinlich, dachte Alex, damit niemand auf die Idee kam, einen Lkw mit Schwung in den Haupteingang zu steuern.

Sie ließen ihren Wagen auf dem Besucherparkplatz stehen und betraten das Gebäude durch den rostfarbenen Haupteingang. Zur linken Hand lag ein Empfangstresen. Doch als sie darauf zusteuern wollten, ertönte eine Stimme aus einer ungemütlich aussehenden Sitzgruppe, die zum Café des Hauses gehörte. Von einem der Holzstühle sprang eine ältere Frau auf und lief zu ihnen herüber.

»Natalie! Alex!«

Esther Mannarino kam ihnen mit ausgestreckten Armen entgegen. Sie war elegant gekleidet. Zu elegant, fand Alex, für diesen tristen Ort. Ganz in Schwarz und mit diversen silbernen Ringen, Armreifen und Halsketten, die sie so gerne trug. Ihre blonden Haare lagen glatt an ihrem schmalen Gesicht, aus dem eine überdimensionale Nase ragte. Esther erreichte bald die siebzig, was man ihr allerdings nicht im Geringsten ansah. Ihre blauen Augen versprühten eine Mischung aus Erleichterung und Trauer. Sie musste durch die Hölle gehen und war sichtlich froh, endlich jemanden zu sehen, der ihr helfen würde. Sie nahm erst Natalie, dann Alex in die Arme.

»Sie wollen mich nicht zu ihm lassen«, sagte sie augenblicklich.

»Was soll das heißen?«, fragte Natalie. »Du hast ihn noch nicht gesehen?«

Esther schüttelte den Kopf.

»Aber es muss doch schon längst ein Anwalt bei ihm sein«, wunderte sich Alex.

»Mein Gott, ich weiß es nicht.« Ihre Stimme klang brüchig. »Ich weiß gar nichts. Niemand spricht mit mir. Ich sitze seit Stunden hier und werde wahnsinnig.«

Alex drehte sich um und ging zum Empfangsschalter. Ein Mann in Uniform saß an einem Schreibtisch und sah zu ihm auf.

Auf Deutsch stellte sich Alex vor.

»Mein Name ist Professor Alexander Kauffmann.« Er deutete mit einer Hand auf die beiden Frauen. »Das sind Natalie Villeneuve und Esther Mannarino. Wir sind Verwandte von Fabrice Mannarino, der hier in Untersuchungshaft sitzt. Wir wollen sofort mit einem der ermittelnden Beamten sprechen.«

Der Mann in Uniform blickte ihn unfreundlich an. »Sofort, ja? Wissen Sie, was Sie sofort können? Wieder gehen. Gucken Sie mal auf die Uhr!« Er zeigte auf eine Wanduhr hinter sich. Es war nach sieben. »Kommen Sie morgen früh wieder! Ab halb acht.«

Alex glaubte, sich verhört zu haben. »Sie halten hier einen Mann fest, der –«

»Wen wir festhalten oder nicht, ist mir egal. Genauso egal, wer Sie sind. Heute ist hier für Sie geschlossen.«

»Das glaube ich nicht. Sie halten hier einen Mann fest, der angeblich einen Terroranschlag verüben wollte. Seine Ehefrau sitzt seit Stunden hier und wird nicht zu ihm gelassen. Wir wissen nicht, ob er überhaupt schon einen Anwalt rufen durfte. Ich bin mir ziemlich sicher, dass Ihre Vorgesetzten nicht wollen, dass sich die Verwandten des Verdächtigen an die Presse wenden, ehe sie mit uns gesprochen haben. Also rufen Sie gefälligst an!«

Ohne eine Antwort abzuwarten, drehte sich Alex um und ging zurück zu Natalie und Esther. Das Letzte, was er in den Augen des Beamten gesehen hatte, war Verblüffung. Er bildete sich ein, den Blick des Mannes auf seinem Rücken spüren zu können. Sekunden später hörte er, wie ein Telefonhörer aufgenommen wurde. Die Stimme des Beamten drang leise zu ihnen herüber. Sie würden hier sicher nicht eher wieder gehen, bis sie ein paar Antworten erhalten hatten. Das waren sie Fabrice schuldig.

Da hatte Alex eine Idee. Er entschuldigte sich bei den beiden Frauen und ging noch einmal vor die Tür. Ein eisiger Wind wehte ihm um die Nase. Mit zusammengekniffenen Augen zog er sein Handy hervor und scrollte durch seine Kontaktliste, bis er den Namen fand, der ihm vor wenigen Augenblicken eingefallen war. Ob er helfen konnte? Es war einen Versuch wert. Alex überlegte nicht lange und wählte die Nummer.

Das Gespräch dauerte nur wenige Minuten. Aber Alex hatte Glück. Sogar großes Glück. Es war ein befreiendes Gefühl. Denn sie brauchten mehr als das, um Fabrice zu helfen. Sie brauchten Informationen. Und Hilfe. Bislang wussten sie fast nichts. Nur, dass Natalies Onkel verhaftet worden war, weil er angeblich einen Anschlag hatte verüben wollen. Wer behauptete das? Worauf stützte sich der Verdacht? Lag eine Verwechslung vor? Allerdings – wenn ein Sondereinsatzkommando ihn angeblich in dem Moment verhaftet hatte, als er den Anschlag verüben wollte, war das eher unwahrscheinlich. Aber was hatte

Fabrice an diesem Ort gemacht, wo man ihn aufgegriffen hatte? Gab es Beweise, dass er in etwas verwickelt war? Und wenn ja, welche?

Alex suchte in seinem Verstand nach einer Erklärung für das, was geschehen sein konnte. Sein erster Gedanke, das wunderte ihn nicht, galt einer Organisation. Die Wächter. Natalie, Fabrice und er hatten sie zu Fall gebracht. Aber niemand konnte mit Sicherheit sagen, ob der Bund für immer zerschlagen war. Viele Menschen waren in Frankreich verhaftet worden. Auch die Anführer. Konnte es sein, dass sie ihre Macht noch immer nutzten, selbst aus einem Gefängnis heraus? Wollten sie sich rächen?

Alex war überzeugt, dass seine Familie niemals in der Lage sein würde, die Wächter zu vergessen, sie tatsächlich loszulassen. Dafür musste er nur in Natalies Augen blicken. Sie ging mit den Erlebnissen anders um als er. Er konnte sich alles logisch erklären, was passiert war. Er konnte die Geschehnisse in eine schlüssige Abfolge bringen. Alex wusste, dass alles nur eine Frage der Kausalität gewesen war.

Ursache. Wirkung.

Wie ein Dominoeffekt. Sie waren Spielsteine in einem Gebilde aus fatalen Kettenreaktionen gewesen. Natalie litt unter der Tat, die sie begangen hatte. Ihr Kopf sagte ihr, dass sie damit Alex' Leben gerettet hatte. Doch unter dem Strich stand für sie ein toter Mensch.

Ursache. Wirkung.

Natalie hatte einen Menschen getötet. Das würde sie ihr Leben lang nicht mehr vergessen.

Dennoch hatte es ihn irritiert, als sie vor drei Wochen ihren Rucksack gepackt hatte und gegangen war. Er respektierte ihre Entscheidung. Sie musste etwas für sich ändern, damit sich auch für sie beide etwas änderte. Aber sie hatte ihm auch vorgeworfen, nicht über seine Gefühle zu sprechen. Immer, wenn sie über die Wächter diskutierten, konnte er alles erklären. Logisch und in sich klar, wie er fand. Auf die Frage, wie es ihm dabei ging, gab er hingegen keine Antwort. Das trieb Natalie in den Wahnsinn. Dabei wusste sie nur zu gut, dass er nie ein Mann werden würde, der große Gefühle zeigte. Was nicht bedeutete, dass er nichts empfand.

Er liebte Natalie. Er wollte ihr helfen. Er wusste von ihren Alpträumen. Natürlich wusste er von ihnen. Er war oft genug aufgewacht, wenn sie schweißnass neben ihm aufgeschrien hatte und hochgefahren war. Sie lebten in einer gemeinsamen Wohnung in der Rue du Cherche-Midi im selben Haus, in dem Natalie mit ihren Adoptiveltern Suzanne und Régis gelebt hatte. Suzanne wohnte noch immer dort, und eigentlich lebten die drei in zwei Wohnungen gleichzeitig. Eine kleine Familie, die füreinander da war. Doch in letzter Zeit war es immer schwieriger geworden, für Natalie da zu sein.

Den Alltag hatten sie im Griff. Alex arbeitete als Professor für Neue Geschichte an der Panthéon-Sorbonne, die im Sprachgebrauch nur »Paris 1« genannt wurde. Natalie fuhr jeden Tag auf Baustellen, wo sie als Architektin fungierte. In beiden Berufen durfte man keine Schwäche zeigen. Wenn Alex den Kopf freibekommen wollte, stellte er sich mit einem Degen auf die Planche. Fechten war für ihn mehr als ein Hobby. Es forderte ihn körperlich, aber auch geistig, hielt seine Reflexe fit. Er bildete sich ein, dass der Sport seinen Synapsen half, nicht allzu schnell einzurosten.

Natalie stürzte sich stattdessen seit einiger Zeit in wohltätige Arbeit. Was klang wie eine schöne Abwechslung, gehörte zu ihrer Art, die Vergangenheit zu bewältigen. Ihrer leiblichen Familie hatte ein prächtiges Weingut gehört. Natalie hatte lange gekämpft, inzwischen gehörte es ihr und Fabrice. Das Geld aus dem Weingeschäft floss fast vollständig in mehrere Hilfsorganisationen in Frankreich, für die Natalie ehrenamtlich arbeitete. Eine davon hatte sie mit Fabrice zusammen selbst ins Leben gerufen. Sie half Familien, die Opfer religiös motivierter Gewalt geworden waren.

Und jetzt sollte Fabrice selbst ein Terrorist sein?

Als Alex durch die Glastüren in das Innere des Polizeipräsidiums blickte, sah er einen Mann bei Natalie und Esther stehen. Er war klein und trug eine makellos sitzende dunkelblaue Uniform mit vier silbernen Sternen auf den Schulterklappen. Eine randlose Brille saß auf einer breiten Nase, durch die Gläser blickten mandelförmige Augen ruhig auf Esther und Natalie. Seine Miene verriet keine Gefühlsregung.

Alex kehrte in die Eingangshalle zurück und trat zu ihnen. Zu seiner Überraschung hörte er, wie der Mann mit Esther und Natalie Französisch sprach.

»Sie müssen Professor Kauffmann sein«, wandte sich der Mann um, der ganz offensichtlich asiatische Vorfahren hatte. Er stellte sich als Kriminalhauptkommissar Sebastian Schulze vor. »Ich soll Sie alle zu meinem Direktor führen. Er möchte sich gerne mit Ihnen unterhalten.«

Sie gaben sich die Hand. Schulze war deutlich kleiner, und Alex spürte, dass es dem Kriminalhauptkommissar unangenehm war, zu ihm aufzublicken. Gut, dachte Alex, damit wären wir also im Spiel.

Sie folgten dem Mann durch eine Absperrung, betraten einen Aufzug und fuhren in die fünfte Etage. Als sie die Kabine verließen, fiel Alex eine verschlossene Glastür auf. Daneben prangte das Wort »Leitstelle«. Dort also saß die Einsatzleitung für Krisenfälle. Schulze schien seinen Blick bemerkt zu haben und bemühte sich, sie umgehend in die entgegengesetzte Richtung zu führen.

Er wies auf eine Tür. »Da sind wir.«

Alex betrat als Letzter einen typischen Konferenzraum mit einem nüchternen Tisch in der Mitte, um den mehrere Stühle standen. Alle waren frei, bis auf einen.

Ein Mann in einem fischgrauen Anzug, einem gewagt karierten Hemd, mit einer schreiend hellroten Krawatte und einem Anstecker der Polizei am Revers erhob sich. Selbst wenn Alex nicht gewusst hätte, was dieser Mann beruflich machte, hätte er auf einen Beamten getippt. Grauer Haarkranz, eine Brille mit breitem Gestell und rechteckigen Gläsern, ein Doppelkinn, das von einem etwas zu engen Hemdkragen eingeklemmt wurde.

Er gab ihnen der Reihe nach die Hand. »Mein Name ist Volker Aurach«, sagte er mit der rauen Stimme eines Mannes, der viel zu lange viel zu viel geraucht hatte. Auch er sprach zu Alex'

Verwunderung Französisch. »Ich bin Kriminaldirektor und leite den Staatsschutz in Köln. Bitte setzen Sie sich.«

»Gehört Französisch zur zweiten Amtssprache?«, fragte Natalie mit spöttischem Unterton.

Aurach entblößte gelbe Zähne und stieß ein kurzes Lachen aus. Aber es klang keine Heiterkeit mit. »Nein. Herr Schulze hat bei einer deutsch-französischen Kompanie im Saarland seinen Wehrdienst geleistet. Und meine Frau stammt aus Luxemburg. Es ist sicher leichter für Sie, in Ihrer Muttersprache mit uns zu sprechen.«

Er sagte dies geschäftsmäßig, nicht als Zeichen des guten Willens gegenüber Gästen, die er gerne im Haus hatte.

»Sie sind die Ehefrau von Fabrice Mannarino?« Er wandte sich Esther zu.

»Das ist richtig«, sagte Esther. Sie spielte nervös mit einem ihrer Ringe. »Natalie Villeneuve ist Fabrice' Nichte. Alexander Kauffmann ist ihr Verlobter.«

»Was führt Sie drei hierher?«

»Ist das nicht offensichtlich?«, fragte Natalie. »Wir wollen wissen, warum Sie meinen Onkel festgenommen haben.«

»Das haben wir Ihnen, Frau Mannarino, bereits mitgeteilt.« Aurach behielt Blickkontakt mit Esther und ignorierte Natalie. »Fabrice Mannarino sitzt wegen des dringenden Verdachts in Untersuchungshaft, einen Anschlag auf die Tochter des US-amerikanischen Präsidenten geplant zu haben, den er im Begriff war auszuführen, ehe ihn ein Sondereinsatzkommando überwältigen konnte.«

»Das kann doch nicht Ihr Ernst sein!« Esthers Stimme bebte. »Warum sollte mein Mann so etwas machen? Er ist Rabbiner. Hergekommen, um sich für den Frieden einzusetzen.«

»Das ist uns bekannt. Aber unsere Hinweise deuten darauf hin, dass der Verdächtige Mitglied in einer terroristischen Organisation ist.«

Alex hob die Augenbrauen. Das war neu. Vor allem aber war es ein schlechter Scherz. Er blickte zu Natalie, die offenbar ähnlich dachte.

»Das ist doch Irrsinn!«, schluchzte Esther. »Wer erzählt so einen Unfug?« Ihr liefen Tränen die Wangen hinunter. Sie war eine starke Frau, aber nach den vielen Stunden des Wartens und der Ungewissheit verließen sie jetzt doch ihre Kräfte.

Volker Aurach saß auf seinem Platz und zeigte kein großes Mitleid. Er nahm seine Brille von der Nase, auf der sich zwei rote Druckpunkte zeigten, zog ein Stofftaschentuch hervor und begann die Gläser zu reinigen. Sein Kollege, Kriminalhauptkommissar Sebastian Schulze, saß derweil unbeteiligt neben Aurach und schwieg.

»Wir wollen mit ihm sprechen«, verlangte Natalie.

»Bedaure, das geht nicht«, murmelte Aurach eher beiläufig, während er seine Brille nach mikroskopisch kleinen Flecken absuchte.

Natalies Faust landete krachend auf dem Tisch. »Gucken Sie mich gefälligst an, wenn ich mit Ihnen rede!«, donnerte sie.

Alex hatte darauf gewartet. Natalie war keine Frau, die ein solch ignorantes Verhalten auch nur eine Sekunde duldete.

Aurach drehte abrupt den Kopf. »Was erlauben Sie sich eigentlich? Was glauben Sie, wo Sie hier sind?«

»Ich glaube, dass ich mich in einem Land befinde, in dem ich ein Recht auf Antworten habe, wenn die Polizei meinen Onkel verhaftet. Und vor allem glaube ich, dass wir ein Recht haben, mit Respekt behandelt zu werden. Also hören Sie gefälligst auf, sich hinter Ihrer Brille und irgendwelchen Paragrafen zu verstecken!«

Der Kopf des Kriminaldirektors errötete, doch der Vulkan brach nicht aus. »Wie gesagt, es ist nicht möglich, dass Sie Ihren Onkel sprechen«, sagte Aurach mit bemüht ruhiger Stimme. »Noch nicht.«

»Dann wollen wir mit seinem Anwalt reden«, meldete sich Alex zu Wort.

»Alles zu seiner Zeit«, sagte der Kriminaldirektor. »Zuerst schlage ich vor, dass wir uns morgen Vormittag in Ruhe unterhalten.«

»Sie haben ihm noch gar keinen Anwalt zugestanden, oder?«

Es war nur ein Versuch. Aurach zeigte keine Regung. Aber Alex' Gefühl sagte ihm, dass er ins Schwarze getroffen hatte.

»Es besteht der Verdacht auf Verdunklungsgefahr. Deswegen können wir Sie aktuell noch nicht zu ihm lassen«, sagte Aurach nur. »Die offizielle Vernehmung hat noch nicht begonnen. Sobald dies geschieht, wird Fabrice Mannarino natürlich anwaltlichen Beistand erhalten.«

»Das ist sehr großzügig von Ihnen«, erwiderte Alex kalt. »Aber ich habe mir bereits erlaubt, einen Anwalt informieren zu lassen. Er ist unterwegs hierher.«

Natalie und Esther sahen ihn verblüfft an. Aurach und Schulze tauschten lediglich einen kurzen Blick.

»Und Ihnen, Herr Aurach, soll ich Grüße bestellen.«

»Ach ja? Von wem könnten Sie mich grüßen lassen?«

»Von unserem Freund Pascal Bernard aus Marseille.«

Natalies Augen weiteten sich. Nun wusste sie, wen Alex vorhin angerufen hatte. Er glaubte, den Anflug eines Lächelns auf ihren Lippen zu erkennen.

»Woher kennen Sie Pascal?« Aurachs Stimme verriet echtes Erstaunen. Seine Körpersprache veränderte sich augenblicklich.

»Pascal Bernard war leitender Ermittler in einem Fall, in den unsere Familie verwickelt war. Vielleicht haben Sie davon gehört. Es ging um eine Organisation, die sich ›die Wächter‹ nannte.«

Alex sah, dass Aurach die Verbindung sofort herstellte. Er wusste wahrscheinlich längst, dass auch Fabrice in die Jagd auf die Wächter verstrickt gewesen war. Umso erstaunlicher fand Alex es noch immer, dass die deutsche Polizei ernsthaft glaubte, Fabrice könne etwas mit einem Anschlag zu tun haben. Es musste mehr geben als das, was Aurach ihnen bisher verraten hatte. Sie hatten etwas gegen Fabrice in der Hand, wollten ihre Karten aber nicht offen auf den Tisch legen.

Deshalb hoffte Alex, dass Pascal Bernard ihr eigenes Ass im Ärmel war. Bernard war in den letzten Jahren nach dem ganzen Drama um die Wächter zu einem Freund der Familie geworden. Inzwischen genoss der ehemalige Juge d'Instruction seinen Ruhestand. Trotzdem vermisste er offenbar das Leben als Ermittlungsbeamter. Als Alex ihn vorhin angerufen hatte, war er sofort bei der Sache gewesen. Er hatte ihm den Namen einer Anwaltskanzlei in Köln genannt und versprochen, für sie dort anzurufen. Und als zusätzliches Bonbon hatte Bernard ihm auch drei Namen aus dem Staatsschutz genannt. Einer davon war Volker Aurach. Die beiden kannten sich aus vielen Jahren deutsch-französischer Zusammenarbeit. Bernard mochte zwar inzwischen zum alten Eisen gehören, galt jedoch in Frankreich noch immer als einer der renommiertesten Männer seines Fachs. Und vor allem wusste er, dass Fabrice nie einen Terroranschlag verüben würde.

Das war freilich nicht genug, um Fabrice freizubekommen. Aber es war ein Anfang.

8

7. Dezember, Köln

Das Ass im Ärmel stach nicht. Volker Aurach änderte seine Meinung nicht. Pascal Bernard hin oder her, für ihn saß die Familie eines mutmaßlichen Terroristen vor ihm. Und die konnte kein Entgegenkommen erwarten, nur weil sie einen hochdekorierten Ermittler aus Frankreich kannte. Schon gar nicht, nachdem Natalie und Alex den Kriminaldirektor überführt hatten, Fabrice einen Anwalt vorenthalten zu haben.

Das Gespräch verlief kurz, frostig und unerfreulich. Aurach beharrte darauf, dass die Verdunklungsgefahr in Fabrice' Fall ein berechtigter Grund sei, den Gefangenen mit niemandem in Kontakt treten zu lassen. Esther, die ihre Kraft wiedergefunden hatte, machte dagegen deutlich, dass jede weitere Verzögerung eine offizielle Beschwerde zur Folge hätte. Im Übrigen, ergänzte Natalie und erhob sich, würden sie am Empfang auf den Anwalt warten. Ohne eine Antwort abzuwarten, ging sie zur Tür und wollte auf den Gang hinaustreten, als Schulze aufsprang und sie aufhielt.

»Sie dürfen sich nicht allein im Haus bewegen, Mademoiselle.«

»Danke, aber bis zum Aufzug und zum Empfang schaffen wir es auch ohne Sie.« Natalie ließ Schulze stehen und verließ den Raum.

»Stopp!« Der Kriminalhauptkommissar griff Natalies Handgelenk und zog sie zurück.

Natalie fuhr herum. Ehe sich Schulze versah, rammte sie ihm ihren Arm an den Hals und presste den Polizisten gegen die Wand.

»Fassen Sie mich nicht an!«, fauchte sie.

Alex und Aurach sprangen fast gleichzeitig auf und waren im nächsten Moment bei ihnen.

»Schluss damit!«, bellte Aurach. Er fuhr mit einem Arm zwischen Natalie und Schulze, bedeutete Schulze zu schweigen und wandte sich an Natalie, Alex und Esther. »Wenn Sie sich noch einmal aufführen wie die Axt im Walde, bleiben Sie die Nacht in Gewahrsam. Haben Sie mich verstanden? Wir sind auf einem Polizeirevier. Hier gelten unsere Regeln.«

Natalie blickte verächtlich auf Schulze. Dann nickte sie kaum merklich.

Aurach begleitete sie persönlich zurück ins Erdgeschoss. Als sie den Empfang erreicht hatten, gab er dem Mann dort eine Anweisung, die Alex nicht verstehen konnte. Dann drehte er sich ohne ein weiteres Wort um und ließ sie stehen.

Natalie verschränkte die Arme vor der Brust und drehte sich weg. Alex sah, wie ihre Schultern sich hoben und senkten. Esther legte ihm eine Hand auf den Arm, als er zu seiner Verlobten gehen wollte. Sie schüttelte stumm den Kopf und trat selbst zu Natalie. Alex zog sich in die ungemütliche Sitzecke mit den Holzstühlen und passenden Tischen zurück. Aus der Ferne beobachtete er, wie Esther sanft auf Natalie einredete. Langsam schien sie sich zu beruhigen. Noch immer hielt sie die Arme vor ihrer Brust verschränkt, die Finger in ihren Kaschmirpullover gegraben.

Es dauerte einige Minuten, ehe Alex sehen konnte, wie sich Natalie zu entspannen begann. Schließlich kamen sie zu ihm herüber und setzten sich. Natalie wich seinem Blick aus. Ihre Haut, in der sich eigentlich ihr südländisches Temperament spiegelte, wirkte blass.

Sie verbrachten die nächste Stunde schweigend. Es war schon nach neun, als sich die automatische Eingangstür zum Polizeipräsidium öffnete. Eine Frau trat ein. Alex konnte ihr Alter schwer schätzen, tippte aber auf um die fünfzig. Sie trug einen schwarzen Hosenanzug, eine cremefarbene Bluse, High Heels und eine Aktentasche. Eine Anwältin. Keine Frage. Das musste sie sein. Sie sah sich um, blickte kurz zum Empfang, entschied sich dann aber für die drei Gestalten in der ansonsten verlassenen Sitzecke. Ihre Haare waren braun, lang, sehr gepflegt und perfekt zu einer Seite gescheitelt. Kaum Make-up, kein Schmuck außer einem Ring, der mehr nach einem Familienerbstück als nach einem Ehering aussah. Dezent, kultiviert, selbstbewusst.

Und mit allen Wassern gewaschen, hoffte er.

Alex erhob sich.

»Vous êtes Monsieur Kauffmann?«

Sprach denn hier in Deutschland jeder Französisch?

Alex trat vor.

Sie stellte sich als Dr. Olivia Ziffzer von der Kanzlei Felder Ziffzer und Partner vor und gab allen die Hand.

»Pascal hat mich angerufen und mir alles erklärt. Ich habe von dem Vorfall auf dem Petersberg gehört. Es geht also um Ihren Mann?«

Dr. Olivia Ziffzer sah Esther an. Die Anwältin setzte sich zu ihnen und ließ sich erzählen, was passiert war. Als sie von Volker Aurach und seiner Erklärung berichteten, warum Fabrice bislang noch keinen Anwalt hatte kontaktieren dürfen, blickte sie nur auf die Uhr.

»Das heißt, er ist seit über dreißig Stunden in Untersuchungshaft. Das wird dem Richter nicht gefallen. Unser Vorteil. Was noch?«

Natalie erzählte von ihrem Scharmützel mit Kriminalhauptkommissar Schulze.

»Er hat Sie am Handgelenk gepackt, und Sie haben ihn gegen die Wand gerammt?« Die Anwältin schmunzelte. »Ich habe das Gefühl, wir zwei werden uns blendend verstehen.« Sie schenkte Natalie ein Lächeln. »Damit wir die Förmlichkeiten in den nächsten Tagen nicht übertreiben: Ich heiße Olivia. Macht damit, was ihr wollt! Ich bestehe nicht auf dem Doktortitel. Und du, Professor, bestimmt auch nicht, oder?« Sie wartete seine Antwort nicht ab. »Wenn wir unter uns sind, sollten wir uns wohlfühlen. Dass sich unser Wohlsein in Grenzen halten wird, dafür wird die andere Seite schon sorgen.«

Alex sah in Esthers und Natalies Augen, dass Dr. Olivia Ziffzer – oder einfach nur Olivia – den richtigen Ton getroffen hatte. Pascal Bernard hatte nicht zu viel versprochen. Jetzt musste sie nur noch fachlich glänzen. Aber daran hatte Alex jetzt schon keinen Zweifel mehr.

»Ich habe im Moment nur noch eine Frage.« Olivia blickte Esther, Natalie und Alex nacheinander an. »Kann sich einer von euch einen Reim darauf machen, warum ausgerechnet Fabrice das passiert ist? Wenn wir doch eigentlich alle wissen – und ja, ich glaube euch, weil ich Pascal glaube –, dass Fabrice Mannarino kein Terrorist ist.«

Esther und Natalie schwiegen. Aber Alex hatte sich die gleiche Frage schon seit Stunden gestellt. Ein Gefühl wurde er nicht los, eine Erinnerung an das, was ihrer Familie schon einmal passiert war.

Ursache. Wirkung.

»Der Dominoeffekt«, sagte er.

»Wie bitte?«, fragte Olivia.

Alex überlegte kurz, wie er es erklären sollte.

»Jean-Paul Sartre«, sagte er dann.

Olivia sah ihn verständnislos an. »Was hat der Existenzialismus mit Fabrice zu tun?«

»Eine Analogie«, sagte Alex und holte demonstrativ Luft. »Jean-Paul Sartre gerät 1940 im Elsass in Gefangenschaft. Im Gegensatz zu vielen seiner Kameraden wird er aber nicht als Zwangsarbeiter eingesetzt, sondern erschleicht sich ein Gefälligkeitsattest, das ihm Blindheit auf einem Auge bescheinigt. Damit kommt er ein Jahr später frei und kehrt nach Frankreich zurück. Statt sich in einer der Fabriken zu Tode zu schuften, überlebt er den Krieg und wird einer der größten Philosophen des 20. Jahrhunderts. Hätte er nicht überlebt, hätte er nie Michelle Léglise kennenlernen und verführen können. Hätte er sie nicht verführt, hätte sie sich nicht in ihn verliebt und ihren Mann verlassen. Das war wiederum der Chansonnier Boris Vian. Hätte Vians Frau ihn also nicht für Sartre verlassen, hätte er zwei Jahre später nicht eines seiner größten Gedichte geschrieben: ›Le déserteur‹. Hätte Vian nicht dieses Gedicht geschrieben, wäre dieses nicht Wasser auf die Mühlen der nationalistischen UDCA gewesen, die wiederum zwei Jahre später keine zwölf Prozent bei den

Parlamentswahlen bekommen hätte. Und ein rechtsextremer Kleingeist wäre nicht als jüngster Abgeordneter in die *Assemblée nationale* gewählt worden. Vielleicht wäre aus Jean-Marie Le Pen dann nie das Monster geworden, das später die Rechtsextremisten Frankreichs anführen sollte.«

Die drei Frauen sahen ihn an, als habe er ihnen gerade versucht zu erklären, dass die Mondlandung nicht möglich gewesen wäre ohne einen Schluckauf von Abraham Lincoln hundert Jahre zuvor.

Nach einem Augenblick des Nachdenkens fand Olivia als Erste ihre Sprache wieder. »Okay, du wirres Genie, du willst also sagen, dass in der hypothetischen Welt der Kausalität alles irgendwie miteinander zusammenhängen kann. Im Klartext: Wir müssen den Ausgangspunkt finden, von dem aus Fabrice den Weg ins Gefängnis gefunden hat, weil er unter Umständen nur durch Zufall hier gelandet ist.«

»Oder weil jemand wollte, dass er hier landet, und ihn absichtlich in diese Lage manövriert hat. Ganz genau«, erwiderte Alex. »Wir wissen nur, dass er hier ist. Wir müssen herausfinden, was passiert ist, seit er hier in Köln angekommen ist. Und wir sollten nicht ausschließen, dass jemand wollte, dass es so weit kommt.«

»Warum erst, seit er in Köln ist?«, warf Natalie ein. »Vielleicht wollte ihn jemand hierherlocken.«

Auch sie dachte an die Wächter. Alex konnte es ihr ansehen.

»So oder so müsste jemand sehr viel Aufwand betrieben haben, um es so zu deichseln, dass Fabrice als Sündenbock zur richtigen Zeit am richtigen Ort war«, resümierte die Anwältin.

»Nichts ist unmöglich«, sagte Alex. Das hatten nicht zuletzt die Wächter sie gelehrt.

»Okay, dann habt ihr jetzt Feierabend.« Dr. Olivia Ziffzer klatschte in die Hände. »Ihr könnt hier heute nichts mehr tun. Für mich wird's eine lange Nacht. Ihr geht besser ins Hotel und schlaft euch aus. Ich werde dafür sorgen, dass ihr morgen mit Fabrice sprechen könnt. Kommt um neun wieder her, dann sehen wir weiter. Und wenn was sein sollte –«

Sie drückte allen dreien Visitenkarten in die Hand und verabschiedete sich in Richtung Empfang, wo noch immer der unfreundliche Beamte saß, der Alex zunächst nicht hatte ernst nehmen wollen. Nun beobachtete er, wie der Mann sofort und ohne zu zögern den Telefonhörer ans Ohr nahm. Wenn eine Anwältin Ernst machte, dann spurte auch die Polizei.

9

7. Dezember, Köln

Natalie und Alex begleiteten Esther die kurze Strecke zu ihrer Unterkunft und fuhren dann zurück ins Excelsior. Auf den wenigen Metern vom Parkhaus zum Hotel spürte Natalie die innere Unruhe zurückkehren. Sie bat Alex, vorauszugehen. Er sollte nicht auf sie warten. Natalie brauchte einen Spaziergang, musste allein sein mit sich und dem, was in den letzten Stunden passiert war. Sie spürte kein Verlangen, jetzt im Hotelzimmer im Bett zu liegen. Alex stellte zum Glück keine Fragen und akzeptierte ihren Wunsch. Manchmal wusste er eben doch, wann Diskussionen zwecklos waren.

Natalie hatte keine Ahnung, wohin sie gehen konnte. Sie kannte Köln nicht einmal von einer Straßenkarte. Aber hatte sie in den letzten Wochen gewusst, wohin sie wanderte? Sie marschierte einfach drauflos, stieg die Stufen zum Vorplatz des Kölner Doms hinauf und lief um die Kathedrale herum. Es waren noch viele Menschen auf der Straße. Natalie sah die Buden eines Weihnachtsmarktes, der im Begriff war, seine Läden für diesen Abend zu schließen. Er war noch hell erleuchtet, bunte Lichter schwebten an langen Ketten über ihrem Kopf und trafen sich alle an einer riesigen Tanne, die farbenfroh geschmückt inmitten des Platzes zwischen all den vielen kleinen Geschäften thronte.

Zu viele Menschen, dachte Natalie. Sie schlängelte sich zwischen der Domfassade und dem Weihnachtsmarkt hindurch und lief an einem Museum vorbei. Beinahe wäre sie auf einer Eisplatte ausgerutscht, konnte sich aber gerade noch fangen. Vorsichtig ging sie eine breite Treppe hinunter und erreichte das Ufer des Rheins. Auch hier waren noch viele Menschen unterwegs, aber Natalie blendete sie aus. Sie stapfte weiter, während ihr die nasse Kälte, die vom schwarzen Fluss aufstieg, unter die Daunenjacke kroch, die ihr Alex aus Paris mitgebracht hatte. Sie nahm kaum noch wahr, was um sie herum geschah. Sie verlor sich in ihren Gedanken und ließ sich von ihren Füßen tragen und führen.

Natalie wusste nicht, wie lange sie unterwegs gewesen war, ehe sie mehr durch Zufall wieder am Hotel ankam. Sie hatte sich in einigen klaren Momenten am Kölner Dom orientiert, den man zwischen den Häuserreihen in der Altstadt immer wieder erspähen konnte. So hatte sie schließlich zurückgefunden. Auf der Domplatte lag der Weihnachtsmarkt inzwischen verlassen da. Einzelne Verkäufer entsorgten noch den Müll des Tages. Ansonsten wirkten die Holzbuden mit ihren heruntergeklappten Läden und den Vorhängeschlössern wie müde Augen, die bis zum nächsten Morgen besser niemand mehr anrührte.

Zu ihrer Überraschung war Natalie noch immer nicht müde. Dafür hatte sie inzwischen einen Bärenhunger. Auf ihrem Spaziergang war sie mehrfach versucht gewesen, sich etwas in einem Schnellimbiss zu kaufen. Dummerweise hatte sie ihr Portemonnaie vergessen. Sie trug selten Handtaschen. Das war eine Angewohnheit ihres Jobs. Handtaschen hatten auf einer Baustelle nichts verloren. Deswegen hatte Alex ihr auch keine aus Paris mitgebracht. Sie trug die wenigen Dinge, die sie brauchte, in ihren Hosen- und Jackentaschen. Jetzt hatte sie nur ihr Smartphone bei sich und die Schlüsselkarte zum Hotelzimmer. Das Portemonnaie musste noch in ihrem Rucksack stecken.

In der Lobby des Hotels sah sie, dass es fast Mitternacht war. Ob Alex schon schlief? Sie hätte hinaufgehen und beim Zimmerservice etwas bestellen können, aber sie wollte noch immer allein sein. Kurz überlegte sie, ob sie ins Zimmer schlüpfen und sich den Geldbeutel schnappen sollte. Dann aber entschied sie, in den Tiefen des Hotels nach etwas Essbarem zu suchen. In einem Luxusschuppen wie diesem bekam man doch sicher rund um die Uhr etwas zu essen, wenn man wollte.

Sie wanderte durch die eleganten Räumlichkeiten über dicke Teppiche, Marmorböden, vorbei an Vitrinen und Feuerstellen. Auf einer Galerie oberhalb der Lobby konnte man es sich in tiefen Sesseln an Rundfenstern gemütlich machen und auf die Straße und den Dom schauen. Und dann gab es da noch zwei

Restaurants. Ein asiatisches im Kellergeschoss und eine Gourmetküche, die wohl gerne einen Stern gehabt hätte. Nach beidem stand Natalie nicht der Sinn. Ein Brauhaus lag unmittelbar neben dem Hotel. Aber dafür hätte sie ihre Geldbörse holen müssen.

Also stromerte sie durch die Hotelgänge, bis ihr ein junger Mann auffiel. Er trug eine grau-weiß karierte Hose, feste Schuhe und eine weiße Jacke. Ein Koch! Er balancierte etwas vor sich her und wandte ihr den Rücken zu.

»*Excusez-moi!*«

Keine Reaktion.

Natalie fiel ein, dass sie nicht in Frankreich war. Sie versuchte es auf Englisch.

Wieder keine Reaktion.

In den Tiefen ihrer Erinnerung suchte sie nach dem passenden Wort in Deutsch. Wie hieß das noch mal? Und vor allem: Wie sprach man es richtig aus?

»Schullegung!«, rief sie und verfiel in Laufschritt.

Noch immer drehte sich der Mann nicht um, der inzwischen gehört haben musste, dass jemand nach ihm rief. Egal in welcher Sprache und was auch immer sie da gerade auf Deutsch gesagt hatte.

Endlich blieb der Mann stehen, drehte sich aber nicht sofort um. Er hielt inne. Es sah aus, als hätte er einen Windzug verspürt und fragte sich nun, wo der hergekommen sein mochte. Er wandte den Kopf.

Der Koch war jung, vielleicht Mitte zwanzig, hatte blondes, kurzes Haar, das er mit etwas zu viel Gel zu einer Igelfrisur geformt hatte. Seine Wangen waren etwas pausbäckig, er war ungefähr so groß wie Natalie, aber deutlich fülliger. Ein Mann aus der Küche eben, dachte sie. Irgendwie sympathisch.

Jetzt, da er sich zu ihr umdrehte, sah sie auch, was er in den Händen hielt: ein Serviertablett mit zwei Tellern. Natalie lief augenblicklich das Wasser im Mund zusammen. Currywurst mit Pommes frites. Das war genau das, was sie jetzt essen wollte. Am liebsten hätte sie dem Mann einen Teller geklaut und die Beine in die Hand genommen.

Der junge Mann sah sich nach links und rechts um, als suche er etwas. Er hatte noch immer kein Wort gesagt. Stattdessen ging er zu einem Beistelltisch und stellte das Tablett ab.

Natalie überlegte und entschied sich, es mit Englisch zu versuchen. »Verzeihen Sie, aber sprechen Sie Englisch oder Französisch?«

Der Mann sah sie konzentriert an, erwiderte aber nichts. Stattdessen hob er seine Hände zum Mund und verschloss ihn. Anschließend legte er sie auf seine Ohren und verschloss auch sie. Natalie fühlte sich an die drei Affen erinnert, nur, dass der Mann seine Augen nicht auch noch bedeckte. Doch sie verstand sofort. Nichts sagen. Nichts hören. Der Mann musste taubstumm sein. Deshalb hatte er auf dem Gang so vorsichtig angehalten. Er hatte nichts gehört, musste sie tatsächlich hinter sich gespürt haben.

Natalie konnte nicht sagen, warum, aber sie fühlte sich erleichtert. Sie lachte. Dann nickte sie.

Und dann machte sie etwas, was sie seit ihrer Zeit im Waisenhaus nicht mehr gemacht hatte. Sie begann, ihm in Gebärdensprache zu antworten.

Meine Güte, ging es ihr durch den Kopf, wie lang war es her? Über fünfundzwanzig Jahre? Eine ihrer Freundinnen im Waisenhaus hatte an einer Krankheit gelitten, die sie im Laufe ihrer Jugend ertauben ließ. Deshalb hatte ein Lehrer ihr in einer Zeit die Gebärdensprache beigebracht, als ihr Gehör noch funktioniert hatte. Der Lehrer war mehrmals die Woche ins Waisenhaus gekommen, und Natalie hatte eine Menge aufgeschnappt. Sie hatte mit ihrer Freundin geübt und es bald fast genauso gut gekonnt. Aber seit sie adoptiert worden war, hatte sie es nicht mehr gebraucht. Und noch viel komplizierter war, dass französische Gebärden nichts mit deutschen Gebärden zu tun hatten. Viele Menschen glaubten, Gebärdensprachen bestünden nur aus Zeichen und bildhaften Gesten. Aber das stimmte nicht. Weltweit gab es über zweihundert verschiedene Gebärdensprachen, die teilweise nichts miteinander zu tun hatten. Das Verrückte war, während sich in der Welt der sprechenden und hörenden Menschen Briten und Amerikaner problemlos verständigen konnten, verstanden sich Gehörlose aus UK und den USA fast überhaupt nicht. Stattdessen hätte sich Natalie als Französin mit einem Amerikaner viel besser verständigen können, weil die US-Gebärdensprache aus der französischen entstanden war. Der Versuch, eine weltweit einheitliche Gebärdensprache zu kreieren, war bislang genauso krachend gescheitert wie die Kunstsprache Esperanto.

Zu Natalies Verblüffung schaute der Koch sie mit großen Augen an und begann eifrig zu nicken. Seine Wangen glühten fast vor Freude, er starrte gebannt auf Natalie, auf ihren Mund, der stumm Worte formte, und ihre Hände, die Zeichen bildeten. Sie wusste nicht, wie sich ein lautloses Stottern anhörte oder wie es aussah. Und sie war sich längst nicht sicher, ob der junge Mann sie überhaupt verstand. Aber so eingerostet es sich auch anfühlte, mit jeder Gebärde wuchs das Glücksgefühl in ihr.

Sie signalisierte ihm, sie heiße Natalie, komme aus Frankreich und sei eigentlich nur auf der Suche nach einem Mitternachtssnack gewesen. Ob er sie überhaupt verstehe? Und wenn ja, ob er ihr helfen könne?

Erstaunlicherweise begann der Koch sofort zu antworten. Seine Gebärden waren weit flüssiger, kamen in einem solchen Tempo, dass sie ihn bitten musste, ihr mehr Zeit zu geben.

Er hieß Oscar. Und schon im nächsten Satz wurde klar, warum sie sich verständigen konnten. Er stammte aus den USA. Oscar, der Koch, der nachts durch das Hotel schlich, um einem Paar noch etwas zu essen aufs Zimmer zu bringen. Er sah Natalie an. Ob sie Hunger auf Currywurst habe? Das Pärchen habe die Tür nicht geöffnet. Er habe natürlich nicht hören können, was in dem Zimmer vor sich gegangen sei, aber wenn er eine Vermutung äußern dürfe, signalisierte er ihr mit einem Grinsen, hätten die beiden ihren Hunger wohl anders gestillt.

Er zeigte auf die Teller. Natalie vergewisserte sich, dass sie ihn auch wirklich richtig verstanden hatte.

Keine Widerrede, machte Oscar deutlich und bedeutete ihr, ihm zu folgen.

Der Koch nahm das Tablett wieder auf, öffnete eine Tür mit

einem Schild »STAFF ONLY« und führte sie in einen Bereich, der eigentlich nur Angestellten zugänglich sein sollte. Oscar ging einen Gang entlang und bog um eine Ecke. Natalie folgte ihm, und sie gelangten in eine Art Aufenthaltsraum für das Personal. Oscar stellte die Teller auf einem Tisch ab, Messer und Gabel lagen schon auf dem Tablett bereit. Er rückte Natalie sogar einen Stuhl zurecht.

Sie setzte sich und konnte kaum fassen, was hier gerade passierte. Ein taubstummer Koch, der ihr nachts im Hotel über den Weg gelaufen war, servierte ihr genau das Essen, nach dem sie sich gesehnt hatte. Noch dazu hatte sie sofort eine besondere Zuneigung zu ihm empfunden. Sie schienen etwas zu teilen, was ihnen kaum jemand streitig machen konnte. Sie verstanden sich nicht blind, sondern stumm. Ein großartiges Gefühl, dachte Natalie, als sich Oscar ihr gegenübersetzte und einen guten Appetit wünschte.

Natalie stürzte sich mit Heißhunger auf die Currywurst.

Während sie aß, beobachtete Oscar sie und begann zu erzählen. Ab und an naschte auch er von seinem Teller, aber die meiste Zeit nutzte er seine Hände und seinen Mund, um ihr Geschichten aus dem Hotel zu gebärden. Wie die Gäste oft nicht verstanden, dass er taubstumm war. Dass er im normalen Tagesgeschäft in der Hotelküche nur als Gehilfe arbeiten durfte, weil er keine Befehle hörte und in hektischen Momenten nicht immer schnell genug reagierte. Dass er dafür aber umso lieber die ruhigen Nachtschichten für den Zimmerservice übernahm. Dann ließen sie ihn als Koch arbeiten. Er liebte es, allein in der Küche zu sein und zu zeigen, was er an den Töpfen und Pfannen konnte.

Und manchmal, so erzählte er, passierten auch verrückte Sachen. Erst vor wenigen Tagen sei ein Pärchen in die Küche gestolpert. Er habe mit dem Rücken zu ihnen gestanden und nicht sofort reagiert. Sie hatten wohl geglaubt, er höre sie sowieso nicht, und hatten sich in einen Nebenraum verzogen. Dort hatten sie es dann miteinander getrieben. Oscar hatte es trotzdem gemerkt, weil er zwar nichts hören konnte, dafür seine anderen

Sinne aber viel schärfer ausgeprägt waren. Er spürte, wenn hinter ihm etwas geschah, weil Menschen den Energiefluss eines Raumes veränderten. Er nahm Vibrationen über den Boden oder durch Möbel stärker wahr. Für ihn waren Düfte aller Art nicht selbstverständlich und mehr als nur ein Teil des Gesamtbildes. Sie waren essenziell für das, was um ihn herum vorging.

Deswegen liebte er das Arbeiten in einer Küche, wo sich die Gerüche jede Sekunde verändern konnten. Er bildete sich ein, besser als andere abschmecken zu können, weil sich sein Geruchs- und Geschmackssinn notgedrungen prägnanter entwickelt hatten. Er merkte auch die entscheidenden Sekunden früher, wenn etwas anzubrennen drohte. Während andere Köche nur noch zusehen konnten, wie sich ein teures Stück Fleisch in ein Brikett verwandelte, passierte Oscar so etwas nie. Und schließlich, so erklärte er ihr lachend, konnte er so auch mit Sicherheit sagen, wenn zwei Menschen in einem Nebenraum hemmungslosen Sex hatten.

Natalie konnte kaum fassen, wie gut ihr die Zeit mit Oscar tat. Nicht nur, dass er sie erlöst und ihr etwas zu essen gegeben hatte. Manchmal war sie eben doch ziemlich leicht glücklich zu machen. Aber dieser junge Mann tat noch viel mehr für sie. Sie hatte lange keine so unbeschwerte Zeit mehr erlebt wie in diesen nächtlichen Minuten im Aufenthaltsraum des Küchenpersonals.

Als sie sich wenig später verabschiedeten, umarmte Natalie den perplexen Oscar. Er schenkte ihr ein schüchternes Lächeln, und sie versprach, ihn in den nächsten Tagen wieder zu besuchen. Mit einer letzten Gebärde wünschten sie sich eine gute Nacht, dann verschwand Natalie durch die Tür mit dem Schild »STAFF ONLY«.

Auf der anderen Seite angekommen, fühlte sich die Welt nur noch künstlicher an, unehrlicher, verfälschter. Die Zeit mit Oscar hingegen bescherte Natalie ein Hochgefühl. Das erste Mal seit Wochen fühlte sie sich, als habe jemand Gewicht von ihren Schultern genommen. Obwohl sie in dem ganzen Gespräch fast nichts von sich preisgegeben hatte, fühlte sich Natalie verstanden und respektiert.

Sie schlüpfte leise in ihr Zimmer. Alex schlief schon, das hörte sie sofort. Es war kein richtiges Schnarchen, eher ein monotones Röcheln, das ihr über die letzten Jahre so vertraut geworden war. Jetzt realisierte sie, dass sie es in den letzten Wochen kein einziges Mal gehört hatte. Augenblicklich stieg in ihr eine Zuneigung für Alex auf, die ihr teilweise abhandengekommen war. Sie machte sich in aller Stille fertig, zog sich aus und kroch unter die Bettdecke. Ihren Körper durchfuhr ein wohliger Schauer tiefer Entspannung. Das Bett übertraf alle Erwartungen, viele Nächte hatte Natalie nicht mehr so bequem und gemütlich gelegen. Sie vergrub sich unter der Decke, ihr Kopf sank tief in den Kissen ein.

Natalie Villeneuve spürte, wie die Müdigkeit sofort von ihr Besitz ergriff. Das erste Mal seit Wochen hatte sie keine Angst, dass die Alpträume sie einholen würden.

10

7. Dezember, Köln

Kemal verspürte keine Müdigkeit. Er saß mit überkreuzten Beinen in einem der Sessel in der Lobby des Excelsior. Die New York Times hielt er vor sich aufgeschlagen. Washington und irgendein neuer Skandal im Kongress hätten ihn aber nicht weniger interessieren können. Durch seine Hornbrille, die einen Teil seiner Maskerade darstellte, behielt er die Treppe und die Aufzüge im Blick. Er verharrte in dieser Position, ehe er zu dem Schluss gelangte, dass Natalie Villeneuve oder Alexander Kauffmann heute nicht noch einmal auftauchen würden.

Gut so, dachte Kemal. Die Französin hatte ihn mit ihrem Spaziergang durch die halbe Kölner Altstadt lange genug unnütz auf Trab gehalten.

Er faltete die Times in gebührender Ruhe zusammen, legte sie zur Seite und erhob sich. Mit einer unauffälligen Geste prüfte er, ob sein modisches Sakko die Waffe im Hosenbund verdeckte, schlüpfte in einen eleganten Mantel mit grauem Fischgrätenmuster, wickelte sich einen Schal um den Hals und trat vor das Hotel. Er wandte sich westwärts und folgte der Zeughausstraße in Richtung Friesenplatz. Ein gemütlicher Spaziergang von einer Viertelstunde, dann ließ er sich in einem orientalischen Imbiss in einer Ecke nieder. Ein starker türkischer Kaffee dampfte Augenblicke später vor ihm auf dem Tisch, während um ihn herum Nachtschwärmer ihren Alkoholrausch mit Döner, Pommes und Cola bekämpften.

Kemal schenkte ihnen keine Beachtung. Sie gehörten in seinen Augen zu einer Spezies, die nicht verstand, wie wertvoll ihr Leben war. Sie hatten noch nie wirklich um etwas kämpfen müssen, schon gar nicht um ihr Leben. Sie kapierten nicht, wie kostbar das Gefühl sein konnte, den Zeitpunkt des eigenen Todes noch nicht zu kennen.

Ihm ging es anders.

Er kannte diesen Zeitpunkt bereits. Zumindest hatten ihm die Ärzte prognostiziert, dass er sehr bald sterben würde. Inzwischen hatte er nur noch wenige Wochen. Wenn überhaupt. Aber er hatte seinen Frieden gemacht.

Wenn man es Frieden nennen konnte.

Wenn alles gelang, wenn alles den Weg nahm, den er sich ausgemalt hatte, dann wäre er bald von seinen Qualen erlöst. Nicht nur von den physischen. Sein Tod, so der Plan, würde auch seinen psychischen Qualen ein Ende bereiten. Weil er sich sicher sein konnte, dass sein sehnlichster Wunsch durch seinen Tod in Erfüllung gehen würde. Er würde es in diesem Leben nicht mehr selbst auskosten können. Doch das war ihm von dem Moment an klar gewesen, als die Ärzte ihm die Diagnose schonungslos übermittelt hatten.

Er würde sein Leben geben, um andere Leben zu retten.

Am Anfang hatte er sich noch gefragt, wie ein nicht einmal dreißig Jahre alter Mann so eine Krankheit verdient hatte. Lebte er nicht ein Leben streng nach den ehrwürdigen Prinzipien seiner Familie und seiner Vorväter? Strotzte er nicht vor Kraft und Vitalität? Ein junger Mann wie er, der immer auf sich geachtet hatte, kein Gramm Fett zu viel, ein gestählter Körper, ein Gesicht, wohlgeformt, schön, männlich, mit einer bewegenden Geschichte, die ihm in die Augen geschrieben stand.

Er fuhr sich durch sein dichtes, schwarzes Haar. In den letzten Wochen hatte er sich einen Bart stehen lassen, um den einzigen Makel seines äußerlichen Ichs zumindest etwas zu überdecken. Andernfalls wäre er doch etwas zu leicht zu identifizieren. Seine Hand streifte die Wange, die seit seiner Geburt das rot leuchtende Feuermal trug.

Da bemerkte er eine Gruppe Jugendlicher, die zu ihm herüberstarrte. Drei Halbstarke, wenn überhaupt gerade einmal achtzehn, mit Gold- und Silberkettchen behängt und mit diesen albernen Käppis, die sie nicht vollständig auf den Kopf gezogen hatten. Kemal erinnerte sich, dass er früher die Schirme gebogen hatte. So, wie es Sportler noch immer taten. Diese Jungs hatten mit Sportlern aber nichts gemein. Ihre Gesichter verpickelt, ein Junge so fett, dass seine Hände teigig aus den Ärmeln der Bomberjacke hervorquollen. Alle drei standen da, eine Körperhaltung, die jede Spannung, jedes Gefühl für die eigene Stärke vermissen ließ. Und doch fühlten sie sich wie die Könige der Straßen Kölns.

Sie kamen zu ihm herüber. Das Unvermeidliche, dachte Kemal, wie er es schon häufiger erlebt hatte in den letzten Monaten in Deutschland. Dieser gespielt lässige Gang, bei dem die Knie bei jedem Schritt ein kleines Stückchen einknickten, als ob die Jungs aufs Klo mussten. Die weit geschnittenen Baggy Pants lagen locker auf den Sneakers. Ihre schlabberigen T-Shirts lugten unter ihren Jacken hervor, hingen weit über den Hosenbund an ihnen herab. Einer der drei legte die Hände ineinander, ließ seine Gelenke knacken. Eine alberne Demonstration und der Versuch, einschüchternd zu wirken.

Wenn die wüssten, wo er herkam und was er schon erlebt hatte!

»Was hast du da im Gesicht? Zu viel Ketchup getankt?« Einer der drei zeigte auf Kemals Feuermal, drehte sich beifallheischend zu seinen Jungs um, und alle drei brüllten vor Lachen.

Kemal erwiderte nichts, blickte auf seine leere Kaffeetasse und kramte ein bisschen Kleingeld hervor. Er legte die Münzen auf den Tisch.

»Guck mal einer an! Der Flüchtling hat sogar Geld. Wahrscheinlich von unserem Staat erbettelt. Während unsere Eltern sich abrackern, kriegt ihr Islamisten alles in den Arsch gesteckt.«

Der Typ mit dem Ketchup-Spruch war offenbar der Anführer. Die anderen beiden flankierten ihn nur schweigend. Wie so häufig bei solchen Cliquen. Sie spendeten ihm das Lachen und ihre Muskeln, kurzum das Gefühl, über ihnen zu stehen. Er versorgte sie im Gegenzug mit gerade so viel, dass sie ihm treu ergeben blieben.

Jetzt stand Kemal auf. Seinen Mantel hatte er zum Glück beim Betreten des Lokals abgelegt. Er hätte ihn nur behindert.

»Und ihr?«, fragte er. »Geht's gleich heim zu 'nem flotten Dreier?«

Die beiden Adjutanten schienen überrascht, dass der Mann aus dem fremden Land tatsächlich Deutsch sprechen konnte. Nicht akzentfrei, wie Kemal wusste. Dafür war er noch nicht lange genug in Deutschland. Aber lange genug, um Ausdrücke wie den flotten Dreier zu kennen.

»Was sagst du da, du Drecksterrorist?«, zischte der Anführer. »Bist du schwul, oder was? Oder warst du einer von den Perversen, die an Silvester unsere Frauen begrapscht haben?«

»Eure Frauen?« Kemal lachte auf. »Geh scheißen!«

Er wollte das kurz und schmerzlos beenden. Für langes Geschwätz war es dann doch zu spät. Zum Glück taten die Idioten ihm den Gefallen. Wie erwartet schickte der Anführer seine beiden Erfüllungsgehilfen mit einem Kopfnicken vor.

Fünf Sekunden später lagen beide winselnd am Boden. Ihr Schreien erfüllte den Gastraum. Kemal hätte auch geschrien, dachte er, wenn er einen gebrochenen Unterarm, ein zertrümmertes Knie, ausgekugelte Schultern und Nasenfrakturen davongetragen hätte.

Der Dritte im Bunde starrte ihn paralysiert an. In seinen stumpfen Gesichtszügen stand eine Mischung aus Wut und Panik. Mit wem hatten sie sich da angelegt?, fragte er sich ganz offensichtlich.

Mit dem Falschen, dachte Kemal.

Der Typ schätzte seine Aussichten ab, blickte zu Kemal, zu seinen Freunden am Boden, wieder zu Kemal. Dann kapierte der Erste-Welt-Schläger endlich, dass seine eigenen Chancen relativ schlecht aussahen.

Kemal griff zu seinem Mantel. »Einen schönen Abend noch«, sagte er ruhig und verließ ohne ein weiteres Wort das Restaurant.

Draußen angekommen, zückte er sofort sein Smartphone. Er rief eine Nummer an, mit der er in den letzten zwölf Stunden mehrfach telefoniert hatte.

»Sie müssen was für mich regeln«, kam er ohne Umschweife zum Punkt.

Dem Mann am anderen Ende der Leitung erklärte er, was soeben am Friesenplatz vor sich gegangen war.

»Verdammt noch mal«, schimpfte der Mann. »Sie sollten doch unter dem Radar bleiben.«

»Leider musste ich heute Nacht den Luftraum mit echten Tieffliegern teilen«, erwiderte Kemal trocken. »Aber ich bin mir sicher, Sie können Ihre Kollegen davon abhalten, in dem Vorfall zu ermitteln.«

»Ich kümmere mich drum«, gab der Mann am anderen Ende der Leitung tonlos zurück. »Aber halten Sie sich ab sofort zurück! Wir können uns nicht erlauben, dass Sie plötzlich auffliegen.«

»Bevor Sie mir weiter Vorträge halten, sagen Sie mir lieber, was bei Ihnen los ist!«

»Die Anwältin des Rabbiners ist gerade gegangen. Das Spiel hat also begonnen. Alles läuft nach Plan. Versauen Sie es jetzt nicht! Behalten Sie einfach Kauffmann und Villeneuve im Auge!«

Kemal beendete das Gespräch und verschwand in der Nacht.

11

8. Dezember, Pirmasens

Der Raum war weit mehr als nur ein Keller. Die Aufmachung glich einem Museum. Oder einer Bibliothek. Mit Sicherheit aber ähnelte sie einem Tresor. Denn hier lagerten Schätze, deren Wert die Vorstellungskraft der meisten Menschen überstieg. Schmale Vitrinen säumten einen roten Läufer, der von der stählernen Tür in Richtung eines dunkelgrünen Ohrensessels führte. Wer sich in diesen Sessel setzte, blickte auf deckenhohe Bücherregale, die hinter den gläsernen Schaukästen emporragten. Sie waren gefüllt mit wertvollen Werken der größten Schriftsteller in der Geschichte der Menschheit. Antiquitäten, die der Hausherr über Jahre erworben hatte. Die kostbarsten Stücke aber lagen in den Vitrinen, in denen Temperatur und Luftzirkulation per Computer perfekt reguliert wurden.

Ein Mann in einem faltenfreien Nadelstreif in Marineblau, einem gestärkten weißen Hemd, einer Krawatte mit doppeltem Windsor und blank polierten Schuhen aus schwarzem Leder stand vor einem der Ausstellungsstücke. Er betrachtete ein Buch in rotem Einband.

»›Alice im Wunderland‹ von Lewis Carroll«, sagte er mit der Stimme eines stolzen Sammlers. »Eine von nur zweiundzwanzig Erstausgaben von 1865. Der Illustrator war nicht zufrieden mit den Drucken und bat Carroll darum, die ersten zweitausend Bücher wieder einzustampfen. Carroll hat es gemacht. Bis auf zweiundzwanzig. Das Buch hat mich zwei Millionen Euro gekostet.«

Ein Mann in Jeans, kariertem Hemd und schlecht sitzendem Sakko aus irgendeinem billigen Stoff stand neben ihm. Er notierte etwas in seinem Notizbuch und blickte sich weiter um. Ob er begriff, was er soeben gesehen hatte? Der Mann im Nadelstreif bezweifelte es. Kaum jemand begriff, was es bedeutete, ein Buch von 1865 vor sich zu sehen. Bücher gab es schließlich en masse. Auch die Geschichte von Alice im Wunderland. Für ein paar Euro konnte man sie heute kaufen. Warum also zwei Millionen dafür ausgeben?

Weil er es konnte. Weil er es wollte. Weil es seine Leidenschaft war. Weil er sich sein Geld, seinen Reichtum, seine Besitztümer, seine Schätze selbst verdient hatte. Weil er aus dem bayrisch konservativen Kleinbürgertum seiner Eltern entwachsen war und sich ein Imperium aufgebaut hatte. Weil seine Jugend eine harte Schule gewesen, sein Erwachsenendasein hingegen eine Erfolgsgeschichte war. Weil er stolz seine schöne Ehefrau und seine drei klugen Kinder die Liebe seines Lebens nennen konnte. Und weil er sich diesen Ort hier, eine Privatbibliothek im Keller seines eigenen Hauses, gesichert durch Stahlwände und eine Tresortür, schon immer gewünscht hatte.

Dieser Narr neben ihm würde das nie verstehen. Ein dahergelaufener Journalist einer minderen Zeitung. Er konnte sich noch nicht einmal an den Namen des Schreiberlings erinnern. Er nannte ihn abfällig »Junge«. So, wie er es im Internat in England gelernt hatte, wo sich der Housemaster auch nie die Namen der Jungen hatte merken können und sie immer nur *boy* genannt hatte.

Heute war er kein namenloser Junge mehr. Heute war er eine Berühmtheit. Heute kannte jeder seinen Namen.

Markus Nossak.

Mit achtundfünfzig Jahren gehörte er zu den einflussreichsten Menschen Deutschlands. Er gehörte sogar derselben Zunft an wie der Junge, der heute in sein Haus gekommen war, um ihn zu interviewen. Markus Nossak hatte einst bei der altehrwürdigen Frankfurter Allgemeinen Zeitung im Feuilleton begonnen. Heute besaß er eines der größten Nachrichtennetzwerke Europas. Immer häufiger schickte die Konkurrenz ihm ihre angeblich besten Leute, um ihn in Interviews seiner wahren Absichten zu überführen. Mal schickten sie knallharte Typen, erfahrene Reporter, die auf der Welt schon alles gesehen zu haben glaubten. Mal schickten sie Frauen, ob als Charmeoffensive oder als

Ablenkungsmanöver, die oftmals viel mehr draufhatten als ihre männlichen Kollegen und obendrein versuchten, von ihrem Aussehen zu profitieren. Sie glaubten, ihr Gegenüber bezirzen zu können. Doch Nossak war nicht interessiert. Und dann kamen Strolche wie dieser Junge, der ihm jetzt gegenüberstand. Noch nicht alt genug, um alle Zusammenhänge zu verstehen, forsch, aber ohne eine Richtung, nicht einmal grün hinter den Ohren, sondern hilflos überfordert mit der Macht, die Nossak verkörperte und in jeder Sekunde ausstrahlte. Deswegen hatte er ihn hierhergeführt, in sein Reich, in einen Raum, dessen Bau, vor allem aber dessen Sammlung ihn über fünfzehn Millionen Euro gekostet hatte.

Markus Nossak und seine Familie konnten es sich leisten. Das Firmenimperium war inzwischen milliardenschwer und noch immer ausschließlich in privater Hand. Sie lebten auf großem Fuß und doch ganz anders als viele andere Superreiche des Landes. Sie hatten sich im schönsten Teil von Pirmasens niedergelassen. Nicht, dass es viele schöne Stadtteile in Pirmasens gab. Sie bewohnten eine herrschaftliche Villa an der grünen und bewaldeten Fabrikantenallee am Fuße des Reichenhügels. So wurde die Strobelallee am Neufferpark genannt. Hier hatten einst all die Besitzer der Schuhfabriken von Pirmasens gewohnt. In über dreihundert Manufakturen hatten die Menschen hier noch in den 1960er Jahren geschuftet. Das kleine Pirmasens in der Pfalz im Südwesten der Republik hatte gestrahlt. Die Menschen hatten für ihre weltberühmten Produkte gelebt. Wer nach der Schule nicht sofort in den Fabriken zu arbeiten begonnen hatte, der war schräg angeschaut worden. Es hatte zum Leben dazugehört, Teil der Schuhmanufaktur zu sein. Ein einträgliches Geschäft für die einfachen Menschen in Pirmasens. Ein Reibach für die Fabrikbesitzer. In Pirmasens hatten auf dem Höhepunkt des Schuhbooms die meisten Millionäre Deutschlands gelebt.

Doch diese Zeit war längst vorbei. Die Globalisierung hatte die Stadt mit sich gerissen. Für die Zeit nach dem Wirtschaftswunder hatten die Menschen keinen Plan gehabt. Bis zur Jahrtausendwende waren nur noch rund dreißig Fabriken übrig geblieben.

Der Rest produzierte inzwischen im Ausland, in Portugal, China, Vietnam. Inzwischen hatte nur noch eine Handvoll Anlagen überlebt. Der Rest lag brach. Genauso wie die Menschen in Pirmasens. Eine dem Verfall ausgesetzte Stadt. Nirgendwo in Deutschland starben die Menschen früher. Nirgendwo lebten mehr Kinder in Armut. Nirgendwo wurden Mädchen und Frauen früher schwanger. In den Gesichtern der jungen Generation stand die Perspektivlosigkeit geschrieben. In den zerfurchten, von jahrzehntelanger Schufterei in den Fabriken gezeichneten Gesichtern der älteren Generation standen Resignation und ein gebrochener Wille. Manche sagten, ihre Stadt sei schon am Tag ihrer Gründung zu diesem Schicksal verdammt gewesen. Landgraf Ludwig IX. hatte seine Garnison 1741 nur deswegen an diesem Fleckchen Erde angesiedelt, weil er sich nirgendwo anders hatte niederlassen dürfen.

Nossak aber hatte Pirmasens ganz bewusst zu seiner Wahlheimat gemacht. Nicht nur, weil seine Frau von hier kam. Genauer gesagt aus Rodalben, einem Vorort. Freiwillig wäre er nie hierhergezogen. Doch er hatte schnell erkannt, dass Pirmasens das perfekte Pflaster für seine Pläne war. Leer stehende Fabrikhallen, die er für einen Spottpreis kaufen und in moderne Redaktionsräume umbauen konnte. Arbeiter, die für fast jeden Lohn bereit waren, sich abzurackern. Hauptsache, sie hatten wieder etwas zu tun. Und dann waren da die jungen Leute, die wieder eine Perspektive in ihrer Heimatstadt sahen, ohne von hier fliehen zu müssen. Sie waren es, die Nossak zu seiner Redakteursmannschaft heranzog. Sie waren leichtgläubig, schnell zu beeindrucken und moralisch in jede Richtung formbar, die er ihnen vorgab. Nur seine engsten Gefolgsleute musste er von außen mitbringen. Aber auch das war kein Problem. Sie waren ihm treu ergeben. Abgesehen davon verstanden sie die wichtigste internationale Sprache fließend: Geld.

Nossak fiel auf, dass dem Jungen, der ihn interviewen sollte, schon jetzt die Fragen ausgingen. Er schlug vor, in die Redaktion zu fahren. Dort konnte er diesen hilflosen Bengel loswerden und sich wichtigeren Dingen zuwenden.

Sie verließen seine Villa und stiegen auf dem Vorplatz in einen Rolls-Royce Silver Shadow. Nossak wies seinen Chauffeur an und lehnte sich in seinem Sitz zurück. Als sie vom Hof auf die Strobelallee rollten, drehte sich der Journalist um und blickte zurück zur Villa. Nossak brauchte es ihm nicht gleichzutun. Er kannte den Anblick und genoss ihn immer wieder aufs Neue. Ein altes Haus mit einem roten Ziegeldach, das die zwei oberen Etagen umspannte. Ein Kiesweg, der von der Villa durch ein wild bewachsenes Metalltor zur Straße führte. Eine große Wiese, die in eine Senke hinab in den Pfälzer Wald führte. Ein natürlicher Schutzwall vor allzu neugierigen Blicken und eine Tausende Hektar große Erweiterung des Gartens. Hier spielte es keine Rolle, in welcher Stadt sie lebten. Hier fühlten sie sich wie im Paradies auf Erden.

Während sie fast geräuschlos durch die Straßen von Pirmasens glitten, schwiegen sie. Erst als sie in der Horebstraße ankamen, dort, wo die Redaktion ihr Zuhause hatte, ergriff Nossak das Wort.

»Ich kann Ihnen nicht mehr länger persönlich zur Verfügung stehen. Meine Mitarbeiter werden sich aber um Sie kümmern und Ihnen alle weiteren Fragen beantworten.«

Sein Chauffeur hielt Nossak die Tür auf, und sie stiegen aus.

Ein Junge kam auf sie zugelaufen. Er war nicht viel älter als zehn. Der Fahrer wollte ihn schon davonscheuchen, doch Nossak gab ihm ein Zeichen. Er kannte ihn, ein Kind aus dem Winzler Viertel, das sich häufig hier herumtrieb.

»Musst du nicht in der Schule sein?«, fragte Nossak.

Das Kind schüttelte den Kopf. »Hasche mol e Guuzel fa misch?«

Nossak blickte seinen Chauffeur an, der ein Bonbon aus der Hosentasche zog. Er reichte es dem Kind, das über beide Ohren strahlte und ohne ein weiteres Wort davonrannte. An den pfälzischen Dialekt würde er sich nie gewöhnen, das hatte er aufgegeben. Viele sprachen hier so. Selbst in der Schule lernten es die Kinder bei einigen Lehrern nicht anders. Das war das einzige Problem gewesen beim Aufbau seines Redakteursteams:

junge Leute zu finden, die Hochdeutsch sprachen und im Vorstellungsgespräch nicht schon bei der Begrüßung durchfielen.

Sie standen vor einem Gebäude, das einmal eine Schuhfabrik gewesen war. Direkt an der Straße gelegen, beherbergte es im Erdgeschoss ein Lokal. Früher war dies das »Zaunkönigs Horebschloss« gewesen, eine Kultkneipe des Viertels. Pirmasens war dafür bekannt gewesen, keine Sperrstunde zu haben. Als die Menschen noch Arbeit hatten, hatte das Geschäft mit dem flüssigen Gold floriert. Heute knapsten auch die lokalen Brauereien an jeder Flasche. Nossak hatte das Fabrikgelände gekauft und auch die Kneipe wiederbelebt, weil er seinen Mitarbeitern die Möglichkeit geben wollte, nach getaner Arbeit noch einen Absacker zu trinken. Achtzig Prozent der Stammgäste des Lokals kamen aus seiner Firma. Routine war wichtig. Menschen waren Gewohnheitstiere. So blieben sie einem treu.

Das Haus führte vier Stockwerke. Die rote Steinfassade hatte Nossak erhalten und auch den Schriftzug »Carl Hoch Schuhfabrik« nachzeichnen lassen. Die alten Traditionen sollten hier weiterleben. Auch wenn sich hinter der Fassade eine hochmoderne Firma befand, die mit dem alten Handwerk nichts mehr zu tun hatte.

Er wies seinen Chauffeur an, auf ihn zu warten, und führte seinen Gast ins Gebäude. Als sie auf der ersten Etage in das Großraumbüro traten, hörte Nossak, wie der Journalist einen Laut des Erstaunens von sich gab. So etwas hatte er offenbar noch nicht gesehen.

»Willkommen in unserem Newsroom«, sagte Nossak. »Wir haben ihn nach amerikanischem Vorbild aufgebaut.«

Vor ihnen erstreckte sich ein zweigeschossiger Raum mit Galerie. Die erste und zweite Etage waren miteinander verbunden worden, indem man Teile der Decke entfernt hatte. Im ersten Stockwerk saßen die Redakteure der einzelnen Ressorts in Arbeitsbereichen zusammen. In der Mitte des Raumes befand sich ein runder Tisch mit mehreren Computern, an denen die Ressortleiter mit dem jeweiligen Chef vom Dienst zusammensaßen und die Themen des Tages besprachen.

Über ihnen, von der Decke des zweiten Stockwerks herab, schwebte ein Videowürfel wie in einer Sportarena. Jede der vier Seiten war mit mehreren Bildschirmen ausgestattet, auf denen Grafiken und Verlaufskurven der aktuellen Userzahlen live dargestellt oder die Nachrichtenkanäle diverser Fernsehsender stumm ausgestrahlt wurden. Darunter hing ein kleinerer Kubus aus Glas. In ihm drehte sich ein Hologramm. Drei stilisierte N, das Logo des »Nossak News Network«. Auf der zweiten Etage ragten die Glaskästen hinter der Galerie empor, in denen Besprechungsräume ihren Platz hatten, vor allem aber mehrere Fernsehstudios für den Online News Channel und Tonstudios für Podcasts und das Web-Radio.

Es war laut, hektisch, lebendig. So, wie Nossak es liebte. Telefone klingelten, Befehle wurden durch den Raum gerufen, ein offener Raum, in dem jeder alles mitbekommen konnte und sollte. Außer das, was im dritten Stockwerk passierte, der Chefetage. Sie gehörte Nossak.

Er wusste, dass der Journalist ihn gerne in sein Chefbüro begleitet hätte. Doch auf diese Etage kam niemand außer seinen engsten Vertrauten. Selbst die Ressortleiter und der Chefredakteur betraten die dritte Etage nur zur Konferenz. Ein separater Eingang sorgte zudem dafür, dass niemand wissen konnte, ob Nossak im Haus war oder nicht. So offen er die Kommunikation in der Redaktion handhabte, so verschlossen gab er sich, wenn es um seine eigene Person ging. Dafür hatte er zu viel zu verlieren. Dafür hatte er zu viele Geheimnisse.

Der Chef vom Dienst kam auf sie zu und begrüßte Nossak und den Journalisten. Nossak erklärte, dass er sich nun zurückziehen und alles Weitere seinen Mitarbeitern überantworten müsse. Er zweifelte keine Sekunde daran, dass der junge Mann beeindruckt die Heimreise antreten und eine Geschichte schreiben würde, die Nossak schmeichelte. Der Typ bekam den Mund kaum mehr zu. Wenn die Tour durch die Redaktion erst einmal beendet war, würde er sich wünschen, selbst hier zu arbeiten. Nur, dass Nossak ihn nie einstellen würde.

Er hatte nicht das Format, Zusammenhänge zu erkennen.

Sonst hätte eine seiner ersten Fragen am Morgen nicht der Sorge um die Zukunft der Zeitungen gegolten. Welche Zukunft? Printprodukte waren schon jetzt Geschichte. Es kam wie bei fast allen Medien: Sie würden nicht gänzlich vom Markt verschwinden, sondern an den Rand gedrängt werden. Sie mussten sich neu erfinden als Nischenprodukt, als Ergänzung zu den Leitmedien. Und die fanden sich im Internet. Nicht die reinen Nachrichtenportale, auch deren Bedeutung sank bereits wieder. Die sozialen Netzwerke und digitalen Datensammler bestimmten, was die User lesen, hören, sehen wollten, woran sie sich aktiv beteiligen, wobei sie mitbestimmen und mitdiskutieren wollten. Eine Mischung aus News, Foren und Vernetzung mit Freunden bestimmte die Nachrichtenwelt von heute.

In dieser Welt waren Daten das Gold des 21. Jahrhunderts. Nicht mehr nur reine Informationen in Form von Nachrichten, sondern die Informationen hinter denjenigen, die die Nachrichten konsumierten. Zusammen ergaben sie einen Wert, und je mehr User eine Plattform hatte, desto wertvoller war sie für andere Unternehmen, vor allem aber für die Politik. Deshalb bestand das Nossak News Network nicht nur aus diversen Nachrichtenportalen, sondern aus einer Verknüpfung einfacher sozialer Netzwerke, die nicht einmal so bombastisch aufgebaut werden mussten wie Facebook. Es reichte, dass User diskutieren, sich austauschen und Themen bestimmen konnten. Sie glaubten, so ihr Recht auf eigene Meinungsäußerung auszuüben. Insgeheim aber liefen sie so nur Nossak und seinen Menschenfängern hinter den Bildschirmen in die Arme, teilten ihnen bereitwillig alles mit, was NNN über sie wissen musste, und machten sich so zu Lemmingen einer Industrie, die tagein, tagaus nichts anderes tat, als sie zu manipulieren.

Manipulation. Das war die eigentliche Kunst in der digitalen Welt, und sie war noch nie so einfach gewesen. Nossak empfand es als Genugtuung, diese Macht zu besitzen. Er war mit Goethe und Schiller, mit Shakespeare und Austen aufgewachsen, mit den großen Sprachkünstlern dieser Welt. Sie hatten es verstanden, ihre Leser mit Worten zu verführen. Nun tat er das Gleiche, nur angepasst an die moderne Welt.

Nossak verließ die Redaktion und ließ sich von seinem Chauffeur in einen anderen Teil der Stadt bringen. Pirmasens hatte noch eine andere Geschichte. Im Norden hießen die Straßen plötzlich Georgia Avenue, Texas Avenue oder Virginia Avenue. Auf diesem Gebiet hatte die Armee der USA nach dem Zweiten Weltkrieg eine Militärbasis errichtet und erst 1994 endgültig geschlossen. Seitdem waren die Baracken hauptsächlich in Bürogebäude umgewandelt worden. Der Rolls-Royce bog auf die Delaware Avenue ab und verschwand nach einem Kreisel in einer Tiefgarage. Ein schweres Tor senkte sich hinter dem Silver Shadow, und Nossak betrat kurze Zeit später die Räumlichkeiten seiner zweiten Firma.

Einer Firma, von deren Existenz noch nicht einmal seine Frau etwas wusste.

In die Wand neben den Aufzugtüren war ein Bildschirm eingelassen. Ein Logo leuchtete auf, als Nossak herantrat. Es zeigte ein Eisernes Kreuz, aus dem zwei Schwerter ragten. In der Mitte prangten ineinander verschlungen eine Krone und ein Jesuskreuz. »IHS Group«, stand in goldenen Lettern darunter geschrieben. Nossak legte seine rechte Hand auf den Bildschirm. Sofort verschwand das Logo, und ein grüner Lichtstrahl tastete die Hautoberfläche ab. Anschließend trat er noch näher und führte seine Augen an einen biometrischen Retinascanner heran. Erst dann öffneten sich die Türen des Aufzugs.

Er fuhr direkt in sein Büro. Dieses Arbeitszimmer bedeutete ihm weit mehr als jenes in der Redaktion. Es war zwar nicht so luxuriös, dafür aber seine ganz persönliche Kommandozentrale. Ein kühler, mit Sichtbetonwänden gestalteter Raum, ein minimalistischer Glasschreibtisch, ein Laptop, zwei Telefone. Mehr brauchte Nossak nicht, wenn er hier war.

Jetzt war seine Anwesenheit nötig. Es ging in die entscheidende Phase der Operation, an der er schon seit Jahren arbeitete.

Eines der beiden Telefone klingelte.

»Ja?«

»Die beiden Franzosen kommen gerade bei der Polizei an«, sagte ein Mann am anderen Ende der Leitung.

Der Professor und die Nichte des Rabbiners waren die einzigen Unwägbarkeiten, die es noch in der Gleichung gab, dachte Nossak. Er musste herausfinden, ob sie zu einem Problem werden konnten.

»Haben wir die Anwältin gecheckt?«

»Sie ist sauber.«

»Wird alles so laufen wie geplant?«

»Es spricht nichts dagegen.«

»Wir müssen trotzdem wachsam sein. Und wir müssen wissen, was beim Verhör rauskommt.«

»Verstanden.« Der Anrufer unterbrach die Verbindung.

12

8. Dezember, Köln

Alexander Kauffmann fiel die Veränderung sofort auf. Natalie wirkte unbeschwerter und zuversichtlicher. Er hätte seine Verlobte gerne nach ihrem nächtlichen Spaziergang gefragt, wusste es aber besser. In diesem Moment zählte nur, dass sie neuen Mut gefasst hatte. Eine kämpferische Natalie war wertvoller als ein gereiztes Nervenbündel, das bei einer falschen Bemerkung mit der Faust auf den Tisch schlug und einen Polizisten anbrüllte.

Sie erreichten das Polizeipräsidium wie verabredet um halb zehn. Alex hatte damit gerechnet, dass es im Vergleich zum Vorabend deutlich geschäftiger zugehen würde, doch bis auf einen zweiten Beamten am Empfang und eine Handvoll unscheinbar dreinschauender Menschen an den Tischen des Cafés hätte kaum weniger Aufregung herrschen können.

Dr. Olivia Ziffzer wartete bereits mit Esther Mannarino in der Empfangshalle. Die Anwältin wirkte so frisch, als hätte sie den letzten Abend auf der heimischen Couch verbracht und nicht bei einem Terrorverdächtigen. Die braunen Haare trug sie hochgesteckt, als erwarte sie einen langen Tag. Esther dagegen schien kein Auge zugemacht zu haben. In ihrem Blick spiegelten sich Ungeduld und eine fast schon greifbare Unruhe. Sie wollte endlich ihren Mann wiedersehen.

Sie begrüßten sich, und Olivia informierte sie über das, was in der letzten Nacht passiert war.

»Ich erspare euch die juristischen Details. Ich habe Esther schon gesagt, dass es Fabrice den Umständen entsprechend gut geht. Ihr könnt euch gleich selbst davon überzeugen. Wir können für eine halbe Stunde gemeinsam zu ihm. Danach beginnt die offizielle Vernehmung.«

»Hast du schon allein mit ihm sprechen können?«, fragte Natalie.

»Nachdem er mich als seine Anwältin akzeptiert hatte, ja. Er war überrascht, aber als er den Namen Pascal Bernard gehört hat, meine ich so etwas wie Zuversicht auf seinem Gesicht gesehen zu haben.« Olivia lächelte. »Als diese Formalitäten erledigt waren, haben wir gesprochen. Unter vier Augen natürlich.«

»Und was hat er gesagt?«

»Dass er unschuldig ist.«

»Überraschung«, entfuhr es Natalie.

Olivia betrachtete sie belustigt. »Du magst das für selbstverständlich halten. Dir würden die Tränen kommen, wenn du wüsstest, wie viele gutgläubige Anwälte schon Tage und Wochen an einem Fall gearbeitet haben im blinden Vertrauen, ihr Klient sei unschuldig. Bis die böse Überraschung kam. Eine Verteidigung auf Sand zu bauen ist großer Mist. Daher, ja: Er sagt, er ist unschuldig. Und wir alle glauben ihm. Das ist das Fundament. Davon abgesehen wird es ziemlich wild.«

Sie berichtete, dass Fabrice in einem Hotelzimmer des Grandhotels auf dem Petersberg überwältigt worden war. Angeblich nur wenige Sekunden bevor er eine Minidrohne mit einem Sprengsatz hatte starten wollen.

»Hier wird's knifflig. Fabrice schwört, dass er den Koffer mit der Drohne nur mit einem Taschentuch angefasst hat. Die Polizei aber will seine Fingerabdrücke überall auf dem Gerät gefunden haben.«

»Du meinst, jemand hat Fabrice' Fingerabdrücke absichtlich platziert?« Alex versuchte sich eine solche Drohne vorzustellen. Er verstand von Militärausrüstung genauso wenig wie von Forensik. »Wie soll so was möglich sein?«

»Fingerabdrücke zu platzieren ist nicht allzu schwierig, wenn man weiß, wie es geht«, erwiderte Olivia. »Schwierig ist es aber, das nachzuweisen. Wir können zwar davon ausgehen, dass die Abdrücke ihm untergeschoben wurden. Aber vor Gericht sehen wir mit dieser Behauptung ohne Gegenbeweise schlecht aus.«

Esther senkte den Kopf, ihre Schultern sanken hinab. Als sie ihre Hände verschränkte, rasselten die Armreifen geräuschvoll gegeneinander. Natalie trat zu ihr und legte einen Arm um sie.

»Das ist aber nicht alles«, fuhr Olivia fort. »Angeblich haben sie Hinweise darauf, dass Fabrice Mitglied in einer jüdischen Terrororganisation sein soll.«

»Das ist unmöglich«, erwiderte Alex sofort.

»Das werden wir sehen, wenn die Polizei mir mitgeteilt hat, was das für Hinweise sind«, sagte Olivia.

»Nein«, widersprach Alex. »Es ist unmöglich, weil es keine jüdischen Terrororganisationen gibt, die außerhalb von Israel agieren.«

Olivia sah ihn verdutzt an. In diesem Moment kam eine Gruppe von etwa einem Dutzend Leuten in die Eingangshalle. Alex zog Olivia und die anderen in eine Ecke und erklärte leise, was er meinte.

Natürlich gab es jüdischen Terrorismus genauso wie islamistischen und christlichen Terrorismus. Aber es war ein zionistischer Terrorismus, der sich auf Israel als jüdischen Nationalstaat richtete. Bis zur Gründung 1948 hatten Untergrundorganisationen terroristische Anschläge ausgeführt, weil sie geglaubt hatten, damit ihrem politischen Ziel zu dienen. Nach 1948 waren diese Organisationen aber aufgelöst und Abspaltungen zerschlagen worden. Was nicht bedeutete, dass es damit keinen zionistischen Terror mehr gab.

»Denkt nur mal an die Ermordung von Jitzchak Rabin!«, erinnerte Alex an den ehemaligen Ministerpräsidenten Israels, der 1995 von einem rechtsextremen und ultraorthodoxen Juden erschossen worden war. »Es hat auch in den letzten Jahren immer wieder vereinzelte Anschläge gegeben. Aber nur in Israel, im Gazastreifen oder im Westjordanland. Entweder gegen Palästinenser, gegen die Unterstützer einer Zwei-Staaten-Lösung oder gegen Menschen, die den religiösen Fanatikern ein Dorn im Auge sind.«

»Wie die Attacke auf die Schwulenparade in Jerusalem vor ein paar Jahren«, sagte Natalie.

Esther nickte. Sie war in Israel aufgewachsen, ihr musste niemand erzählen, was in ihrer Heimat vor sich ging.

»Das war einer der wenigen Anschläge, die in den europäischen Medien überhaupt eine Rolle gespielt haben«, fuhr Natalie fort. »Ansonsten hört man hier fast nichts davon.«

»Abgesehen von den Verschwörungstheorien natürlich«, nahm Alex den Faden wieder auf.

Olivia wurde hellhörig. »Und die wären?«

»Dass es keine zionistischen Terroristen im Ausland braucht, weil außerhalb Israels alles vom ultimativen Bösen orchestriert wird.«

Olivia blickte Alex und Natalie fragend an.

»Vom Mossad«, antwortete Natalie. »Für viele Menschen ist der israelische Auslandsgeheimdienst gefährlicher als der IS, al-Qaida und Nordkorea zusammen.«

Olivia verdrehte die Augen. »Wenn es einige der krankeren Hirne dieser Welt also nicht so gut mit Israel meinen sollten, könnten sie auf die Idee kommen, dem Mossad die Schuld an Terror und Gewalt in der Welt zuzuschieben.«

»Erinnerst du dich an die Anschläge 2016 in Nizza und München?«, fragte Alex.

Olivia nickte.

»Es gibt einen deutschen Journalisten, der zufällig an beiden Tagen dort war.«

»Er hat beide Anschläge erlebt?«

»Jein. In Nizza filmte er den Lkw, der in die Menge gerast ist. Sein Video hat ihn weltweit berühmt gemacht. In München hat er die Schießerei beim Einkaufszentrum nicht direkt erlebt, war aber in der Nähe und ist sofort hingefahren, um darüber zu berichten.«

»Und wie ergibt sich daraus eine Verschwörung?«

»Seine Frau ist Israelin«, sagte Natalie mit einem bitteren Unterton in ihrer Stimme.

»Oh«, entfuhr es Olivia. Ihr Gehirn verband offenbar sofort die Puzzleteile.

»Aber nicht nur Israelin, sondern auch Jüdin, Abgeordnete der Knesset und ehemalige Geheimdienstmitarbeiterin«, vollendete Alex. »Ein deutscher Journalist und eine jüdische Politikerin, die mal für das israelische Militär gearbeitet hat.«

»Aber warum fragst du nach solchen Verschwörungstheorien?«, wollte Natalie wissen.

»Weil ich das Gefühl habe, dass die Ermittler versuchen, den Anschlag auf die Zentralmoschee hier in Köln und den vereitelten Anschlag auf dem Petersberg miteinander in Verbindung zu bringen.«

»Und da käme ihnen eine Verschwörung, nach der Fabrice ein israelischer Agent sein könnte, gerade recht.«

Olivia verfiel in Schweigen. Ihre Augen wanderten ruhelos von links nach rechts und wieder zurück, so als ob sie ein Buch lesen und von einer Zeile in die nächste springen würde. Dann schüttelte sie energisch den Kopf.

»Okay, das muss ich berücksichtigen. Jetzt machen wir uns auf den Weg zu Fabrice. Irgendwas sagt mir aber, dass diese Geschichte nie vor ein ordentliches Gericht kommen wird.«

Sie blickte nachdenklich drein und ging dann zielstrebig auf den Empfang zu.

Kriminalhauptkommissar Sebastian Schulze holte sie ab. Er begrüßte sie steif und schenkte Natalie einen verächtlichen Blick, bevor er sie in einen Raum ohne Fenster führte. In der Mitte stand ein grauer Tisch, um ihn herum unbequem aussehende Stühle wie in einer Mensa. Alex fiel auf, dass außer den Möbeln nichts in diesem Raum greifbar war. Keine Lampen, da die Lichter in die Decke eingelassen waren. Keine Kabel, da es keine Steckdosen gab. Kein Türgriff, da sich die Tür nur von außen öffnen ließ. Auch die Lichtschalter waren außerhalb des Raumes angebracht. Irgendwo mussten hier Kameras und Mikrofone montiert sein. Entdecken konnte er sie nicht.

Sie nahmen auf den Stühlen Platz. Schulze bedeutete ihnen zu warten und verließ den Raum wieder. Es dauerte nicht lange, da trat er erneut ein. Diesmal begleitet von zwei Wachleuten, die einen Mann in einem Trainingsanzug und Sportschuhen hereinführten. Um seine Handgelenke lagen Handschellen.

»Fabrice«, rief Esther, sprang auf und nahm ihren Mann in den Arm.

Schulze machte Anstalten, das Ehepaar voneinander zu trennen, aber er musste Natalies Blick gespürt haben. Er trat zurück und signalisierte den Beamten mürrisch, nicht einzuschreiten. Esther löste sich von Fabrice, legte ihre Hände auf seine Wangen und betrachtete ihn liebevoll. Ihre Wangen waren tränennass. Sie gaben sich einen zärtlichen Kuss, dann gab Esther ihren Mann frei, und beide setzten sich.

»Sie haben dreißig Minuten«, sagte Schulze mit kalter Stimme in Richtung der Anwältin. Zusammen mit den Beamten wollte er den Raum verlassen, als Olivia eine Hand hob, mit dem Finger an die Decke zeigte und eine kreisende Bewegung machte. Schulze verzog das Gesicht zu einem genervten Stirnrunzeln. »Wir kennen die Regeln.«

»Sind Sie sicher?«, schoss Olivia zurück. »Keine Aufzeichnungen!« Damit drehte sie sich um, und sie waren allein.

Fabrice sah sie aus müden, blassblauen Augen an. Alex fiel auf, dass seine Haare und sein Bart ordentlich gekämmt waren. Offensichtlich hatte man ihm eine Dusche gewährt. Olivias Auftritt in der vergangenen Nacht dürfte so einiges in Gang gesetzt haben.

Im ersten Moment schien es, als ob sich niemand traute, das Schweigen zu brechen. Dann war es Fabrice, der sprach.

»Es tut mir leid«, sagte er zu Esther und legte eine Hand auf die ihre. »Ich danke euch, dass ihr hier seid.« Er sah Alex und Natalie an. »Es fällt mir schwer zu glauben, dass ihr schon wieder in so etwas reingezogen werdet. Es fällt mir schwer, überhaupt irgendetwas von dem zu glauben, was in den letzten Tagen passiert ist.«

Er machte eine Pause. Sein Kopf blieb unbeweglich. Seine Augen aber wanderten durch den Raum, an die Decken, die Wände. Alex verstand. Fabrice glaubte nicht, dass die Kameras und Mikrofone abgeschaltet worden waren. Er sah zu Olivia hinüber. Sie sah Fabrice mit zusammengekniffenen Augen an.

»Aber ich vertraue auf die Kraft meines Glaubens«, fuhr Fabrice fort. »Natalie, du weißt doch noch, dass dein Adoptivvater mich damals in die Gemeinde nach Bordeaux geholt hat.« Er sah sie eindringlich an. »Régis hat euch zu mir geführt. Er hat euch damals in Gottes Hand gegeben, um mich zu finden.«

Natalie setzte sich auf. Auch Alex hörte ganz genau zu. Fabrice war niemand, der seinen Glauben betonte. Er war ein weltlicher Rabbiner, niemand, der in einer solchen Situation die Religionskarte gezogen hätte.

»Régis war mehr als nur dein Adoptivvater, Natalie. Er hat euch den Weg gezeigt. So, wie er mir den Weg gezeigt hat. Er war für uns alle ein Lehrer. Er wusste, wem er vertrauen konnte, und wir wussten, dass wir ihm vertrauen konnten. Natalie! Alex! Egal was mit mir passiert, weicht nie von dem Weg ab, den er uns vorgezeigt hat! Das müsst ihr mir versprechen. Bald ist Chanukka. Geht in die Synagoge hier in Köln und bittet Rabbi Löwengart, dass er an meiner Stelle die Lichter mit euch zünden soll. Ihr werdet im Machsor die Antworten finden, die ihr sucht.«

Alex horchte auf. Im *Machsor*? Ein Machsor enthielt die Gebete für die hohen Feiertage. Chanukka aber war kein hoher Feiertag. Die Gebete, die man zum Lichterfest sprach, fanden sich im Siddur, dem täglichen Gebetbuch.

Fabrice schickte sie auf die Suche nach Antworten.

So, wie es Régis mit ihnen gemacht hatte, um die Wächter zu enttarnen.

Sie mussten in die Kölner Synagoge. So viel war Alex klar. Aber wer war dieser Rabbi Löwengart?

Fabrice war noch nicht fertig. »Ihr dürft aber nicht kurzsichtig sein. Macht nicht den Fehler, den so viele vor euch gemacht haben. Der Rat der Religionen will ein Zeichen setzen für mehr Verständigung. Lehnt nicht ab, wenn ein guter Katholik mit euch spricht, und habt keine Vorurteile, wenn euch Menschen begegnen, denen man nachsagt, sie seien Mitglieder einer Sekte. Ich habe in den letzten Tagen viel gelernt. Wir sind uns alle ähnlicher, als wir glauben. Nur wer anders sein will, sieht Unterschiede, die es eigentlich nicht gibt.«

Natalie und Alex tauschten einen Blick. Sie hatten verstanden. Das Spiel begann von Neuem.

13

8. Dezember, Köln

Alex parkte ihren Mietwagen am Rathenauplatz. Die Synagoge lag in der Roonstraße am westlichen Rand der Kölner Innenstadt. Natalie hatte während der Fahrt vom Polizeipräsidium mit ihrem Smartphone im Internet nach Informationen zur Synagoge gesucht. Sie versuchte auch ein Foto des Rabbiners Löwengart zu finden, den Fabrice erwähnt hatte. Zu ihrer beider Überraschung hieß es auf der Website der Gemeinde, dass die Position des Rabbiners vakant war. Wer also war Rabbi Löwengart? Und warum wollte Fabrice, dass sie mit ihm sprachen? Gehörte er zum jüdischen Gefolge des Zentralrats und war an den Verhandlungen für den Rat der Religionen beteiligt gewesen?

Als sie über die Straße auf den Eingang zuliefen, fiel Alex das große Rundfenster der Synagoge auf. Zwischen zwei Seitengebäuden ragte etwas zurückversetzt das Haupthaus im neuromanischen Stil mit zwei kleinen Spitztürmen in die Höhe. Das Buntglasfenster, das dem Gotteshaus Licht spendete, ließ in Alex eine Erinnerung aufsteigen. Augenblicklich fragte er sich, ob Fabrice auch deswegen diesen Ort für sie ausgewählt hatte.

»Schau mal zum Fenster!«, forderte Alex Natalie auf und deutete nach oben. »An welches Gebäude erinnert dich das?«

Natalie hob den Blick. »Saint-Pierre-le-Jeune in Strasbourg«, sagte sie wie aus der Pistole geschossen. Sie konnte ihre Überraschung nicht verbergen. Als Architektin hatte Natalie die Ähnlichkeit sofort herstellen können. Abrupt blieb sie stehen. »Glaubst du, das ist Zufall?«

»Das kommt darauf an, was oder wen wir hier finden.«

Sie hatten schon im Auto darüber gesprochen, was Fabrice ihnen gesagt hatte. Natalies Adoptivvater Régis und seine Fährten, die er ausgelegt hatte, damit sie die Wächter überführen konnten. Dass Régis gewusst hatte, wem er vertrauen konnte. Dass er sie damals »in Gottes Hand gegeben« hatte, um Fabrice zu finden. Dass sie nicht von dem Weg abweichen sollten, den Régis ihnen aufgezeichnet hatte. Und dass sie nicht ablehnen sollten, wenn »ein guter Katholik« mit ihnen sprechen wollte. Sie beide wussten, wen Fabrice gemeint hatte. Wer dieser gute Katholik war.

Das Rundfenster lieferte ihnen den letzten Beweis.

Régis hatte sich einst einem Pastor in Strasbourg anvertraut. Als Natalie und Alex diesen Pastor in dessen Kirche Saint-Pierre-le-Jeune aufgesucht hatten, hatte er ihnen nicht nur mit Beweisen gegen die Wächter geholfen, er hatte sie auch zu Fabrice geführt.

»Habe ich dir eigentlich schon mal gesagt, dass ich Déjà-vus hasse?« Natalie blickte ihn grimmig an. »Erst wird Fabrice verhaftet. Dann rufst du Pascal Bernard an, damit er uns hilft. Jetzt sollen wir Pastor Thomas kontaktieren? Es fühlt sich alles an wie damals. Was kommt als Nächstes?«

»Lass es uns rausfinden«, antwortete Alex schnell, ehe Natalie sich wieder in Erinnerungen verlieren konnte.

Sie stiegen einige Stufen zu einer hölzernen Eingangspforte hinauf und klingelten. Am Empfang mussten sie ihre Ausweise hinterlegen. Alex erhielt eine Kippa, dann durften sie eintreten. Eine breite Steintreppe führte in eine Gedenkhalle für die Toten des Holocausts. Kerzen brannten auf Bänken aus schwarzem Marmor vor eingravierten Schriften an den Wänden. Elftausend Kölner Juden, las Alex, waren dem Nazi-Regime zum Opfer gefallen. Schwaches Licht fiel ins Innere der Halle. Die Luft roch nach ausgebrannten Streichhölzern und Wachs. Bedächtig schritten sie um eine Säule herum, an einem Messingbecken vorbei und durch eine Glastür. Dann standen sie vor zwei schweren, bronzebeschlagenen Pforten. Alex hielt Natalie eines der Portale auf, und sie betraten Kölns große Synagoge.

Ein imposanter Raum öffnete sich vor ihnen. Dunkle Holzbänke mit blau gepolsterten Klappsitzen reihten sich vor ihnen auf. Alex vermutete, dass über tausend Gläubige hier an den hohen Feiertagen beteten. Er sah nach vorne. Ein dunkelblauer Samtvorhang mit goldenen Stickereien verhüllte den

Toraschrank. Ein rotes Tuch lag über der Bima, dem Tisch, von wo aus der Vorbeter oder Rabbiner aus der Tora oder den Schriften las. Zwei riesige Menora, die siebenarmigen Leuchter, standen links und rechts davon. Über diesem Podest ragte ein Rundbogen empor, der, wie Alex schätzte, an seinem höchsten Punkt knapp zwanzig Meter erreichte. Doch das war nichts im Vergleich zu der Kuppel, die weit über ihren Köpfen wie eine Krone die Synagoge abrundete. In dieser Synagoge gab es noch die Trennung zwischen Männern und Frauen, während in liberaleren Gemeinden alle gemeinsam in einem großen Raum saßen und nebeneinander beteten.

»Wenigstens können die Frauen den Männern auf den Kopf spucken«, sagte Natalie trocken mit einem Blick nach oben.

»Was meinst du, warum wir die Kippa tragen?«, antwortete Alex und deutete auf das Käppchen, das er auf seinem Kopf trug.

»Genug der Gotteslästerung«, gab sie zurück. »Wir sind hier. Und jetzt? Wenn es keinen Rabbi Löwengart gibt, mit wem sollen wir dann sprechen?«

In diesem Augenblick öffnete sich das Portal erneut, und eine Gruppe trat herein, die ganz offenbar die Synagoge besichtigte. Ein Mann mit krausem Haar ging ihnen vorweg und wollte sie durch einen der Gänge führen, als Alex ihn auf Deutsch ansprach.

»Entschuldigen Sie, wir suchen Rabbi Löwengart. Können Sie uns weiterhelfen?«

Der Mann war in Alex' Alter. Er blickte ihn verwundert an.

»Rabbi Löwengart? Sie meinen bestimmt Chaim Löwengart. Er ist nicht unser Rabbiner, sondern im Gemeindevorstand.« Er sah zu seiner Besuchergruppe hinüber. »Verzeihen Sie, ich muss weiter. Aber fragen Sie im Sekretariat nach! Die können Ihnen bestimmt helfen. *Chag Chanukka sameach!*«

Mit diesem Gruß drehte er sich um und führte seine Gruppe weiter in die Synagoge hinein.

Alex übersetzte Natalie, was der Mann gesagt hatte. »Rabbiner und Gemeindevorstand sind zwei grundverschiedene Dinge. Warum gibt Fabrice uns eine Fehlinformation?«

Natalie sah sich um. »Vielleicht, weil er uns nur den Namen geben und uns in die Synagoge locken wollte. Er war ja offenbar überzeugt, dass die Polizei mithört. – Schau mal hier!«

Sie ging in eine der Sitzreihen und zeigte auf ein kleines Schild oberhalb eines Rückenpolsters. Es war in das Holz der Bankreihe geschraubt.

»Namensschilder.«

Jetzt sah Alex, worauf sie hinauswollte. Die Sitze waren namentlich vergeben. Aber nicht nur das. Zu jedem Sitz gehörte eine Ablagefläche, unter der sich ein kleines Fach verbarg, das man abschließen konnte. Alex vermutete, dass einige Gemeindemitglieder hier ihre Gebetsbücher und ihren Tallit, den Gebetsmantel, verstaut hatten. So zumindest hätte er es gehandhabt. Er versuchte eines der Fächer zu öffnen und hatte Glück. Ein Siddur und eine Packung Hustenbonbons kamen zum Vorschein.

»Du meinst, wir sollen nach einem Platz mit dem Namen Löwengart suchen?«, fragte er.

»Hast du eine bessere Idee?«

Sie machten sich daran, durch die Reihen zu gehen und die Namensschilder zu kontrollieren. Das erwies sich als gar nicht so leicht. Nicht jeder Platz gehörte einer bestimmten Person. Manchmal fehlten Schilder, an anderen Stellen waren sie unleserlich oder abgebrochen. Auch tauchten einige Namen an gleich mehreren Plätzen auf. Erschwerend kam hinzu, dass viele Fächer abgeschlossen waren, wie Alex feststellte.

Es war Natalie, die ihm mit einem Zischlaut signalisierte, dass sie etwas gefunden hatte. Er ging zu ihr hinüber. Sie befand sich ziemlich genau in der Mitte des Raumes. Alex trat zu ihr und sah auf das Namensschild des Sitzes, an dem sie stand.

»Löwengart«.

Er besah sich die anderen Schilder in der Reihe. Es saßen immer vier Männer nebeneinander. Alle vier Schilder in der Reihe trugen den gleichen Namen.

»Und jetzt?«, fragte Natalie.

Alex sah zu der Gruppe hinüber. Der Guide erzählte gerade die Geschichte der Chanukka, schien sie aber im Auge zu behalten. Sie waren Fremde und ihm offensichtlich nicht ganz koscher. Wer wollte es ihm verübeln? Wenn der Mann sich gut auskannte und Gemeindevorstand Löwengart hier seinen traditionellen Sitzplatz hatte, dann wusste der Mann, wo sie gerade standen. Er hatte ihnen empfohlen, ins Sekretariat zu gehen. Stattdessen schnüffelten sie noch immer in der Synagoge herum und standen nun an dem Platz, an dem Löwengart in der Regel saß.

»Wir sollten später wiederkommen«, flüsterte Alex.

Natalie schnaubte, folgte ihm aber, als er aus der Reihe trat und auf die großen Türen zusteuerte. Im Vorraum blieben sie kurz stehen. Alex sah sich um.

»Lass uns vor der Gedenktafel warten!«, schlug er vor.

Sie gingen zurück in die Halle. Hier war es wärmer als im großen Saal. Alex stellte sich vor, wie an Jom Kippur hier unzählige Teelichter leuchteten, mit denen die Mitglieder der Gemeinde der Toten gedachten. Jetzt harrte er neben Natalie in Ruhe aus, ehe sie hinter sich die Schritte der Gruppe hörten. Sie sahen sich nicht um, bis die Geräusche verklungen waren und der Guide seine Herde ins Erdgeschoss zurückgebracht hatte. Dann verließen sie ihren Posten vor der Tafel und gingen zurück in die Synagoge.

Sie fanden die Sitzreihe sofort wieder. Die Löwengarts hatten vier Plätze belegt, wahrscheinlich schon seit Jahren. Alex und Natalie hoben die Deckel der Fächer an. Das erste war leer. Im zweiten fanden sich mehrere Gebetbücher. Das dritte und vierte waren verschlossen. Alex und Natalie sahen sich an. Sie waren sich schnell einig.

Alex sah sich um. Niemand außer ihnen befand sich im Raum. Er zog an einem der beiden Fächer. Die Schlösser waren einfache, locker sitzende Riegel. Beim zweiten Ruck löste sich der Verschluss und gab nach. Er klappte den Deckel hoch, und sie schauten hinein. Nichts.

Natalie fluchte leise. »Warum schließt man etwas ab, wenn sowieso nichts drin ist?«

»Die Wege des Herrn sind –«

»Quatsch nicht, mach hinne!«

Das zweite Schloss erwies sich als hartnäckiger. Aber nach ein paar kräftigen Zügen gab auch dieses nach. Als Alex das Fach öffnete, wusste er sofort, dass sie gefunden hatten, wonach Fabrice sie geschickt hatte.

Vor ihnen lag ein Buch. Es war edel gestaltet, in grünen Stoff eingebunden, die Seiten am Schnitt vergoldet. Es trug den Titel »Für eine Zukunft in Frieden und Koexistenz«, herausgegeben vom Rat der Religionen. Offiziell gab es den Rat noch nicht, aber offenbar hatten die führenden Vertreter sich darauf geeinigt, dieses Buch als eine Art Anthologie zur Feier der Vertragsunterzeichnung herauszugeben. Alex schlug es auf. Auf der ersten Seite hatte jemand im rechten oberen Eck handschriftlich einen Namen vermerkt. Wie in einem Schulbuch, dachte Alex. Demnach gehörte diese Ausgabe einer gewissen Cara Allegri. Ein Blick in den Urhebervermerk des Verlags sagte ihm, dass Cara Allegri auch als Redakteurin an dieser Festschrift mitgearbeitet hatte.

Natalie griff nach dem Buch und zog zwischen einigen Seiten ein Blatt Papier heraus. Sie faltete es auseinander. Es war beschrieben. Natalie und Alex erkannten die Handschrift sofort.

»Fabrice!«, sagte Natalie.

Sie besahen sich, was ihr Onkel notiert hatte. Es war eine Liste von gut zwei Dutzend Namen. Hinter jeden Namen war entweder ein Häkchen oder ein Kreuz gemalt. Alex deutete auf einen Namen: Jaron Glasser. Dahinter befand sich ein Häkchen. Aber noch etwas anderes.

Eine Telefonnummer.

»Jaron Glasser. Sagt dir der Name etwas?«

Natalie schüttelte den Kopf. »Ich schlage vor, dass wir telefonieren. Ich rufe Pastor Thomas an, und du versuchst, diesen Glasser zu erreichen. Vielleicht wissen wir dann mehr.«

Sie klappten die beiden aufgebrochenen Fächer wieder zu. Auf den ersten Blick fiel zumindest nicht auf, dass sie Gewalt angewendet hatten. Trotzdem mussten sie von hier verschwinden. Der Guide kam mit Sicherheit zurück, um nachzusehen, ob sie noch immer zwischen den Bänken herumstromerten. Natalie steckte sich das Buch in den Hosenbund, zog ihre Jacke zu und reichte Alex den Zettel mit der Telefonnummer. Rasch verließen sie die Synagoge.

Auf der Straße zückten beide ihre Telefone und wählten. Alex entfernte sich ein Stück von Natalie, um in Ruhe sprechen zu können. Aber er hatte kein Glück. Sein Anruf wurde sofort unterdrückt. Jaron Glasser konnte oder wollte gerade nicht telefonieren.

Als er sich schon wieder zu Natalie gesellen wollte, signalisierte sein Smartphone den Eingang einer Textnachricht. Er blickte auf den Bildschirm und runzelte die Stirn. Die SMS bestand aus einer kurzen Frage. In Englisch.

»Who is this?«

Alex antwortete sofort.

»Mein Name ist Professor Alexander Kauffmann. Ich bin ein Verwandter von Fabrice Mannarino. Er hat mir Ihre Nummer gegeben. Können wir sprechen?«

Sekunden später klingelte sein Handy erneut.

»Big Animals Bar. Petersberg. 1 p.m.«

14

8. Dezember, Petersberg

Noch während Natalie telefonierte, zerrte Alex sie in Richtung Auto, und sie fuhren los. Als sie ihr Gespräch mit Pastor Thomas beendet hatte, setzte er sie ins Bild.

»Wissen wir, wer dieser Jaron Glasser ist?«

»Befrag doch noch mal dein Telefon. Aber verrat mir vorher, was Thomas gesagt hat.«

»Er will uns sehen. Morgen Vormittag. Er ist in irgend so einem Dorf in der Nähe von Frankfurt. Frag mich nicht, wie es heißt. Irgendwas typisch Deutsches mit vielen Lauten, die keiner aussprechen kann. Klang ein bisschen wie *baccalauréat*, nur deutsch. Keine zwei Stunden von Köln. Zumindest hat er das gesagt.«

»Und wie sollen wir dahinfinden, wenn du den Namen nicht kennst?«

»Ruhig Blut! Er schickt mir die Adresse per SMS.«

»Hat er dir denn verraten, warum wir ihn kontaktieren sollten?«

»Du kennst ihn doch. Nicht am Telefon.«

»Und warum erst morgen?«, fragte Alex ungeduldig.

»Vielleicht hat er heute noch ein Date. Was weiß ich? Er hat Geheimnisse ja schon immer gemocht.«

Das stimmte allerdings, dachte Alex. Pastor Thomas gehörte zu den engsten Freunden der Familie. Kaum jemand hatte je treuer zu Natalies Familie gestanden als der Pfarrer aus Strasbourg. Inzwischen war er längst emeritiert, er hatte die achtzig überschritten. Trotzdem reiste er noch munter durch Europa. Wenn Alex es sich recht überlegte, verwunderte es ihn nicht, dass Fabrice sich an Thomas gewandt hatte. Er war schon einmal Hüter wichtiger Antworten gewesen. Hatte Fabrice ihn erneut zum Geheimnisträger gemacht? Sie würden es morgen herausfinden.

Jetzt waren sie erst einmal auf dem Weg ins Siebengebirge.

Alex hatte die Adresse des Grandhotels auf dem Petersberg in das Navigationsgerät eingegeben und folgte den Anweisungen der Computerstimme.

Auf dem Weg klingelte sein Telefon. Eine deutsche Nummer. Er nahm den Anruf an und schaltete auf Lautsprecher. Es war Olivia.

»Ich wäre entzückt, wenn ihr zwei Hübschen mir verraten würdet, was Fabrice da vorhin mit euch abgezogen hat«, säuselte die Anwältin in einem gefährlich höflichen Tonfall. »Wir haben die erste Vernehmungsrunde hinter uns. Lief gar nicht mal so gut, aber das wird schon noch. Esther hat mich zum Mittagessen eingeladen. Sagt mir doch mal, ob ich das Essen genießen kann oder ob es mir gleich im Halse stecken bleiben wird.«

Natalie antwortete, damit sich Alex auf den Verkehr konzentrieren konnte. »Fabrice wollte, dass wir in die Synagoge gehen, um den Namen eines Mannes herauszufinden.«

»Von wem? Hat euch dieser Rabbiner geholfen?«

»Die Kurzfassung: Wir haben gefunden, wonach wir gesucht haben, und sind jetzt auf dem Weg, den Mann zu treffen. Wir wissen aber noch nicht, wer er ist.«

»Ach, ich verstehe«, sagte Olivia unnatürlich ruhig und gedehnt. »Ihr zwei seid die modernen John Steed und Emma Peel.« Sie schwieg einen Moment. »Jetzt mal ernsthaft: Was habt ihr vor? Detektive spielen?«

»Fabrice wollte, dass wir mit einem Mann namens Jaron Glasser sprechen. Wir haben auch einen befreundeten Pastor angerufen.«

»Ah, der Katholik, von dem Fabrice gesprochen hat«, warf Olivia ein.

»Genau. Wir kennen ihn seit vielen Jahren. Fabrice hat mit ihm am Abend vor seiner Verhaftung telefoniert. Mehr wollte er nicht verraten. Wir fahren morgen zu ihm, um mit ihm zu reden. Sobald wir was haben, erfährst du es. Versprochen.«

»Das wäre keine schlechte Idee. Denn Fabrice traut der Polizei nicht über den Weg, und wir können nicht offen reden, solange er nicht davon überzeugt ist, dass niemand mithört. Solange sich nichts ändert, wird die Vernehmung ein hartes Stück Arbeit. Ich brauche irgendwas. Wenn ihr also Futter habt, füttert mich! Ansonsten nagen Fabrice und ich schon bald am Hungertuch. Und Volker Aurach wird es eine Freude sein, uns verhungern zu lassen. Er hat übrigens eine Botschaft an euch.«

Alex sah, wie Natalie ihn von der Seite anblickte.

»Und die wäre?«

»Wenn ihr ihm bei den Ermittlungen in den Weg kommt, lässt er euch wegen Strafvereitelung festnehmen.«

»Da trifft es sich ja gut, dass wir eine gute Anwältin kennen«, erwiderte Natalie.

»Die jetzt erst mal versuchen wird, das Gehörte zu verdauen.« Damit legte Olivia auf.

Sie brauchten etwas mehr als eine halbe Stunde. Als sie von der Autobahn abfuhren, sahen sie oberhalb eines bewaldeten Hügels einen Gebäudekomplex in der Ferne. Dunkle Wolken hingen tief über der Anhöhe. Alex sah auf der Anzeige seines Audi, dass die Außentemperatur unter null Grad gefallen war. Sie hatten noch weniger als vier Kilometer vor sich, den Großteil davon über gewundene Straßen einen Berg hinauf. Das dort oben musste das Grandhotel sein. Zur Bestätigung tauchte nur wenige hundert Meter später ein Schild auf. Links abbiegen, dann ging es auf den Petersberg.

Doch die Abbiegerspur war gesperrt. An der Auffahrt zum Grandhotel standen mehrere schwer bewaffnete Polizisten an einer mobilen Schranke. Als Alex trotzdem den Blinker setzte, versetzte er sie damit in Alarmbereitschaft. Sie umschlossen ihre Maschinenpistolen mit festem Griff, zwei Männer traten hervor und bedeuteten ihm, dass es hier für ihn nicht weiterging. Er ließ das Fenster der Fahrertür herunter.

»Wir haben einen Termin im Hotel«, rief er und fragte sich, ob es so einfach gehen konnte. Er steuerte den Wagen langsam und vorsichtig an die Schranke heran.

Sofort war der Audi von mehreren Polizisten umstellt.

»Sie können hier nicht weiter«, sagte einer der Beamten barsch. »Das Hotel ist geschlossen.«

»Wir haben einen Termin«, beharrte Alex. »Wir wurden gebeten, um dreizehn Uhr zu erscheinen.«

»Von wem?«

»Jaron Glasser«, sagte Alex, war sich aber ziemlich sicher, dass dieser Name nichts bezwecken würde.

Zu seiner Überraschung war das Gegenteil der Fall. Der Beamte zog die Augenbrauen hoch.

»Einen Moment, bitte!«

Er ging in ein kleines Häuschen am Straßenrand. Alex sah, dass der Polizist telefonierte. Dann prüfte er ein Blatt Papier auf einem Klemmbrett. Schließlich trat er wieder heraus.

»Ihre Ausweise!«

Alex reichte ihm ihre Papiere. Der Polizist prüfte sie eindringlich, verglich die Angaben mit dem, was bei ihm auf dem Klemmbrett stand.

»Frau Villeneuve, Herr Kauffmann, bitte steigen Sie aus Ihrem Fahrzeug!«

Alex übersetzte Natalie, was der Mann gerade gesagt hatte. Sie sah ihn verwundert an. Langsam folgten sie der Aufforderung.

Zwei andere Beamte traten hinzu. Sie führten Schäferhunde mit Maulkörben neben sich her. Als Alex und Natalie neben dem Audi standen, forderten sie ihre vierbeinigen Kollegen auf, mit der Arbeit zu beginnen. Jetzt verstand Alex, warum sie aus dem Auto hatten steigen müssen. Die Hunde suchten den Audi ab, beschnüffelten alles, worauf ihre Herrchen zeigten. Währenddessen holte ein weiterer Beamter einen riesigen Spiegel an einem langen Stab hervor, der an den überdimensionalen Mundspiegel eines Zahnarztes erinnerte. Statt der Zähne untersuchte er allerdings den Unterboden ihres Wagens.

Die Prozedur dauerte mehrere Minuten. Als die Beamten zufrieden waren, zückte der Mann mit ihren Pässen einen Kugelschreiber, notierte auf seinem Klemmbrett das Nummernschild, machte zwei Haken hinter ihre Namen und gab ihnen die Papiere zurück. Zusätzlich erhielten sie zwei Ausweise, auf denen ihre Namen standen und die sie als Gäste von Jaron Glasser identifizierten.

»Sie können weiterfahren.«

»Warum müssen Polizisten immer so tun, als ob sie die Macht über andere besitzen?«, fluchte Natalie leise, als sie wieder im Auto saßen und zuschauten, wie sich die Schranke vor ihnen öffnete. »Diese verdammte Arroganz, nur weil sie Uniform tragen. *Connards!*«

Langsam fuhren sie die letzten drei Kilometer durch einen Wald voller Fichten und Tannen hinauf. Die Straße schlängelte sich am Hang entlang, ehe sie an einem weiteren Kontrollposten vorbeikamen, wo sie allerdings nicht mehr angehalten wurden. Als sie auf den Parkplatz des Grandhotels fuhren, begann es zu schneien. In Köln war der wenige Schnee vom Vorabend wieder geschmolzen. Doch hier oben blieben die Schneeflocken liegen und bildeten eine weiße Decke, die sich wie ein Schleier der Ruhe über die Landschaft legte.

Natalie verschloss ihre Arme vor der Brust und stampfte voraus. Alex folgte ihr, blieb nur einmal kurz stehen, als er eine Kapelle entdeckte. Ein Hotel mit einem eigenen kleinen Gotteshaus vor der Tür. Ein besonderer Ort für besondere Ereignisse.

Bevor sie die Lobby betreten konnten, wurden ihre Ausweise kontrolliert. Zusätzlich mussten sie durch einen Metallscanner und sich abtasten lassen. Da sie kein Gepäck dabeihatten und Natalie zur Verwunderung einer Polizistin an der Kontrolle keine Handtasche trug, wurden sie schnell eingelassen. Absperrbänder wie am Flughafen teilten die Lobby auf. Schilder an einzelnen Abschnitten wiesen auf mehrere Bereiche, die für Fernsehteams, Fotografen und andere Journalistengruppen vorgesehen waren. Alex sah, wie ein Reporterteam mit Kamera, Mikrofon und einem meterlangen Kabelsalat auf der rückseitigen Terrasse verschwand. Er vermutete, dass die meisten Journalisten anderswo nach Informationen über den vereitelten Terroranschlag suchten. In der Lobby jedenfalls herrschte eine knisternde Stille, die nicht zu diesem Ort passte. Wenn die Korrespondenten gewusst hätten, wer Natalie und Alex waren, hätten sie sich wahrscheinlich auf sie gestürzt. So aber flogen sie unter dem Radar und an der Medienmeute vorbei.

Natalie hatte am Morgen beim Frühstück einen Stapel Zeitungen entdeckt. Alex hatte ihr angeboten zu übersetzen, was die deutsche Presse über die Geschehnisse auf dem Petersberg schrieb. Natalie aber hatte davon nichts hören wollen. Er konnte es ihr nicht verübeln.

Sie sahen sich weiter in der Lobby um. Alex entdeckte eine Plakette mit der Aufschrift »Big Animals Bar«. Er sah auf die Uhr. Es war kurz vor eins. Gleich würden sie erfahren, wer sich hinter dem Namen Jaron Glasser verbarg.

Sie betraten die kleine Bar. Sie war leer. Dabei gab es sicherlich genügend Gäste des Hauses, die einem mittäglichen Drink nicht abgeneigt gewesen wären. Doch ein kleiner Hinweis auf der Karte der Bar besagte, dass diese erst am frühen Abend ihre Türen öffnen würde. Deswegen also hatte Glasser diesen Ort als Treffpunkt ausgewählt. Es war ein kleiner Raum mit wenigen hohen Stühlen an der Theke, ein paar Sitzgelegenheiten am Fenster und in einer Ecke. An den Wänden hingen Bilder von Veranstaltungen früherer Tage, Fotos aus einer längst vergangenen Zeit, auf die das Hotel aber noch immer stolz zu sein schien. Ein vereitelter Terroranschlag war sicherlich nicht die Publicity, die sich das Haus gewünscht hatte. In zwei Tagen wollte der Rat der Religionen noch einmal zusammenkommen. Sollte es dann tatsächlich zum Abschluss des Friedensvertrages kommen, wäre der Ruf des Grandhotels wiederhergestellt.

Eine Flügeltür zu einem größeren Saal öffnete sich, und ein Bediensteter betrat die Bar. Er grüßte sie höflich, aber reserviert, trat zu den Fenstern und zog die Vorhänge zu. Er schaltete eine dezente Beleuchtung ein und fragte, ob es ihnen so recht sei. Alex wusste nicht, was er darauf antworten sollte, und entschied sich für einen knappen Dank. Der Mann verschwand so schnell, wie er gekommen war. Die Tür ließ er geöffnet. Einen Augenblick später trat ein anderer Mann ein und schloss sie wieder.

Eine kräftige, markante Erscheinung. Nicht nur wegen seines kahl rasierten Schädels. Er trug zwar einen dunkelblauen Anzug mit hellblauem Hemd und gestreifter Krawatte. Die Figur eines Footballspielers war aber unverkennbar. Oder war es Rugby?

Oder doch einfach nur ein Bodybuilder? Sport, von Fechten einmal abgesehen, gehörte nicht zu Alex' Spezialgebieten. Einen durchtrainierten Mann erkannte er dennoch, vor allem, wenn der einen Anstecker am Revers trug, der ihn als ein Mitglied des United States Secret Service auswies. Der düstere Blick in seinen Augen gehörte wohl zum Standardprogramm eines Agenten dazu, der die First Family der Vereinigten Staaten von Amerika schützte.

War das Jaron Glasser? Ein Mann des Secret Service? Wohnte die Tochter des US-Präsidenten also noch immer hier, war also nicht abgereist? Das würde die weiterhin so hohen Sicherheitsstandards erklären.

Der Mann sprach sie auf Englisch an. Dunkle Stimme, dazu ein brüsker Ton und eine selbstverständliche Direktheit, wie sie nur Menschen beherrschten, die es gewohnt waren, selbst im Ausland keine andere Sprache als die ihre sprechen zu müssen. Sie gingen davon aus, dass jeder auf der Welt Englisch sprach. Oder das, was Amerikaner Englisch nannten.

»Mister Kauffmann, Miss Villeneuve?«

Natalie und Alex traten zusammen vor und reichten ihm die Hände.

»Sind Sie Jaron Glasser?« Natalies Augen wanderten bei der Frage zum Anstecker des Secret Service.

»Woher haben Sie meine Nummer?«, fragte der Mann ohne Umschweife.

»Fabrice Mannarino hat sie uns gegeben«, antwortete Alex.

»Warum?«

»Sie kennen sich?«

Glasser besah sich seine beiden Gegenüber. »Ich mache Ihnen nichts vor. Ja, wir kennen uns. Aber ich mag ihn nicht besonders. Mein Vater war bis zu seinem Tod gut mit Fabrice befreundet. Sie kannten sich viele Jahrzehnte. Das muss aber nicht heißen, dass ich ihn auch mag.«

»Und warum mögen Sie ihn nicht?«, fragte Natalie.

»Nichts Persönliches, Ma'am!«

Alex fragte sich, wie viel persönlicher es noch werden konnte, wenn jemand so etwas sagte. »Ihr Vater und Fabrice kannten sich also schon lange«, hakte er ein. »Aus einer gemeinsamen Zeit in den USA?«

»Meine Familie ist Mitglied der Gemeinde in Crown Heights. Fabrice kam oft dort vorbei, weil er den Kontakt zu Chabad halten wollte.«

Alex konnte seine Verwunderung nicht verbergen. Fabrice und Chabad? Das passte eigentlich nicht zusammen.

Chabad war eine chassidische Bewegung. Ihr Ursprung lag in Russland. Aber in Crown Heights, das wusste Alex, hatte die Gemeinde ihren Sitz, genauer gesagt am 770 Eastern Parkway, weshalb das Hauptquartier nur 770 genannt wurde. Die Bewegung sandte orthodoxe Rabbiner in die Welt aus, um in den jüdischen Gemeinden vor Ort zu arbeiten. Chabad-Rabbiner waren umstritten, weil sie sich gegen Israels Oberrabbiner stellten. Sie fühlten sich verantwortlich für die Diaspora, während die Rabbiner im Gelobten Land tun sollten, was sie dort für richtig hielten. Trotzdem ließ kein israelischer Präsident oder Premierminister den Besuch der Kehilath-Jeshurun-Synagoge in Manhattan aus, wenn er in den USA weilte. Dafür war Chabad zu wichtig und der Einfluss der Gemeinde auf die amerikanische Politik zu groß. Dazu passte, dass der Schwiegersohn des US-Präsidenten ein Kind dieser Gemeinde war. Und damit auch dessen zum Judentum konvertierte Gattin.

Wenn also Jaron Glasser auch bei Chabad war und jetzt im Dienste der First Daughter stand, dachte Alex, musste es ein persönliches Band zwischen ihm und Ziva geben, wie sie sich in ihrem jüdischen Leben nannte. Umso verwunderlicher, dass sich Glasser mit Natalie und Alex traf, wo doch Fabrice vorgeworfen wurde, einen Anschlag auf die Frau verüben zu wollen, die Glasser zu beschützen geschworen hatte, notfalls auf Kosten seines eigenen Lebens.

»Wenn Sie die First Daughter beschützen«, fragte Natalie, als hätte sie Alex' Gedanken gelesen, »warum treffen Sie sich dann mit uns? Sie wissen doch garantiert, was Fabrice vorgeworfen wird.«

»Ja, und genau das ist der Grund.« Glasser strich sich mit einer

Hand über die Glatze. Sie standen noch immer mitten im Raum, so als ob das Gespräch jederzeit wieder vorbei sein konnte. »Das ist Bullshit. Fabrice hat mich angerufen und wollte den Secret Service warnen.«

»Moment, stopp!«, unterbrach ihn Alex. »Wann hat Fabrice Sie angerufen? Er wusste etwas von einem bevorstehenden Anschlag?«

»Am Abend vorher, ja«, bestätigte Glasser. »Er rief mich auf meinem Handy an, als wir noch in Berlin waren. Wir hatten aber schon eine Warnung erhalten. Er wollte sichergehen, dass wir die Bedrohung ernst nehmen. Das tut doch niemand, bevor er selbst den Anschlag ausübt.«

»Außer wenn er den Verdacht von sich ablenken will.« Natalie blickte grübelnd ins Leere.

Wo kam diese Bemerkung denn jetzt her?, fragte sich Alex. Auch Glasser wirkte irritiert.

»Spielen Sie jetzt *devil's advocate*? Ich dachte, Sie sind seine Nichte.«

»Bin ich auch. Ich will nur verstehen, was passiert ist. Und warum.«

»Haben Sie der Polizei mitgeteilt, dass Fabrice Sie angerufen hat?«, wollte Alex wissen.

»Der USSS hat einen vollständigen Bericht abgegeben. Natürlich. Meine Aussage war darin enthalten.« Glasser sah auf die Uhr. »Ich sage Ihnen ganz ehrlich: Fabrice ist mir als Mensch egal. Aber er ist auch Rabbiner, und ich bin gläubiger Jude. Wir helfen einander. Deshalb hat unsere Religion bis heute überlebt. Deshalb habe ich Sie hergebeten. Ich kann nicht viel machen. Aber ich kann Ihnen sagen, was ich weiß. Und ich kann Ihnen mit einem Kontakt helfen.«

»Was für ein Kontakt?«

»Er hat mit einer Frau zusammengearbeitet.«

»Eine Frau?«, fragte Natalie überrascht. »Wie heißt sie?«

Doch Alex kannte die Antwort bereits. »Cara Allegri.«

Glasser sah ihn überrascht an. »Genau. Woher kennen Sie ihren Namen?«

Alex antwortete, ohne zu zögern. »Er stand auf demselben Zettel, auf dem wir Ihre Telefonnummer gefunden haben«, log er.

Das Buch. Fabrice hatte die Anthologie nicht nur als Informationsträger benutzt. Das Buch selbst war ein Hinweis gewesen. Ein Hinweis auf eine weitere Kontaktperson. Pastor Thomas, Jaron Glasser, Cara Allegri. Fabrice wollte, dass sie mit diesen drei Personen sprachen.

»Wissen Sie, wo wir Frau Allegri finden?«, fragte Natalie.

»Immer im Dunstkreis der Macht«, antwortete Glasser trocken. »Sie ist hier im Haus.«

»Und wie können wir sie treffen?«

»Das habe ich arrangiert. Sie entschuldigen mich? Meine Pflicht ruft. Ma'am! Sir!«

Ein Nicken, mehr war es nicht. Dann drehte sich Glasser um und verließ den Raum. Im nächsten Moment betrat eine Frau an seiner Stelle die Bar.

15

8. Dezember, Petersberg

»Das wird auch langsam Zeit«, sagte die Frau, die einen kessen Kurzhaarschnitt trug, auf Französisch.

Natalie Villeneuve fiel sofort auf, dass Cara Allegri noch höher gewachsen war als sie selbst. Das kam selten genug vor. Sie schien ungefähr im gleichen Alter zu sein, doch darüber hinaus konnten die äußerlichen Unterschiede zwischen den beiden Frauen nicht größer sein. Natalie trug ihre bequeme Stoffhose, wetterfeste Stiefel ohne Absatz, einen lässigen Pullover mit weitem Rundkragen über einem weißen Top, und ihre schwarzen Locken fielen, wie sie wollten.

Allegri dagegen hätte auch auf den Laufstegen Mailands eine gute Figur gemacht in einem Kleid, wie es Natalie noch nie gesehen hatte. Der Rock fiel ihr brav über die Knie, dafür betonte der anthrazitfarbene Stoff ab der Hüfte aufwärts jeden Zentimeter ihres schlanken Körpers. Trotzdem war es hochgeschlossen und hatte Ärmel, deren Stoff sich eng an die schlanken Arme der Frau schmiegte. Natalie erinnerte das Outfit an eine maßgeschneiderte Uniform bei Star Trek. Allegris Kurzhaarfrisur passte perfekt zum Erscheinungsbild. Im Gegensatz zu Natalies wilder Mähne lag jede Strähne an ihrem Platz. Die kleine Handtasche, die sie bei sich trug, schien auf die schwarzen Stilettos abgestimmt zu sein. Und wenn Natalie die Absatzhöhe ihrer Schuhe gegenrechnete, stellte sie zufrieden fest, dass Allegri doch nicht ganz so groß war wie auf den ersten Blick vermutet.

Auch wenn sich Natalie wohl nie so kleiden würde, fand sie Gefallen an Cara Allegris Auftreten. Eindrucksvoll, stolz, aber ohne einen Hauch elitärer Arroganz. Allegri schien zu wissen, dass sie in ihrem Leben schon einiges erreicht hatte. Wenn sie so etwas wie Schüchternheit kannte, zeigte sie es nicht. Aus dem leichten Akzent, den Natalie vernommen hatte, und dem Namen schloss sie, dass Allegri Italienerin sein musste. Ob sie zu den Vertretern des Vatikans gehörte?

Allegri begrüßte Natalie und Alex mit zwei Küsschen auf die Wange, als würden sie sich schon seit vielen Jahren kennen. Sie stellte sich vor und sah einen Moment länger zu Alex, der sichtlich unwohl den Überschwang zur Kenntnis nahm, den Cara Allegri an den Tag legte. Natalie beobachtete ihn belustigt.

»Ein verdammter Schlamassel, in den ich Rabbi Mannarino da geführt habe«, begann Allegri. »Es tut mir unendlich leid. Wenn ich gewusst hätte, in was ich ihn da reinziehe, hätte ich ihn nie um Hilfe gebeten.«

Während Natalie versuchte, die Tragweite dessen zu verstehen, was die Frau gerade gesagt hatte, ging Allegri hinter den Tresen der Bar, sah sich um und öffnete einen Kühlschrank. Das Klappern von Flaschen und Gläsern lenkte Natalie ab und erinnerte sie daran, wie durstig und hungrig sie war. Seit dem Frühstück im Hotel waren sie nur noch unterwegs gewesen.

»Dürfen Sie sich hier einfach bedienen?«, fragte Alex.

»Dürfen? Ist ja niemand da, der mir helfen würde. Die laufen hier alle rum wie hypnotisierte Kaninchen.«

Jetzt war es auch Natalie egal. Sie trat ebenfalls hinter die Bar, doch als sie sich gerade orientieren wollte, hielt Allegri ihr bereits ein Glas hin.

»Soda mit einem Schuss Zitronensaft und frischer Minze«, sagte sie und reichte auch Alex ein Glas.

Natalie bedankte sich überrascht und trank gierig einen großen Schluck. Genau das hatte sie gebraucht. Jetzt durfte auch ihr Gehirn gerne wieder anspringen. Was hatte Allegri vorhin gesagt?

»Was meinten Sie damit, dass Sie Fabrice um Hilfe gebeten haben?«

»Was hat er Ihnen denn bisher sagen können? Waren Sie schon bei ihm?« Allegri nahm einen Schluck. »Setzen wir uns doch! Von Stehpartys habe ich die Schnauze voll.«

Sie nahmen in einer der Sitzgruppen Platz.

»Er hat uns bislang nicht allzu viel sagen können«, sagte Alex.

»Die Vernehmung dauert noch an. Wir hatten nur ein paar Minuten mit ihm.«

Natalie war froh, dass Alex Fabrice' Zweifel an der Integrität der Polizei unerwähnt ließ. Sie mussten erst einmal herausfinden, auf welcher Seite diese Cara Allegri stand. Dass sie sich so offen gab, musste nichts heißen. Natalie erinnerte sich mit einem flauen Gefühl an das Vertrauen, das sie und ihre Familie über Jahre in Menschen gesetzt hatten, die sie zu kennen geglaubt hatten und die sich am Ende doch als Verräter herausstellten.

Sie schwor sich, jeden Stein zweimal umzudrehen, ehe sie den Fehler beging, irgendjemandem zu vertrauen, den sie nicht oder nur kurz kannte. Die einzigen Menschen, für die Natalie die Hand ins Feuer legen würde, waren Alex, Fabrice, Esther, ihre Mutter Suzanne, Pascal Bernard und Pastor Thomas. Jeder andere, egal wie er hieß und wo er herkam, stand auf der Liste potenzieller Widersacher. Ihr Gefühl verriet ihr zwar, dass Olivia Ziffzer auf ihrer Seite stand, zumal ihr Pascal Bernard ganz offensichtlich vertraute. Aber Natalie würde niemandem einfach so abnehmen, sich für die richtige Sache einzusetzen, wenn sie noch nicht einmal wusste, welche Sache die richtige war. Außer dass sie Fabrice aus dem Gefängnis holen mussten.

Wenn Natalie vor der Geschichte mit den Wächtern schon sparsam mit Vertrauen und dem Gefühl der Sicherheit umgegangen war, dann hatte sie ihre unsichtbaren Mauern um sich herum noch einmal verstärkt. Selbst Alex hatte das in den letzten Monaten zu spüren bekommen, obwohl er es wahrlich nicht verdient hatte. Er musste es akzeptieren, das hatte sie ihm deutlich gemacht. Auch wenn sie sich bereit erklärt hatte, daran zu arbeiten. Nicht nur allein, sondern auch mit einem professionellen Therapeuten. Ohne den ging es nicht, dessen war sie sich bewusst. Wer konnte schon von ihr erwarten, allein damit klarzukommen, einen Menschen getötet zu haben, während sich um sie herum ehemals vertraute Personen gegen sie und ihre Familie verschworen und Jagd auf sie gemacht hatten? Nein, Natalie Villeneuve hatte ihre Lehren gezogen aus dieser Misere. Wenn Cara Allegri wollte, dass sie ihr vertrauten, dann musste sie ihre Karten auf den Tisch legen. Und selbst dann würde Natalie skeptisch bleiben.

»Also gut«, sagte Allegri wie aufs Stichwort. »Hier meine Geschichte. Erst einmal für Sie zum Hintergrund: Ich gehöre zu der Horde von Lobbyisten, die hier im Dunstkreis derjenigen herumlaufen, die den Rat der Religionen ins Leben rufen wollen. Ich kämpfe jetzt schon seit Jahren gegen Rassismus, Antisemitismus und Menschen wie den Vater der Frau, die Ihr Onkel«, sie blickte Natalie an, »angeblich hatte ermorden wollen. Ich kann Ihnen sicher sagen: Rabbi Mannarino ist unschuldig. Der einzige Grund, weshalb er in dem Zimmer war, in dem er verhaftet wurde, bin ich.«

»Was meinen Sie damit?«, fragte Natalie sofort.

»Ich habe ihm von einem bevorstehenden Anschlag erzählt. Ich habe ihn um Hilfe gebeten, diesen Anschlag zu verhindern. Ich war es, die sich eingebildet hat, herausfinden zu können, wer dahintersteckt. Und ich war zwei Minuten vor seiner Verhaftung noch bei ihm.«

Allegri erzählte, wie sie über eine Quelle beim deutschen Geheimdienst einen Tipp bekommen hatte. Dass die CIA in Langley davon wusste. Dass sie sich an Fabrice gewandt hatte, weil sie von dessen Vergangenheit erfahren hatte und sicher war, ihm vertrauen zu können. Dass sie gemeinsam in der Nacht vor dem verhängnisvollen Morgen im Grandhotel darüber gesprochen und nachgedacht hatten, was wirklich hinter dieser Warnung stecken könnte. Dass sie aus einer anderen Quelle gehört hatte, dass es beim Anschlag auf die Moschee vor zwei Wochen einen bislang unbekannten Helfer gegeben haben musste. Dass dieser noch immer auf freiem Fuß war und die Polizei völlig im Dunkeln tappte. Und dass Fabrice an dem Morgen im Grandhotel nach der Ankunft der Tochter des US-Präsidenten jemanden bemerkt hatte, der ihm verdächtig vorgekommen war.

»Er ist aufgestanden und hinter ihm her. Er hat nur gesagt, ich soll die Polizei informieren, wenn er nicht zwei Minuten später zurück ist. Er ist aber nicht zurückgekommen. Also bin ich zu einem der Sicherheitsleute und wollte ihn warnen. Da hatten sie aber schon von irgendetwas Wind bekommen und sind losgestürmt, ehe ich ihnen überhaupt irgendetwas erklären konnte.«

»Eine Sekunde«, warf Alex ein, »wenn das stimmt, dann muss jemand der Polizei erzählt haben, dass in besagtem Zimmer eine Gefahrensituation bestand.«

»Das ist es, was ich nicht verstehe«, sagte Allegri und griff nach ihrer Handtasche. Sie entnahm ein Etui und ein Feuerzeug, holte eine dieser ultradünnen Zigaretten hervor und zündete sie sich an. »Entschuldigung, aber ich kann gerade nicht ohne.« Sie ging zu einem der Fenster, öffnete es einen Spaltbreit und blieb dort stehen, während eine Mischung aus Zigarettenrauch und kaltem Wind in ihre Richtung wehte.

»Und was ist nach seiner Verhaftung passiert?«, fragte Natalie weiter.

»Gefühlt jeder hier im Hotel ist von der Polizei befragt worden. Ich natürlich auch. Als man meine Aussage eher beiläufig aufnehmen wollte, habe ich ihnen klargemacht, dass sie mir besser zuhören sollten. Nur haben sie das offenbar nicht. Sonst wäre Rabbi Mannarino jetzt nicht mehr im Knast.«

»Mit wem haben Sie gesprochen?«

»Bei der Polizei?« Allegri schnippte ein wenig Asche aus dem Fenster auf die Terrasse. »Schulze hieß der Typ. So ein kleiner Wichtigtuer mit Brille.«

Natalie sah im Augenwinkel, wie Alex ihr einen kurzen Blick zuwarf. Kriminalhauptkommissar Sebastian Schulze. Sie spürte, wie sich die feinen Härchen auf ihrem Arm aufstellten.

»Er wollte alles ganz genau wissen«, fuhr Allegri fort, die Alex' Blick offenbar nicht bemerkt hatte. »Ich habe ihm gesagt, er könne meine Aussagen ganz einfach anhand der Videoüberwachung des Hotels kontrollieren. Hier hängen ja überall diese Dinger.«

»Was hat er daraufhin gesagt?«

»Dass sie selbstverständlich jede Aussage prüfen würden. Das ist natürlich Unsinn, dafür haben die gar nicht die Zeit. Abgesehen davon kann er ja nicht wissen, dass ich mal mit einer Kriminalkommissarin zusammen war.«

Natalie lächelte. Die Selbstverständlichkeit, mit der sich diese Frau outete, gefiel ihr.

»Na ja«, fuhr Allegri fort, als hätte sie nichts über ihr Privatleben offenbart. »Ich habe ihm auch gesagt, er könne auch beim Secret Service nachfragen. Da gebe es einen Jaron Glasser, der ihm bestätigen wird, dass Rabbi Mannarino harmlos ist. Aber da hätte ich gegen eine Wand reden können. Der Typ glaubt wohl, er hat schon mit den ganz harten Jungs gespielt. Generell scheint er von Frauen nicht viel zu halten. Schon gar nicht von solchen, die mehr draufhaben als er.« Sie rollte mit den Augen, nahm einen letzten Zug und beförderte die Kippe in hohem Bogen in den Schnee auf der verwaisten Terrasse.

»Aber dann hat die Polizei doch Anhaltspunkte, dass Fabrice nur zur falschen Zeit am falschen Ort war«, sagte Natalie.

»Du vergisst, dass man Spuren gefunden hat, die gegen ihn sprechen«, erwiderte Alex.

»Was denn für Spuren?«, fragte Allegri überrascht.

»Fabrice muss irgendwas in dem Zimmer angefasst haben«, grätschte Natalie dazwischen, um die Situation zu retten. Sie wollte verhindern, dass Alex noch mehr verriet. »Weshalb die Forensiker seine Fingerabdrücke gefunden haben.«

»Und sie glauben, dass er Mitglied in einer zionistischen Terrororganisation ist«, ergänzte Alex ungerührt. Offensichtlich hatte er nicht kapiert, was Natalie ihm mit ihrem Zwischenruf hatte sagen wollen.

Sie hätte ihrem Verlobten am liebsten das Zitronenwasser ins Gesicht geschüttet, unterdrückte aber den Impuls und trank lieber einen Schluck.

Doch Allegri überraschte sie. »Das habe ich allerdings schon gehört. Der Vorwurf ist natürlich absurd. Halten die tatsächlich immer noch daran fest?« Sie wirkte aufrichtig verwundert.

»Ja, wieso auch nicht, wenn es ihrem Zweck dient?«, kommentierte Alex mit einem für ihn untypisch bitteren Unterton. Natalie erkannte ihn, er benutzte ihn immer dann, wenn einer seiner Studenten sich mal wieder als unglaublich dumm und unbelehrbar erwiesen hatte.

»Okay, dann gebe ich Ihnen mal was zum Nachdenken. Was würden Sie sagen, wenn ich von einem Bericht weiß, der dem BND vorliegt und diesem widerspricht? Nämlich, dass keine zionistischen oder jüdischen oder wie auch immer gearteten Terrororganisationen aus Israel auf europäischem Boden aktiv sind.«

Alex setzte sich ruckartig auf. »Was ist das für ein Bericht?«

»Der Bundesnachrichtendienst ist ja nicht dumm. Sie haben beim Mossad nachgefragt. Ist ja zumindest offiziell ein befreundeter Dienst. Und der Mossad hat den Verdacht als Schwachsinn abgestempelt.«

»Sie wollen sagen, der BND hat den Bericht vorliegen und ignoriert ihn?«

Natalie spürte ein Gefühl des Ekels in sich aufsteigen. Sie kannte es gut. Es überkam sie immer dann, wenn sie auf eine schreiende Ungerechtigkeit stieß. Nur, dass das Gefühl dieses Mal um ein Vielfaches stärker war.

»Wir könnten die Behörden ja ein bisschen aufscheuchen«, erwiderte Allegri mit einem Lächeln. Ihre Augen leuchteten, und Natalie erkannte, dass es Vorfreude war. »Hat Fabrice – darf ich Fabrice sagen?« Sie blickte zu Natalie, die nickte. »Wer ist Fabrice' Anwalt?«

»Eine Frau namens Dr. Olivia Ziffzer.«

»Von ›Felder Ziffzer und Partner‹?« Allegri hob die Brauen. »Oh, das wird ja immer besser. Was halten Sie davon, wenn wir Dr. Ziffzer ein kleines Geschenk machen?«

»Und das wäre?« Natalie sah Allegri hoffnungsvoll an.

»Vielleicht bin ich ja über einen besonderen Freund an diesen Bericht des Mossad gelangt«, sagte sie vorsichtig, aber mit kaum verhohlener Freude.

»Sie wollen sagen, dass Sie eine Kopie haben?«, fragte Alex baff, und Natalie ging es genauso. Das konnte die »Sie kommen aus dem Gefängnis frei«-Karte für Fabrice sein. Zumindest, wenn sie den Bericht geschickt einsetzten. Videoaufnahmen, die Fabrice zeigten, wie er einen Mann verfolgte. Dazu die entlastenden Aussagen eines Secret-Service-Agenten und einer

Lobbyistin. Und schließlich eine Einschätzung des Mossad, dass einer der Hauptvorwürfe gegen Fabrice schlichtweg falsch sein musste. Wenn die Fingerabdrücke nicht wären, dachte Natalie, müsste Fabrice in wenigen Stunden frei sein. Konnte sich das ganze Theater tatsächlich so schnell zum Guten wenden?

Sie mussten Olivia informieren. Alex hatte offenbar den gleichen Gedanken und zog sein Telefon hervor.

»Ich rufe sie an«, sagte er knapp, wählte die Nummer und stellte auf Lautsprecher.

Doch es ging sofort die Mailbox ran. Olivia saß wohl noch bei Fabrice und der Polizei. Alex hinterließ eine Bitte, ihn so schnell wie möglich zurückzurufen.

»Schade«, sagte Allegri. »Aber wenn wir an der anwaltlichen Front nicht weiterkommen, dann vielleicht woanders. Ich will in Köln mit einem meiner Informanten sprechen. Wollen wir zusammen hinfahren?«

»Was für ein Informant?«, fragte Natalie neugierig.

»Ich traue dieser Moschee-Geschichte nicht. Da steckt mehr dahinter. Und ich weiß, wer mir dazu was sagen kann.«

16

8. Dezember, Köln

Auf dem Weg zurück zum Parkplatz blieb Natalie plötzlich stehen. Ein stechender Schmerz ließ ihren Magen zusammenkrampfen. Sie hatte tatsächlich für einen Tag verdrängt, was ihr der Arzt vor drei Wochen gesagt hatte. Der Doc hatte sie gewarnt, dass diese Symptome auftreten konnten. Jetzt atmete sie kurz durch und ging weiter.

Cara Allegri bemerkte, dass es Natalie nicht gut ging. »Ist alles in Ordnung? Sie sehen blass aus.«

»Mir ist nur etwas schwindlig«, log Natalie und brachte ein gequältes Lächeln zustande. »Das Zitronenwasser hat als Mittagessen wohl nicht gereicht.«

Auch Alex sah zu ihr herüber. Natalie spürte, dass er ihr nicht glaubte. Er nickte ihr mit fragendem Blick kurz zu. Eine kleine Geste nur, aber Natalie wünschte sich, Alex würde seine Zuneigung häufiger so zeigen.

Cara Allegri war mit einem der offiziellen Shuttlebusse auf den Petersberg gekommen. Also boten sie ihr an, mit ihnen zurück nach Köln zu fahren. Mit einem Seufzer der Erleichterung ließ sie sich auf den Rücksitz fallen.

»Das nenne ich Service«, sagte sie. »Sonst sehe ich immer nur, wenn die Politiker von ihren Chauffeuren durch die Gegend kutschiert werden. Mal was anderes, in den gleichen Genuss zu kommen. Danke, Herr Kauffmann!«

»Machen wir es kurz«, sagte Natalie, drehte sich in ihrem Sitz herum und streckte ihrer Mitfahrerin die Hand entgegen. »Ich bin Natalie.«

Allegri ergriff sie. »Sehr gerne, Natalie. Cara. Kurz und schmerzlos. Keine Chance für Spitznamen.« Dann sah sie in den Rückspiegel. »Und du, Alexander oder Alex?«

»Letzteres, bitte«, erwiderte er. »Das zweifelhafte Privileg, mich Alexander zu nennen, hat nur meine Mutter. Und sie besteht darauf.«

Cara Allegri versank wieder in dem komfortablen Sitz des Audi. Sie erblickte neben sich die Anthologie.

»Ach was!«, rief sie erstaunt aus, griff sich das Buch und schlug es auf. »Dachte ich es mir doch! Ich hatte es Rabbi Mannarino gegeben, um es aufzubewahren. Meine Sonderedition, die ich mir als Redakteurin gewünscht hatte.« Sie strich über den vergoldeten Schnitt.

»Du kannst es gerne wieder an dich nehmen«, sagte Natalie.

»Nein, nein, sie ist bei euch in guten Händen. Ich habe noch mehrere Exemplare davon im Hotelzimmer. Gebt gut drauf acht, irgendwann wird das Ding noch mal Gold wert sein!« Sie lachte. »Hochwertige Texte, dazu eine kostbare Aufmachung. Ein Buch voll übernatürlicher Eingebung. Zumindest wenn man bedenkt, wer dafür seine geistigen Ergüsse zu Papier bringen durfte.«

»Welcher Religion gehören Sie eigentlich an?«, fragte Alex.

»Wir sind inzwischen beim Du, Alex«, erwiderte Cara mit einem Augenzwinkern. »Aber um deine Frage zu beantworten: durch und durch katholisch. Ich bin in einer Familie von Theologen aufgewachsen. Rom ist bekanntlich ein gutes Pflaster für die Heilige Dreifaltigkeit. Dass meine Eltern mich nicht Trinity genannt haben, ist eigentlich ein Wunder.«

»Und zu wem führst du uns jetzt?«

»Wir gehen auf eine kleine Demo, wenn ihr nichts dagegen habt. Diese Leute, die da protestieren, hätten in einer darwinistischen Welt zwar nicht den Hauch einer Chance, aber manchmal muss man sich eben auch mit den Dümmsten abgeben, wenn man was erfahren will.«

»Und wo treffen wir diese reizenden Einzeller?«, wollte Natalie wissen.

»Am Hauptbahnhof. Du kannst in der Dom-Garage parken, Alex.«

»Kenn ich«, erwiderte er knapp. »Wir wohnen im Excelsior.«

»Perfekt, ich auch. Und Natalie bekommt gleich was zu essen«, sagte Cara und schenkte ihr ein warmes Lächeln. Dann wurde sie wieder ernst. »Also, der Typ, den ich treffen will, nennt sich Heinrich. Er steckt tief in der rechten Szene. Einer dieser Typen, die sich auf 8chan und anderen Imageboards im Internet herumtreiben, Gift versprühen und leichtgläubig jeden Mist als die neue Wahrheit akzeptieren, solange er nur radikal genug ist.«

»Was bitte sind Imageboards?«, fragte Natalie.

»Einfach umschrieben sind es Internetforen. Nur, dass die User in der Regel mehr Bilder als Texte verwenden, um ihre Botschaften zu kommunizieren. Die Idee kommt eigentlich von Manga-Fans.«

»Diesen japanischen Zeichentrickserien?«

»So ungefähr. Mangas sind japanische Comics, also Hefte oder Bücher. Animiert, ob als Film oder Serie, heißen sie Anime. Jedenfalls wurden die Imageboards schnell gekapert. Inzwischen tobt sich in dieser Welt vor allem die radikale Rechte aus. Wenn du mal ein paar Stunden in deren Gedanken eintauchst, zweifelst du an der Evolutionstheorie. Reichsbürger aus Deutschland, die Nouvelle Droite in Frankreich, die Alt-Right in den USA, die Identitäre Bewegung, die Piusbrüder, die Jungs von der Christian Identity. Auf Plattformen wie 8chan tauschen sie sich aus. Das ist eine Parallelwelt, die mir eine Heidenangst einjagt.«

»Also all die Leute, für die es den Menschen an sich nicht gibt«, fasste Alex zusammen. »Für die es nur den Franzosen gibt, den Deutschen, den Türken, aber nicht den Menschen.«

»Völkische Lehre«, spie Natalie verächtlich aus.

»Eh oui!« Cara Allegri rückte vor und hing nun zwischen den beiden Vordersitzen. Prompt musste sie sich abstützen, als Alex scharf bremste.

»Entschuldigt«, sagte er und murmelte etwas über deutsche Autofahrer, die noch schlimmer seien als die Kamikazefahrer auf französischen Straßen. »In Frankreich«, nahm er schließlich den Faden wieder auf, »ist völkische Lehre inzwischen salonfähig. Der Front National macht keine halben Sachen. Die traditionellen Parteien haben längst keine Chance mehr. Aber ich fürchte, das führt am Ende nur zu einer neuen rechtskonservativen Revolution. Alain de Benoist und Pierre Krebs würden sich freuen und Carl Schmitt im Grab den rechten Arm heben, wenn er noch könnte.«

Cara suchte irritiert Natalies Blick.

»Gestatten, Alexander Kauffmann, Professor für Neue Geschichte an der Paris 1 und das wandelnde Lexikon der Familie.« Natalie legte ihre Hand auf seine und drückte kurz zu.

»Na, da könntest du sicher sehr interessante Gespräche mit Heinrich führen«, spottete die Lobbyistin. »Ihr werdet euch wundern, wenn er erst einmal versucht, euch zu erklären, dass es sich in seiner Denke gar nicht um Fremdenfeindlichkeit handelt, sondern um Deutschenfreundlichkeit. Das Perfide ist, dass er und seine Genossen glauben, daraus sogar noch einen humanitären Anspruch ableiten zu können.«

»Klingt nach einer Jauchegrube voller rassistischer Ethno-Nationalisten.«

»Genau das sind sie. Wenn die breite Öffentlichkeit mal aufhören würde, über die Hetze auf Facebook zu diskutieren, könnten wir uns dem zuwenden, was bei 8chan oder HolyWar.org abgeht.«

»HolyWar.org?«, wiederholte Alex.

»Eine Plattform, die der Christian-Identity-Bewegung und der Piusbruderschaft nahesteht. Die Juden als die Erben des Teufels. Israel als der Staat Satans. Der einzige Holocaust, der je existiert hat, ist der an den Palästinensern. Die ›Protokolle der Weisen von Zion‹ als Gute-Nacht-Geschichte. Und überhaupt müsse das Christentum sich endlich erheben und den göttlichen Schwur ablegen, bis in den Tod Widerstand zu leisten. So viel zum Heiligen Krieg. Muss ich noch weiterreden?«

»Du wolltest noch was zu 8chan sagen.« Natalie schüttelte nur noch den Kopf.

»Oh richtig, 8chan, das wird euch gefallen. Passt auf! Ein Forum, wie gesagt. Darin herrscht ein mehr oder weniger offizieller Sprachgebrauch. Homosexuelle wie ich sind Degenerierte, Muslime sind *mudslimes* – also Dreckschlamm. Nichtweiße sind *shitskins* und der Holocaust der *hollowhoax* – ein bedeutungsloser Schwindel. Und die Avatare dieser Hitler-Jünger will man sich auch nicht ansehen.«

»Avatare? Wie der Film?«, fragte Alex.

Natalie konnte ein kurzes Lachen nicht unterdrücken.

Wenigstens Alex konnte bei diesem Thema noch so etwas wie witzig sein, wenn auch ungewollt.

»Avatare sind die kleinen Bildchen, die User ihrem Profil zuordnen können.«

»Und was ist mit diesen Bildern?«

»Viele User wählen den *happy merchant*«, sagte Cara.

Es herrschte betretenes Schweigen im Auto.

Was sollte einem dazu auch groß einfallen, dachte Natalie. Der *happy merchant* war ein antisemitisches Stereotyp des geldgierigen Juden, der sich mit heuchlerischer Fratze die Hände reibt. Ein Bild, das die Nazis nur allzu gerne benutzt hatten und das inzwischen in Abwandlungen bei den rechtsradikalen Parteien in Europa wieder auftauchte.

»Und zu so einem Typen fahren wir jetzt?«, fragte sie. »Wie schön.« Sie blickte aus dem Fenster. Ihr wurde wieder schlecht.

Vom Parkhaus am Dom liefen sie die wenigen Meter zum Bahnhofsvorplatz hinüber. Eine Gruppe von rund zwei Dutzend unsympathisch dreinschauenden Menschen hatte sich versammelt. Sie trugen Schilder vor sich her, die Natalie nicht verstand. Doch sie konnte sich denken, was »Deutschland den Deutschen« bedeutete.

Cara Allegri führte sie zu einem italienischen Café, vor dem sie stehen blieben und die Menge beobachteten. Einer der Männer schaute zu ihnen herüber und löste sich von der Gruppe. Langsam schlenderte er über den Platz. Natalie musterte ihn: schmächtig gebaut, etwas kleiner als sie, braune Haare zur Seite gescheitelt, ein Schnurrbart, der schon in den 1980er Jahren seinen Sex-Appeal verloren hatte. Eine ungepflegte Erscheinung in einer dreckigen Jeans, einem Militärparka und gefütterten Stiefeln. Wie er durch den Schneematsch stapfte, wunderte sich Natalie, wie ein solch abgebrochener Halbgarer glauben konnte, zu irgendeiner Herrenrasse zu zählen.

»Heinrich«, begrüßte Cara den Ankömmling auf Deutsch.

Sie tauschten ein paar gespielte Freundlichkeiten aus, wie

Natalie glaubte. Sie verstand kein Wort und wandte sich an Alex.

»Bleib du bei Cara. Ich rufe in der Zeit noch mal bei Olivia an, vielleicht habe ich Glück.«

Er nickte und versuchte, weiter dem Schwachsinn zu folgen, den Heinrich gerade zu erzählen begann. Natalie besah sich dagegen einen Flyer in Heinrichs Hand. Unter einem wenig kreativen Logo stand die Aufschrift: »Staatenlos e.V.«. Ein Bild zeigte brennende Autos vor einer Moschee, darüber prangten die Worte: »Brennpunkt Islamismus«. Sie musste kein Genie sein, um zu verstehen, worum es darin ging. Und wenn Cara recht hatte, dann konnte dieser Heinrich vielleicht tatsächlich weiterhelfen. Wenn die Polizei versuchte, Fabrice' Fall mit dem Anschlag auf die Zentralmoschee in Köln in Verbindung zu bringen, dann half ihnen jede Information weiter. Selbst wenn sie von synchronisierten Nussknackern kam.

Zudem hatten sie nun Hinweise, die Olivia helfen würden, die Polizei unter Druck zu setzen und Fabrice vielleicht schon bald aus dem Gefängnis zu holen. Natalie wählte die Nummer der Anwältin und hoffte auf ein Freizeichen. Sie hatte Glück. Beim zweiten Klingeln hörte sie Olivias Stimme.

»Wir haben gute Neuigkeiten«, begann Natalie ohne Umschweife.

»Ich hatte gehofft, dass du das sagen würdest«, erwiderte Olivia.

Natalie hörte die Erleichterung in ihrer Stimme.

»Wir drehen uns seit Stunden im Kreis, die Polizei will Fabrice in Widersprüche verstricken. Aber bislang schlägt er sich großartig. Ich habe selten jemanden erlebt, der derart ruhig und sachlich bleiben kann. Aber jetzt raus mit der Sprache: Was habt ihr?«

Natalie erzählte ihr von ihrem Treffen mit Jaron Glasser, von dessen Aussage, die er im Namen des US Secret Service gemacht hatte. Dass Fabrice ihn am Vorabend gewarnt habe. Dass eine Lobbyistin namens Cara Allegri bezeugen könne, dass Fabrice wenige Minuten vor seiner Verhaftung einem verdächtig aussehenden Mann ins Treppenhaus des Hotels gefolgt war. Dass dies auf einer der Überwachungskameras zu sehen sein müsse. Und dass Allegri das eigentlich auch schon Kriminalhauptkommissar Sebastian Schulze in den Block diktiert habe.

Dr. Olivia Ziffzer hatte wohl nicht damit gerechnet, dass sie wirklich etwas Produktives herausfinden würden. Denn vom anderen Ende der Leitung kam zunächst keine Reaktion.

»Das ist aber noch nicht alles«, fuhr Natalie deshalb fort.

Dann erzählte sie von dem geheimdienstlichen Dokument, das dem BND vorlag und in dem der Mossad erklärte, ein zionistisch oder jüdisch motivierter Terroranschlag sei auszuschließen.

»Warte, wie bitte?« Olivia klang alarmiert. »Woher zur Hölle wisst ihr das?«

»Von Cara Allegri. Sie kennt offenbar jemanden beim Bundesnachrichtendienst. Und wenn sie keinen Schwachsinn erzählt hat, Olivia, dann ist sie sogar im Besitz einer Kopie dieses Berichts.«

»Stopp!« Olivia unterbrach Natalie vehement. »Ich muss mit dieser Cara Allegri sprechen. Am besten sofort. Ist sie bei euch?«

»Ja, aber sind das nicht gute Neuigkeiten?«

»Das sind großartige Neuigkeiten, wenn ich weiß, ob ich sie auch verwenden kann. Zumindest, was den Mossad-Bericht angeht. Wir reden hier von geheimdienstlichen Dokumenten. Ich muss wissen, wie sie da rangekommen ist. Wenn sie sich dabei strafbar gemacht hat, dann würde ich sie, euch und auch mich in eine ziemlich missliche Lage bringen, wenn ich damit zu Schulze und Aurach renne. Kannst du sie mir gerade mal geben?«

Natalie sah zu Cara und Alex hinüber, die noch immer mit Heinrich sprachen. Da aber drehte sich der deutsche Supermann herum und marschierte von dannen.

Natalie trat zu Cara, erklärte ihr kurz, worum es ging, und reichte ihr das Smartphone.

»Und, was habt ihr erfahren?«, fragte Natalie, während sich Cara zum Telefonieren in eine Hausnische zurückzog.

»Dass man in Deutschland offenbar genauso wenig vernünftig

über Religion diskutieren kann wie bei uns zu Hause«, antwortete Alex und sah mit einem frustrierten Blick zu der Gruppe Demonstranten hinüber. »Sie suchen Muslime, die schlecht über ihre Glaubensgenossen reden, um damit legitimieren zu können, dass der Islam schlecht ist. Wie früher die Nazis irgendwelche Juden als Aufseher in Ghettos und KZs eingesetzt haben, um den Holocaust zu legitimieren. Was ist der Mensch doch für eine armselige Spezies!«

»Wussten wir das nicht schon vorher?«, fragte Natalie. »Hat er außer Parolen auch was Hilfreiches von sich gegeben?«

»Erstaunlicherweise ja. Er hat bestätigt, dass ein Bekannter von ihm den Anschlag verübt hat. Boris Ulbricht hieß der Typ, er bezeichnete sich selbst wohl als ›Territorist‹ und wollte sich mit dieser Aktion in seinen Kreisen unsterblich machen.«

»Na, das mit der Unsterblichkeit ist ja schon mal schiefgegangen.«

»Er hatte im Übrigen tatsächlich Hilfe. Von innen und von außen. Irgendein Gemeindemitglied hat ihm wohl geholfen, in die Moschee zu gelangen. Diese Reichsbürger versuchen wohl noch immer, den Typen zu erwischen und zu fragen, was da schiefgelaufen ist. Sie können ihn aber nirgends finden.«

»Und die Hilfe von außen?«, fragte Natalie.

»Das ist die deutlich beunruhigendere Nummer. Heinrich hat gesagt, sie würden von einer geheimen Firma aus dem Ausland unterstützt. Die Firma versorge sie mit Waffen und Sprengstoff, mit allem, was man für einen Guerillakrieg so brauche. Sie hätten gerade erst angefangen aufzurüsten. Bald würden sie losschlagen.«

»Das klingt eher nach einem schlechten Actionfilm als nach der Realität.«

»Stimmt, aber vergiss nicht, dass in Deutschland und auch bei uns schon Polizisten erschossen worden sind, weil sie diese Bewegungen auf die leichte Schulter genommen haben und dann in der Feuerkraft unterlegen waren. Wenn der Spinner recht hat, dann beziehen diese Jungs qualitativ hochwertiges Zeug von irgendeiner Firma, die an Militärausrüstung kommt.«

»Das würde erklären, warum die Moschee zusammengefallen ist wie ein Kartenhaus«, überlegte Natalie.

Das, was sie von dem Gebäude wusste, hatte nicht danach geklungen, dass man es mal eben mit einem Sprengsatz in Schutt und Asche hätte legen können.

»Die Bombe muss eine enorme Kraft erzeugt haben.«

»Wenn diese Typen erst einmal glauben, dass sie die Werkzeuge zu Macht und einem gewaltsamen Umsturz in der Hand halten, wird's gefährlich. Die wollen wissen, was passiert, wenn die vielen da unten aufhören, die wenigen da oben zu fürchten.«

17

8. Dezember, Köln

Sie saßen zu dritt im Gaffel am Dom, einem Brauhaus direkt neben ihrem Hotel. Alex hatte vom Kölner Bier bislang nur gehört. Jetzt stellte ihm ein Kellner in blauer Schürze und mit dem Charme eines Brauereipferdes ein schmales Glas Kölsch vor die Nase. Nicht gerade das, was er auf nahezu nüchternen Magen brauchte. Cara Allegri musste sein Naserümpfen bemerkt haben und griff nach dem Bier. Auch Natalie verzichtete auf das Kölsch, bestellte sich stattdessen eine Fassbrause. Die sah aus wie Kölsch, wurde aber in einer Flasche serviert und enthielt statt Alkohol zusätzlich Limonade.

Alex dagegen beschränkte sich auf Wasser.

Als er dem Kellner seine Bestellung nannte, blickte dieser ihn belustigt an.

»Wasser? Aber sicher, der Herr! Ein Stück Seife dazu?«

Cara brach in schallendes Gelächter aus, und Natalie stimmte ein, nachdem die Lobbyistin ihr den kurzen Austausch übersetzt hatte.

Sie aßen Deftiges, das Alex an traditionelle Gerichte aus dem Elsass erinnerte. Kassler mit Sauerkraut und Kartoffeln, ein Teller mit *charcuterie* und Brot sowie Flammkuchen. Nichts schmeckte so wie erwartet, aber erstaunlich gut. Nur der Kellner – oder Köbes, wie Alex von Cara lernte – wollte partout nicht mehr mit ihm reden. Natalie und Cara bekamen alles, was sie wollten. Alex dagegen war für den Mann Luft, der immer mit einem Kranz Bier von Tisch zu Tisch zog. Als er Allegri ein weiteres Kölsch hinstellte, hielt sie das Glas zu ihm hin. Der Köbes zog sich selbst ein weiteres Kölsch aus dem Kranz, stieß mit ihr an und kippte die zweihundert Milliliter in einem Zug in sich hinein.

»Danke schön«, sagte er, rammte das Glas zurück in den

Kranz und machte sich ohne ein weiteres Wort wieder an die Arbeit.

»Was bitte war das?« Auch Natalie hatte dem Treiben erstaunt zugeschaut.

»In Kölner Brauhäusern gibst du auf zwei Arten Trinkgeld. Das richtige und das flüssige. Das Kölsch geht auf mich, und er freut sich, nicht immer nur bedienen zu müssen.«

»Aber dann trinkt der ja unzählige Kölsch an einem Abend«, erwiderte Natalie.

»Das würde einiges erklären«, grummelte Alex vor sich hin und stocherte in seinem Essen herum.

»Wie kommt es eigentlich, dass ihr Schweinefleisch esst?«, fragte Cara mit Blick auf ihre Teller.

»Das ist Schweinefleisch?«, fragte Natalie mit gespielter Überraschung. »Ach, Fabrice wäre zwar wenig begeistert, aber ab und zu kann man mal sündigen. Ich sterbe für Garnelen, und die sind auch nicht koscher.«

Als sich bei ihnen endlich wieder ein Sättigungsgefühl eingestellt hatte, erzählte Cara vom Gespräch mit Olivia. Sie würde der Anwältin vom Hotel aus eine anonyme E-Mail mit dem Dokument des Mossad schicken. Anschließend konnten Alex und Natalie zum Polizeipräsidium fahren, um mit Olivia und den leitenden Ermittlern zu reden. Sie mussten nur aufpassen, dass die E-Mail erstens nicht zu Cara zurückzuverfolgen war. Und zweitens durfte nicht der Eindruck entstehen, dass Olivia selbst in die Beschaffung dieses eigentlich geheimen Berichts involviert gewesen war.

»Es muss so aussehen, als hätte sie ohne Vorwarnung einen anonymen Tipp eines Whistleblowers bekommen«, erklärte Cara. »Nur so kann sie glaubhaft versichern, nichts von dem Dokument gewusst zu haben, bis die E-Mail kam. Deswegen werde ich euch zwei auch gleich allein lassen. Wir sehen uns dann morgen wieder.«

Alex blickte durch die Fenster des Brauhauses nach draußen. Es war im Nu dunkel geworden, als der Abend über Köln hereingebrochen war. Sie mussten noch zwei Stunden warten, dann konnten sie ins Präsidium fahren. Bis dahin wollten sie sich noch mal aufs Ohr legen und ausruhen. Er spürte, wie die letzten sechsunddreißig Stunden an seinen Kraftreserven gesaugt hatten. Natalie schien es ähnlich zu gehen.

Sie bezahlten und gingen zurück zum Hotel. In der Lobby kam ihnen ein junger Koch entgegen, und zu Alex' Verblüffung winkte Natalie ihm zu. Woher kannte sie den denn? Noch überraschter war er, als dieser nicht nur zurückwinkte, sondern zu gestikulieren begann. Alex brauchte eine Sekunde, bis er verstand, dass der Koch Gebärdensprache benutzte – und Natalie ihm antwortete. Alex erinnerte sich, dass sie im Waisenhaus Gebärdensprache gelernt hatte. Offensichtlich hatte sie es noch immer drauf.

Cara Allegri sah nicht minder perplex auf das Schauspiel der beiden Gebärdenden.

»Ich lasse euch dann mal allein«, sagte sie, winkte ihnen zu und verschwand in Richtung Aufzug.

Der Koch blickte der Frau hinterher und machte eine Geste. Natalie schien zunächst nicht zu verstehen. Als der Mann seine Gebärden wiederholte, zögerte sie, antwortete dann und wandte sich Alex schließlich zu.

»Das ist Oscar, ich habe ihn letzte Nacht nach meinem Spaziergang kennengelernt. Er hat mir noch was zu essen besorgt.«

Sie drehte sich kurz zu Oscar um und schickte ihm einige Zeichen über die stumme Sprachautobahn zurück. Dann übersetzte sie für Alex: »Er sagt, er wird jedes Mal rot, wenn er Cara sieht. Sie erinnert ihn an eine Raubkatze.«

Alex sah stumm zu, wie die beiden weitere Gebärden austauschten.

»Er muss zurück in die Küche«, sagte sie schließlich, und zusammen mit ihr blickte er diesem Oscar hinterher. Dann wandte sich Natalie ihm zu und sagte: »Es hat mir gestern Nacht gutgetan, mit ihm zu sprechen, verstehst du?«

Sie sah ihn fragend an und wirkte erleichtert, als Alex nickte. Wenn dieser Oscar sie für einen kurzen Moment aus ihren Gedanken holte, dann war er Alex willkommener als die meisten anderen Gestalten, die sie bislang in Köln getroffen hatten.

Natalie und Alex gingen aufs Zimmer, um sich von den letzten Stunden etwas zu erholen. Viel Zeit blieb ihnen nicht. Schon anderthalb Stunden später fuhren sie erneut am Polizeipräsidium vor. Das Wetter hatte sich kaum gewandelt, aber die Luft fühlte sich nicht mehr ganz so kalt an.

Als Olivia Ziffzer zu ihnen in die Empfangshalle kam, sah Alex sofort, dass sie gute Neuigkeiten hatte.

»Ihr seht vielleicht nicht so aus wie John Steed und Emma Peel«, sagte sie und trug wieder diesen neckischen Gesichtsausdruck zur Schau. »Aber eure Arbeit hat sich gelohnt.«

»Unsere Infos haben geholfen?«, fragte Natalie gespannt.

»Sie haben unsere Position auf jeden Fall deutlich verbessert«, erwiderte die Anwältin. »Wie sehr, werden wir gleich rausfinden. Seine Herrlichkeit Volker Aurach empfängt uns. Also wollen wir ihn nicht warten lassen.«

Wenige Minuten später saßen sie erneut in dem Konferenzraum in der fünften Etage zusammen. Olivia, Natalie und Alex auf der einen Seite des nüchternen Tisches. Ihnen gegenüber Kriminalhauptkommissar Sebastian Schulze in seiner makellosen Uniform mit vier Sternen auf den Schulterklappen und Volker Aurach in einem dunkelbraunen Anzug, den er in untrüglicher Stilsicherheit mit einer grünen Krawatte kombiniert hatte. Der Kragen seines weißen Hemdes wies die typischen hellbraunen Schweißränder auf.

Dieses Mal verzichtete Aurach auf schauspielerische Einlagen wie das Putzen seiner rechteckigen Brillengläser. Geschäftsmäßig und ruhig ging er mit Olivia den Stand der Ermittlungen durch, soweit er bereit war, ihn mit der Anwältin und zwei Verwandten des Verdächtigen zu teilen.

»Wie schon gesagt«, erläuterte Aurach gerade, »haben sich die Aussagen Ihres Mandanten in Teilen bestätigt. Die Aufnahmen der Überwachungskameras im Hotel zeigen, dass sich Rabbiner Mannarino erhebt, als sich ein Mann in Richtung Treppenhaus bewegt. Wir haben den Weg dieses Mannes aber nicht weiterverfolgen können, da die Kameras für die betreffenden Bereiche nicht aktiv waren. Warum, wissen wir zum jetzigen Zeitpunkt noch nicht. Wir gehen aber davon aus, dass sie manipuliert wurden.«

»Das bedeutet –«, begann Olivia, doch Aurach ließ sie nicht zu Wort kommen.

»Das bedeutet, Frau Anwältin, dass wir wissen, wann sich Fabrice Mannarino in Richtung Zimmer bewegt hat. Wir kennen aber noch immer nicht den Grund. Sie sagen, Ihr Mandant habe den Mann verdächtigt, ein Attentat auszuüben. Genauso gut könnte er aber auch ein Komplize gewesen sein, um den Anschlag gemeinsam zu verüben.«

»Und wo war dann plötzlich dieser Mann, wenn sie gemeinsam hätten zuschlagen wollen?«

»Wir konnten seinen Aufenthaltsort bislang nicht ermitteln«, warf Schulze ein. »Das ist aber zunächst zweitrangig. Vergessen Sie nicht, dass wir noch immer die Tatwaffe mit den Fingerabdrücken Ihres Mandanten haben. Solange Sie uns keine Beweise liefern, dass die Abdrücke absichtlich dort platziert wurden, haben wir keinen Grund, etwas anderes anzunehmen als das Offensichtliche.«

»Und das wäre?«, fragte Olivia scheinheilig.

»Dass Fabrice Mannarino als Mitglied einer jüdischen Terrororganisation den Versuch unternehmen wollte, die Tochter des amerikanischen Präsidenten zu ermorden.«

»Woher wissen Sie eigentlich so sicher«, warf Natalie ein, »dass die First Daughter das Ziel des Anschlags hätte sein sollen? Es waren doch auch noch ganz andere Würdenträger im Raum.«

Aurach sah sie abschätzig an. »Diese Information können wir mit einer Zivilistin nicht teilen.«

»Wollen Sie wieder dieses Spielchen spielen oder endlich anfangen, uns ernst zu nehmen?«

»Mademoiselle Villeneuve hat hier einen wichtigen Punkt angesprochen«, warf Olivia schnell ein. »Meinen Sie nicht, Herr Aurach? Warum die Tochter des US-Präsidenten? Warum nicht der Erzbischof von Köln? Oder der Präsident des Zentralrats der Juden? Oder einer der muslimischen, hinduistischen und bahaistischen Vertreter? Sie gehen einfach vom größtmöglichen Schaden aus. Aber haben Sie dafür auch Beweise?«

»Wir haben geheimdienstliche Hinweise erhalten, die genau diesen Anschlag vorhergesehen haben.«

»Oh«, warf Olivia mit gespieltem Erstaunen ein, »Sie meinen die Hinweise, von denen auch Fabrice Mannarino gehört hatte und derentwegen er am Abend vorher seinen Freund Jaron Glasser beim US Secret Service angerufen hat, um ihn zu warnen?«

Aurach ließ sich nicht beirren. Er behielt die Strategie bei, die Natalie im Gespräch mit Glasser als des Teufels Advokat vorhergesehen hatte. Fabrice habe sich lediglich Alibis verschaffen wollen. Durch den Anruf bei Jaron Glasser genauso wie durch den Mann auf der Hoteltreppe.

»Vorhin soll der Mann noch ein Komplize gewesen sein, jetzt sein Alibi«, sagte Olivia kopfschüttelnd. »Wenn Sie so einen Quatsch vor Gericht erzählen, nehme ich Sie auseinander.«

Sie holte ein Tablet aus ihrer Aktentasche hervor. »Da Sie es offenbar nicht verstehen wollen«, fuhr sie fort, tippte ein paarmal auf den Bildschirm und schob das Gerät schließlich über den Tisch. Genüsslich lehnte sie sich zurück, warf einen Seitenblick auf Natalie und Alex und lächelte. »Sie erwähnten vorhin diese ominöse jüdische Terrororganisation. Können Sie mir erklären, warum der israelische Mossad noch nie davon gehört hat und Ihrem Bundesnachrichtendienst das sogar schriftlich gegeben hat?«

Aurach und Schulze starrten fassungslos auf den Bildschirm. Nachdem sich der Direktor des Staatsschutzes wieder gefasst hatte, richtete er sich zu seiner ganzen Größe auf.

»Woher haben Sie das?« Es war nicht mehr als ein Flüstern. Er wollte bedrohlich klingen, konnte aber das Beben in seiner Stimme nicht unterdrücken.

»Ich fürchte, ich dürfte Ihnen die Quelle selbst dann nicht verraten, wenn ich sie kennen würde. Aber dieses Dokument erschien heute samt einer anonymen E-Mail in meinem Postfach. Da dachte ich, ich frage Sie einfach mal, ob dieses Dokument echt sein könnte. Wie ich Ihrer Reaktion entnehme, ist es das. Was mich zur nächsten Frage führt: Wie kann es sein, dass Sie diesen Hinweis bislang gänzlich ignoriert haben?«

Aurach fing sich wieder und war sichtlich darum bemüht, den Schaden zu minimieren. Er versuchte, Olivia zu verunsichern.

»Wie sicher sind Sie, dass Ihr Informant ein neuer Deep Throat sein könnte und nicht der nächste Curveball?«

Natalie lehnte sich zu Alex und flüsterte: »Ich weiß ja, dass Deep Throat die Quelle in der Watergate-Affäre war. Aber wer war Curveball?«

»Der irakische Informant, dessen Aussagen über Massenvernichtungswaffen die USA genutzt haben, um den Irak-Krieg zu rechtfertigen«, gab Alex leise zurück.

Olivia kannte den Namen offenbar auch. »Wenn ich mich recht erinnere, hat sich Rafed Aljanabi unter dem Pseudonym Curveball ausgerechnet an die deutschen Geheimdienste gewandt mit seinen so unglaublich wertvollen Informationen. Ich freue mich, dass Sie den Humor besitzen, nun andere Leute zu beschuldigen, genauso leichtgläubig zu sein wie der BND. Aber wie sehr wollen Sie sich darauf verlassen, dass es sich bei diesem Dokument wirklich um eine Fälschung handelt?«

»Wir werden das prüfen«, sagte Aurach knapp. »Aber selbst wenn sich dieser Bericht als echt herausstellen sollte, würde das Ihren Mandanten noch immer nicht entlasten.«

Aurach spielte auf Zeit. Er kannte das Dokument bereits. Alex sah es ihm an.

»Bis dahin«, ging Aurach wieder in die Offensive, »haben wir einige Fragen an Sie, Mademoiselle Villeneuve.« Der Direktor des Staatsschutzes sah zu Natalie hinüber. »Mit Esther Mannarino haben wir uns schon ausführlich unterhalten. An Sie haben wir aber auch noch einige Fragen. Wir können das jetzt noch machen oder –«

»Oder morgen«, sagte Olivia. »Mademoiselle Villeneuve wird sich natürlich gerne mit Ihnen unterhalten. In meinem Beisein, versteht sich. Wir kommen morgen früh wieder her. Bis dahin, Direktor Aurach, empfehle ich Ihnen, diesem Dokument mal auf die Spur zu gehen. Sie haben lange genug in die falsche Richtung ermittelt. Guten Abend, meine Herren!«

Damit erhob sie sich und bedeutete Alex und Natalie, es ihr gleichzutun.

Nur zwei Minuten später standen sie vor der Wache.

Olivia schüttelte den Kopf. »Unglaublich, wie stur manche Ermittler sein können, wenn sie sich mal was in den Kopf gesetzt haben.«

»Die scheinen mir von irgendwas getrieben«, äußerte Natalie genau den Verdacht, den Alex auch schon hatte.

»Das werden wir morgen wissen«, sagte Olivia. Den unausgesprochenen Vorwurf, dass sich die Ermittlung gegen einen Juden richtete, ließ sie unkommentiert. »Davon abgesehen«, sie fingerte in ihrer Aktentasche, »solltet ihr dieses Foto mitnehmen und das Gesicht im Gedächtnis behalten.«

Sie drückte ihnen zwei Abzüge im DIN-A4-Format in die Hand. Beides waren Standbilder der Überwachungskamera im Grandhotel auf dem Petersberg. Das eine zeigte in der Totalen eine luxuriöse Bar. An einem niedrigen Tisch rechts im Bild saßen Fabrice und Cara Allegri. Auf einem Aufgang zu einer Treppe links stand ein Mann in der Uniform eines Hotelangestellten. Das zweite Bild zeigte die grobkörnige Vergrößerung des Mannes an der Treppe. Seine Haare schwarz, zur Seite gescheitelt. Ein gepflegter Bart, kurz gestutzt, überdeckte seine Wangen und die Mundpartie. Alex konnte es nicht genau erkennen, aber es wirkte, als läge ein Schatten über der einen Hälfte des Gesichts. Er schrieb es der Auflösung des Fotos zu, doch die Lippen des Mannes schienen zu verschwimmen.

Das war also der Mann, dem Fabrice im Grandhotel gefolgt war. Aber warum? Und wo war dieser Mann jetzt?

18

9. Dezember, Köln

Alex nippte an seinem Milchkaffee und stellte die Tasse vorsichtig auf dem niedrigen Tisch vor sich ab. Er sah auf die Uhr. Natalie saß seit über anderthalb Stunden im Polizeipräsidium mit Olivia Ziffzer und Volker Aurach zusammen. Mit sehr viel Pech hatte sich auch Sebastian Schulze zu ihnen gesellt.

Alex war sich nicht sicher, ob Natalie bei all den Fragen, die Aurach und Schulze stellen würden, ruhig bleiben konnte. Auf den Baustellen, auf denen sie als Architektin arbeitete, hatte sie zwar gelernt, selbst mit den größten Arschlöchern klarzukommen, aber das hier war persönlich. Das ging ihr nahe. Die Geschichte mit Fabrice brachte alte Erinnerungen in ihr hoch, die sie verfolgten, peinigten, nicht losließen. Ob die Polizisten das spürten, ihr falsch auslegten und versuchten, das unsichtbare Band um ihren Hals enger zu ziehen?

Natalies Begegnung mit Oscar hatte es etwas gelockert. Das hatte sie ihm noch mal am Morgen erzählt, als sie das erste Mal seit Wochen nach dem Aufwachen zu ihm in den Arm gekrochen war. Sie hatten einfach nur dagelegen, waren einander nahe gewesen, vertraut, innig, zärtlich. Der taubstumme Koch sei ihr am Abend wie eine helfende Hand erschienen, mit dem sie sich buchstäblich ohne Worte sofort verstanden habe. Alex verspürte Erleichterung, auch wenn er ihr gerne selbst zugehört hätte. Aber wie hätte ausgerechnet er sich darüber beschweren können, dass sie über ihre Probleme nur bis zu einem gewissen Punkt redete? Er sprühte ja selbst nicht gerade vor Redebedarf, wenn ihn etwas beschäftigte. Bei ihm kam dann meist der Professor durch. In irgendeinem Buch, in irgendeinem Lexikon würde schon eine Antwort stehen. Seine Therapie war Lesen, nicht Reden.

Vielleicht las er deswegen auch jetzt wieder. Er befand sich in einem dieser charakterlosen, für Kleinstadt-Hipster und Kaffeejunkies gebauten Erlebniscafés, in denen ein Milchkaffee je nach Größe zwischen drei und sechs Euro kostete, der Winter wieder einmal zu unzähligen exotischen Specials mit wilden Gewürzmischungen geführt hatte und wo eine Bestellung schon mal mehrere Minuten dauern konnte, bis sich ein Kunde durch alle Sonderwünsche und Optionen durchgearbeitet hatte. Gewollt, aber nicht gekonnt. Hinter stylischer Aufmachung verborgene Massenware als vorgespielte Individualität in einer Umgebung, die genauso eine Fälschung war wie die angeblich so kostbare Schokolade, die neben den Bagels, Cookies und Kuchen in der Vitrine lag.

Wer wie Alex aus einer Stadt kam, in der eine echte *chocolaterie* den Duft gerösteter Kakaobohnen kilometerweit versprühte, konnte Original und Fälschung leicht auseinanderhalten.

Der einzige Vorteil, den dieses Café hier in Köln hatte, war seine Lage – gleich um die Ecke vom Präsidium. Natalie und Olivia würden ihn hier abholen, sobald sie fertig waren. Bis dahin würde er sich in seine Recherchen vertiefen.

Cara Allegri hatte ihnen gesagt, dass sie Fabrice gegoogelt und so einiges über ihn und die Wächter herausgefunden hatte. Nun hielt Alex sein Tablet in der Hand und drehte den Spieß um. Er gab ihren Namen ein.

Sie hatte einen eigenen Wikipedia-Eintrag. Alex hielt herzlich wenig von einer Enzyklopädie, die gleichzeitig ein soziales Netzwerk sein wollte und auf Schwarmintelligenz setzte. Das war ihm suspekt. Er überflog ihre Vita, das meiste hatte sie ihnen aber schon erzählt. Sie war nicht verheiratet, stand offen zu ihrer Homosexualität, kämpfte schon seit Jahren für Minderheiten und hatte sich einen Namen gemacht, indem sie sich gegen alles und jeden stellte, der sie bestechen, verführen, ausnutzen oder manipulieren wollte. Der »Spiegel« hatte ihr ein vorteilhaftes Porträt gewidmet unter der Überschrift »Die Unbestechliche«. Andere Artikel hypten sie als das neue »Wunderkind der Politik«, als eine moderne Jeanne d'Arc, eine Kämpferin gegen die Obrigkeit, ihre einzige Religion sei der Anstand.

Ziemlich viel Pathos, dachte Alex.

Dann entdeckte er einen gänzlich anderen Artikel. Überschrift: »Der Teufel trägt Prada.« Es war ein totaler Verriss, das Porträt einer geld- und geltungsbedürftigen Frau. Cara Allegri wurde als »scheinheilig, durchtrieben und machtbesessen« charakterisiert, als »Wölfin im Schafspelz«.

Erschienen war der Artikel bei einem Medium mit dem Kürzel NNN. Alex hatte noch nie davon gehört. »Nossak News Network«, sagte ihm Sekunden später eine weitere Suchanfrage. Ein Online-Medium, das in den letzten Jahren zu einem der führenden Nachrichtenportale im deutschsprachigen Raum aufgestiegen war. Die redaktionelle Ausrichtung war wohl das, was man als rechtskonservativ bezeichnete, wenn man es gemäßigt ausdrücken wollte.

Alex klickte die Suchergebnisse und den Artikel weg.

Als Nächstes ließ er sich Bilder von Cara Allegri anzeigen. Dutzende Fotos erschienen, meist ähnliche Motive in leichten Abwandlungen. Cara Allegri mit Politikern im Gespräch. Cara Allegri auf Gruppenfotos, auf denen ansonsten fast ausschließlich Männer posierten. Cara Allegri auf dem Podium einer Konferenz. Cara Allegri in elegantem Abendkleid auf einer Gala. Cara Allegri, professionell abgelichtet am Fuße der Freiheitsstatue in New York. Von den Verhandlungen zum Rat der Religionen gab es auch schon Fotos. Religionsvertreter hier, Politiker dort und Cara Allegri immer mittendrin. Geschmackvoll gekleidet, nicht aufreizend, sondern dem Anlass entsprechend. Eine Frau, die anscheinend ihren Status kannte und ihn selbstbewusst lebte.

An einem Bild blieb Alex hängen. Cara Allegri stand einem Mann gegenüber. Beide waren offenbar in ein hitziges Wortgefecht verstrickt. Sie gestikulierten, ihre Gesichter gefüllt mit Ärger und Empörung. Alex öffnete den passenden Artikel, erschienen im Kölner Stadt-Anzeiger.

Die Bildunterschrift lautete: »Cara Allegri und Stephan Wolf gerieten am Rande der Versammlung aneinander.«

Alex hatte keine Ahnung, wer Stephan Wolf war, fand aber sofort Informationen über ihn. Ein Computergenie, das nach seinem Abschluss am Massachusetts Institute of Technology – kurz MIT – im Silicon Valley durchgestartet war. Wolf hatte eine Big-Data-Agentur gegründet, mit der politische Parteien ihre Wahlkämpfe managen konnten. Eines dieser Unternehmen, das riesige Mengen an Bürgerinformationen sammelte, um es für gezieltes Marketing einzusetzen. Als ihm das allein zu langweilig geworden war, hatte Wolf einen Algorithmus für den Hochfrequenzhandel an der Börse entwickelt und so noch ein paar Milliarden mehr gemacht. Die aktuelle Forbes-Liste führte ihn unter den fünfzig reichsten Männern der Welt und schätzte sein Vermögen auf über zwanzig Milliarden Dollar.

Cara Allegri schien das wenig beeindruckt zu haben. Alex fand, dass sie auf dem Foto tatsächlich ein bisschen wie die unbeirrbare Jeanne d'Arc wirkte. Nur verriet der Artikel mit keinem Wort, um was es bei dem Streit ging. Es war lediglich ein Symbolbild für die angespannte Stimmung zwischen den einzelnen Parteien.

Alex entdeckte noch einen Veranstaltungshinweis in der Jüdischen Allgemeinen. Demnach sollte Stephan Wolf am Abend des 9. Dezember zusammen mit einem Rabbiner die Chanukkakerzen am Kölner Rathaus entzünden.

Moment mal, dachte Alex und sah auf die Datumsanzeige seines Tablets. Der 9. Dezember war heute. Wenn die Sonne unterging, begann Chanukka. Hätte er diesen Artikel nicht entdeckt, der Beginn des jüdischen Lichterfests wäre wohl völlig an ihm vorbeigegangen. Dabei hatte er noch vor ein paar Tagen mit Natalies Mutter Suzanne darüber gesprochen, wie sie die Tage verbringen wollten. Jetzt sah es so aus, als ob Chanukka dieses Jahr unter keinem guten Stern stand.

Ob Natalie wusste, welcher Tag heute war? Vielleicht konnte er sie am Abend für ein gemeinsames Essen und eine Flasche Wein gewinnen.

Olivia Ziffzer hatte ihre Hoffnung zum Ausdruck gebracht, Fabrice durch die neuen Hinweise entlasten zu können. Deshalb hatten Natalie und Alex entschieden, sich gleich nach ihrem Gespräch bei der Polizei zu trennen. Sie würde sich in den Zug setzen und zu Pastor Thomas fahren. Er selbst wollte sich im Laufe des Tages wieder mit Cara Allegri treffen. Diese angebliche Verbindung zwischen dem Anschlag auf die Moschee und der Verhaftung von Fabrice ließ ihm keine Ruhe. Er fragte sich zudem noch immer, wie die Fingerabdrücke auf die Drohne gekommen waren.

Sein Tablet zeigte weiter den Artikel zu Chanukka an. Was hatte Cara Allegri gesagt? Sie hatte sich über Fabrice schlaugemacht und war dabei auf die Wächter gestoßen? Dann musste sie eigentlich auch auf Natalie und Alex gekommen sein. Schließlich waren ihre Geschichten öffentlich bekannt geworden und miteinander verwoben. Alex öffnete ein neues Fenster im Browser und startete eine neue Suchanfrage. Diesmal mit seinem Namen.

Er hasste es. Es kam ihm wie ein Anflug übelsten Narzissmus vor. Seinen Studenten warf er immer wieder vor, sich in ihrer eigenen Scheinwelt der sozialen Netzwerke zu verlieren. Ihnen reichte der mehr als zweifelhafte Ruhm, den sie sich mit Likes und geteilten Inhalten in einem instabilen Mikrokosmos erwerben konnten. Und wenn ihre Inhalte dann gar noch für Google gut genug waren, glaubten sie, es geschafft zu haben. Zur Not musste der Kosmos nur klein genug sein, um vermeintlich berühmt zu werden.

Alex' Suche nach sich selbst ergab wenig überraschend Hunderte Treffer. Seine Website der Uni Paris 1 und der Fakultät. Unterseiten zu Seminaren und Veranstaltungen der Panthéon-Sorbonne. Links zu Vorträgen, Essays und Publikationen.

Nein, so kam wenig Ergiebiges dabei heraus. Er grenzte die Suche ein, ließ sich nur Nachrichtenmeldungen anzeigen. Da fand sich der Eintrag: »Schweizer Professor übernimmt Lehrstuhl an der Paris 1«. Auch wenn das nicht ganz korrekt war. Alex besaß beide Pässe, den schweizerischen und den französischen. Direkt darunter stand: »Mord an Historiker erschüttert Fribourg«. Damit war Alex' Doktorvater gemeint, der vor seinen und Natalies Augen erschossen worden war. Und schließlich die Meldung, die ihm sein Verlag geschickt hatte, nachdem das Buch erschienen war, dessentwegen Natalie und er sich monatelang gestritten hatten: »Geld, Macht, Tod – zur Genealogie der Wächter«.

Er scrollte weiter und fand seinen Namen in zahlreichen Meldungen über die Wächter. Aber auch Natalies Name tauchte auf, und genau deswegen reagierte sie noch immer allergisch auf dieses Buch. Er hatte sich verpflichtet gefühlt, es zu schreiben. Wie hätte er es auch unterschlagen können? Er war Historiker. Seine ureigenen Triebe hätten rebelliert, hätte er nur die halbe Wahrheit geschrieben. Alles hatte vor ihm gelegen, nachdem die Wächter nicht mehr existierten: die schriftlichen Beweise aus mehreren Jahrzehnten ihres Treibens, Namenslisten, Familienstammbäume, die Ursprünge, die Motivation, die Taten, die wirtschaftlichen und politischen Verstrickungen. All das, wofür Natalie, Alex, Fabrice und die ganze Familie Villeneuve gekämpft hatten, um zu überleben, zeichnete ein Bild von Frankreich, das dem Land zwar nicht gefiel, dem sich die Nation aber nicht entziehen durfte. Und genau deshalb hatte er dieses Buch schreiben müssen und nichts auslassen dürfen. Vielen Menschen, Familien, Unternehmen, Parteien und Organisationen gefiel dieses Werk bis heute nicht. Er hatte sich Feinde gemacht. Aber die Panthéon-Sorbonne hielt zu ihm, ließ aktiv weiterforschen, veranlasste Alex sogar, ein eigenes Seminar zu den Wächtern zu geben. Mit seinem Buch hatte er eine Tür aufgestoßen, durch die nun immer mehr Historiker gingen. Doch Alex würde immer als der Gründungsvater dieses Themas gelten.

Für ihn bedeutete dies einen enormen Erfolg, einen Durchbruch. Er galt nun als Koryphäe auf dem Gebiet der französischen Geschichte in und nach dem Zweiten Weltkrieg. Er hätte sich gerne darüber gefreut. Wenn dadurch nicht auch Natalie, die Überlebende einer Entführung und die Nichte des ominösen Rabbiners aus Bordeaux, in den Fokus des öffentlichen Interesses gerückt wäre.

Alex googelte auch sie, wusste aber, was er finden würde. Denn anders als seinen eigenen suchte er ihren Namen immer wieder im Netz. Auch wenn viele ihn für einen gefühlsverwirrten Idioten ohne soziale Kompetenzen hielten: Manchmal wusste selbst er, worauf es ankam. Beispielsweise zu erahnen, was Natalie aus der Bahn werfen könnte. Berichte über sie und die Wächter gehörten definitiv dazu. Leider gab es davon inzwischen mehr als genug.

Schließlich suchte Alex nach Fabrice, dem Rabbiner, der sich hatte anschießen lassen, um die Wächter zu stürzen. Doch gleich die erste Meldung riss ihn förmlich aus seinem Sessel, denn es ging ganz und gar nicht um die Wächter: »Bekannter Rabbiner soll Anschlag geplant haben«.

Gestern Abend noch hatte Alex genau danach gegoogelt und nichts gefunden. Fabrice' Name war noch nicht durchgesickert. Das hatte sich über Nacht geändert. Er öffnete einen Messenger und schickte Olivia eine kurze Nachricht mit dem Link. Er bezweifelte, dass sie die SMS während der Befragung von Natalie lesen würde, aber sie musste sofort darüber Bescheid wissen. Wenn die Öffentlichkeit jetzt erfuhr, wer verhaftet worden war, konnte das die gesamte Dynamik der Ermittlungen verändern. Medialer Druck hatte schon häufig zu Fehlern bei Untersuchungen geführt.

Alex betrachtete die Quelle. Wieder NNN. Wieder dieses rechte Portal. Aber der Ursprung und die Glaubwürdigkeit der Quelle spielten keine Rolle. Es würde nicht lange dauern, bis moderatere Medien davon Wind bekamen und ihnen der Name durch einen ihrer eigenen Informanten bestätigt wurde. Wenn das passierte, ging es erst richtig los.

Da fiel Alex etwas anderes ein.

Suzanne.

Natalies Mutter. Wenn Fabrice' Name erst einmal zu den französischen Kollegen durchgedrungen war, würde es nicht lange dauern, ehe Reporter vor Suzannes Wohnung auftauchten. Er musste sie warnen. Vielleicht ließ sie sich sogar darauf ein, für ein paar Tage in ein Hotel zu gehen. Auch wenn er ihre Antwort auf eine solche Bitte zu kennen glaubte. Trotzdem nahm er sein Telefon zur Hand und wollte gerade wählen, als Natalie durch die Tür des Cafés trat. Olivia folgte ihr.

Alex sah sofort, dass es Natalie nicht gut ging.

»Wir haben deine Nachricht bekommen«, übernahm Olivia das Reden. »Das sind keine guten Neuigkeiten. Aber vielleicht können wir das nutzen und die Polizei unter Druck setzen. Sie können es sich nicht erlauben, einen Rabbiner öffentlich zu diskreditieren, wenn immer mehr für seine Unschuld spricht.«

Natalie sah nicht überzeugt aus, sagte aber nichts. Ob sie ihr Wortpensum für heute schon im Polizeipräsidium aufgebraucht hatte?

»Wir sollten Suzanne anrufen und sie vorwarnen«, sagte Alex.

Natalie blickte auf und nickte stumm.

»Ich übernehme das, sobald ich dich zum Bahnhof gebracht habe«, fuhr er fort. »Vorausgesetzt, du willst überhaupt noch zu Thomas fahren?«

Wieder ein Nicken.

Er blickte zu Olivia. Mit einer minimalen Geste bedeutete sie ihm, dass Natalie etwas Zeit brauchen werde.

Doch jetzt, da Fabrice' Name im Umlauf war, wurde die Zeit immer knapper.

19

9. Dezember, Köln

Bis zur Abfahrt ihres Zuges sagte Natalie kaum ein Wort. Sie konnte ihre Gedanken kaum einfangen. Ihr Kopf fühlte sich so überhitzt an wie ein Maschinenraum. So musste es auf der »Titanic« zugegangen sein, als Kapitän Edward John Smith befahl, Kohle nachzulegen, um ein paar Knoten schneller zu fahren. Natalie fragte sich, ob auch bei ihr irgendwann ein Eisberg kam, dem sie nicht mehr ausweichen konnte.

Sie platzte innerlich vor Wut.

Am Kölner Hauptbahnhof verabschiedete sie sich knapp von Alex und stieg in den Intercity nach Koblenz. Dort würde sie in eine Regionalbahn umsteigen. In etwas weniger als zwei Stunden sollte sie Bacharach erreichen. Ein Zweitausend-Seelen-Örtchen im oberen Mittelrheintal. Wenn im Internet nicht irgendwas davon gestanden hätte, dass die Region ein UNESCO-Welterbe war, Natalie hätte sich kaum dafür interessiert. So regte sich zumindest ihr architektonischer Geist, der alles Außergewöhnliche betrachten wollte, in dem sich menschliches Leben abspielte.

Die Luft im Intercity roch nach Zwiebeln, irgendwer verspeiste hier gerade einen Döner. Natalie rümpfte die Nase, ließ ihre Jacke auf einen Sitz am Gang fallen und nahm selbst am Fenster Platz. Sie trug wieder ihren bordeauxroten Kaschmirpulli und schlang die Arme um ihren Bauch. Nein, wohl fühlte sie sich nicht. Im Gegenteil. Sogar ihre Kopfhaut unter der schwarzen Lockenmähne zog sich schmerzhaft zusammen, wenn sie an den Morgen im Polizeipräsidium zurückdachte.

Bastard!

Ein anderes Wort fiel ihr für Volker Aurach nicht ein. Was hatte er geglaubt, als er sie zum Gespräch gebeten hatte? Von wegen gebeten! Und von wegen Gespräch! Einem Verhör hatte er sie unterzogen. Als wäre sie eine Komplizin. Am Ende hatte

Olivia mehr gesprochen als Natalie. Darauf hatten sie sich schon vorher geeinigt. Natalie hatte so unbeteiligt wie möglich dagesessen, hin und wieder die Stirn gerunzelt, mit ihrer Mimik gespielt, wie sie es gerade für passend hielt, und Olivia jede Frage zunächst mit einer Gegenfrage beantworten lassen, ehe sie sich zu einem Halbsatz als Erwiderung herabließ. Mal hatten sich einfach nur ihre Härchen im Nacken aufgestellt. Mal hatte Olivia beruhigend eine Hand auf ihre legen müssen. Und mal hätte sie sich gewünscht, bei Aurach dafür zu sorgen, dass dessen Zahnbürste künftig mehr Platz im Mund hatte.

Der Chef des Staatsschutzes hatte sie zu provozieren versucht. Kaute mit ihr die Geschichte der Wächter durch und wollte wissen, was sie persönlich und dieser Alexander Kauffmann damit zu tun hatten. Dabei schien er längst jede Menge darüber zu wissen. Er schien überhaupt eine Menge zu wissen, auch über Alex und ihre Verbindung zu Pascal Bernard, dem damaligen Ermittler aus Marseille. Seine Fragen hatten sich natürlich auch viel mit Fabrice beschäftigt, mit dessen Herkunft, mit ihrer familiären Beziehung, damit, was er in Köln gemacht hatte, warum er in ihren Augen ausgewählt worden war, am Rat der Religionen mitzuwirken. Er fragte, wie es kam, dass ein Rabbiner aus Israel einen Mann vom Secret Service kannte. Auch nach Esther und ihrer Vergangenheit hatte er gefragt. Vor allem aber hatte Aurach die ganze Zeit über versucht, Fabrice in ein fragwürdiges Licht zu rücken, ihm gar unterstellt, seine Rolle als Held im Wächter-Drama zu nutzen, um jetzt als Unschuldslamm dazustehen.

Anschließend hatte er sie über ihre wohltätige Arbeit ausgefragt. Ob es sich lohne, nach Unregelmäßigkeiten in der Unterstützung der Hilfsorganisationen zu suchen. Es gebe genügend Scheinheilige, die hinter ihrer Fassade des Gutmenschen den internationalen Terror mitfinanzieren würden. Und letztlich sei die Unterstützung von Opfern religiös motivierter Gewalt doch eine gute Tarnung.

An diesem Punkt hatte Olivia eingehakt, ob Aurach noch ernsthafte Fragen stellen wolle, statt ihre Mandantin mit unverschämten Suggestivfragen zu belästigen. Wenn nicht, wäre das Gespräch umgehend beendet.

Das schien das Stichwort für Sebastian Schulze gewesen zu sein. Aurachs ungleicher Zwilling hatte ernsthaft geglaubt, sie auf ihre Zeit als Waise ansprechen zu können. Als ob das etwas mit einem geplanten Anschlag auf die Tochter des Präsidenten der USA zu tun hatte. Da war der Moment gekommen, an dem Natalie kurz aus der Spur geraten war.

»Sind Sie deshalb Polizist geworden?«, hatte sie ihn gefragt. »Weil Sie dadurch Macht über Frauen ausüben können, denen Sie nicht gewachsen sind? Ich wette, Sie haben schon lange bei keiner mehr reinhalten dürfen.«

Die eine Sekunde des Schweigens danach war die beste in den etwas mehr als zwei Stunden gewesen, die sie hatte aushalten müssen. Danach war es vorbei gewesen. Olivia hatte diesen Schwachsinn dankenswerterweise abgebrochen.

Jetzt, da sie sich im Zug auf dem Weg zu Pastor Thomas befand, versuchte Natalie das Geschehene so weit wie möglich auszublenden. Sie realisierte, dass sie wieder auf Reisen war. Zwar wanderte sie nicht von Köln nach Bacharach. Die Natur, die an ihrem Fenster vorbeiraste, verfehlte ihre Wirkung trotzdem nicht. Wie weit weg ihr Weg doch schon war, den sie über drei Wochen zurückgelegt hatte. Ihre Wanderboots standen im Hotelzimmer in einer Ecke, verschmutzt und voller mikroskopischer Beweise, wo sie über Stock und Stein marschiert war. Der große Rucksack, der ihr wie eine Schatztruhe ihrer wertvollsten Besitztümer vorgekommen war, lehnte an einer Wand und ließ müde und erschöpft die Tragegurte hängen. Ob sie irgendwann noch einmal in die Schuhe schlüpfen und den Rucksack schultern würde, um ihren Weg fortzusetzen, den sie jäh hatte unterbrechen müssen? Was würde sie unternehmen, wenn sie Köln endlich wieder verlassen konnten? Ob ihr dann überhaupt noch der Sinn nach einem neuerlichen Aufbruch stand?

Natalie blickte auf ihre Hand. Der Verlobungsring. Schlicht und golden, wäre da nicht der einzelne blutrote Rubin, der leuchtete wie glühende Kohle. Als sie aufgebrochen war, hatte sie überlegt, ihn in der Wohnung zurückzulassen. Erst hatte sie gedacht, es sei ein Reflex, weil sie ihn nicht verlieren wollte. Ihre Halskette jedoch hatte sie nicht ablegen wollen. Was war es also dann gewesen? Schließlich hatte sie den Ring dann doch an ihrem Finger behalten. Auch, weil ihre Flucht aus Paris nicht wirklich eine Flucht vor Alex gewesen war. Sie wollte vor allem zu sich selbst zurückfinden, erst dann konnte sie zu allem anderen und damit auch zu ihm zurückfinden. Zunächst musste sie verarbeiten, was passiert war. Allein. Aber den Ring zu Hause zu lassen wäre ihr wie ein Verrat vorgekommen. Nicht nur an ihm, sondern auch an sich selbst.

Natalies Blick verlor sich wieder im winterlichen Schauspiel vor dem Fenster des fahrenden Zuges. Den Menschen, die hier im Abteil saßen, schien das eisige Wetter der letzten Tage zuzusetzen. Manche hatten ihre Mäntel und Jacken anbehalten, trugen Schals und Mützen, rückten näher zusammen, unterhielten sich gedämpft, vorsichtig. Im Sommer versprühten die Leute immer einen solchen Enthusiasmus, waren laut, aufgedreht, beseelt von der Sonne, die ihnen Kraft verlieh. Doch sobald die Tage kürzer wurden, begann die Begeisterung zu schrumpfen. Die Menschen brauchten ein flackerndes Kaminfeuer, um sich nicht nur äußerlich, sondern auch im Herzen wieder zu erwärmen.

Auch die Natur schien zu frösteln. Während der Herbst mit den intensiven Farben der Bäume noch wie ein Crescendo über die Landschaften hinwegfegte, legte sich spätestens im Dezember ein Diminuendo auf die Seelen der Menschen: Alles wurde leiser, schien gemeinsam mit den Farben zu verblassen wie unter einem Schleier. Natalie hatte diesen Schleier bereits vor Wochen wie eine große Last auf ihren Schultern empfunden. Erstaunlicherweise fühlte sie, dass ausgerechnet die letzten zwei Tage dieses trübe Gefühl beiseitegewischt hatten. Wirkten die Sorge um Fabrice und die Anspannung bei ihren Nachforschungen wie der Energieschub, den im Sommer die Sonne versprach? Aber warum fühlte sie jetzt wieder diese bleierne Schwere, die sie über Monate – ach was, Jahre! – gelähmt hatte?

Natalie Villeneuve, reiß dich zusammen!

Genau dieses Gefühl hatten Volker Aurach und Sebastian Schulze ihr injizieren wollen. Sie hatten es gezielt darauf angelegt, dass sie wieder in ihre alten Muster verfiel, in ihre Ängste eintauchte, in ihre Zweifel, in die Erinnerungen, die sie nicht loswurde.

Sie richtete sich auf. Nein, sie würde diesem Gefühl nicht nachgeben. Alex, Cara Allegri, Olivia Ziffzer und sie selbst hatten ein Ziel vor Augen: Fabrice aus dem Gefängnis freizubekommen und seinen Namen reinzuwaschen. Dafür würden sie alles tun. Dafür brauchten sie einen klaren Kopf. Und dafür brauchten sie Pastor Thomas.

Und vielleicht, dachte Natalie, half es ihr ja auch selbst.

In Koblenz angekommen, sah sich Natalie auf dem Bahngleis um. Sie versuchte sich zu orientieren und folgte der Beschilderung. Das richtige Gleis für ihren Regionalexpress fand sie auch ohne Deutschkenntnisse.

Sie wollte gerade die Treppe zum Bahnsteig nehmen, von wo ihre Regionalbahn abfuhr, als sie plötzlich und wie von Geisterhand aufgehalten stehen blieb. Eine innere Unruhe stieg in ihr auf. Ein Gefühl, das sie nur zu gut kannte. Und fürchtete. Eine Sorge, die sie seit der Geschichte mit den Wächtern nicht mehr losließ.

Ihr Instinkt sagte ihr, dass jemand sie beobachtete.

20

9. Dezember, Bacharach

Natalie blieb bis zur letzten Sekunde angespannt sitzen, ehe sie aufsprang. Sie schnappte sich ihre Daunenjacke, rannte zum Ausgang des Waggons und sprang auf den Bahnsteig. Ihre Füße berührten den Boden nur Sekundenbruchteile, ehe sich hinter ihr die Tür schloss. Sie hatte die landschaftlich charmante Fahrt entlang des Rheins von Koblenz nach Bacharach nicht genießen können. Im Gegenteil. Sie war sich sicher, dass ihr jemand aus Köln hierher gefolgt war. Hatte sie ihn mit ihrem Manöver abschütteln können?

»Das war ja knapp«, sagte eine Stimme hinter ihr.

Natalie fuhr herum.

»Nicht so schreckhaft, Mademoiselle«, sagte ein älterer Mann mit weißgrauen Haaren. Er strahlte sie aus leuchtend wachen, blauen Augen an.

»Thomas!« Natalie atmete erleichtert auf.

»Erkennst du mich also doch noch?«, rief der Pastor mit seiner kräftigen Stimme, als ob er in seiner Kirche einen schläfrigen Gläubigen aufwecken wollte.

Sofort erfasste sie eine Ausgeglichenheit, die sie immer in seiner Gegenwart empfand. Sie umarmte ihn. Lange. Länger als sonst. Sie spürte, wie sich seine Arme um sie schlossen. Er konnte ihr Großvater sein mit seinen über achtzig Jahren, doch noch immer strahlte Thomas eine Energie aus, die jedem Menschen das Gefühl gab, das Beste in sich zu sehen und erreichen zu können. Widerwillig löste sie sich von ihm. Sein Blick, so voller Vertrauen und Melancholie zugleich, ruhte auf ihr.

Er strich sich mit beiden Händen durch seinen schneeweißen Bart und lächelte. »Schön, dass du hier bist, *ma fillette*!«

Sie würde für ihn immer sein kleines Mädchen bleiben. Auch wenn sie sich erst vor wenigen Jahren das erste Mal getroffen hatten. Doch ihre Familie kannte Thomas weit länger. Seit dem Krieg, seit einer Nacht im Mai 1944, als Thomas als neun Jahre alter Bub durch die kalten Gänge und Gewölbe der Kirche Saint-Pierre-le-Jeune in Strasbourg gewuselt war. Er erlebte mit, wie eine Frau, hochschwanger in den Wehen liegend, im Gotteshaus Schutz suchte. Wie sie nur wenige Stunden später Zwillinge gebar, ein Mädchen und einen Jungen. Und wie sie kurz darauf starb, weil sie zu viel Blut verloren hatte.

In dieser kurzen Zeit, in der Thomas dieses Drama beobachtet hatte, hatte er sich heimlich in die sterbende Mutter verliebt. In diese starke Frau, die auch in ihren letzten Stunden noch so viele liebe Dinge zu ihm gesagt hatte. Die einem kleinen Bub aus Strasbourg Hoffnung gespendet hatte, obwohl es für sie selbst keine mehr gegeben hatte. Sie hatte zwei Babys das Leben geschenkt und ihr eigenes wenig später verloren. Ihretwegen, wegen Natalies Großmutter, hatte Thomas sein Leben der Kirche versprochen, dem Glauben, der Hilfe von Bedürftigen. Nächstenliebe, dieses heute so geschundene Wort, war bis heute sein Leitstern.

»Du sollst nicht immer an die alten Zeiten denken«, sagte Thomas.

Sie lächelte und blickte zu Boden. Sie standen noch immer auf dem winzigen Bahnsteig.

»Und, was machen wir jetzt? Ich weiß nicht, warum ich überhaupt hier bin. Außer natürlich, um dich zu sehen«, schob sie den letzten Satz fast entschuldigend nach.

In Thomas' Beisein verlor ihre harte Hülle, die sie sich in ihrem Job zugelegt hatte, stets an Wirkung. Sie fühlte sich in seiner Gegenwart wohl, aber klein. Nicht minderwertig, eher voller Demut. Und das sollte etwas heißen. Wenn Natalie eines in ihrem Beruf nie zeigte, dann Demut. Nicht aus Überheblichkeit, sondern aus Erfahrung, andernfalls als Frau im Handwerksgewerbe nicht ernst genommen zu werden. Bei Thomas jedoch musste sie nicht stark sein.

»Ich schlage vor, wir machen einen Spaziergang. Du wirst sehen, es ist ein nettes Örtchen.«

Sie verließen den Bahnhof, überquerten an einem Übergang

die Gleise und schlenderten die wenigen Meter zum Rheinufer hinab. Hinter einer Straße lag ein kleiner Park an der Promenade. Dorthin führte sie Thomas. Die Hände in ihren Jackentaschen vergraben, stapften sie nebeneinanderher. Sie hatte Thomas noch nie in einer dieser Barbourjacken gesehen, die man eigentlich vom englischen Hochadel kannte. Aber zusammen mit der eleganten Cordhose mit Bügelfalte und aufgeschlagenem Saum wirkte es stimmig. Natalie blickte zum Himmel. Wenn sie Glück hatten, würde in wenigen Minuten die Sonne zwischen den Wolken hervorschauen.

»Schade, dass Alex nicht kommen konnte«, sagte Thomas.

»Er will sich mit einer Lobbyistin treffen, mit der Fabrice gesprochen hat.«

»Cara Allegri. Ja, Fabrice hat sie erwähnt.«

»Uns hat er gesagt, wir sollten mit ihr, mit einem Mann vom Secret Service und mit dir sprechen. Warum mit dir?«

»Weil wir in der Nacht vor seiner Verhaftung lange telefoniert haben.« Thomas führte sie an einem Kriegerdenkmal vorbei in Richtung eines Schiffsanlegers. »Wir haben über einen Mann gesprochen, dessen Name euch weiterhelfen sollte. Zumindest war Fabrice davon überzeugt.«

Statt weiterzureden, führte Thomas Natalie durch eine Unterführung in den Ortskern hinein. Sie ließen den Rhein hinter sich und spazierten auf einer engen Gasse, die von Fachwerkhäusern gesäumt war. Natalie wollte den Namen des Mannes unbedingt erfahren, aber sie blieb geduldig. Sie musste zugeben, dass Bacharach ein besonderes Dörfchen war.

»Raus mit der Sprache«, sagte sie schließlich. »Wie heißt der Typ, und wer ist er?«

»Sein Name lautet Markus Nossak.«

»Nie gehört.«

»Du bist hier ja auch in Deutschland und nicht in Frankreich. Wenn Nossak den gleichen Einfluss in Frankreich hätte wie hier, hättest du von ihm gehört. Und du würdest ihn nicht mögen. Ganz und gar nicht.«

»Wieso?«

Thomas antwortete nicht sofort. Sie hatten inzwischen eine schlanke Pfarrkirche passiert, deren Turm mit seinem spitzen Dach steil über den Dächern der Stadt emporragte. Thomas deutete auf einen Pfad, der zwischen Weinbergen hinauf zu einem Plateau führte. Ein Weg, den ab dem Frühjahr mit Sicherheit viele Touristen nahmen, um den Blick ins Tal zu genießen. »Weißt du, was da oben ist?«

»Eine Aussichtsplattform?«, wagte Natalie, einen Tipp abzugeben.

»Genau. Und willst du wissen, wie sie heißt?«

»Mach's nicht so spannend!«

»Heinrich-Heine-Blick.«

»Nach dem Autor benannt. Das ist doch schön. Aber was hat das mit diesem Markus Nossak zu tun?«

»*Doucement!* Gib einem alten Mann die Chance, eine Geschichte richtig zu erzählen«, sagte Thomas lächelnd. »Der Ausblick hieß nicht immer so. Früher hieß er Hitler-Höhe.«

Ohne ihre Reaktion abzuwarten, drehte er sich um und deutete auf eine Ruine, die unterhalb einer Burg an einem Hang lag. Die Burg, das hatte Natalie gelesen, hieß Stahleck. Von der Ruine, die wie eine Kapelle aussah, wusste sie aber nichts. Sie lag nahe am Ortskern, die Bürger hatten früher also nicht weit gehen müssen, um zu ihr zu gelangen.

»Hochgotik«, sagte Natalie nach einem prüfenden Blick.

»Sehr gut«, pflichtete Thomas ihr bei. »Das ist die Wernerkapelle. Sagt dir der Name Werner etwas in Verbindung mit der Zeit rund um das 12. und 13. Jahrhundert?«

»Du vergisst, mein Lieber, dass hier Natalie vor dir steht und nicht Alex.«

»Wohl wahr«, sagte Thomas lachend. »Alex würde uns jetzt eine Geschichte über Werner von Oberwesel erzählen. Einen Jungen, der mit sechzehn starb und hier in Bacharach am Rheinufer angeschwemmt wurde. So, und jetzt rate doch mal, wer für seinen Tod verantwortlich gemacht wurde.«

Nun wusste Natalie, worauf Thomas hinauswollte. »Die Juden. Eine dieser Ritualmordlegenden?«

»Eh oui!« Thomas blickte zu dem aus rot-weißem Sandstein errichteten Bauwerk. Durch die Spitzbogenfenster der Kapelle schimmerte das Grün des baumbehangenen Hügels, an dem die Gedenkstätte sich erhob. »Wobei ich den englischen Ausdruck passender finde.«

»Blood libels«, sagte Natalie sofort.

»Blutige Verleumdung. *Exactement!* Legenden klingen doch eher nach heroischen Taten. Mit Heldentum hat das aber herzlich wenig zu tun.«

»Erklär mir, was haben denn Werner von Oberwesel, Adolf Hitler und Markus Nossak miteinander zu tun?«

»Im Mittelalter hießen sie *blood libels*, im Dritten Reich Propaganda und heute Fake News«, sagte Thomas. »Werner von Oberwesel war nur einer der toten Jungen, die den Juden im Mittelalter und auch noch später in die Schuhe geschoben wurden. Meistens, weil es hieß, Juden würden Kinder töten, um mit deren Blut ihre Mazzot zu backen.«

»Damals waren es christliche Kinder, heute sind es palästinensische«, antwortete Natalie trocken.

»Genau. Gleicher Ansatz, andere Opfer. Du weißt sicher, dass diese Lügengeschichten zu schlimmen Verfolgungen geführt haben. Über Jahrhunderte. Immer wieder. Adolf Hitler musste sich also nur in den Geschichtsbüchern bedienen und konnte die christlichen Lügen auf seine eigene Agenda anwenden. Ein bisschen umgedichtet, schon passten sie wieder. Kindsmörder, Brunnenvergifter, Hostienschänder. Werner von Oberwesel wurde im Übrigen erst 1963 als Heiliger gestrichen. Fast siebenhundert Jahre nach seinem Tod. Nicht, dass ich als Katholik darauf stolz wäre.«

»Und Markus Nossak verbreitet diese Lügengeschichten wieder?«

»Schlimmer. Er erfindet neue.«

Sie setzten sich auf eine Bank vor der Kirche. Tatsächlich kam jetzt die Sonne heraus. Natalie reckte ihr Gesicht gen Himmel und spürte, wie ihr die Locken aus der Stirn fielen. Zwar wärmten die Strahlen der Sonne nur minimal. Aber schon dieses Gefühl allein war es wert.

»Wenn du sagst, dass er neue erfindet – was macht er damit?«

»Er verbreitet sie online.«

Thomas sprach über Nossak, als befasste er sich seit Jahren mit ihm. Tatsächlich, berichtete er ihr, war der Mann einer der Gründe, warum der Pastor in Bacharach war. Einige katholische Geistliche aus Deutschland und Frankreich trafen sich hier, um an Werner von Oberwesel zu erinnern. Nicht als Heiligen, sondern als Mahnmal, dass so etwas nie wieder geschehen durfte. Sie wollten die Diskussionen in den Medien rund um den Rat der Religionen nutzen, um auf Unrecht, Lügen und Unterdrückung auf Basis religiöser Erdichtung aufmerksam zu machen.

Dabei, fuhr Thomas fort, legten sie sich auch offen mit dem Nossak News Network an. Dessen Schreiberlinge zerrissen seit Tagen die katholischen Gläubigen in der Luft, weil sie es wagten, einen Heiligen in den Schmutz zu ziehen. Als ob das nicht schon Papst Johannes XXIII. getan hätte, der Werner einst hatte von der Liste der Heiligen streichen lassen. Doch der Konflikt mit Nossak und seinem Medium kam den Geistlichen sogar recht. Sie hatten es darauf abgesehen.

»Wir befassen uns schon länger mit Nossak und seiner Armada an rechtskonservativen, rechtspopulistischen oder einfach nur rassistischen und antisemitischen Redakteuren.«

»Warum schon länger?«

»Dazu komme ich gleich.«

»Sind seine Leute hierhergekommen?«

»Ach was, die Mühe machen die sich doch nicht mehr. Die schreiben aus den sicheren vier Wänden ihrer Redaktion. Die machen sich die Hände nicht schmutzig oder reden mit Menschen. Dann wäre es viel schwieriger, ihnen Dreck hinterherzuwerfen. Wenn sie anonym bleiben und nicht mit einem reden, gehen ihnen Beleidigungen viel leichter von der Hand. Dann müssen sie niemandem in die Augen schauen, wenn sie ihre Hetze verbreiten.«

Thomas geriet jetzt richtig in Fahrt, Natalie spürte, wie der alte Mann neben ihr all seinen Frust herausließ.

»Diese Typen sind wie die Piloten von Drohnen. Sie sitzen

irgendwo im Hinterland in den USA, steuern am Bildschirm ihre Computer, drücken auf einen Knopf, töten ein paar Menschen, machen den Rechner aus und gehen nach Hause zu ihrer Frau und ihren Kindern. Nichts mit der Realität vor Ort zu tun haben wollen, aber Scharfrichter spielen.«

»Wenn wir schon von Drohnen sprechen«, unterbrach ihn Natalie. »Wie hängt denn Nossak mit Fabrice' Verhaftung zusammen?«

»Die Frage müsste lauten, wie Nossak mit einem Anschlag zusammenhängen könnte, der gar nicht stattgefunden hat. Ich weiß nicht, ob ihr euch die Frage schon gestellt habt. Aber was, wenn Fabrice reingelegt wurde? Was, wenn Fabrice nur der jüdische Volltrottel war, der in eine Falle laufen sollte? Dann nämlich, liebe Natalie, würde sich auch die Frage stellen, ob es überhaupt einen Anschlag auf die Tochter des US-Präsidenten hätte geben sollen oder ob auch das nur ein Täuschungsmanöver war.«

Natalie brauchte eine Sekunde. Dann merkte sie, dass Thomas womöglich richtiglag mit seinem Verdacht. Sie hatten den ersten Teil seines Gedankens auch schon in ihre Überlegungen mit einbezogen. Sie hatten aber nicht zu Ende gedacht. War das möglich? Dass der Anschlag nie hatte stattfinden sollen? Sollte es nur ein jüdisches Bauernopfer geben?

»Deswegen hast du mir die Geschichte von Werner erzählt. Weil die Juden nie etwas damit zu tun hatten, sondern einfach nur die Sündenböcke waren. Es brauchte lediglich etwas, das man ihnen vorwerfen konnte.«

»Das ist aber leider nicht alles.« Thomas schien sich zwar zu freuen, dass sie ihm folgen konnte. Aber er war offenbar noch nicht am Ende, fingerte stattdessen ein Blatt Papier aus seiner Hosentasche und reichte es ihr. »Schau dir das mal an!«

Natalie faltete das Papier auseinander. Es war die Kopie eines Artikels in einem Wissenschaftsmagazin mit dem Namen »Journal of American Future«. Der Titel des Artikels lautete: »Der Weg zurück zum Faschismus«. In der Autorenzeile stand: »Markus Nossak«.

Natalie warf Thomas einen Seitenblick zu.

»Lies ihn dir in Ruhe durch. Es lohnt sich.«

Natalie begann zu lesen.

Mit jedem Wort wuchs ihr Erstaunen. Nossak beschrieb eine Welt nicht im post-faschistischen Zeitalter, sondern im Prä-Faschismus. Diktatorische Regime lagen nicht hinter der Menschheit, sondern tauchten am Horizont wieder auf. Und in den Augen des Autors war dies eine erstrebenswerte Entwicklung.

Nossak zeichnete eine politische Weltkarte, in der schon bald Parteiführer, Minister, Kanzler und Präsidenten beginnen würden, was er »Probeläufe der Entmenschlichung« nannte. Er prophezeite eine Welt, in der Politiker die Grenzen des Sagbaren verschoben, austesteten, wie weit sie gehen konnten, und beim nächsten Mal einfach noch einen draufsetzten. Sie brachten etwas in Umlauf, beobachteten, wie es in der Öffentlichkeit ankam, nahmen es wieder zurück, passten die Botschaft an und versuchten es aufs Neue.

Nossak forderte, dass nationalistische Kräfte genauso agieren müssten, um wieder zu erstarken. Die Menschen in einer existierenden Demokratie würden nicht so einfach ihre Freiheit und ihre Bürgerrechte wieder aufgeben. Sie müssten schrittweise herangeführt werden an das, was sie eigentlich gar nicht wollten, aber irgendwann glaubten zu wollen, wenn sie sich plötzlich bedroht fühlten. Nossak betonte, dass Faschismus keine Mehrheiten benötige, um sich durchzusetzen. Was er benötige, sei eine starke Basis von fünfunddreißig Prozent einer Gesellschaft, die dafür aber fanatisch hinter der Idee stünde. Wenn sich dann eine Partei die richtige Propaganda zunutze mache, sei sie kaum mehr aufzuhalten.

Natalie spürte, wie jeder Satz sie wütender machte. Sie dachte an die vielen Flüchtlinge, die im Mittelmeer ertranken, weil Politiker sie nicht retten wollten. Sie dachte an die weinenden Kinder, die von ihren Müttern getrennt wurden, um sie in unterschiedlichen Camps unterzubringen. Barbarisches Verhalten inmitten von Demokratien. Ein Gefühl der Ohnmacht wollte von ihr

Besitz ergreifen, die Angst, Menschen wie Nossak und deren Maschinerie aus Lügen und Hass ausgeliefert zu sein. Doch sie zwang sich, weiterzulesen.

Was folgte, schockierte sie. Nossak malte ein – natürlich rein hypothetisches – Szenario, wie eine eigentlich demokratische Gesellschaft mit nationalistischer Ideologie gefüllt werden könnte.

Mit einem Anschlag.

Ein Angriff auf das Herz einer Gesellschaft würde selbst vernünftige Menschen anstacheln, ähnlich wie Jagdhunde. Sie würden das Gefühl haben, bedroht zu werden, in ihrer eigenen Existenz, in ihrem Frieden. Und zwar nicht von jenen, die in Wahrheit nach der Macht strebten, sondern von Außenseitern, Randgruppen, Fremdkörpern, wie sie jede Gesellschaft habe. Entscheidend sei, dass es die richtigen Sündenböcke treffe. So, wie es früher die Juden waren und in Teilen der Welt noch immer seien.

Als Natalie am Ende des Artikels angekommen war, faltete sie das Papier bedächtig wieder zusammen. Sie reichte es Thomas, lehnte sich nach hinten und starrte in den Himmel.

»Nossak war damals Korrespondent in Washington«, hörte sie Thomas' ruhige Stimme. »Ihm wurden schon länger Verbindungen in die rechte Szene nachgesagt. Seine Tonalität sorgte bei seinem Arbeitgeber immer wieder für Ärger. Aber als er diesen Artikel geschrieben hatte, konnte die Frankfurter Allgemeine gar nicht mehr anders, als Nossak vor die Tür zu setzen. Man könnte auch meinen, er habe es provoziert.«

»Wie bist du an den Artikel herangekommen?«

»Wie gesagt, wir befassen uns schon länger mit Nossak. Ein befreundeter Theologe aus Deutschland hat sich für uns bei der FAZ umgehört und schließlich den Artikel zugespielt bekommen. Er ist nie online erschienen, was diesen Fund für uns noch wertvoller macht.«

Jetzt trug Thomas wieder diesen melancholischen Ausdruck auf seinem Gesicht. »Weißt du, Natalie, ich frage mich, ob das jemals enden wird«, sagte er betrübt.

Sie entgegnete nichts. Thomas benötigte keine Antwort.

»Markus Nossak verfolgt seit Jahren nur zwei Ziele«, fuhr Thomas fort. »Geld verdienen und die deutsche Gesellschaft spalten. Beides gelingt ihm leider ziemlich gut. Er hat mal in einem Interview gesagt, er habe überlegt, in die Politik zu gehen. Dann aber habe er gemerkt, was ihn an der Politik störe.«

Natalie zuckte mit den Achseln.

»Die Wähler.«

Thomas musste niesen, holte ein Taschentuch hervor und putzte sich geräuschvoll die Nase. Dann brachte er seinen Bart wieder in Form und nahm den Faden wieder auf.

»Also ist er im Journalismus geblieben und hat sich in Pirmasens in der Nähe der französischen Grenze ein Unternehmerparadies aufgebaut. Geringe Kosten, billige Arbeitskräfte, eine überschuldete Region mit einer willenlosen Politik. Nossak kann da unten machen, was er will. Er hat sich ein deutsches Breitbart aufgebaut. Breitbart kennst du aber, oder?«

»Ganz hinter dem Mond lebe ich nicht«, erwiderte Natalie.

Andrew Breitbart war ein konservativer Jude gewesen, der in Amerika ein Netzwerk an populistischen Medien aufgebaut hatte, mit dem er die Linken und Liberalen im Land bekämpfen wollte. Ein Herzinfarkt hatte seinem Treiben ein Ende gesetzt. Nur nicht dem seiner Medien. Seine Nachfolger hatten Breitbart anschließend zu einer internationalen News-Organisation aufgebaut und waren zur Stimme der Ultrarechten in den USA geworden. Einer der Bosse hatte es sogar, wenn auch nicht lange, zu einem der engsten Berater des US-Präsidenten gebracht.

War Markus Nossak also wirklich der Mann, dessentwegen sie hier in Bacharach auf einer Bank in der Dezembersonne saß? Natalie überlegte. Ein Mann, der vor Jahren eine Anleitung für das geschrieben hatte, was nun passierte. Ein Mann, der mit seinem News Network die perfekte Plattform geschaffen hatte, um Geschehnissen wie jenen der letzten Wochen einen möglichst radikalen Kontext zu geben. Ein Spin-Doctor, der seine Leser manipulierte und Hass säte.

»Noch mal zu deiner Theorie, dass es gar keinen Anschlag auf die First Daughter hätte geben sollen«, sagte sie. »Warum dann diesen Aufwand betreiben? Und hat Nossak damit wirklich was zu tun?«

»Ob er wirklich was damit zu tun hat oder ob dieser Artikel nur Zufall ist, weiß ich nicht. Wenn ich das wüsste, hätte ich schon längst die Polizei informiert. Ich weiß nur, dass der Name bei uns schon länger auf dem Index steht und Fabrice der Name Markus Nossak mehrfach genannt wurde, als er sich umgehört hat. Er hat gemeint, das könne kein Zufall sein. Es wäre dem Typen auf jeden Fall zuzutrauen.«

»Du meinst einen Anschlag?«

»Ich meine, dass das, was da gerade in Köln passiert, genau eine Weiterentwicklung dessen ist, was Nossak in seinem Artikel ausgeführt hat. Ein Anschlag auf eine Moschee, ausgeübt von Reichsbürgern, die Nossaks Nachrichten als das einzig Wahre konsumieren. Ein Anschlag auf die First Daughter, geplant von einem Rabbiner. Überleg mal, sie steht ja nicht nur für die westliche Welt, sie ist selbst Jüdin. Jetzt gehen schon Juden gegenseitig aufeinander los? Das ist für Nossak ein gefundenes Fressen.«

Natalie dachte an den Artikel, den Alex am Morgen gefunden und Olivia per SMS geschickt hatte. Jetzt fiel ihr erst wieder ein, dass auch dieser bei NNN erschienen war.

»Bedenke«, fuhr Thomas fort, »Nossak will die Gesellschaft spalten. Ein Rat der Religionen kann nicht in seinem Sinne sein. Der würde genau das Gegenteil bewirken. Zumal Nossak einer dieser Antichristen ist.«

»Antichristen?«

»Er gehört angeblich der Christian-Identity-Bewegung an. Eine dieser rassistischen und antisemitischen Sekten, die den Holocaust leugnen und glauben, dass die Juden vom Teufel persönlich abstammen.«

»Oh, das ist mal was Neues. Wie das?«

»Es ist wenig appetitlich. Eva soll im Paradies ein sexuelles Verhältnis mit der Schlange eingegangen sein.«

Natalie lachte bitter auf. »Ernsthaft? Der Teufel in Schlangengestalt. Wer denkt sich bitte so etwas aus?«

»Kranke Menschen«, erwiderte Thomas tonlos.

Natalie sah, dass die Geschichte um Nossak und die Folgen für Fabrice auch ihm naheging.

»Wir holen Fabrice da raus«, sagte sie leise. »Und wenn Markus Nossak damit etwas zu tun haben sollte, wird er dafür büßen.«

Sie hatte zwar keine Ahnung, wie sie das anstellen sollten, aber ihre Worte taten Thomas sichtlich gut.

Als ihr alter Freund, der zum festen Teil ihrer Familie geworden war, sie schließlich zum Bahnhof zurückbegleitete, griff er nach ihrer Hand.

»Alex braucht dich, Natalie«, sagte er. »Und du brauchst ihn.«

Natalie blieb verwirrt stehen. Sie hatten kein Wort über ihre Beziehung zu Alex gesprochen. Thomas wusste auch nicht, dass Natalie noch vor wenigen Tagen wandernd durch Frankreich gezogen war. Oder doch?

Sie blickte ihm in seine blauen Augen.

»Ihr werdet das nur gemeinsam schaffen. Und es wird euch wieder näher zueinanderbringen. Sehr viel näher, als du es dir jetzt vorstellen kannst.«

Noch im Zug zurück nach Köln fragte sich Natalie, ob Thomas mit »es« den Kampf um Fabrice gemeint hatte.

Oder viel mehr.

21

9. Dezember, Pirmasens

Eine Sekunde lang ruhte seine Hand auf dem Telefonhörer. Markus Nossak starrte auf den Apparat. Langsam lehnte er sich in seinem Ledersessel zurück. Seine Hand glitt vom Hörer über die Glasfläche seines Schreibtisches. Er ließ seinen Blick durch das Arbeitszimmer wandern. Nossak mochte die nüchterne Strenge der Betonwände. Manch einer fand sie uninspiriert, farblos und trist. Für ihn repräsentierten sie eine unverrückbare Stärke, die keine Nuancen brauchte, um ihren unzweideutigen Charakter zu demonstrieren.

Ruhig breitete er seine Handflächen aus und ließ sie auf der Glasplatte ruhen. Eine angenehme Kühle durchdrang seine Haut und strömte in seinen Körper. Nossak schloss die Augen und atmete tief ins Zwerchfell. Dies war seine Kommandozentrale. Von hier aus hatte er alles im Griff. Hier konnte ihm nichts entgleiten.

War es ein Rückschlag, dass Natalie Villeneuve von diesem Thomas seinen Namen erfahren hatte? Er fuhr sich über sein glatt rasiertes Kinn. Dann tat er etwas, das er sich nur höchst selten gestattete: Er löste den doppelten Windsor seiner seidenen Krawatte, öffnete den obersten Knopf seines Hemdes und zog langsam am breiten Ende des Schlipses. Zentimeter für Zentimeter glitt der weiche Stoff durch den gestärkten Hemdkragen. Er spürte, wie sich eine Gänsehaut auf seinem ganzen Körper breitmachte. Ein Gefühl der Erleichterung und Befreiung stellte sich ein.

Es konnte sich zu einem Problem entwickeln. Durchaus. Glücklicherweise hatte er rechtzeitig erfahren, wo Natalie Villeneuve hinreisen würde. Ein Team hatte vor Ort auf die Französin gewartet und war ihr und dem alten Mann durch Bacharach gefolgt. Seine Leute hatten die Unterhaltung problemlos erfassen und aufnehmen können. Das gesamte Gespräch befand sich nun als Audiodatei auf dem Hochsicherheitsserver der IHS Group. Nossak würde es sich später noch einmal zu Hause anhören.

Er sah auf, als eine rote Lampe am zweiten Telefon auf seinem Schreibtisch zu blinken begann. Nossak ergriff den Hörer, sagte aber nichts. Erst als die Person am anderen Ende geendet hatte, gab er eine knappe Antwort: »Wir fahren fort wie geplant. Die Agenten sind in Position und haben ihre Instruktionen erhalten.«

»Einer unserer Zulieferer hat gemeldet, dass sich eine gewisse Cara Allegri nach seinen Aktivitäten erkundigt hat«, sagte der Anrufer.

»Welcher Zulieferer?«, fragte Nossak.

Die Antwort, die man ihm gab, gefiel ihm nicht. Jetzt war er alarmiert. Diese Cara Allegri war ihm schon zu lange ein Dorn im Auge.

»Vielleicht können wir diese Information zu unserem Vorteil nutzen«, erwiderte er. »Ich werde alles Nötige veranlassen.«

Nach dem Telefonat sinnierte Nossak über die Neuigkeit. Cara Allegri, Alexander Kauffmann, Natalie Villeneuve und Fabrice Mannarino. Manchmal weitete sich das tragische Schicksal eines Einzelnen auf seine Mitmenschen aus. So war das eben mit dem Schicksal.

22

9. Dezember, Köln

Familie. Für Alex ein Wort, das gemischte Gefühle in ihm hervorbrachte. Wenn es überhaupt Gefühle waren. Seine Eltern gaben ihm bis heute den Rat, die Welt stets aus der Perspektive zu betrachten, die ihm am nächsten lag: mit einer Prise Logik, einem Schuss Verstand, einer Portion Skepsis und in seltenen Fällen auch mal mit dem Löffelchen voll Zucker, mit dem Mary Poppins üblicherweise die bittere Medizin versüßte. Die Realität schmeckte eben viel zu oft viel zu bitter.

Erst Natalie, Régis, Suzanne, Fabrice und Esther hatten in Alex ein anderes Gefühl für Familie entstehen lassen. Ein echtes Gefühl. Ein Empfinden großer Dankbarkeit für die Nähe, die er inzwischen nicht nur verspüren, sondern auch zulassen konnte. Er mochte sie selbst zwar noch immer nicht gut ausdrücken können. Aber da sich Natalie nun in Bacharach mit Thomas traf, war es für ihn selbstverständlich, erst mit Esther spazieren zu gehen und anschließend Suzanne anzurufen.

Ein Telefonat, das ihm nicht leichtfiel. Natürlich weigerte sich Suzanne, ihre Wohnung zu verlassen. Sollten sie nur kommen, die Reporter! Natalies Mutter machte sich große Sorgen. Nie aber hätte sie ihre eigenen Sorgen über die ihrer Familie gestellt. Suzanne würde zu Hause warten. So lange, bis Alex mit Natalie, Esther und Fabrice zurückkam. Bis das Drama beendet war.

Aber war es wirklich ein Drama? Alex empfand es mehr als ein abgekartetes Spiel. Das Problem war: Ihm fehlten die Beweise. Er kehrte ins Excelsior zurück, um mit Cara Allegri darüber zu sprechen. Sie hatten sich an diesem Tag noch nicht gesehen oder gehört. Er hoffte, sie in einem der Besprechungsräume zu finden.

Schon in der Lobby wurde er fündig.

Der Saal, der sich vor ihm auftat, öffnete sich in Richtung Decke in einer Galerie. Hinter der Brüstung gaben Sitzecken den Gästen die Chance zu beobachten, was unter ihnen vor sich ging. Umgekehrt konnte jeder Gast dem Treiben auf der Galerie zusehen.

Dort stand Cara Allegri und redete auf einen Mann ein. Er war etwas kleiner als die Lobbyistin, ließ sich von der Tirade, die auf ihn einprasselte, aber nicht aus der Ruhe bringen. Seine Hände hielt er gefaltet vor sich, sein Gesichtsausdruck verriet eine Mischung aus mildem Amüsement und selbstgefälliger Zufriedenheit. Dazu passte seine staatstragende Art, aalglatt, gewohnt, beschimpft zu werden, und ebenso gewohnt, zu bekommen, was er wollte. Den teuren Anzug trug er weniger als Statussymbol denn als Selbstverständlichkeit. Die ergrauten Haare verliehen ihm Seniorität, obwohl er nicht älter als Mitte fünfzig sein konnte.

Und dann war da noch ein Anstecker, den Alex erst erkannte, als er auf die Galerie trat.

Ein X.

Alex hatte diese Art Anstecker schon einmal gesehen. Das Symbol war nicht sehr geläufig, aber einige Anhänger einer Priesterbruderschaft trugen es anstelle des offiziellen Wappens mit den beiden Herzen unterhalb der Krone und des Kreuzes. So auch dieser Herr, was ihn in Alex' Augen augenblicklich unsympathisch machte. Anhänger der »Fraternitas Sacerdotalis Sancti Pii X.« gehörten gewiss nicht zu den Menschen, mit denen Alex sich über Religion austauschen wollte.

Oder über irgendetwas anderes.

Als Cara ihn sah, brach sie das Gespräch abrupt ab. Nicht einmal einen Handschlag war ihr der Mann wert. Sie ließ ihn einfach stehen. Alex registrierte, dass der Mann anders reagierte als erwartet. Viele Menschen, insbesondere stolze Männer, die es nicht gewohnt waren, von einer Frau derart abgebügelt zu werden, hätten unsicher reagiert. Sie hätten versucht, die Szene zu überspielen. Hätten sich beobachtet gefühlt und die Abfuhr durch hilflose Gesten, die mehr sich selbst gegolten hätten, als Missverständnis abgetan. Sie wären einem natürlichen Reflex gefolgt, um ihre Würde zu bewahren. Dieser Mann hingegen ging einfach davon. Ohne einen Anflug an Unsicherheit. Ohne einen Anflug an Scham. Aufrecht und ohne einen Blick zurück zu Cara Allegri.

»Was für ein unangenehmer Zeitgenosse!«, stöhnte Cara. »Kennst du ihn?«

Alex verneinte.

»Darf ich vorstellen? Der künftige deutsche Innenminister, Leopold Roth. Es gibt wenige Menschen, die mich an den Rand des Wahnsinns bringen. Er steht ganz oben auf der Liste.«

»Weil er ein Piusbruder ist?«

»Gut beobachtet!« Cara hob die Augenbrauen. »Fabrice hat das X nicht zuordnen können, als sie sich über den Weg gelaufen sind.«

»Meine Eltern kommen aus Fribourg. Unser Bischof François Charrière war es, der die Statuten der Piusbrüder genehmigt hat. Die Bruderschaft wurde in Fribourg kanonisch errichtet.«

»Die Schweizer waren schon immer neutral, selbst dem radikalsten Dreck gegenüber.«

»Und wählen heute selbst rechtskonservativ. Aber was die Piusbrüder angeht, in Frankreich mischen sie auch ganz offen mit dank ihres Faibles für den Front National.«

»So schließt sich der Kreis, wie?« Cara blickte nachdenklich aus einem der halbkreisförmigen Fenster der Galerie. »Hier in Köln kommen sie alle zusammen. Die Reformer genauso wie die Hardliner. Sogar die, die eigentlich die anderen Religionen als Feinde ansehen. Glaubst du, der Friedensvertrag kann halten?«

Alex überlegte einen Moment. »Kommt ganz darauf an, wie viel Einfluss Männer wie dieser Roth wirklich haben.«

Er dachte an die Glaubensbekenntnisse, die echte Mitglieder der Piusbruderschaft ablegten. Alles fing damit an, dass sie das Zweite Vatikanische Konzil nicht anerkannten. Sie widersetzten sich explizit einer Erklärung namens »Nostra aetate«. Die römisch-katholische Kirche hatte 1965 ihr Verhältnis zu nicht christlichen Religionen neu definiert, insbesondere zum Judentum. Der Vatikan nahm den Gottesmordvorwurf zurück und erkannte seitdem das jüdische Volk als eine von Gott gestiftete Religion an.

Diese Erklärung, wusste Alex, war einer Revolution gleichgekommen. Denn sie entzog bis heute vielen Antisemiten ihre Grundlage. Sie befreite die Juden von ihrer angeblichen Kollektivschuld an der Kreuzigung Jesu. Das Zweite Vatikanische Konzil hatte einen zweitausend Jahre alten Vorwurf zu den Akten gelegt. Ein Stereotyp, das zu unzähligen Verfolgungen geführt hatte.

Wenn es da nicht Männer wie den französischen Erzbischof Marcel Lefebvre gegeben hätte, die diesen Beschluss für absurd hielten. Sie wollten sich nicht verbieten lassen, Juden weiter aus tiefstem Herzen zu hassen. Also gründeten sie die Priesterbruderschaft Pius X.

Alex verwunderte, dass ein Mann wie Leopold Roth seine Nähe zur FSSPX mehr oder weniger offen zur Schau tragen durfte. Eigentlich glich dies einem Affront allen anderen Religionen gegenüber. Trotzdem konnte Cara recht haben. Vielleicht schloss sich darin der Kreis. Vielleicht waren sie wirklich an diesem Wendepunkt in der Geschichte angekommen. Vielleicht veränderte sich hier in Köln durch den Friedensvertrag alles. Vielleicht nahm der Rat der Religionen Menschen wie Leopold Roth den Wind aus ihren Segeln.

Oder aber, stieg in Alex ein ungutes Gefühl auf, genau das Gegenteil trat ein. Indem die Angst vor Terrorismus geschürt wurde und die Verräter und Menschenverächter siegten.

»Er gehört jedenfalls zu den mächtigsten Männern, die hier seit Tagen rumlaufen«, hörte Alex Cara sagen.

»Wie bitte?« Er hatte den Faden verloren.

»Leopold Roth. Er ist der Staranwalt der katholischen Fraktion. Beim Erzbistum eigentlich ein rotes Tuch, aber politisch zu schwergewichtig, als dass sie es sich leisten könnten, ihn aus dem Spiel zu lassen. Er ist der Mann, um den sich hier alles dreht. Jeder weiß, dass er bald in Berlin-Mitte auf einem Thron sitzen und mit einer Stahlbürste sein Land reinigen wird. Von was auch immer. Leider nicht von sich selbst. Trotzdem will sich jeder hier lieber gut mit ihm stellen, wie's scheint.«

»Du offenbar nicht. Du magst es wohl, dich mit Männern

anzulegen.« Er erzählte ihr von dem Bild, das er im Internet gefunden hatte.

»Oh Gott, Stephan Wolf, ja!« Cara lachte. »Wenn ich wählen müsste, wüsste ich nicht, wer mir unsympathischer ist. Dabei legt Leopold Roth die Latte wirklich hoch. Aber bei ihm weiß ich wenigstens, wo ich dran bin. Bei Wolf habe ich einfach nur das Gefühl, dass jedes Wort, das seinen Mund verlässt, gelogen ist. Roth trägt seine Gesinnung wenigstens offen am Revers.«

»Ich meine, gelesen zu haben, dass Wolf hier viel Geld in die Veranstaltung pumpt.«

»Siehst du, und ich habe gelernt, genau dann besonders hinzuschauen, wenn jemand viel Geld ausgibt, ohne etwas dafür einzufordern.«

»Was macht ihn denn so suspekt?«

»Das ist ja das Problem. Eigentlich nichts. Ein Junge aus Oklahoma City, reiche Familie, deutsche Wurzeln, MIT-Absolvent. Vielleicht liegt es einfach daran, dass für mich Computernerds schwer greifbar sind.«

Sie schien sich mit diesen Worten an etwas anderes erinnert zu haben. Sie hielt in der Bewegung inne, holte ihr Handy hervor und wischte über den Bildschirm.

»Hier! Das wollte ich dir eigentlich zeigen.«

Sie reichte ihm das Telefon. Alex sah eine E-Mail vor sich, die in einem seltsamen Design dargestellt wurde.

Cara schien seine Verwunderung zu spüren.

»Willkommen im Darknet!«

Alex hielt kurz inne. Er war noch nie in diese dunkle, oftmals illegale Seite des Internets abgetaucht. Dafür war er als Geschichtsprofessor viel zu weit weg von dieser Technologie. Abgesehen davon, dass er weder einen großen Drang verspürte, Drogen oder Waffen zu erwerben, noch, einen Auftragskiller zu suchen. Auch wenn seine Studenten an der Paris 1 ihn manchmal dazu trieben, über alle drei Optionen nachzudenken.

Er begann die E-Mail zu lesen. Sie war kurz, prägnant und unmissverständlich. Hier bestätigte jemand in ein paar Zeilen, dass beim Anschlag auf die Kölner Zentralmoschee gestohlener

Sprengstoff aus Beständen des US-Militärs verwendet worden war. Und dass die Reichsbürger damit prahlten, nicht nur eine gehörige Menge Sprengstoff von den Yanks abgezweigt zu haben, sondern auch noch andere Dinge.

Alex musste die Information erst einmal sacken lassen. Sprengstoff aus amerikanischen Beständen? Woher wollte dieser Knilch aus den anonymen Tiefen des Web das wissen?

»Mein Kontaktmann in der Waffenindustrie«, erklärte Cara, als habe sie die Frage von seiner Stirn abgelesen. »Er ist zuverlässig. Und bevor du fragst: Keine Ahnung, wer er ist. Wir stehen schon länger in Kontakt. Bislang lag er immer richtig.«

»Aber was soll das heißen? Und was bringt es uns, wenn wir wissen, woher der Sprengstoff kam?«

»Sieh es als ein weiteres Teil des Ganzen, Alex! Wir sind uns doch beide einig, dass die Geschichte um Fabrice irgendwie mit diesem Anschlag auf die Moschee zusammenhängt. Jetzt müssen wir herausfinden, was das verbindende Element ist.«

Ein Anschlag auf die Kölner Zentralmoschee, ausgeübt von einem Reichsbürger, der Sprengstoff des US-Militärs verwendet hatte. Ein Helfer, der unbekannt entkommen war. Eine Warnung für einen weiteren Anschlag, diesmal auf dem Petersberg. Ein verhafteter Rabbiner, dem vorgeworfen wird, als Teil einer jüdischen Terrororganisation einen Anschlag auf die Tochter des amerikanischen Präsidenten geplant zu haben. Eine Drohne, an der die Fingerabdrücke des Rabbiners gefunden wurden, obwohl dieser sie gar nicht angefasst hatte. Ein Mann, dem Fabrice ins Treppenhaus gefolgt war, weil er ihm verdächtig vorgekommen war. Eine First Daughter, die eigentlich gar nicht –

Plötzlich kam Alex ein Gedanke. Unterlief ihnen hier ein gewaltiger Denkfehler, weil sie Verbindungen sehen wollten, wo es keine gab? Der Anschlag auf die First Daughter konnte nicht von langer Hand geplant gewesen sein. Wenn es wirklich einen solchen hätte geben sollen – und da war sich Alex längst nicht sicher –, dann wäre es ein Gelegenheitsanschlag gewesen. Etwas, für das nicht viel Zeit zur Vorbereitung gewesen wäre. Denn ohne den Anschlag auf die Moschee hätte es keinen Rat der

Religionen und damit keine First Daughter auf dem Petersberg gegeben. Wenn sie ernsthaft einen Zusammenhang dazwischen suchen wollten, mussten sie unausweichlich von der Prämisse ausgehen, dass erst jemand den Anschlag auf das muslimische Gotteshaus bewusst herbeigeführt hatte, um anschließend die Plattform eines Friedensvertrags für einen weiteren Anschlag zu nutzen. Doch selbst dann wäre die Chance gen null gegangen, dass die First Daughter sich die Ehre gab. Also eine wahnwitzige Prämisse, die jeder Wahrscheinlichkeit widersprach.

Nein, dachte Alex, sie suchten hier nach einer Verbindung, die nicht existierte. Eine Verbindung konnte nur insoweit existieren, als die Reichsbürger die Veranstaltung auf dem Petersberg zu einer weiteren Demonstration ihrer neuen Feuerkraft nutzen wollten.

»Kannst du deinen Kumpel im Darknet fragen, ob die Drohne, die bei Fabrice gefunden wurde, auch aus US-Bestand stammt? Wenn ja, hätten wir einen ersten echten Zusammenhang.«

Cara verstand sofort, worauf Alex hinauswollte. »Weil es bedeuten würde, dass es einen professionellen Lieferanten für beide Anschläge geben muss. Der Sprengstoff allein hätte von einem Laster fallen können. Eine Drohne dagegen ist ein ganz anderes Kaliber. Dann würden wir von Waffendeals in großem Stil sprechen.«

»Was zu der Aussage deines Freundes passen würde. Er meinte ja, die Reichsbürger hätten nicht nur mit Sprengstoff aufgerüstet.«

»Ein ziemlich gruseliges Szenario«, schloss Cara und begann augenblicklich mit einer Nachricht an ihren Kontaktmann.

Dabei fiel Alex wieder etwas ein. Er griff in seine Umhängetasche und holte das Foto hervor, das Olivia ihnen gegeben hatte. Es zeigte den Mann, dem Fabrice im Hotel auf dem Petersberg gefolgt war. Als Cara fertig getippt hatte, blickte sie auf und griff sofort nach dem Foto.

»Das ist er.« Sie starrte den Mann auf dem Bild an. »Der Typ, dem Fabrice im Hotel ins Treppenhaus gefolgt ist.«

»Das weiß die Polizei inzwischen auch. Von denen habe ich

das Foto. Nur hat das noch nicht geholfen, um Fabrice zu entlasten. Sie glauben, der Mann könnte auch ein Komplize sein.«

Cara atmete hörbar aus. »Die lassen mit ihrer Theorie des jüdischen Terrorismus wohl nicht locker, was?« Sie sah so genervt aus, wie er sich fühlte.

Alex fragte sich, was sie übersahen. Ihn beschlich das Gefühl, dass zu viele einzelne Elemente der Geschichte vor ihnen lagen und sie deshalb das große Ganze nicht durchdringen konnten. Wann immer ihn dieses Gefühl überkam, dass zu viele Bäume den Blick auf den Wald verstellten, trat er vorübergehend den Rückzug an. Er musste dann allein sein und seine Gedanken ordnen, erstellte eine Art Kartografie mit allen Informationen, die er besaß. Damit hatte er am Morgen im Café begonnen. Nun rief er sich die Verstrebungen, die ihm bisher aufgefallen waren, vor seinem inneren Auge auf. Was ließen sie außer Acht? War der Waffendealer der Schlüssel? Oder gab es irgendeine unsichtbare Kraft, die alles steuerte?

Alex fragte sich, was Natalie herausgefunden hatte. Hatte sie von Thomas etwas in Erfahrung bringen können, das ihnen weiterhalf? Kurzerhand zog er sein Telefon hervor und schrieb seiner Verlobten eine Nachricht.

Die Antwort kam prompt. Natalie saß im Zug zurück nach Köln. Und sie hatte einen Namen erfahren.

Alex wandte sich an Cara. »Wer ist Markus Nossak?«

Ein Schatten huschte über Caras Gesicht. Nur kurz, nur für einen Augenblick. Dann war sie wieder ganz bei ihm.

»Nossak? Woher hast du denn jetzt diesen Namen?«

»Von Natalie. Die Details will sie uns verraten, wenn sie wieder da ist. In etwas mehr als einer Stunde. Du kennst ihn?«

»Wenn du heute alle Männer aufzählen willst, mit denen ich auf Kriegsfuß stehe, wird das noch ein langer Tag«, meinte Cara ohne den Anflug eines Lächelns. »Er gehört zu der Sorte Mensch, die einem das Leben heute extrem schwer machen können.«

»Inwiefern?«

»Er ist das, was man einen Medienmogul nennt. Ihm gehört

ein riesiges Nachrichtennetzwerk. Hast du schon mal von NNN gehört?«

NNN. Natürlich. Alex' Verstand brachte den Namen sofort mit dem in Verbindung, was er am Morgen gelesen hatte. Bei NNN war der beleidigende Artikel über Cara erschienen.

»›Der Teufel trägt Prada‹!«

Caras Miene verfinsterte sich erneut. »Oh, vielen Dank, sehr liebenswürdig«, blaffte sie. Doch schon im nächsten Moment entspannte sich ihre Miene wieder. »Entschuldige bitte, du kannst ja nichts dafür. Genau dieses unglaublich neutrale, sachliche und glaubwürdige Portal ist sein Werk. Markus Nossak hat Triple-N gegründet.«

Alex holte sein Tablet hervor, öffnete den Browser und gab Nossaks Namen in die Suchfunktion ein.

»Nossak ist bei den 8chan-Jungs und Gruppierungen wie den Reichsbürgern ein Held«, fuhr Cara derweil fort. »Sie sagen, er habe die Political Correctness endlich ins Jenseits verbannt.«

»Du meinst, er hat dafür gesorgt, dass Hetze wieder salonfähig geworden ist?«

Alex öffnete die Website des Nachrichtenportals. Im linken oberen Eck prangte das Logo des Nossak News Network. Ein Kubus, in dem sich drei stilisierte N drehten. Darunter stand in großen Lettern die erste Überschrift.

Als Alex sie las, verschlug es ihm den Atem.

»Cara, das musst du dir anschauen!«

Gebannt starrten sie auf den Bildschirm des Tablets. Im nächsten Moment schnappte auch Cara nach Luft.

23

9. Dezember, Köln

Der Mann blickte übertrieben ernst in die Kamera. Ein Nachrichtensprecher, der unter allen Umständen dramatisch wirken wollte. Wenn er mit seiner Stimme schon niemanden beeindrucken konnte, dann doch wenigstens mit seiner Mimik. Die Gesichtsakrobatik dieses Typen glich seinem Outfit. Alex überkam unwillkürlich das Gefühl, dass sich da jemand mit aller Macht von diesen »Apparatschiks« abgrenzen wollte, von diesem fremdgesteuerten Staatsfernsehen einer Mediokratie – und damit auch von schlichter, seriöser Berichterstattung.

Cara und Alex standen noch immer auf der Galerie oberhalb der Hotellobby. Sie hingen über seinem Tablet und sahen gespannt auf den Bildschirm. Der Sprecher moderierte gerade den Beitrag an, den Alex entdeckt hatte.

»Wie NNN exklusiv berichten kann, existiert bislang unbekanntes Videomaterial zum Anschlag auf die Zentralmoschee in Köln. Die Aufzeichnungen, die Sie jetzt sehen werden, stammen aus einer privaten Überwachungskamera. Sie zeigen den Mithelfer des Anschlags, den die Polizei bislang vergeblich sucht. NNN kann nun Licht ins Dunkel bringen. Denn die Aufnahmen zeigen deutlich das Gesicht des Mittäters.«

Alex vermisste das Wort »mutmaßlich«. Doch mit Spitzfindigkeiten wie Unschuldsvermutung schlugen sich Reporter wie dieser schnoddrige Sprecher wohl kaum herum. Hauptsache, das Wort »exklusiv« tauchte in dem Beitrag auf, damit allen klar war, dass nur und ausschließlich NNN über diese sensationelle Neuigkeit verfügte.

Dann erschien die Videosequenz.

Die Kamera war auf die Straße gerichtet, die an der Moschee vorbeiführte. Zu hören war lediglich ein leises Rauschen von entfernt vorbeifahrenden Autos.

»Das ist die Venloer Straße«, sagte Cara sofort. Sie deutete auf eine Treppe, die zum Eingangsbereich der Moschee führte.

Die Bildqualität war überraschend gut. Dabei musste es vom ersten Eindruck her eine nebelige Nacht gewesen sein. Dennoch lieferte die Kamera gestochen scharfe Bilder, als zwei Gestalten von links ins Bild liefen. Aus den Silhouetten schloss Alex, dass es zwei Männer waren. Einer der beiden werkelte an einem Schutzzaun vor der Treppe herum. Sekunden später stiegen beide hindurch. Der Zweite trug einen Rucksack und zwei kleine Taschen, die ihn in seinen Bewegungen behinderten. Cara und Alex konnten beobachten, wie der Mann zunächst zu einem der Minarette ging und dort eines der beiden kleineren Bündel deponierte. Anschließend eilten beide Gestalten die Treppe hinauf. Kurz verschwand der zweite Mann aus dem Bild, erschien anschließend wieder, aber ohne den zweiten Beutel. Nun trug er nur noch den Rucksack.

Was dann geschah, war auf den Bildern nur schemenhaft zu erkennen. Die beiden Männer standen am Eingang der Moschee, das Portal stand bereits offen. Sie schienen zu diskutieren. Zuerst zog der Mann mit dem Rucksack etwas aus seiner Jacke hervor und hielt es dem zweiten Typen entgegen. Dieser reagierte sofort, indem er seinerseits etwas hervorholte.

»Sie haben sich gegenseitig bedroht?«

Alex kniff die Augen zusammen, als ob das helfen konnte, den Nebel im Video wegzublinzeln.

Die Szene lief ungeschnitten weiter. Der Rucksackträger gab offenbar nach und betrat die Moschee, während sein fragwürdiger Helfer die Tür hinter ihm schloss und eilig über die Treppe wieder auf die Straße trat. Zu Alex' Erstaunen blieb der Mann aber stehen, sobald er hinter einer Mauer Schutz gesucht hatte.

An dieser Stelle schnitt die NNN-Redaktion zurück auf den Nachrichtensprecher. Dieser holte demonstrativ Luft, drückte die Schultern durch und sprach weiter.

»Von diesem Moment an vergehen mehrere Minuten, in denen sich die Situation an der Zentralmoschee nicht verändert. Wir springen daher in der Zeitleiste weiter, versichern Ihnen aber, dass NNN selbstverständlich über das vollständige Bildmaterial verfügt. Wir werden Ihnen keinen relevanten Augenblick dieser dramatischen Ereignisse vorenthalten. Wir müssen Sie allerdings an dieser Stelle warnen, dass es sich beim Folgenden um verstörende Bilder handelt.«

Wieder kam die Venloer Straße ins Bild. Noch immer kauerte der zweite Mann hinter einer Mauer. Jetzt aber sah er auf die Uhr. Kurz darauf zog er etwas aus seiner Jackentasche, besah es sich und hielt es sich dann ans Ohr.

Ein Handy, dachte Alex.

Dann dachte er nichts mehr.

Ein greller Blitz leuchtete auf, gefolgt von einem ohrenbetäubenden Knall, der die Lautsprecher im Tablet ächzen ließ. An dieser Stelle endete die Übertragung der Überwachungskamera.

Sie hatten gerade mitverfolgt, wie die Moschee zu Staub zerfallen war.

Weder Cara noch Alex sagten ein Wort.

Dafür kam der Sprecher wieder ins Bild. War da ein Lächeln um seine Mundwinkel herum zu erkennen? Er schien diesen Augenblick zu genießen.

»Diese erschütternden Bilder beweisen die Verwicklung eines zweiten Mannes in den Anschlag. Dies hat die Polizei bereits bestätigt. NNN ist es nun aber möglich, mit Hilfe der Überwachungsbilder das Aussehen des zweiten Täters zu veröffentlichen. Mittels modernster Computertechnik haben unsere Videoexperten das Material untersucht und auf Basis mehrerer Sequenzen das Gesicht des Helfers herausfiltern können. Was wir Ihnen nun zeigen können, ist das Resultat dieser Arbeit. Demnach war dieser Mann an der abscheulichen Tat in Köln vor zwei Wochen direkt beteiligt.«

Wieder verschwand der Sprecher vom Bildschirm. Als im nächsten Augenblick das angekündigte Foto erschien, gefror Alex das Blut in den Adern.

Da war es, das Puzzlestück, das ihnen bislang gefehlt hatte.

Alex griff nach dem Foto des Mannes aus dem Grandhotel. Der angebliche Hotelangestellte, dem Fabrice gefolgt war. Er hielt es neben das Tablet. Es bestand kein Zweifel. Der Mann von der Moschee in Köln und der Mann aus dem Grandhotel auf dem Petersberg waren ein und dieselbe Person.

Er zögerte keinen Augenblick, nahm sein Handy und wählte die Nummer von Olivia Ziffzer. Beim zweiten Klingeln nahm sie das Gespräch an.

»Ich sitze gerade mit Volker Aurach zusammen«, sagte Olivia ohne eine Begrüßung.

»Ihr müsst euch etwas ansehen«, sagte Alex. »Cara und ich –«

»Wir haben das Video auch gerade gesehen«, unterbrach ihn die Anwältin.

Aus dem Hintergrund hörte er Aurach brummen: »Was glaubt der? Dass wir blöd sind?«

Blöd war das falsche Adjektiv, dachte Alex. Stattdessen sagte er: »Dann sag Aurach, er soll Fabrice endlich gehen lassen und nach den richtigen Leuten suchen!« Es passierte selten, dass Alex seine Stimme erhob. Aber so langsam platzte ihm bei Aurach und dessen Kollegen der Kragen.

»Ich bin dabei, Alex«, antwortete Olivia ruhig.

24

9. Dezember, Köln

Diese *moelleux au chocolat*! Wenn er ihre weiche Kruste durchstach und die flüssige Schokolade aus dem Kern hervortrat. Wenn der Duft von Kakao ihm in die Nase stieg, dann wähnte er sich in den Gassen seiner Heimat.

Nur dass Kemal jetzt in Köln in seiner kleinen Wohnung an einem abgeranzten Tisch saß und nicht in seinem einstigen Lieblingscafé. Das gab es nicht mehr. Genauso wenig wie die Straßenzüge, in denen die Einheimischen und die Touristen, die es auch nicht mehr gab, sich in den Lokalen und Geschäften getummelt hatten.

In Aleppo war heute nichts mehr so, wie es noch vor einigen Jahren gewesen war.

In einem anderen Syrien.

In einer anderen Zeit.

In einem anderen Leben.

Der Löffel wollte seinen Mund kaum verlassen, so sehr haftete die Schokolade zwischen Gaumen und Metall. Kemal genoss dieses Gefühl, kostete es aus, schloss die Augen. Seine kleine Wohnung im Uni-Center im Kölner Stadtteil Sülz bot keinen Luxus. Das Hochhaus bestand aus fast eintausend Wohneinheiten. Anonymität war hier genauso sichergestellt wie die buchstäbliche Anspruchslosigkeit. Das galt auch für Kemals Wohnung, die man ihm in Köln besorgt hatte.

Doch der Ort seines kleinen Glücks war die Küchenzeile. Ein Herd, ein Backofen, ein Kühlschrank, dazu scharfe Messer und ein Schneideblock. Mehr brauchte er nicht für die würzigen Gerichte seiner Heimat und die sündhaften Desserts Frankreichs. Nun ruhten zwei Schokoladenküchlein auf einem Teller im geöffneten Backofen und warteten auf ihr unvermeidliches Schicksal. Das dritte, eigentlich das erste, musste schon dran glauben. Es war noch heiß, eigentlich zu heiß. Der flüssige Kern dampfte noch, als Kemal seinen Löffel mit dem nächsten Bissen zum Mund führte. Doch es machte ihm nichts aus. Das Gefühl war vollkommen. Für diese *moelleux au chocolat* war er bereit zu sterben.

Aber musste er das nicht ohnehin bald? Was spielte es da noch für eine Rolle, wenn er sich an einem Schokoladenkuchen verbrannte? Gierig tauchte er den Löffel ein weiteres Mal in die dunkelbraune Lava, die sich über den Teller ergoss.

Kemal hatte sie gerade erst gebacken. Als Belohnung für die letzten Tage. Als Motivation für das, was noch vor ihm lag. Als Erinnerung an seine Heimat. Und als Versprechen an seine Zukunft.

Besser gesagt, an die Zukunft seiner Familie.

Köln oder Deutschland hatten es nie geschafft, zu mehr zu wachsen als zu einem Ort, an dem er einen Auftrag erfüllte. Eine Mission, die er sich selbst auferlegt hatte. Kemal wollte hier die Rettung erlangen. Nicht für sich, sondern für seine Frau und seine zwei kleinen Kinder. Für die Familie, die er hatte zurücklassen müssen auf seiner Odyssee aus Syrien nach Deutschland.

Aleppo. Sein Ursprung. Sein Schicksal. Die ehemalige französische Kolonie, in der er die Liebe zur Küche der einstigen Besatzer entdeckt hatte. In der er hatte Ingenieur werden wollen, in der er sich an der Universität eingeschrieben hatte, um sein Land zu einem besseren, moderneren Ort zu machen. Mit Wissen, mit Technik, aus Überzeugung. Er glaubte an den Fortschritt der menschlichen Rasse. Er glaubte an die Wissenschaft genauso wie an die Selbstbestimmung der Menschen, an Vernunft und Toleranz. Er wusste, was die Aufklärung in Europa bewirkt, welche Wucht sie entfesselt hatte. Manchmal verstörte es ihn deshalb, wenn er sah, wie die Europäer gerade mit aller Macht gegen zentrale Lehren dieser Epoche ankämpften und konservative Kräfte versuchten, die Zeit zurückzudrehen. Wenn er, Kemal, der Junge aus Aleppo, die Chance bekommen hätte, die Zukunft seines eigenen Landes mitzugestalten, er hätte den Rückwärtsgewandten die Stirn geboten.

Doch dazu war es nicht gekommen. Sein Land hatte ihm die Stirn geboten. In einem offenen Kampf. Mit der Übermacht der Regierungstruppen seines autoritären Präsidenten. Mit Raketen und Granaten auf Aleppo. Eine Zeitenwende für Syrien zum Schlechteren. Auch für Kemal.

Anfangs waren einige Hunderttausend geflüchtet. Inzwischen liefen Millionen davon. Sie verließen eine Region, für die es keine Hoffnung zu geben schien. Verflucht, verdammt. Ein Spielball der Großmächte. Ein Schlachtfeld für Fanatiker. Ein Friedhof für die Leichtgläubigen. Ein Pfad ins Ungewisse für unzählige Menschen, die fast alles verloren hatten. Wie Kemal, wie seine Frau, wie ihre beiden kleinen Kinder. Er hatte sie in Sicherheit zu bringen versucht, aber es war eine trügerische Sicherheit gewesen. Er hatte versprochen, sie dort rauszuholen. Irgendwie. Irgendwann.

Deshalb war er geflohen. Über die türkische Grenze. Weiter nach Izmir. Mit einem illegalen Schlepper auf die griechische Insel Chios. In einem dieser schwimmenden Särge, den Massengräbern des Mittelmeeres. Über Athen weiter nach Skopje, Belgrad, Budapest, Wien, Passau. Zu Fuß, per Anhalter, mit einem gestohlenen Fahrrad, auf einem Pferdekarren, mit dem Bus, mit dem Zug. Sein Ziel: Antwerpen. Doch dort war er nie angekommen.

Kemal sah zu einem Bilderrahmen hinüber, der in seiner Wohnung auf einem Tischchen neben dem schmalen Bett stand. Seine wunderschöne Frau Nour, ihr Sohn Adil, ihre Tochter Alia. Die drei wichtigsten Menschen in seinem Leben. Die einzig wichtigen Menschen, die er noch hatte. Für sie war er durchs Feuer gegangen, um in den Westen zu gelangen, um von hier aus Hilfe zu schicken. Für sie ging er gerade erneut durchs Feuer, um den Deal mit dem Mann einzuhalten, der ihn an seiner Weiterreise nach Antwerpen gehindert hatte. Der Mann, der ihm diese Wohnung finanzierte. Der ihm sein Leben finanzierte. Der ihm die Besuche bei den Ärzten finanzierte. Der ihm alles gab, was er brauchte, um durchzuhalten und seinen Job zu erfüllen. Als Gegenzug würde dieser Mann seine Familie retten.

Kemal erinnerte sich an die Nacht, die alles verändert hatte.

Er war wieder einmal zu Fuß unterwegs gewesen. Gerne nachts, denn da schlief die Welt, lärmte nicht, ließ einen Menschen in Ruhe, der eine große Last mit sich trug, eine große Verantwortung und dabei doch so wenig Hoffnung. Kemal hatte sich in einem Geschäft eine Stirnlampe geschnorrt, um auch bei Dunkelheit weitergehen zu können. Das Auto aber hatte ihn trotzdem erfasst. Von hinten. Ohne Vorwarnung. In einer lang gezogenen Kurve auf einer Landstraße. Wäre Kemal kein durchtrainierter, kräftiger Mann gewesen, den die Flucht nur noch zäher und robuster gemacht hatte, wäre er wohl schwerer verletzt worden. So hatte er nur ein paar Kratzer davongetragen.

In dieser Nacht hatte er den Mann kennengelernt, der in dem Rolls-Royce Silver Shadow auf der Rückbank gesessen hatte. Man hatte ihn zu dem Mann nach Hause eingeladen. Man hatte den Leibarzt des Mannes gerufen, um einen Blick auf ihn zu werfen. So hatte der Arzt feststellen können, dass Kemal schwer krank war.

Inzwischen hatte sich Kemal mit dem Gedanken abgefunden, dass der Leberkrebs ihm nur noch wenige Wochen auf dieser Erde zugestand. Der Deal, den sein Boss mit ihm geschlossen hatte, gab ihm alles, was er jetzt noch wollte: eine heile Zukunft für Nour, Adil und Alia.

Dafür würde er alles tun.

Kemal wusste, dass der Mann die Macht hatte, seiner Familie zu helfen. Er verfügte über Ressourcen, die weit über Kemals Vorstellungen hinausgingen. Dass er dafür mitgeholfen hatte, eine Moschee zu sprengen, störte ihn nicht. Sein Koordinatensystem kannte nur noch drei Werte: Nour, Adil, Alia. Die Namen dieser drei geliebten Menschen waren sein Mantra.

Für sie würde er nun auch den letzten Teil seines Weges antreten.

Er stand auf, ging zur Küchenzeile hinüber und nahm sich den Teller mit den anderen beiden *moelleux au chocolat*. Als sein Löffel die weiche Kruste durchbrach, atmete Kemal tief ein. Fast roch es wie in seiner Heimat.

25

9. Dezember, Köln

Natalie hatte sich ihre Mütze tief über ihre schwarzen Locken gezogen und stapfte ihnen durch die Kälte entgegen. Ihre Hände hatte sie in die Taschen ihrer Jacke gebohrt. Natalies Zug hatte umgeleitet werden müssen, weshalb Alex und Cara nun hier an der S-Bahn-Station Köln-Nippes standen statt am Hauptbahnhof.

»Hunger?« Cara sah Natalie erwartungsvoll an.

Ein besseres erstes Wort, dachte Alex, hätte sie nicht aussprechen können. Natalies Gesicht hellte sich augenblicklich auf.

Sie marschierten gute zehn Minuten durch einen lebendigen Stadtteil. Alex entdeckte Galerien, Bars, Cafés und sanierte Häuser aus der Gründerzeit. Am Wartburgplatz, einem familiären Straßeneck mit Spielplatz, kreischten kleine Kinder. Sie rannten auf eine zugefrorene Pfütze zu und rutschten glucksend und quietschend über sie hinweg. Ein unbeschwertes Idyll, in dem Herkunft, Religion und Hautfarbe noch keine Rolle spielten.

Cara führte sie auf die Neusser Straße. Eine belebte Ecke mit diversen kleineren und größeren Geschäften, einem Supermarkt und einer U-Bahn-Station. An einem Eckhaus lag ein Restaurant. Mit goldenen Lettern prangten die Worte »Em Golde Kappes« an der Fassade.

Alex sprach zwar Deutsch, musste sich dem kölschen Dialekt jedoch geschlagen geben. »Im goldenen was?«

»Kappes«, sagte Cara lachend. »Das kölsche Wort für Kohl. Schaut mal!«

Sie deutete auf die goldene Verkleidung einer Laterne über der Eingangstür. Daran hing wie an einem Kran eine Kette herab. Am Ende dieser Kette baumelte ein goldener Kohlkopf.

»Und jetzt die Schlaumeier-Frage für die zwei Juden unter

uns«, fuhr Cara fort, und Alex wusste genau, was kam. »Warum hängt an der Kette auch noch ein Davidstern?«

Tatsächlich baumelte an der Laterne nicht nur der goldene Kappes, sondern auch ein Hexagramm. Die beiden gleichseitigen, ineinander verschlungenen Dreiecke galten heute als Symbol des Judentums und prangten auch auf der Flagge Israels. Das nach unten gerichtete Dreieck symbolisierte den Menschen, der von Gott auf die Erde hinabgeschickt worden war. Das nach oben zugespitzte Delta wies auf den Schöpfer und seine Stellung über allem Irdischen. Zudem standen die zwölf Ecken des Sterns für die zwölf Stämme Israels.

So zumindest die Sicht der Juden. Alex wollte gerade zu einer ausführlicheren Antwort ansetzen, als ihm Natalie zuvorkam.

»Das ist ein Brauerstern«, erwiderte sie und blickte triumphierend zu Alex. »In der Alchemie des alten Ägypten stand er für Feuer und Wasser, zwei der drei Elemente, die man später zum Bierbrauen brauchte. Der Stern ist ein Schutzzeichen. Die Bierbrauer hatten Angst vor Feuer und wollten sich mit diesem Symbol davor schützen. So wie wir Juden übrigens auch.«

Alex sagte kein Wort. Cara beobachtete sie beide sichtlich amüsiert.

»Hätten wir das dann geklärt?«, fragte Natalie. »Ich bin nicht in der Stimmung für Rätsel. Mir ist kalt, und ich habe Hunger.«

Mit diesen Worten ließ sie Cara und Alex stehen und betrat das Lokal.

Während sie sich in dem urigen Restaurant mit den holzvertäfelten Wänden und Säulen an der rustikalen Theke nach einem Tisch erkundigten, erinnerte sich Alex an eine andere Anekdote.

»Wusstet ihr, dass in New York eine jüdische Brauerei jedes Jahr zu Chanukka acht besondere Biere auf den Markt schmeißt? Mit speziellen Etiketten. Für jeden Tag eins. Und am Ende hast du acht leere Flaschen für einen vollständigen Chanukkaleuchter.«

»Alex, heute Abend ist Erev Chanukka!«, rief Natalie in dem Moment.

Jetzt war es auch ihr wieder eingefallen, dachte Alex schmunzelnd. Vielleicht tat ihnen Gott ja den Gefallen und brachte die Familie pünktlich zum Beginn des Lichterfestes wieder zusammen.

Sie nahmen an einem Tisch in einer Ecke am Fenster Platz. Zu ihrer aller Freude standen Muscheln auf der Tageskarte. Während sie auf ihr Essen warteten, bestellte Alex eine Flasche Château de Condamine, ein Wein aus dem Languedoc in der Nähe von Narbonne. Natalie lehnte ab und bestellte sich einen Tee.

»Was machen wir denn jetzt?«, brachte sie das Gespräch auf den Grund, der sie überhaupt nach Köln geführt hatte.

Cara und Alex hatten ihr auf dem Weg ins Restaurant von dem Video vor der Moschee erzählt. Auch, dass es bei NNN veröffentlicht worden war, dem Nachrichtenportal des Mannes, den Thomas ihr genannt hatte. Natalie hatte ihnen im Gegenzug von dem Artikel erzählt, den Markus Nossak in dem amerikanischen Journal veröffentlicht hatte. Cara und Alex hatten es kaum glauben können. Konnte dieser Mann jetzt auch noch etwas mit den Waffen aus US-Beständen zu tun haben? Und was würde Olivia beim Staatsschutz erreichen? Würden sie Fabrice jetzt endlich gehen lassen?

»Wenn Fabrice rauskommt, ist das nicht mehr unser Kampf«, sagte Natalie bestimmt. »Alex, ich will nach Hause. Ich habe auf der Zugfahrt lange nachgedacht. Ein Teil von mir will, dass diese Schweine, die das getan haben, dafür bezahlen. Aber der größere Teil von mir, das ist mir in den letzten Stunden klar geworden, kann es nicht mehr ertragen, dass unsere Familie schon wieder in so eine Geschichte verstrickt ist. Suzanne sitzt todunglücklich zu Hause und macht sich Sorgen. Esther sieht schrecklich aus. Und ich fühle mich, als ob –« Sie beendete den Satz nicht, tupfte sich die Lippen mit einer Serviette ab und sah Alex dann fest in die Augen. »Wenn Fabrice freikommt, will ich, dass wir sofort zurück nach Paris fahren. Ist das okay für dich?«

Alex wählte seine Worte mit Bedacht. Er verstand ihren Wunsch, Fabrice und Esther einzupacken und abzuhauen. Aber er war anderer Meinung.

»Ich finde, es ist trotzdem auch unser Kampf, weil es Fabrice' Kampf ist. Und der von Cara.«

Er sah zu ihr hinüber, doch sie winkte ab.

»Lasst mich da aus dem Spiel! Das ist nicht meine Diskussion.«

»Natalie, Fabrice sollte als Sündenbock herhalten. Für eine Tat, die alles zerstört hätte, wofür er hier mit Cara und den vielen anderen Menschen gekämpft hat. Wir sind es ihnen schuldig, herauszufinden, wer dahintersteckt.«

»Wir sind niemandem irgendetwas schuldig«, blaffte Natalie. Wütend warf sie eine Muschelschale zurück in den Topf. »Wem bitte sind wir verpflichtet? Niemandem. Morde im Namen der Religion? Herzlichen Glückwunsch, das hat es immer gegeben, und das wird es immer geben. Und wenn nicht im Namen irgendeiner Religion, dann im Namen von Staaten, Firmen oder einfach nur Psychopathen oder Fanatikern. Dieser Rat der Religionen wird genauso wenig erreichen wie das Weltparlament der Religionen. Wach auf, Alex! Es gibt nur eine Instanz, der wir verpflichtet sind: unserer Familie.«

»Genau deswegen will ich Fabrice ja helfen«, versuchte Alex zu erklären. »Wir müssen seinen Namen reinwaschen. Sonst wird er immer mit dieser Sache in Verbindung stehen. Wir müssen die wahren Täter finden. Was, wenn der Rat der Religionen unter ganz falschen Gesichtspunkten ins Leben gerufen wurde?«

»Wenn ich eines an der Stelle einwerfen dürfte«, mischte sich Cara nun doch ein. »Wir sollten vorsichtig sein mit vorschnellen Urteilen. Auch was den Rat selbst angeht. Morgen wird zwar der Vertrag unterzeichnet. Was er bewirkt, werden wir aber erst in ein paar Jahren wissen. Sicher ist nur, dass Fabrice viel dazu beigetragen hat, dass er überhaupt zustande gekommen ist. Wie auch immer ihr euch entscheiden werdet.«

Ein tiefes Schweigen legte sich über ihren Tisch. Natalie konzentrierte sich wieder auf ihre Muscheln, Alex trank seinen Wein.

Auf einmal summte Caras Smartphone, das neben ihr auf dem Tisch lag. Sie betrachtete den Namen, der aufleuchtete. Mit ungläubigem Blick griff sie so widerstrebend nach dem Gerät, als nehme sie einen toten Fisch in die Hand. Cara stand auf, bedeutete ihnen, dass sie draußen telefonieren werde, und verließ das Lokal. Im selben Moment ertönte aus Natalies Jacke ein Klingelton. Sie ließ eine Muschelschale fallen, putzte sich eilig ihre Hände ab und griff in die Innentasche ihres Anoraks.

»Olivia«, sagte sie und nahm ab.

Natalie hörte der Anwältin zu. Plötzlich wurden ihre Augen wässrig. Ein unsicheres Lächeln legte sich auf ihre Lippen. Sie blickte Alex an und nickte. Sie sprach noch kurz mit Olivia, dann legte sie auf.

»Wir haben es geschafft«, sagte sie mit erstickter Stimme. Dann schlug sie beide Hände vors Gesicht.

In diesem Augenblick traf Alex eine Entscheidung. Sein Verstand kapitulierte. Er musste keine weitere Sekunde nachdenken. Kurz wunderte er sich, dass er keinen Zweifel in sich verspürte. Natalies Reaktion war der Funke gewesen, der in ihm etwas entfacht hatte. Die Überzeugung, dass er nichts anderes wollte. Dass alles, was er noch vor wenigen Minuten gesagt hatte, null und nichtig war angesichts der Frau, die ihm gegenübersaß und am Ende ihrer Kräfte war.

Er griff über den Tisch und nahm ihre Hände. Tränennass blickte sie ihn an, ihre Finger zitterten leicht, auf ihren feuchten Wangen spiegelte sich das Licht der Lampe über ihren Köpfen. Er erinnerte sich nicht, wann er Natalie zuletzt so erlebt hatte. Schutzlos, zerbrechlich, ohne Halt zwischen Gefühlen des Glücks und niederschmetternden Erinnerungen und Ängsten. Ihre Haut fühlte sich kalt an, ihr Griff kraftlos. Da drückte er ihre Hände, umschloss sie in dem Versuch, sie ein wenig zu wärmen, neue Energie auf sie zu übertragen.

»Du hast recht«, sagte er leise. »Lass uns gleich morgen früh nach Hause fahren!«

Ihre Augen leuchteten. Sie beugte sich vor und legte ihre Stirn auf seine Hände. Sie gab seinen Fingern einen Kuss und richtete sich wieder auf.

»Danke, Alex!« Ihre Stimme klang brüchig. »Ich verspreche dir, wenn wir wieder zu Hause sind, werde ich dir alles erzählen, was mir in den letzten Wochen durch den Kopf gegangen ist. Alles, was in den letzten drei Tagen hier in Köln wieder hochgekommen ist. Alles, was passiert ist. Lass uns einfach heimfahren! Die Familie ist das Einzige, was ich jetzt brauche. Ich brauche dich!«

Sie lehnte sich über den Tisch und gab ihm einen sanften Kuss auf die Lippen.

Endlich!

Alex spürte, wie sich etwas in ihm entspannte, wie er sich aus einem unsichtbaren Griff befreite, der seit Tagen, Wochen, vielleicht sogar Monaten an ihm gezogen hatte. Dass sich Natalie wieder öffnete, ihm wieder vertraute. Das war es wert, seinen Drang zu unterdrücken, weiter zu hinterfragen, was zu diesem Schlamassel geführt hatte. Wenn Natalie wieder einen Weg zu ihm gefunden hatte, dann war es alle Aufregung hier in Köln wert, dann waren die Mühen nicht umsonst gewesen. Wenn dafür nur nicht Fabrice hätte im Gefängnis landen müssen!

Die Tür des Schankraums öffnete sich, und Cara kehrte zurück an ihren Tisch.

»Fabrice wird noch heute entlassen«, platzte Natalie sofort heraus. Sie trocknete sich noch mit einem Taschentuch die Tränen.

»Das ist ja super!«

Caras Augen weiteten sich. Spontan fiel sie Natalie um den Hals, die sich über die Geste sichtlich freute und die Frau an sich drückte, die sie erst vor einem Tag kennengelernt hatten.

»Ich habe auch Neuigkeiten«, sagte Cara dann, lehnte sich zurück und blickte sie beide an. »Das war Leopold Roth.«

»Wer?« Natalie sah verwirrt aus.

Cara erklärte ihr, wer der Anwalt war und warum sie mit ihm eigentlich auf Kriegsfuß stand.

»Jedenfalls hat er sich für seinen Auftritt heute Mittag im Hotel entschuldigt. Er hat eine sensible Information für mich, die er mir gerne persönlich übermitteln möchte. Er möchte sich noch heute Abend mit mir treffen.«

»Hat er gesagt, worum es geht?« Alex versuchte, sich seine

Neugier nicht anmerken zu lassen. Vor gerade einmal zwei Minuten hatte er Natalie versprochen, dass sie morgen früh aufbrechen würden. Jetzt kam Cara an und erzählte ihnen von einer sensiblen Information, die ihr ausgerechnet ein Mann der Piusbruderschaft übermitteln wollte. Ein Mann, mit dem Cara eine offene Fehde austrug. Wie konnte so etwas sein?

»Er ist sehr vage geblieben, wollte sich am Telefon nicht konkret äußern. Wir haben uns am Rathaus verabredet. Da werden heute Abend öffentlich die Chanukkalichter entzündet. Viele Menschen werden dort sein, das heißt, wir werden nicht auffallen. Und sollte uns doch jemand erkennen, können wir uns damit rausreden, dass wir ein Zeichen setzen wollten am Abend vor der Unterzeichnung des Vertrags.«

»Gehst du allein hin?« Natalie sah Cara besorgt an.

»Ich bin ein großes Mädchen«, sagte die Lobbyistin mit der Zuversicht einer in der Tat hochgewachsenen Frau.

Vor allem aber, dachte Alex, mit der Selbstsicherheit einer Frau, die sich von niemandem etwas sagen ließ. Und wenn sie sich an einem öffentlichen Ort, an dem sich viele Menschen aufhielten, mit Leopold Roth traf, würde ihr wohl auch nichts passieren. Abgesehen davon, dass mit Sicherheit die Polizei vor Ort sein würde.

»Alex!« Natalie griff erneut nach seiner Hand und sah ihn an. »Wie wäre es, wenn du Cara begleitest?«

Alex sah seine Verlobte überrascht an.

»Ich sehe dir doch an, dass es dich in den Fingern juckt zu erfahren, was dieser Roth zu sagen hat. Vielleicht könnte Cara Unterstützung gebrauchen.«

»Und was ist mit Fabrice?«, fragte Alex, musste allerdings zugeben, dass Natalie ins Schwarze getroffen hatte.

»Esther, Olivia und ich werden uns um ihn kümmern. Wir können ja einfach zu euch stoßen. Ich könnte mir vorstellen, dass es Fabrice Spaß machen würde zu sehen, wie eine Chanukkia auf den Straßen Kölns entzündet wird.«

Vielleicht hatte Natalie recht, dachte Alex. Entscheidend war, dass sie heute Abend alle wieder zueinanderfanden. Und wenn er

Cara gleichzeitig noch dabei helfen konnte, sich einem Mann wie Roth zu stellen, tat dies ihren Plänen keinen Abbruch, morgen trotzdem ihre Sachen zu packen und nach Frankreich zurückzufahren.

Bei diesem Gedanken fiel Alex ein jüdisches Sprichwort ein.

Man braucht nicht viel Licht, um die Dunkelheit zu erleuchten.

26

9. Dezember, Köln

Nervös packte Natalie ihren Rucksack. Der Wanderrucksack, den sie sich vor zwei Tagen noch in Mussidan auf den Rücken geschnallt hatte, bevor sie die Herberge in aller Herrgottsfrühe verließ. Jetzt kramte sie darin herum, versuchte alles darin zu verstauen, auch das, was Alex ihr aus Paris mitgebracht hatte.

Sie ging ins Badezimmer und wusch sich das Gesicht. Das kalte Wasser auf ihrer Haut brannte wie tausend Nadelstiche, löste aber einen kurzen Moment absoluter Klarheit in ihr aus. Das Gefühl hielt nur einen Wimpernschlag an, half ihr aber, alles deutlich vor sich zu sehen: Fabrice und Esther, wie sie zurück nach Bordeaux reisen konnten. Suzanne, wie sie Natalie und Alex zu Hause in der Rue du Cherche-Midi in die Arme schließen würde. Sich selbst in einem langen Gespräch mit Alex. In dem sie ihm nicht nur von all ihren Gedanken, sondern auch von dem Arztbesuch erzählen würde. Das war sie ihm schuldig. Und je länger sie darüber nachdachte, desto weniger Angst hatte sie vor diesem Augenblick.

Daran hatte auch Pastor Thomas seinen Anteil. Indem er ihr angesehen hatte, dass sie und Alex vor eine Probe gestellt werden würden, die sie nur gemeinsam überstehen konnten. Und durch die Zuversicht, die er verkörpert und auf sie übertragen hatte. Dennoch war sie noch immer überrascht, wie leicht es ihr gefallen war, Alex im Restaurant zu sagen, dass sie ihn brauchte. Jetzt spürte sie eine Welle der Zuneigung für ihren zukünftigen Ehemann in sich aufsteigen, nach der sie sehr lange gesucht hatte.

Alles war wieder da.

Na ja, fast alles.

Sie durfte sich nicht belügen. Die alte Natalie, die Natalie vor der Begegnung mit den Wächtern, gab es nicht mehr. Sie würde immer ein Päckchen mit sich herumtragen. Das war Teil ihres

Schicksals. Aber sie hatte es nicht in der Hand. Ihr Psychologe hatte sie ermahnt, nicht nach dem greifen zu wollen, was sie nicht erreichen konnte. Und dafür womöglich das, was sie bereits in Händen hielt, für das Ungreifbare wieder fallen zu lassen.

Jetzt sah sie, was er gemeint hatte.

Natalie hielt nicht den Schlüssel zu ihrer Zukunft in der Hand, sondern nur zum Hier und Jetzt. Sie hatte beeinflussen können, dass Fabrice heute noch freikam. Alex, Cara und sie hatten etwas bewirken können, indem sie versucht hatten zu verstehen, was geschehen war. Nicht, indem sie versucht hatten vorherzusehen, was als Nächstes passieren würde.

Arthur Schopenhauer hatte mal gesagt: »Das Schicksal mischt die Karten, wir spielen.«

Alex, Cara und sie hatten gut gespielt. Zusammen mit Olivia. So gut, dass sie Fabrice in weniger als einer Stunde vom Polizeipräsidium abholen würde. Cara und Alex würden sich mit diesem Leopold Roth treffen. Anschließend gab es für sie nur noch ein Ziel, nur eine Richtung: den Weg nach Hause.

Natalie blickte in den Spiegel. Das kalte Wasser hatte ihre Wangen rot gefärbt. Sie fuhr sich mit ihren nassen Fingern durch die Haare und massierte sich die Kopfhaut. Dabei schloss sie die Augen. *Kurz verweilen, kurz genießen, kurz –*

Natalie riss die Augen auf.

Irgendetwas in ihrer Erinnerung regte sich. Etwas, das jemand gesagt hatte. Etwas, das sie missverstanden hatte. Etwas, das sie erst jetzt richtig zusammensetzte. Krampfhaft suchte sie nach den Details, blickte erneut in den Spiegel, beobachtete sich intensiv. Da fiel es ihr ein.

Er sagt, er wird jedes Mal rot, wenn er Cara sieht. Sie erinnert ihn an eine Raubkatze.

Oscar.

Sie sah in ihr gerötetes Spiegelbild. Die roten Wangen. Rot. Die Farbe hatte in ihr eine Kette an Fragen ausgelöst. Hatte sie Oscar vielleicht falsch verstanden? Seine Zeichen falsch übersetzt? Sie war sich im Klaren darüber, dass ihre Kenntnisse der Gebärdensprache weit entfernt von perfekt waren. Manches, das

Oscar ihr mitgeteilt hatte, hatte sie erraten oder sich aus dem Kontext erschließen müssen. Aber als Alex, Cara und Natalie ins Hotel gekommen und Oscar über den Weg gelaufen waren, hatte Natalie sich nicht wirklich auf seine Signale konzentriert. Sie war aufgewühlt gewesen. Nicht fokussiert. Und vor allem hätte sie in diesem Augenblick nie für möglich gehalten, dass das, was Oscar über Cara Allegri sagte, von Bedeutung sein könnte. Dass es möglich war, dass er Natalie, ohne sich dessen bewusst zu sein, einen Hinweis gab. Einen Hinweis, der erst später – jetzt – sichtbar werden würde.

Auch wenn sie sich ermahnte, dass das alles doch sehr weit hergeholt war – sie musste mit Alex darüber sprechen. Natalie rubbelte ihr Gesicht mit einem Handtuch trocken. Doch, doch, doch. Sie durfte es nicht ignorieren. Es war nur ein Gefühl, und sie hoffte, dass sie nur Gespenster sah. Aber sie erinnerte sich an ihr eigenes Credo, niemandem zu vertrauen.

Sie ging zurück ins Zimmer, schlüpfte in ein Paar Sneakers, die Alex ihr mitgebracht hatte, schnappte sich ihre Jacke und verließ das Zimmer. An der Rezeption erkundigte sie sich nach Oscar. Doch Oscar hatte Schichtende. Er würde erst morgen wieder im Haus sein, beteuerte die Empfangsdame hinter dem Tresen. Also musste sie sich gedulden. Wobei sie gerade jetzt den Rat des taubstummen Kochs gut hätte gebrauchen können. Um nachzufragen, ob sie ihn richtig verstanden hatte. Um sich zu beruhigen, um ihre Gedanken zu ordnen, um in der Stille der Unterhaltung klarzusehen.

Andererseits, was sollte sie Oscar fragen? *Sag mal, hab ich das wirklich richtig verstanden, dass du immer rot wirst, wenn du Cara Allegri siehst?*

Eins nach dem anderen, schalt sie sich. Erst Fabrice, dann Alex und Cara.

Natalie überquerte die Trankgasse, die vor ihrem Hotel entlangführte, und lief über die Domplatte. Sie hatte das Gefühl, dass es noch einmal kälter geworden war, seit sie am späten Nachmittag aus Nippes zurück zum Hotel gefahren waren. Alex hatte ihr die Autoschlüssel gegeben, ehe Cara und er zum

Rathaus aufgebrochen waren. Der nächstgelegene Eingang zum Parkhaus lag direkt am Weihnachtsmarkt. Es war die Hölle los. Hunderte Menschen schlenderten in Richtung der hell erleuchteten und bunt geschmückten Holzbuden. Menschen, die ihre Hände an Tassen wärmten, aus denen der Dampf des Glühweins aufstieg. Nicht wenige, dachte Natalie, tranken ihn sicher mit einem ordentlichen Schuss Rum.

Wie gerne hätte sie sich jetzt auch einen Becher besorgt. Sie stellte sich vor, wie die süßlich-heiße Flüssigkeit sie von innen wärmte, wie der Alkohol sich wohlig über all ihre Sinne legte und ihren inneren Aufruhr linderte.

Aber nein, das durfte sie nicht.

Fabrice! Sie wollte endlich zu ihm.

Sie entdeckte den Eingang und zwängte sich zwischen einer Familie hindurch, als es geschah. Ihre Sneakers verloren den Halt. Erst verstand Natalie nicht. Dann realisierte sie, dass sie auf einer Eisplatte ausrutschte. Ihre Füße gehorchten ihr nicht mehr, fanden keinen Halt mehr. Natalies Beine schossen nach vorne, als hätte jemand von hinten nachgeholfen. Das Eis unter ihren Füßen katapultierte sie horizontal in die Höhe.

Dann schlug sie auf.

Erst ihr Steißbein, dann ihr Rücken und ihre Schultern. Schließlich spürte sie einen stechenden Schmerz an ihrem Hinterkopf.

Das Letzte, was sie sah, war eine Frau mit einer Tasse Glühwein, die sich zu ihr herunterbeugte. Die Lippen der Frau bewegten sich.

Sie sah besorgt aus, dachte Natalie.

Dann dachte sie nichts mehr.

27

9. Dezember, Köln

Über das Kölner Rathaus hatte Alex schon viele Geschichten gehört. Es durfte sich das älteste Stadthaus Deutschlands nennen. Zumindest der historische Teil. Alex und Cara brauchten zu Fuß nur wenige Minuten vom Dom, ehe sie im ehemaligen Judenviertel Kölns angekommen waren. Das Rathaus stand mit seinem Fundament auf Teilen der römischen Stadtmauer. Auf seinem Vorplatz gruben sich seit mittlerweile über einem Jahrzehnt Archäologen durch die Erde und förderten Funde aus der zweitausend Jahre alten Historie der Stadt zutage. Hier hatte die einstige Synagoge gestanden. Das rituelle Bad, die Mikwe, hatten die Spatenschwinger, Pinselputzer und Knochenjäger längst freigelegt.

An das Historische Rathaus mit seinem markanten Laubengang aus der Renaissancezeit schloss sich der Spanische Bau an. Er grenzte an einen Platz, der nach dem ehemaligen Kölner Oberbürgermeister Theo Burauen benannt war. Hier standen Alex und Cara und hielten nach Leopold Roth Ausschau. Doch der Innenminister in spe ließ sich bitten. Keine Spur von dem Mann, der ihnen Informationen versprochen hatte.

Cara schnaubte verächtlich. Sie kramte eine ihrer dünnen Zigaretten hervor, zündete sie sich an und nahm einen tiefen Zug.

»Ich rauche nicht viel«, sagte sie, als sie Alex' Blick bemerkte. »Du musst gar nicht so kritisch gucken. Manchmal beruhigt mich das.«

»Bist du nervös?«

»Genervt trifft es eher.«

»Dann wird es jetzt noch besser für dich, fürchte ich.«

Alex hatte einen Mann erspäht, den er bislang nur von einem Foto her gekannt hatte. Doch Gesichter merkte er sich. Egal wo er sie schon einmal gesehen hatte. Dieser Mann hatte sich auf einem Foto leidenschaftlich mit Cara gezofft.

»Du kriegst die Tür nicht zu!« Cara verdrehte die Augen, als sie Stephan Wolf erblickte.

Es war nicht schwer zu erkennen, dass Cara am liebsten sofort wieder gegangen wäre. Aber es war wahrscheinlich die Aussicht auf die Roth'sche Information, die sie davon abhielt. Selbst als Wolf sie erblickte und zu ihnen trat.

Alex blieb im Hintergrund, als sie sich begrüßten. Er beobachtete den hochgewachsenen Mann, der einen dunklen Rollkragenpullover trug und einen langen Mantel aus Kaschmir über einem karierten Sakko. Elegant und doch leger, ohne Frage teuer und doch nicht so aufdringlich wie ein Maserati zwischen lauter Renault Clios. Der Milliardär wusste offenbar, wie man sich als Mann der oberen Zehntausend gab, um beim gemeinen Volk anzukommen.

Alex rief sich in Erinnerung, was den Mann reich gemacht hatte. Wolf war ein Computergenie. Ein Nerd. Auf eine ziemlich unbescheidene Art, dachte Alex, war Wolf einer wie er. Nur, dass Wolf im Gegensatz zu ihm auf einem Gebiet zu einem Fachidioten geworden war, in dem man Unmengen an Geld verdienen konnte. Wolf befasste sich mit der Zukunft. Alex mit der Vergangenheit. Für Alex war Big Data das, was in Geschichtsbüchern stand. Oder besser das, was noch nicht in den Geschichtsbüchern stand und ihnen erst noch durch Recherchen, Entdeckungen, neue Erkenntnisse und Zeitzeugen hinzugefügt werden musste. Für Wolf war Big Data der soziale Bauch einer Gesellschaft mit allen Ingredienzen, um Politikern zu noch mehr Macht zu verhelfen. Irgendwann, dachte Alex, wird sich ein anderer Geschichtsprofessor mit dem Vermächtnis von Stephan Wolf und seinesgleichen befassen. Dann werden andere Menschen mit anderen Ideen und anderen Erfindungen viel Geld machen, während die Professoren der Zukunft sich zwischen Türmen aus Büchern, Semesterarbeiten und Vorlesungsunterlagen weiterhin mit der Geschichte ihrer Spezies beschäftigen werden.

»Ich hätte dich hier wahrlich nicht erwartet«, sagte Wolf zur Begrüßung.

»Stephan!«

Manch ein Lächeln, dachte Alex mit einem Blick auf Cara, konnte Eis zum Schmelzen bringen. Dieses nicht.

»Du kannst es also nicht lassen, deine Schleimspur von den Muslimen rüber zu den Juden zu ziehen. Dabei hast du nichts für diese Religionen übrig, sagst es nur nicht laut.«

»Cara, wir führen diesen Streit jetzt schon so lange, wie wir uns kennen. Wie oft denn noch? Die Jungs von Chabad haben mich eingeladen. Eigentlich hätte heute auch die First Daughter mit ihrem Mann hier sein sollen, aber der Secret Service hat sein Veto eingelegt. Wo ist also das Problem, dass ich auch hier bin?«

Chabad. Natürlich. Die chassidische Bewegung aus New York. Sie war auch hier in Köln sehr aktiv. Alex hatte gehört, dass Chabad in ganz Deutschland immer häufiger dafür sorgte, dass an Chanukka die Lichter öffentlich angezündet wurden. Eine schöne, friedliche und lustige Zeremonie mit viel Musik und Tanz. Wenn die First Daughter mit ihrem Mann in der Stadt war, hatte man sie natürlich eingeladen. Andererseits kam es nicht überraschend, dass der Secret Service nach dem Vorfall auf dem Petersberg keine große Lust verspürte, die Tochter des US-Präsidenten bei einer öffentlichen Veranstaltung im Zentrum Kölns zu beschützen. Noch dazu auf einem Platz, der von Häuserfronten umzogen war und von dem nur enge Gassen wegführten, die einen schnellen Abzug im Falle einer Bedrohung nahezu unmöglich machten.

Erst jetzt besah sich Alex den Theo-Burauen-Platz genauer. Ein gut vier Meter hoher Chanukkaleuchter ragte in der Mitte des terrassenartigen Platzes empor. Daneben hatte man einen Kran mit Hebebühne geparkt. Die Kanzel, von der aus man den ausfahrbaren Arm steuern konnte, war mit Metallplatten umzogen. Alex vermutete, dass der Rabbiner und Stephan Wolf gleich auf dieser Plattform stehen und von hoch über den Köpfen der Menschen den Leuchter entzünden würden. Sie würden aussehen wie Bauarbeiter, die Straßenlaternen reparierten. Auch ein Ständer mit einem Mikrofon befand sich schon in der Kanzel. Es würde also auch eine kleine Ansprache geben. Na, dann würde Cara sicher ihren Spaß haben, wenn sie Stephan Wolf bei dessen Sermon lauschen durfte.

Der restliche Platz war mit Lichterketten und bunten Fähnchen geschmückt. Auf einer kleinen Bühne baute ein Schlagzeuger gerade sein Instrument auf. Eine Band hatten sie also auch engagiert, um später die Feiernden in Tanzlaune zu versetzen. Nun, an ihm würden sie sich die Zähne ausbeißen. Wobei – wenn es ums Beißen ging, konnte Alex doch noch auf seine Kosten kommen. An einem langen Tisch standen mehrere Frauen und Männer, die ein Buffet herrichteten. Alex steckte die Nase in den Wind und roch den vertrauten Duft der in Öl gebackenen Speisen, die es stets zu Chanukka gab. Latkes, die hier in Deutschland Reibekuchen hießen. Sufganijot, die man Berliner oder Krapfen nannte. Blintzes, die an die russischen Blinis angelehnten Pfannkuchen.

Chanukka sorgte bei Nichtjuden immer wieder für Verwirrung. Hatte der jüdische Leuchter, die Menora, nicht sieben Arme? Warum stand dann jetzt eine Chanukkia mit acht Kerzen auf dem Vorplatz am Rathaus? Manchmal zählte der Leuchter zum Lichterfest sogar neun Arme. Denn oft gab es neben den acht Kerzen für die acht Tages des Festes noch einen Schamasch, einen Diener, als neunte Kerze, mit dem man die anderen acht anzündete.

Alex fiel auf, dass eine Kippa Stephan Wolfs Haupt bedeckte. Der Milliardär trug keine der typischen Leihkäppchen, die von jüdischen Gemeinden an Nichtjuden ausgegeben wurden, sondern eine fein verzierte, mittelblaue Kippa aus Samt mit goldenen Stickereien. Alex selbst besaß eine solche, er hatte sie vor Jahren in Israel gekauft. Manche vererbten ihre Kippa in der Familie von Generation zu Generation. Andere Jungs bekamen ihre Kopfbedeckung als besonderes Geschenk zu ihrer Bar-Mitzwa. Woher wohl Wolf seine hatte?

»Es ist schon dunkel«, sagte Cara gerade. »Worauf wartet ihr mit dem Kerzenanzünden? Lass mich raten: Ihr hofft, dass noch mehr Leute kommen, wenn sie erst mal aus den Büros sind. Ihr seid echt durchschaubar.«

Alex zählte rund fünfzig Menschen, die sich bislang eingefunden hatten. Darunter auch vier Polizisten, die an Krapfen kauten und sich mit zwei Damen hinter der Theke unterhielten. Alles wirkte sehr familiär. Viele standen zusammen, kannten sich, saßen um eine Statue herum auf der steinernen Umrandung. Einige hatten sogar eigene Sitzkissen mitgebracht.

Wolf zeigte sich von Caras Feindseligkeit unbeeindruckt.

»Wo ist das Problem, Cara? Ihr wollt doch immer, dass Religionen ihre Traditionen der Moderne anpassen. Jetzt warten wir mal auf Menschen, die auch noch kommen wollen, aber noch arbeiten müssen, und es ist trotzdem nicht richtig. Ihr macht es uns wirklich nicht leicht.«

Alex schaltete sich ein. Er hatte genug von diesen Kinkerlitzchen. »Sie tragen eine interessante Kippa. Darf ich fragen, woher Sie die haben?«

Stephan Wolf wandte sich ihm zu. »Sie müssen Professor Kauffmann sein!«

Alex konnte seine Überraschung nicht verbergen. Sie reichten sich die Hand.

»Ich bin eng mit dem Rat der Religionen verbunden. Da bemerkt man das Auftauchen neuer Gesichter. Noch dazu, wenn es sich um Familienmitglieder eines Mannes handelt, der unmöglich begangen haben kann, was ihm vorgeworfen wurde.«

»Warum sagen Sie das?«, fragte Alex fast automatisch.

»Weil ich viel über Rabbi Mannarino gehört habe. Jemand wie er, der in den USA, Israel und Frankreich gelebt hat, kann unmöglich eine solche Tat geplant haben. Im Gegenteil. Abgesehen davon lese ich ein bisschen Zeitung. Ihr Kampf gegen die Wächter ist mir nicht unbekannt, Professor. Fabrice Mannarino ist für mich ein Held und kein Attentäter. Er hat hier bei vielen Menschen großen Eindruck hinterlassen. Die Polizei sollte ihn gehen lassen.«

Alex schwieg dazu. Wolf musste ja nicht wissen, dass Fabrice in diesen Minuten das Polizeipräsidium mit Natalie und Esther an seiner Seite verließ. Er sah im Augenwinkel, dass Cara innerlich kochte. Er wusste jetzt, was sie meinte. Wolf konnte Menschen für sich gewinnen.

Dann sah er, wie der Mann die Kleine Budengasse heraufkam,

auf den Cara und Alex gewartet hatten. Leopold Roth, flankiert von zwei Bodyguards, stand plötzlich vor ihnen. Der Rechtsanwalt, der Cara hatte sprechen wollen. Als er Alex sah, verzog sich seine Miene zu einem süßlichen Lächeln.

Sie gaben sich reihum die Hand. Stephan Wolf schien die Situation schnell zu erfassen und zog sich zurück. Alex sah, wie er sich an den Rabbiner wandte und auf seine Armbanduhr blickte. Gleich würde wohl die Zeremonie beginnen.

Cara kam deshalb gleich zur Sache. »Also, Leopold, was haben Sie für mich?«

»Geduld, Geduld. Geben Sie mir Zeit, mich für meinen Auftritt heute Mittag zu entschuldigen. Ich habe Ihnen unrecht getan.«

»Sie wissen, dass mir Ihre Entschuldigung nichts bedeutet. Worum geht es?«

»Ich habe gehört, Sie interessieren sich für bestimmte Geschäfte. Nennen wir sie Deals, die nicht ganz legal abgelaufen sind und die unter Umständen zu einer heiklen Situation geführt haben.«

Meinte er die Waffendeals, die Cara über das Darknet recherchiert hatte?

»Wovon sprechen Sie?«, fragte sie nach.

»Über einen gewissen Vorfall, wegen dem wir überhaupt hier stehen. Wegen dem wir alle hier in Köln sind.«

Der Anschlag auf die Moschee. Also doch.

»Manchmal kann es ganz nützlich sein, jemanden wie mich zu kennen«, sagte Roth. »Sie hätten mich einfach fragen sollen. Glauben Sie, ich gehe gewissen Spuren nicht auch nach? Wir Politiker sind nicht immer nur faule Bürokraten.«

Daran hatte Alex keine Zweifel. Roth schien alles Mögliche zu sein, nur kein Bürokrat. Er lebte die Macht, die seine Position ihm verlieh. Er genoss sie. Er verkörperte sie. Stilvolles Auftreten weit über die Grenzen des erträglichen Selbstbewusstseins hinaus, die pure Arroganz, gemischt mit einer verschlagenen Art. Niemand konnte wissen, wann er etwas ernst meinte, wann nicht. Wer ihn lesen konnte, musste ein Genie in Psychologie sein. Leopold Roth verspottete und verhöhnte seine Gegenüber, noch während er höflich mit ihnen Konversation betrieb.

Cara wurde vorsichtig. »Sie wollen mir sagen, dass Sie etwas über die Herkunft des Sprengstoffs wissen, der in der Moschee verwendet wurde?«

»Man könnte sagen, das ist der Grund, weshalb ich Sie hergebeten habe, ja.« Roth hielt kurz inne. Einer seiner beiden Bodyguards war an ihn herangetreten und flüsterte ihm nun etwas ins Ohr. »Entschuldigen Sie mich einen Augenblick. Ich muss kurz einen Anruf tätigen.«

Mit diesen Worten drehte sich Roth um und ließ sie stehen. Er entfernte sich mit seinen beiden Schatten vom Platz, überquerte die Straße und nahm ein Telefon ans Ohr.

Als Alex wieder auf den Platz guckte, sah er Wolf und den Rabbiner die Kanzel besteigen.

Es ging los.

Langsam fuhren der Milliardär und der Rabbiner hinauf zu dem übergroßen Kerzenständer.

Alex sah auf sein Smartphone. Keine Nachrichten. Eigentlich hätte sich Natalie inzwischen melden müssen. Ob es doch Probleme mit Fabrice gab? Er entschied sich, seine Verlobte nicht zu nerven und abzuwarten. Es gab sicher keinen Grund zur Beunruhigung.

Fabrice Mannarino war ein freier Mann. Zumindest in wenigen Augenblicken, wenn die Formalitäten erledigt waren. Er saß mit Olivia Ziffzer und seiner Frau Esther in einem Besprechungsraum in der fünften Etage des Präsidiums. Volker Aurach und Sebastian Schulze saßen ihnen gegenüber. Aurach verlas die Entlassungspapiere mit Fabrice' Aussage. Es war der letzte Akt, ehe er diesen Ort und morgen auch die Stadt und das Land als freier Mann verlassen konnte. Er sollte zwar auch in den kommenden Tagen die Polizei über seinen Aufenthaltsort informieren, doch immerhin durfte er zurück in die Heimat.

Er würde mit Natalie und Alex sprechen. Wenn morgen der Vertrag tatsächlich unterschrieben werden sollte, wollte er eigentlich anwesend sein. Auf der anderen Seite war er wohl der Letzte, der morgen auf dem Petersberg erwünscht war. Er würde Jaron Glasser anrufen und fragen, wie die Sicherheitsvorkehrungen aussahen. Er würde mit Cara Allegri sprechen. Und vor allem würde er mit Alex und Natalie sprechen, ob sie etwas über Markus Nossak herausgefunden hatten. Ob sie ihm auf die Spur hatten kommen können?

Das Video bei NNN verriet Fabrice so einiges. Wenn Nossak wirklich dahintersteckte, woher hatte NNN das Bildmaterial? Warum hatte es die Polizei nicht zuerst bekommen? Die hatte mit Sicherheit alle Häuser nach Kameras abgesucht, mit allen Leuten in der Gegend gesprochen. Wenn es eine fest installierte Kamera an dieser Stelle gegeben hatte, hätten die Behörden sie entdeckt. Und zwar vor den NNN-Reportern.

Oder hatte jemand die Chance gewittert, damit Geld zu machen? Das Nossak News Network hätte mit Sicherheit eine fünfstellige Summe gezahlt, um das Video zu ergattern. Wenn jemand die Bilder aufgezeichnet, aber zurückgehalten hatte, um sie später den Medien zu übermitteln, dann war ihm eine dicke Prämie sicher gewesen. Und im Nachhinein unter Umständen großer Ärger mit den Behörden.

Oder aber –

In Fabrice' Kopf entstand eine Theorie, die er sogar selbst noch gewagt fand. Was, wenn jemand die Kamera extra dort angebracht hatte, um den Anschlag bewusst aufzuzeichnen und die Aufnahme später zur rechten Zeit zu veröffentlichen? Was, wenn das Nachrichtenportal nicht per Zufall an die Bilder gelangt war? Was, wenn der Mann, den man auf dem Video so erstaunlich gut erkannte, enttarnt werden sollte? Der Mann, der auch ihn im Hotel in die Irre geführt hatte.

Denn noch immer fragte sich Fabrice, wohin dieser Mann im Hotel verschwunden war. Fabrice hatte früher, vor langer Zeit, solche Situationen erlebt. Ernstfälle in Israel. Kein Schauplatz, an dem man sich Fehler erlauben konnte. Kein Ort für einen falschen Instinkt. Und schon gar keine Zeit, um sich in einen Hinterhalt locken zu lassen. Doch je länger er darüber nachdachte, desto mehr fühlte es sich danach an. Warum war der Mann nicht in dem Zimmer gewesen, in dem Fabrice die Drohne gefunden hatte? Wie waren seine eigenen Fingerabdrücke auf das Fluggerät gelangt? Wohin war der Mann verschwunden?

Ja, inzwischen war sich Fabrice sicher, dass er bewusst in das Zimmer gelockt worden war. Und so langsam hatte wohl auch die Polizei dieses Gefühl. Die Spurensicherung untersuche die Drohne nun noch einmal, hatte man ihm gesagt. Die Forensiker wollten prüfen, ob es besondere Rückstände gab, die darauf hindeuteten, dass die Fingerabdrücke gezielt platziert worden waren. Die Chancen standen gering. Aber wenn der Nachweis doch gelang, wäre er endgültig von allen Vorwürfen entlastet.

Aber warum hatte es überhaupt ihn erwischt? War er schon früh ausgewählt worden? Und warum? Er war hin- und hergerissen, ob er es wirklich herausfinden wollte. Alex ging es sicher ähnlich. So gut kannte Fabrice den Verlobten seiner Nichte inzwischen.

Sie waren beide Getriebene. Nur hatte das, was sie trieb, unterschiedliche Ursprünge. Fabrice hatte Situationen erlebt, die nur die wenigsten Menschen kannten. Reale Bedrohungen in Israel, Konflikte, die bis heute brutal auf der Straße ausgetragen wurden, die tief in der DNA der Menschen verankert waren und mit ihr von Generation zu Generation weitergegeben wurden. Und er hatte Menschen getötet. Nicht nur als Soldat. Fabrice' Trumpfkarte in diesem Spiel war seine Erfahrung. Alex' Trumpfkarte hingegen war sein junger Verstand. Er funktionierte anders als andere Menschen. Alex erkannte Dinge und Zusammenhänge, die sonst keiner sah. Und er ließ sich nur selten durch Gefühle oder persönliche Befindlichkeiten davon abbringen, seiner Logik zu folgen.

Es sei denn, es ging um Natalie. Sie war seine große Stärke und seine große Schwäche zugleich. Was ihn in der letzten Zeit verändert hatte. Zum Positiven, wie Fabrice fand. Für ihn als gläubigen und religiösen Menschen war es ein schönes Gefühl zu sehen, wenn stets um Kontrolle bemühte Menschen plötzlich das Unerklärliche erlebten und sich freiwillig geschlagen gaben.

Apropos Natalie, dachte Fabrice. Olivia hatte ihr gesagt, sie solle sich am Empfang anmelden, doch bislang war Natalie nicht aufgetaucht. Dabei hätte sie längst hier sein müssen.

Fabrice unterbrach Volker Aurach.

»Entschuldigen Sie bitte«, wandte er sich an Olivia. »Kannst du bitte Alex schreiben, wo Natalie ist? Ich mache mir Sorgen. Nicht dass etwas passiert ist.«

Olivia sah auf die Uhr, runzelte die Stirn, zückte ihr Telefon, tippte eine Nachricht und widmete sich dann wieder Aurach und Schulze.

Der Chef des Staatsschutzes wollte gerade seinen Lesefluss wieder aufnehmen, als Schulzes Handy vor ihm auf dem Tisch vibrierte. Bevor er es in die Hand nahm, konnte Fabrice einen kurzen Blick auf das Display werfen. Er las den Namen und wunderte sich.

Was wollte Leopold Roth von Sebastian Schulze?

Alex und Cara lehnten an einem Mauervorsprung, in den eine Eisentür eingelassen war. Sie standen damit zwar etwas abseits der Menschenmenge, hatten dafür jedoch den perfekten Blick auf die Chanukkia über ihnen. Oben auf der Hebebühne standen inzwischen der langbärtige Rabbi in einem schwarzen Gewand und Stephan Wolf. Der Geistliche begrüßte die Anwesenden in einer kurzen Rede, die über die Lautsprecher zu ihnen nach unten drang. Ein charmanter jiddisch-amerikanischer Akzent schwang in den deutschen Worten mit. Irgendwie, dachte Alex, konnte man solchen Menschen kaum böse sein, die so klangen wie der Milchmann Tevje in »Anatevka«. Sie klangen immer wie Märchenonkel. Und für einige waren sie das ja auch.

Alex sah auf die andere Straßenseite. Gerade noch rechtzeitig, um den telefonierenden Leopold Roth mit seinen beiden Bodyguards um eine Ecke verschwinden zu sehen. Was bedeutete das denn jetzt? Ob der Typ noch mal wiederkam? Oder machte er sich jetzt aus dem Staub, ehe er ihnen die Information gegeben hatte, wegen der sie hier waren?

Auch Cara hatte es gesehen und fluchte leise. Sie konnten

schlecht hinter ihm herrennen und ihn zur Rede stellen. Erstens war er noch am Telefon, zweitens hatten sie ja kein natürliches Recht an irgendwelchen inoffiziellen oder sogar illegal erworbenen Informationen. Sie befanden sich definitiv in der schlechteren Position.

Inzwischen hatte Stephan Wolf auf der Kanzel das Wort ergriffen. Cara seufzte, als der Milliardär in charmanten und geschickten Worten die Menge zum Lachen brachte und sich für das zahlreiche Kommen bedankte. Alex schätzte, dass sich inzwischen über hundert Menschen auf dem Platz versammelt hatten. Das Warten auf den Feierabend der Leute hatte sich also gelohnt.

Wolf sprach über den Rat der Religionen. Das war wenig überraschend. Worüber sollte jemand auch sonst an einer religiösen Veranstaltung in diesen Tagen sprechen?

»Dreckskerl!«, sagte Cara in diesem Moment, und Alex fragte sich, ob sie Wolf oder Roth meinte. »Ich bin mir sicher, dass er mir gar nichts erzählen wollte. Er wollte mich nur wissen lassen, dass er über meine Recherchen Bescheid weiß. Der Typ ist mit allen Wassern gewaschen. Das war eine Warnung und kein Angebot zum Austausch von Informationen.«

Denkbar, überlegte Alex. Roth wusste jetzt, dass Cara Allegri tatsächlich viel mehr in Erfahrung gebracht hatte, als in der Öffentlichkeit bislang bekannt war. Und Roth wusste jetzt auch, dass Alex und Natalie mit ihr zusammenarbeiteten. Sie hingegen hatten nur erfahren, dass Roth selbst mehr wusste, als er preisgeben wollte.

»Meinst du, der steckt da auch mit drin?«

Cara sah Alex an. Von jetzt auf gleich veränderte sich ihr Gesichtsausdruck. Die harten, verärgerten Züge wichen einem melancholischen, fast traurigen Schmunzeln. Leise stieß sie die Luft aus, schüttelte fast unmerklich den Kopf. Eine Miene, die er an ihr bislang noch nicht gesehen hatte. Woher kam dieser Wandel denn plötzlich? Was hatte ihn ausgelöst?

»Ist alles in Ordnung?«, fragte er.

Sie rückte an ihn heran. Einen Moment zögerte sie, dann

lehnte sie sich zu ihm herüber und flüsterte ihm ins Ohr: »Alex, ich war nicht ganz ehrlich zu dir. Sobald Natalie und Fabrice da sind, müssen wir reden. Es gibt ein paar Sachen, die ich euch erzählen muss. Dann verstehst du besser, was gerade in mir vorgeht und was alles passiert ist.«

Ob es die Lehre aus seiner Beziehung zu Natalie war oder der Ernst in Caras Augen, Alex konnte es nicht sicher sagen. Aber er spürte, dass in diesem Moment jede Frage zwecklos war. Cara würde sagen, was sie zu sagen hatte, wenn sie es für richtig hielt.

Noch während Alex über ihre Worte nachdachte, wanderten seine Augen wieder hinauf zu Wolf. Der Mann schien am Ende seiner Rede angekommen zu sein, dabei ergriff er noch einmal mit beiden Händen das Geländer der Kanzel. Ein charismatischer Mann, gestand sich Alex ein.

Vielleicht täuschte sich Cara in ihm. Vielleicht meinte Wolf es tatsächlich ernst. Wie er da oben stand, nahmen ihm die Menschen jedenfalls jedes Wort ab.

Alex betrachtete die Männer, Frauen und Kinder, von denen einige schon Latkes, Sufganijot und Blintzes in den Händen hielten.

Da traf es ihn wie ein Schlag.

War das eine Einbildung? Nein, Alex war sich sofort sicher. Aber das konnte nicht sein. Oder doch? Zwischen den Menschen, die nach oben blickten, erspähte er einen Mann mit schwarzem Haar und einem Merkmal im Gesicht, das Alex nicht vergessen hatte.

Einem Feuermal.

»Cara«, flüsterte Alex, während er Wolfs Stimme hörte, der seine Rede mit der Übersetzung eines lateinischen Sprichwortes beendete: »In diesem Zeichen wirst du siegen.«

Oder alles verlieren, dachte Alex.

28

9. Dezember, Köln

Stille.

Entsetzliche Stille.

Dunkelheit. Dabei hatte er doch die Augen geöffnet. Licht. Wo war das Licht? Wo war die Welt, die vor wenigen Sekunden noch existiert hatte? Oder existierte *er* nicht mehr?

Luft. Oh Gott! Luft. Alex musste atmen. Aber durch Mund und Nase drang nichts in seine Lungen. Gar nichts. Nicht mal der Hauch von Sauerstoff, den er doch so dringend brauchte, um zu überleben.

Überleben? Das hieß, dass er noch lebte. Aber warum konnte er nicht atmen? Sich nicht bewegen? Nein, das stimmte nicht ganz. Seine Arme. Jetzt spürte er seine Arme wieder. Und auch seine Beine. Nur der Brustkorb. Gütiger Himmel! Warum konnte er seinen Brustkorb nicht heben? Seine Lungen wurden zerquetscht.

Irgendetwas lag auf ihm.

Nein, irgend*wer*! Ein schlaffer Körper, der sich nicht bewegte. Panik erfasste Alex. Mit seinen freien Armen packte er, wer auch immer auf ihm lag, und wuchtete den Leib von sich.

Luft. Da war sie. Gierig saugte Alex den Sauerstoff ein, füllte seine Lungen. Ein Hustenanfall schüttelte ihn heftig, zerriss ihn innerlich. Rauch. Viel zu viel Rauch. Alex krümmte sich, drehte sich seitwärts. Ein brennender Schmerz durchfuhr seinen ganzen Körper, und er begann zu zittern.

Auf einmal drang etwas zu ihm durch. Ein scharfer Ton, der die absolute Stille auflöste. Ein Klang wie ein weit entferntes Pfeifen, das langsam näher kam, lauter wurde, bis es unerträglich schrill alle Sinne betäubte. Alex presste die Hände auf seine Ohren, kniff die Augen zusammen, versuchte, den Lärm auszublenden. Aber das Pfeifen kam direkt aus seinem Kopf. Es ließ sich nicht aussperren.

Was war bloß geschehen?

Mit Mühe erinnerte sich Alex, dass er mit Cara Allegri auf dem Vorplatz zum Spanischen Bau des Kölner Rathauses gestanden hatte. Da hatte ein greller Blitz den Theo-Burauen-Platz in gleißend helles Licht getaucht.

Cara!

Der Gedanke an die Lobbyistin durchfuhr ihn bis ins Mark. Alex befreite sich aus seiner Embryonalstellung und nahm die Hände von seinen Ohren. Sofort strömten andere Geräusche auf ihn ein. Der grelle Ton ließ abrupt nach. Dafür drangen die schmerzerfüllten Schreie fremder Menschen zu ihm durch. Panisches Kreischen, verzweifeltes Flehen, jammervolles Wimmern. Menschen, die nicht fassen konnten, was sie gerade erlebten. Menschen, denen es weit schlechter zu gehen schien als ihm. Menschen, die glaubten, sterben zu müssen. Menschen, die tatsächlich starben.

Wie schwer war er selbst verletzt? Alex spürte, wie alles in seinem Körper schmerzte. Sein Kopf drohte zu platzen. Nur, dass ihn das gerade nicht interessierte. Er wollte nur eines wissen.

»Cara!«

Was ein lautes Rufen ihres Namens werden sollte, verkam zu einem Krächzen. Ein neuerlicher Hustenanfall ließ ihn regelrecht beben. Nur mühsam rappelte er sich auf und sah sich nach ihr um. Dichter Rauch lag über dem Ort, an dem noch vor wenigen Augenblicken eine friedliche Zeremonie stattgefunden hatte. Ein Lichterfest der Freude, das den Menschen den Glauben an Wunder verleihen sollte.

Jetzt grenzte es an ein Wunder, dass er noch lebte.

»Cara!«

Alex rief erneut, diesmal ertönte sein Ruf lauter.

Da sah er neben sich.

Der Körper, den er vor wenigen Augenblicken von sich weggeschoben hatte. Ein Frauenkörper. Auf den Bauch gedreht. Lange Beine, die unter einem eleganten Mantel hervorragten. Die Haut mit Wunden übersät. Die Kleidung in Fetzen gerissen. Die Louis-Vuitton-Handtasche noch immer in der Armbeuge eingeklemmt. Die blonden, kurzen Haare blutig und verdreckt.

»Cara!«

Jetzt war es ein Schrei. Ein verzweifelter Schrei. Ein Schrei, mit dem eine schreckliche Vorahnung mitschwang.

Nein, das durfte nicht sein!

Er robbte zu ihr. Jede Bewegung bereitete ihm höllische Schmerzen. Doch es war ihm egal. Vorsichtig griff er ihre Schultern und drehte sie um. Cara Allegri lag mit geschlossenen Augen vor ihm. Ihr Mantel öffnete sich, eine goldene Löwenbrosche schimmerte wie fehl am Platze an ihrem Kostüm. Alex nahm ihr Gesicht in seine Hände, umschloss ihre Wangen. Sie waren warm. An seinem kleinen Finger, der an ihrem Hals lag, spürte er etwas. Er tastete danach.

Ein Puls.

Schwach, aber er war da.

Noch.

»Cara«, sagte er wieder, diesmal mit ruhigerer Stimme. »Komm zu dir, Cara! Bitte!«

Er blickte sich um. Hatte er Sirenen gehört? Waren Krankenwagen auf dem Weg? Bestimmt waren sie das. Alex richtete seinen Oberkörper auf.

»Hilfe!«, rief er, so laut er konnte.

Schemenhaft erkannte er Menschen, die sich durch den Rauch ihren Weg bahnten. Sie kamen die Kleine Budengasse heraufgeeilt. Keine Sanitäter, wie Alex jetzt erkannte. Menschen, die noch nicht wussten, was sie erwartete. Die den Knall gehört haben mussten. Wollten sie helfen? Konnten sie helfen?

»Hilfe!«, versuchte Alex es erneut. Er winkte mit beiden Armen. Hoffte, sie würden ihn sehen.

Er sah wieder auf Cara hinab. Ihr schönes Gesicht war kreideweiß. Wie viel Blut sie wohl schon verloren hatte? Er tätschelte leicht ihre Wange, beugte sich hinunter, flüsterte ihren Namen, strich ihr eine Strähne aus der Stirn. Dabei fuhr er über ihren Hinterkopf – und erschrak.

Ganz vorsichtig berührten seine Finger die Wunde. Er traute

sich nicht, Cara erneut zu bewegen. Also tastete er sich vor, verließ sich auf das, was er spürte. Seine Finger übernahmen die Funktion seiner Augen, fuhren durch die Haare der Frau, die er gerade erst vor zwei Tagen kennengelernt hatte. Jetzt lag sie hier am Boden, schwer verletzt. Alex musste kein Arzt sein, um zu wissen, was diese Kopfverletzung für Cara bedeuten konnte.

Da riss sie die Augen auf.

Plötzlich, mit einem Keuchen, als hätte ihr jemand eine Adrenalinspritze mitten ins Herz gerammt, bäumte sie sich auf. Alex hielt sie fest. In ihren Augen standen Furcht und Verwirrung.

Sie sah ihn an, erkannte ihn. Ob sie realisierte, was mit ihnen passiert war?

Ihre Lippen bewegten sich. Erst war es nicht mehr als ein Zucken. Dann kamen leise Laute aus ihrem Mund.

Alex beugte sich sofort weiter zu ihr hinunter.

»Alex –« Sie schloss kurz die Augen, schien für jedes Wort schwer kämpfen zu müssen. »Es – es tut mir leid.«

»Cara, es wird alles wieder gut«, hörte Alex sich sagen. »Streng dich nicht an! Hilfe ist unterwegs.«

Alex sah sie an, versuchte in seinen Gesichtsausdruck so etwas wie Hoffnung zu legen. Doch innerlich fühlte er tiefe Trauer aufsteigen. Was konnte er sagen? Wie konnte er ihr noch helfen? Und wo blieben die verdammten Sanitäter?

»Ich wollte dich schützen«, presste Cara hervor.

Als Alex die Tragweite dieser Worte realisierte, schien die Welt nicht mehr genug. Irgendetwas in ihm geriet aus den Fugen. Cara hatte ihm das Leben gerettet. Sie musste versucht haben, ihn im Augenblick der Explosion zu Boden zu werfen. War sie so zu einer Art Schutzschild für ihn geworden?

»Warum hast du das getan?«, hauchte er ungläubig.

Alex spürte, wie sie ihren Kopf zu drehen versuchte, bis ihr Mund seine Hand berührte. Sie formte ihre Lippen zu einem sachten, flüchtigen Kuss. Cara lächelte ihn traurig an. Es war, als fiele eine große Bürde von ihr ab. Eine Last, die sie viel zu lange mit sich herumgetragen hatte.

»Ich habe«, begann sie von Neuem und musste schlucken, »Fehler gemacht. Ihr müsst es zu Ende bringen.«

»Was meinst du, Cara?«

Alex hielt sie noch immer fest. Er würde sie nicht loslassen. Er würde hier sitzen, sie halten, bis der Notarzt kam. Er würde nicht von ihrer Seite weichen. Egal was passierte. Und solange sie mit ihm redete, dachte er, war sie noch da. Solange gab es Hoffnung.

»Roth.« Ihre Stimme war nicht mehr als ein Flüstern. »Er – er ist falsch. Ihr müsst es nutzen.«

»Was nutzen?«

»Das Bild!« Sie stockte, kniff die Augen zusammen. Als sie sie wieder öffnete, liefen ihr Tränen über die Wangen. »Im Buch.«

Der Kampf um jedes Wort wurde immer mühsamer. Alex wagte es nicht, weiter nachzufragen.

»Versprich es mir, Alex!«

»Ich verspreche es dir, Cara!«

Auch ihm kamen jetzt die Tränen. Das durfte einfach nicht sein. Das konnte nicht wahr sein. Aber er spürte es, sah es kommen. Sie sahen einander in die Augen.

»Ich danke dir«, sagte Alex.

Er wusste nicht, weshalb er es sagte. Aber es ließ sie lächeln. Ein letztes Mal.

Dann schloss sie die Augen.

Alex hörte die Sirenen eines Krankenwagens nun ganz nah. Reifen quietschten. Türen flogen auf. Die Rufe der Rettungskräfte ertönten.

Doch für Cara Allegri kamen sie zu spät.

29

9. Dezember, Köln

Alex konnte nicht sagen, wie er in den Krankenwagen gekommen war. Seine Erinnerung funktionierte nur bruchstückhaft.

Cara Allegri, die in seinen Armen gestorben war. Ein Sanitäter, der ihm eine Hand auf die Schulter gelegt und ihn behutsam von Cara gelöst hatte. Das unbeschreibliche Leid auf dem Theo-Burauen-Platz. Der Chanukkaleuchter, den die Explosion aus der Fassung gerissen hatte. Die Flammen, die an der Fassade des Spanischen Baus züngelten.

Alex mochte sich nicht vorstellen, wie viele Menschen gestorben waren. Wer konnte in so einem Chaos schon unterscheiden zwischen Toten und Verletzten? Und welcher Verletzte starb vielleicht doch noch auf dem Weg ins Krankenhaus? Alex hatte Stephan Wolf gesehen, den Milliardär, dem sein ganzes Geld nichts gebracht hatte, um ihn zu schützen. Auf einer Trage hatten sie ihn davongebracht, mit einer Infusion im Arm und einer Sauerstoffmaske auf dem Gesicht. Hatte er überlebt? Vielleicht. Vielleicht auch nicht.

Dass Alex überlebt hatte, und das sogar nahezu unverletzt, hatte er ganz allein Cara zu verdanken. Sie hatten an dem Mauervorsprung gelehnt, als sie sich auf ihn geworfen und ihn hinter dem steinernen Wall zu Boden gerissen hatte. Ihn hatte sie damit geschützt, sich selbst nicht. Um Alex konnten sich die Sanitäter kümmern. Für Cara kam jede Hilfe zu spät.

Auch Leopold Roth tauchte jetzt vor seinem inneren Auge auf. Alex konnte sich nicht erinnern, den Anwalt in dem Chaos noch einmal gesehen zu haben. Aber war der Mann nicht ohnehin wenige Minuten vor der Explosion unter dem Vorwand verschwunden, telefonieren zu müssen? Cara hatte den Verdacht geäußert, er habe sie nur ausspionieren und ihnen gar keine Informationen geben wollen.

Jetzt klangen ihre Worte in Alex nach: *Er ist falsch.*

Was hatte sie damit gemeint? Aber Alex' Kopf dröhnte zu sehr, als dass er einen klaren Gedanken hätte fassen können. Seine Schläfen pochten. Seine Augen schmerzten, sodass er kaum die Lider offen halten konnte. Er lag auf der Trage des Krankenwagens, hörte die Sirene, spürte, wie der Fahrer schnell, aber kontrolliert die Kurven nahm und ihn quer durch Köln fuhr. Wie bei Stephan Wolf steckte auch in seiner Vene am linken Arm ein Tropf. Die Atemmaske dagegen hatte er sich schon wieder vom Gesicht gerissen. Sie hatte ihn eingeengt, hatte ihm das Atmen erschwert statt erleichtert. Der Sanitäter, der bei ihm saß, sagte etwas von Verdacht auf Gehirnerschütterung und einem Trauma. Für diese Diagnose brauchte Alex keine Ärzte. Aber hatten die Wucht des Aufpralls und die Druckwelle noch größeren Schaden angerichtet? Konnte Alex überhaupt zuverlässig in seinen Körper hineinhorchen? Oder gingen die Schmerzen, die er körperlich verspürte, fließend in jene Gefühle über, die er nach Cara Allegris Tod empfand? Wie sehr konnte er sich gerade überhaupt noch auf sich, auf seinen Körper, auf seinen Geist verlassen?

Von irgendwoher drang ein Klingeln. Alex brauchte einige Sekunden, ehe er begriff, dass es der Ton seines Smartphones war. Er wollte schon nach dem Telefon suchen, als der Sanitäter es in die Höhe hielt.

»Eine Dr. Olivia Ziffzer«, sagte der Mann mit einem Blick auf das Display.

»Darf ich?«, fragte Alex matt.

Der Sanitäter taxierte seinen Patienten.

»Ich bleibe auch liegen, und Sie aktivieren lediglich den Lautsprecher«, versuchte es Alex. Er glaubte ohnehin nicht, das Telefon lange genug an sein Ohr halten zu können.

Der Sanitäter sah nicht glücklich aus, tat ihm aber den Gefallen.

»Alex!«, hörte er die Stimme der Anwältin. Beunruhigt, nervös. Untypisch für sie. »Wir haben gerade von dem Anschlag gehört. Sag, dass es euch gut geht!« Ein flehender Unterton schwang in ihren Worten mit.

Alex schluckte.
»Cara Allegri ist tot«, brachte er hervor.
Der Sanitäter verzog keine Miene. Ob er diese Worte schon häufiger gehört hatte, nur mit anderen Namen?
Es entstand eine lange Pause.
»Olivia?«, fragte Alex.
»Ja, entschuldige«, antwortete die Anwältin.
»Ist denn bei euch alles in Ordnung?«
»Alex, ist Natalie bei dir?«
Hätte er nicht auf der Liege gelegen, Alex' Beine hätten nachgegeben. Irgendetwas entzog seinem Mund von einer Sekunde auf die nächste jede Feuchtigkeit. Er spürte, wie Magensäure in ihm aufstieg, und unterdrückte einen Würgereiz. Sein Herz begann zu rasen, pumpte das Blut wie wild durch seine Adern. Er verkrampfte, die Nadel bohrte sich schmerzhaft tiefer in seinen Arm.
»Was?«, stammelte er. »Wie bitte?«
Das musste ein Alptraum sein. Irgendein skurriler Scherz, dessen Pointe Alex verborgen blieb. Jemand spielte ein Spiel mit ihnen. Nein, diese Frage konnte Olivia unmöglich gestellt haben. Was zur Hölle meinte sie damit?
»Alex, Natalie ist nicht im Präsidium angekommen«, drang Olivias Stimme an sein Ohr. »Wir können sie nicht auf ihrem Handy erreichen. Es geht sofort die Mailbox dran. Fabrice und Esther telefonieren gerade die Krankenhäuser ab. Aber die sind in Alarmbereitschaft wegen des Anschlags und heillos überfordert.«
Alex merkte, wie seine Hände zu zittern begannen. Auch der Sanitäter schien es bemerkt zu haben. Er schaltete sich ein.
»Dr. Ziffzer, mein Name ist Sascha Haberer. Ich halte das Telefon Ihres Bekannten in meinen Händen. Ich bin der Sanitäter, der ihn gerade ins Krankenhaus begleitet«, sprach er mit ruhiger Stimme. Ein junger Mann, der schon viel gesehen hatte. »Herr Kauffmann hat den Anschlag äußerlich nahezu unverletzt überstanden. Im Krankenhaus muss er aber eingehend untersucht werden, um innere Verletzungen auszuschließen. Ich habe

ihm diesen Anruf nur gestattet, weil seine Werte, soweit wir sie kennen, in Ordnung sind und er stabil ist.«

»Vielen Dank, Herr Haberer«, antwortete Olivia. »In welches Krankenhaus bringen Sie Professor Kauffmann?«

Bei dem Wort Professor zuckte kurz die Augenbraue des Mannes. Alex' Namen hatte er dem Ausweis entnommen, den Alex bei sich trug. Sein Titel war darauf aber nicht vermerkt.

»Wir bringen den Professor ins Sankt Hildegardis.«

»Verstanden. Wir werden so schnell wie möglich hinkommen«, hörte Alex Olivia sagen, aber seine Gedanken waren schon weit weg. Sie kreisten um Natalie. Da hörte er noch einmal die Stimme der Anwältin. »Alex, tu, was die Ärzte dir sagen! Überlass die Suche nach Natalie uns! Wir finden sie. Versprochen. Und wir sind so schnell wie möglich bei dir.«

Hilflosigkeit war kein Ausdruck für das Gefühl, das sich in Alex breitmachte. Sein Körper gehorchte ihm nicht. In seinen Ohren pfiff noch immer dieser hohe Ton, der sein Gleichgewicht in gehörige Unordnung brachte. Rücken und Kopf schmerzten vom Aufprall auf dem Asphalt. Und in seiner Brust drohte sein Herz zu zerplatzen.

Erst Cara, jetzt Natalie?

»Nein!«, rief er laut.

Verärgert über seine eigene Schwäche richtete er sich auf. Alles tat weh, sein Körper rebellierte. Aber er durfte nicht schlappmachen. Cara konnte er nicht mehr helfen. Natalie schon. Egal wo sie war.

»Wie bitte?«

Olivias Stimme. Einen kurzen Moment blickte Alex auf das Telefon in den Händen des Sanitäters. Sie war noch immer dran.

»Olivia, es war derselbe Mann«, sagte Alex. »Der Mann, der die Moschee hochgejagt hat und dem Fabrice im Hotel gefolgt ist. Ich habe ihn erkannt. Er war der Attentäter. Er hat diese Menschen auf dem Gewissen.«

»Bist du sicher?« Olivias Stimme war jetzt wieder ganz geschäftsmäßig. Sie musste sofort verstanden haben, was Alex da gerade gesagt hatte.

»Ganz sicher. Sag diesem Aurach, sie müssen die Kameras checken.«

Alex rief sich die Struktur des Platzes in Erinnerung. Plötzlich funktionierte sein Hirn wieder, die Bilder kamen zurück. Er verdrängte die Gedanken an den Anschlag, an Caras leblosen Blick, und beschrieb Olivia in knappen Worten, wo er den Mann mit dem roten Fleck im Gesicht entdeckt hatte und wo dieser die Bombe gezündet haben musste.

»Gib die Beschreibung an Aurach weiter. Wenn er seinen Job versteht, wird er wissen, was zu tun ist. Und sag Fabrice, dass er mich sofort anrufen soll, sobald er etwas über Natalie weiß.«

Der Sanitäter beendete den Anruf und sah durch die Frontscheibe nach draußen. »Wir sind da.«

Notaufnahmen konnten hektische Orte sein. Doch das, was sich Alex im Sankt Hildegardis bot, übertraf seine Befürchtungen. Chaos. Krankenwagen trafen ein, Sanitäter sprangen aus den Autos, Verletzte wurden auf Tragen in das Gebäude gekarrt. Befehle wurden gebrüllt, Warnungen gerufen, Anweisungen gegeben. Jeder Arzt, jede Krankenschwester, jeder Pfleger schien in die Notaufnahme beordert worden zu sein. An einem Ort, an dem Menschen geholfen werden sollte, an dem sie Zuspruch und Heilung erfahren sollten, regierten Panik und Angst.

Terror hatte viele Gesichter, dachte Alex. Nicht nur die namen- und heimatlosen Menschen, die zu mordenden Maschinen im Dienste einer Religion oder Ideologie wurden. Nicht nur die Dealer, ob mit Waffen, Drogen, Geld oder Informationen. Nicht nur die Drahtzieher, die manchmal in kahlen Berghöhlen hausten, manchmal aber auch hinter modernen Schreibtischen oder in Regierungen saßen. Nicht nur die Fahnder, Ermittler, Agenten, Politiker, freiwilligen Helfer und Journalisten. Auch diejenigen gehörten dazu, die ungewollt mit hineingezogen wurden. Die Opfer natürlich. Die Angehörigen der Opfer. Aber eben auch die Menschen, die als Erste vor Ort waren, Hilfe leisteten, obwohl sie eigentlich nur auf dem Heimweg waren. Deren Leben sich von einem Tag auf den nächsten für immer veränderte, weil sie Zeuge von etwas wurden, das sie bis dato nur aus den Nachrichten gekannt hatten. Die Sanitäter und Ärzte, die in Krankenhäusern wie dem Sankt Hildegardis zwar in der Theorie auf einen Terroreinsatz vorbereitet worden waren, aber nie wirklich geglaubt hatten, dass sie so einen Ernstfall einmal erleben würden. Und dann waren da die anderen Patienten, die ebenfalls im Krankenhaus lagen, saßen, standen, weil es ihnen schlecht ging. Einige von ihnen waren selbst Notfälle oder glaubten zumindest, dass sie Notfälle waren. Bis auch sie Zeuge davon wurden, dass ihr eigenes Leid nichts war im Vergleich zu dem, was ein Terroranschlag anrichtete.

Obwohl Alex das Attentat unmittelbar miterlebt hatte, fühlte er sich, als habe er kein Recht, sich zu beklagen. Er lag zwar noch immer auf dem mobilen Bett, auf dem er nun ins Krankenhaus gerollt wurde, aber wenige Blicke nach links und rechts zeigten ihm, wie groß sein Glück gewesen sein musste. Wovor Cara ihn bewahrt hatte. Wie schlimm es um ihn hätte stehen können, wenn sie nicht gewesen wäre.

Ihm machte Blut nichts aus. Er hatte gesehen, wie Menschen vor seinen Augen gestorben, sogar ermordet worden waren. Er hatte gesehen, wie Natalie einem Mann ein Messer in den Hals gerammt und wie Fabrice jemanden erschossen hatte. Schlimme Erinnerungen, aber auch Situationen, in denen ihr eigenes Leben in Gefahr gewesen war. Diejenigen, die gestorben waren, hätten sonst nicht gezögert, ihnen das Leben zu nehmen.

Doch hier, in der Notaufnahme des Sankt Hildegardis, sah er Unschuldige. Menschen, deren größtes Verbrechen gewesen war, einer fröhlichen Zeremonie beigewohnt zu haben, um sich am Wunder des Lichts zu erfreuen.

Stattdessen hatten sie die Macht der allumfassenden Dunkelheit erlebt.

Eine junge Ärztin kam auf sie zu. Der Sanitäter, der ihn begleitet hatte, informierte sie darüber, in welcher Lage Alex aufgefunden worden war und welche Werte er bei ihm gemessen hatte. Die Ärztin nickte, bedankte sich und stellte sich ihrem Patienten als Dr. Caroline Voß vor.

»Sie sind Franzose?«

Alex nickte. »Aber ich spreche fließend Deutsch«, antwortete er in ihrer Sprache.

»Das macht es einfacher für mich.« Voß lächelte. »Ich habe vorhin gemerkt, wie eingerostet mein Französisch ist.«

Alex brauchte eine Sekunde, bis sein Gehirn verarbeitet hatte, was die Ärztin soeben gesagt hatte.

Dann fuhr er hoch. »Wie meinen Sie das?«, fragte er energisch.

Dr. Voß sah ihn überrascht an. »Vorhin ist eine junge Französin eingeliefert worden. Da habe ich gemerkt, dass mein Vokabular –«

Alex unterbrach sie. »Wie hieß die Frau?«

»Das kann ich –«

»Hieß sie Natalie Villeneuve?«

Der Ärztin klappte der Mund auf.

»Sie ist meine Verlobte«, rief Alex aufgeregt. »Ist Natalie hier?«

Er wollte sich aufsetzen, doch die Ärztin legte ihm eine Hand auf die Schulter.

»Sachte, sachte! Herr Kauffmann, wir können Ihnen keine Auskunft über Patienten in diesem Krankenhaus geben. Aber ich werde weitergeben, dass Sie nach einer Natalie Villeneuve gefragt haben. Mehr kann ich Ihnen leider zum jetzigen Zeitpunkt nicht sagen.«

Sie ist also hier. Und diese Voß ließ ihn zappeln.

Jetzt wurde Alex sauer. »Frau Doktor, Sie wissen, was mir und vielen anderen Menschen gerade passiert ist. Natalie hätte uns dort treffen sollen. Irgendetwas ist ihr unterwegs passiert, was sie davon abgehalten hat. Ich will wissen, was los ist. Ich will wissen, wie es ihr geht. Ich will zu ihr. Sofort.«

Voß rang mit sich. Alex sah ihr an, wie es in ihr arbeitete. Dann traf sie offenbar eine Entscheidung.

»Okay. Wir machen jetzt einen Deal, Herr Kauffmann. Wir werden Sie jetzt untersuchen, das hat oberste Priorität. Genau aus dem Grund, den Sie gerade erwähnt haben: Weil Sie gerade einen Anschlag überlebt haben. Anschließend, das verspreche ich Ihnen, bringe ich Sie zu ihr.«

»Geht es ihr gut?«

»Sie ist auf einer Eisplatte ausgerutscht und hat sich den Kopf angeschlagen. Sie hatte Glück. Es ist nur eine leichte Gehirnerschütterung.« Sie erklärte ihm, dass man Natalie und ihn ins nächstgelegene Krankenhaus gebracht habe. »Deswegen sind Sie beide hier.« Sie machte eine kurze Pause und schenkte ihm ein warmes Lächeln. »Machen Sie sich keine Sorgen! Ihrer Verlobten und dem Baby ist nichts passiert.«

30

9. Dezember, Pirmasens

Markus Nossak stand auf der Terrasse seiner Villa wie auf einem Feldherrnhügel. Unter ihm in der Senke der Pfälzer Wald, unter seinen Füßen der feine Schnee des frühen Winters. Der Mond schickte ein weißes, kaltes Licht auf ihn und seine Stadt herab.

Pirmasens gehört mir, dachte Nossak, und bald wird auch Deutschland wieder meinesgleichen gehören.

Er spürte die Dunkelheit, die zwischen den Bäumen zu ihm emporkroch. Er sog die eiskalte, feuchte Luft in seine Lungen ein. Sein allabendlicher Spaziergang lag hinter ihm, er trug seine zweitausend Euro teuren Schneestiefel und ärgerte sich ein wenig darüber, dass er trotzdem kalte Füße bekommen hatte. Das Schuhhandwerk war eben nicht mehr das, was es einmal war. Wer wusste das besser als die Menschen dieser, seiner Stadt?

Seine kalten Füße waren allerdings das Einzige, was ihm missfiel. Nossak erlaubte seinen Gedanken noch einmal, an den frühen Abend zurückzukehren. Die entscheidenden Minuten, die er in seiner Firma verbracht hatte. Nicht in der Redaktion von NNN, sondern in den Räumen der IHS Group in der Delaware Avenue. Auf dem Monitor seines Laptops hatte er verfolgt, was sie in den Monaten zuvor minutiös geplant hatten. Der vorletzte Schritt hin zu einer besseren Welt. Nossak hatte die Sekunden mitgezählt, bis der Theo-Burauen-Platz in einen Ground Zero verwandelt worden war.

Natürlich hatten sie daran gedacht, auch hier eine Kamera anzubringen wie schon vor der Zentralmoschee. Nossak überließ nie etwas dem Zufall. Es ging ihm nicht nur um Kontrolle. Bilder erzählten Geschichten. Geschichten ließen sich verkaufen. Mit Geschichten konnte man Menschen manipulieren. Da spielte es keine Rolle, ob diese Geschichten der Wahrheit entsprachen. Solange man die richtigen Bildausschnitte wählte, glaubten die

Zuschauer, sie hätten die Wahrheit vor sich. Fast so, als wären sie live dabei gewesen.

Wahrheit, das armselige Konstrukt für Rückwärtsgewandte und Zukunftsverweigerer.

Nossak erinnerte sich an einen Ausspruch von George Orwell: »Je weiter sich eine Gesellschaft von der Wahrheit entfernt, desto mehr wird sie jene hassen, die sie auszusprechen wagen.«

Für Nossak war es die perfekte Anleitung, was er zu tun hatte. Er entfernte die Gesellschaft aktiv von der Wahrheit. Für ihn war Wahrheit ein Gut, dessen Luxus sich die Menschen nicht mehr leisten sollten. Wahrheit? Wofür? Fakten waren irrelevant.

Wahr ist, was sich wahr anfühlt.

Er dachte an die unsägliche Außenpolitik, die Deutschland betrieb. War nicht Berlin selbst an dem schuld, was in Syrien, in ganz Nordafrika, in großen Teilen der arabischen Welt passiert war? Waren es nicht die Politiker in ganz Europa gewesen, die in einem korrupten System dafür gesorgt hatten, dass eines der instabilsten Fleckchen Erde auf diesem Planeten politisch und gesellschaftlich implodiert war? Sie hatten vergessen, den Stift wieder zurück in die Granate zu stecken. Seit ihnen alles um die Ohren geflogen war, inszenierten sie sich hastig als Humanisten und Menschenretter.

So waren sie, die Politiker. So waren sie schon immer gewesen.

Auch Politiker hielten es nicht so streng mit der Wahrheit. Warum sollte er also anders ticken?

Wobei – er tickte anders. Ganz anders.

Sein Glaube erlaubte es ihm nicht, sich als Humanist zu inszenieren. Seine Überzeugungen erlaubten es ihm nicht, in den entscheidenden Fragen zur Zukunft seines Landes auch nur ein Jota abzuweichen.

Stand es nicht so in Matthäus 5 geschrieben?

»Denn wahrlich, ich sage euch, bis der Himmel und die Erde vergehen, soll auch nicht ein Jota oder ein Häkchen vom Gesetze vergehen, bis alles wird geschehen sein. Wer nun eines von diesen kleinsten Geboten auflöst und lehrt die Leute also, der wird der

Kleinste heißen im Himmelreich; wer es aber tut und lehrt, der wird groß heißen im Himmelreich.«

Jota. Er mochte das Wort. Auch wenn es vom Hebräischen abstammte und die Juden diese Sprache als die ihre reklamierten. Jota, Iota oder einfach nur *jod*, der kleinste Buchstabe im hebräischen Alphabet. Und gleichzeitig einer der mächtigsten. Nur ein winziges Strichlein und doch von göttlicher Bedeutung.

Daher auch der Name seiner Firma. Die IHS Group. IHS, der heilige Name Jesu Christi. JHS hätte ihm auch gut gefallen. Aber Nossak mochte Doppeldeutigkeiten. Er erfreute sich jedes Mal am Logo der Firma, wenn er die geheimen Räume in der Delaware Avenue betrat. Und an dem Wortspiel, das zu ihrem Erkennungszeichen geworden war, das aber nur wenige Eingeweihte kannten. Ein Geheimnis, das sie sich geschworen hatten zu bewahren.

Nossaks Gedanken kehrten auf den Theo-Burauen-Platz zurück. Dass die First Daughter ihren Besuch abgesagt hatte, damit hatten sie gerechnet. Die Botschaft würde sie auch so verstehen. Abgesehen davon hatte es die Sicherheitsmaßnahmen rund um den Platz deutlich verringert, weshalb Kemal sich problemlos seinem Ziel hatte nähern können. Nossak hatte alles beobachtet. Wie Cara Allegri und Alexander Kauffmann eingetroffen waren. Wie sie sich mit Leopold Roth getroffen hatten. Er hatte gewusst, was kommen würde. Roths Griff zum Handy. Kemals Auftritt. Das Warten auf den perfekten Moment.

BOOM.

Kemal hatte ihnen gute Dienste geleistet. Er war kein Terrorist gewesen, eigentlich auch kein Selbstmörder. Wäre die Diagnose der Ärzte nicht so aussichtslos ausgefallen, wäre so eine Tat für ihn unvorstellbar gewesen. Doch Kemal hatte gewusst, dass sie sich um seine Frau und die Kinder kümmern würden. Nour, Adil und Alia. Nossak würde dafür sorgen, dass sie ihr Wort hielten. Selbst einem Flüchtling gegenüber. Sie waren ja keine Unmenschen. Wenn sie also drei Fremde reinholten, die ihnen dann treu ergeben waren, um dreihunderttausend andere wieder fortzuschicken oder gar nicht erst ins Land zu lassen, war das ein verdammt guter Deal.

Sie gehörten ganz einfach nicht hierher. Deutschland war nicht für die Zivilisierung des afro-arabischen Ausbreitungstyps verantwortlich. Es gab gute Gründe dafür, dass alle Menschen ihre feste Heimat hatten. Und dort gehörten sie hin. Syrer nach Syrien. Afghanen nach Afghanistan. Marokkaner nach Marokko. Und Deutsche nach Deutschland, in das Tausendjährige Reich, für dessen Erhalt und Stärke er, Markus Nossak, jeden Tag kämpfte.

Jetzt lief alles so, wie es sollte. Er blickte auf das Display seines Smartphones in seiner Hand und sah, dass NNN bereits die Meldung lanciert hatte, die er hatte vorbereiten lassen.

Eine Eilmeldung. Und exklusiv. Natürlich exklusiv, schließlich wusste niemand außer ihnen, was wirklich passiert war. Nicht einmal die Polizei.

»Anschlag in Köln: Der Moschee-Bomber schlägt wieder zu!«

Dazu zwei Fotos. Eines aus dem Überwachungsvideo, das sie vor der Moschee gemacht hatten. Das zweite von der Kamera, die sich gegenüber dem Spanischen Bau befunden hatte. Für die Menschen würde es keinen Zweifel geben, dass es sich um ein und dieselbe Person handelte. Schon allein deshalb, weil Nossak den Lesern eine Vita zu der Person lieferte. Zwar eine, die nicht in Gänze der Wahrheit entsprach, aber immerhin stimmten einige Eckdaten. Gerade so viele, dass die Polizei sie nicht mehr dementieren konnte, um irgendetwas zu vertuschen. Andererseits so wenige, dass NNN nicht in Verdacht geriet, mehr zu wissen. Die Welt würde das Bild eines islamistischen Selbstmordattentäters serviert bekommen, der nicht davor zurückgeschreckt war, eine Moschee seiner Glaubensbrüder in die Luft zu sprengen. Ein Dschihadist, der in einer zweiten Welle der Gewalt im Herzen Kölns eine jüdische Veranstaltung am Rathaus angegriffen, Dutzende Menschen mit in den Tod gerissen und gezeigt hatte: Einen Friedensvertrag der Religionen würde es im Namen seines Islam niemals geben.

Nossak lächelte. Hass war ein Gift. Es zu injizieren war seine Lebensaufgabe. Und er war gut darin.

Es spielte keine Rolle, ob Kemal tatsächlich ein Kämpfer des Islamischen Staates gewesen war. Es ging um die Wahrnehmung. Um die gefühlte Wahrheit, die den Menschen in ihrem Innersten am nächsten war. Kemal war ein Flüchtling gewesen, der zum Feind des Landes geworden war, das ihn im guten Glauben aufgenommen hatte. Er hatte Menschen getötet, ein Gotteshaus zerstört. Er hatte die Reichsbürger ausgenutzt, um den Verdacht von sich abzuwälzen und freie Bahn für seinen zweiten Anschlag zu haben. Hinterlistig, verschlagen, gefährlich. Solche Menschen, das mussten endlich alle Deutschen begreifen, durften nicht in dieses Land einreisen, durften hier kein Asyl beantragen, hatten kein Bleiberecht. Diese Koran-Jünger waren Barbaren. Und Barbaren durften sie in ihrem Land nicht dulden.

Nossak spürte, wie es in seiner Hand vibrierte. Der erwartete Anruf. Von seinem Partner, mit dem er all diese Geschehnisse auf den Weg gebracht hatte.

Die Stimme des Mannes klang weit weg. Nossak musste gut hinhören. Die Tiefe des Pfälzer Waldes war außerordentlich schön, der Empfang allerdings eine Katastrophe. Dafür war es mucksmäuschenstill um ihn herum. Der Vorteil eines Lebens, abgeschieden im Nirgendwo, dort, wo kaum noch jemand leben wollte.

»Zufrieden?«, fragte Nossak.

»Zumindest hat alles geklappt wie geplant.«

Nossak war die Skepsis seines Partners gewohnt. Skepsis gehörte zum Beruf des Mannes, zur Passion, alles zu hinterfragen, was er sah und hörte.

»Allegri haben wir auch erwischt«, fuhr Nossak fort. »Zwei Fliegen mit einer Klappe.« Er wusste, dass er sich mit dieser Bemerkung auf dünnes Eis begab, aber darauf wollte er nun keine Rücksicht mehr nehmen.

»Du weißt, wie ich über Cara gedacht habe«, entgegnete der Mann. »Aber du hattest recht. Sie hätte uns gefährlich werden können. Mir wäre es nur lieber gewesen, wenn dieser Kauffmann es auch nicht geschafft hätte. Wissen wir, wo er ist? Und was ist mit seiner jüdischen Hure und Rabbi Wunderknabe?«

»Mannarino ist frei. Wir lassen ihn beschatten. Kauffmann ist ins Hildegardis eingeliefert worden.«

»Und die Villeneuve? Die war nicht vor Ort.«

»Sie hatte angeblich einen Unfall. Einer dieser Zufälle, die man nicht kontrollieren kann. Aber wenn wir schon über Zufälle reden: Sie liegt auch im Hildegardis. Und wenn wir Glück haben, gesellt sich der Rabbi mit seiner Frau auch noch dazu.«

Der Mann lachte kalt. »Das wäre praktisch. Und mir würde direkt eine Lösung dafür einfallen.«

31

9. Dezember, Köln

Wenn doch nur dieser Kopfschmerz nicht wäre!

Natalie Villeneuve lag in ihrem Bett im Krankenhaus und sah sich um. Endlich waren sie wieder alle zusammen. Alex, der neben ihr auf einem Stuhl am Bett saß und ihre Hand hielt. Fabrice, der auf einem der anderen drei Betten in dem Zimmer hockte, sich durch seinen Bart strich und so wirkte, als läge seine Zeit in Polizeigewahrsam schon Wochen zurück. Esther, die nicht zu wissen schien, ob sie lachen oder weinen sollte, die über Tage am Rande eines Nervenzusammenbruchs gewandelt war und sich nun endlich keine Sorgen mehr zu machen brauchte. Selbst Olivia war da, obwohl es schon nach Mitternacht sein musste, die Frau, die ihnen so sehr geholfen und sich mehr wie ein Mitglied der Familie denn wie eine Anwältin verhalten hatte.

Die letzten Stunden geisterten verschwommen durch Natalies Erinnerungen. Ihr Brummschädel fühlte sich an, als ob irgendein fremdes Wesen versuchte, sich mit einem Presslufthammer durch ihre Stirn hindurch ins Freie zu kämpfen. Dass Natalie auf einer Eisplatte ausgerutscht war, wusste sie nur von den Ärzten. Dass sie Glück gehabt und lediglich eine leichte Gehirnerschütterung davongetragen hatte, machte das Pochen in ihren Schläfen nicht besser. Die Platzwunde am Hinterkopf hatte man mit fünf Stichen genäht. Sie tastete vorsichtig nach dem Verband, den man ihr um den Kopf gewickelt hatte. Es gab Schlimmeres.

Sie sah zu Alex, der gerade Esther lauschte, die von ihrem Telefonat mit Suzanne erzählte. Natalies Mutter hatte von dem Anschlag vor dem Rathaus gehört und sofort angerufen. Esther hatte sie nur mit Mühe beruhigen können. Alex' Mundwinkel zuckten kurz, wollten ein Lächeln andeuten, das ihm aber misslang. Natalie betrachtete ihren Verlobten. Den Mann, der ihr einst das Leben gerettet hatte. Dem sie selbst das Leben gerettet hatte. Den sie liebte. Den Vater ihres ungeborenen Kindes.

Schwanger. Das war ihr großes Geheimnis.

Als ihr Arzt sie angelächelt und sie beruhigt hatte, sie sei nicht krank, hatte sie zunächst gar nicht verstanden. Kein Wunder, war ihr Kopf doch seit Monaten mit ganz anderen Dingen beschäftigt.

Sie wurde Mutter.

Erst hatte sie es als eine Art Diagnose empfunden, wie einen ärztlichen Befund.

Mademoiselle Villeneuve, Sie haben die Grippe.

Mademoiselle Villeneuve, Sie haben einen Hexenschuss.

Mademoiselle Villeneuve, Sie sind schwanger.

Dann war die Angst gekommen. Und die Mutlosigkeit bei dem Gedanken, es Alex zu erzählen. Zu beichten, wie sie es zunächst für sich genannt hatte. Sie war davongelaufen, in Wanderschuhen und mit zwei Rucksäcken auf dem Rücken – in dem einen ihre Klamotten und Reiseutensilien, in dem anderen ihre Sorgen und Ängste, so schwer wie Steine.

Wo war dieser zweite Rucksack nun hin? Trug sie ihn immer noch bei sich, konnte ihn aber gerade nicht fühlen, weil sie im Krankenhaus lag, mit einem leichten Schmerzmittel betäubt und im Kreise ihrer Familie? Oder waren die Sorgen mit dem Sturz auf die Eisplatte erschlagen worden?

Natalie schalt sich. Was redete sie sich da eigentlich ein? Sie drückte Alex' Hand. Er hatte gerade erst einen Selbstmordanschlag überlebt. Sie lagen beide im Krankenhaus, angeschlagen und erschöpft, Überlebende und doch gezeichnet von den letzten Stunden und Tagen. Alex wandte ihr den Blick zu, nachdenklich, berührt, mit irgendetwas beschäftigt. Sie kannte den Blick, und doch erweckte darin etwas ihre eigenen Sorgen wieder. Wie ging es ihm wirklich?

Dr. Caroline Voß hatte gesagt, Natalie und Alex müssten nicht länger bleiben als nötig. Eine Nacht, vielleicht zwei. Wenn sie versprachen, sich in Frankreich noch einmal untersuchen zu lassen. Keine Sekunde länger als nötig wollte Natalie in diesem sterilen Zimmer verbringen, umgeben von lauter blinkenden Geräten.

Wenigstens hatten sie das Zimmer vorerst für sich. Vier Betten, davon eines für Alex und eines für sie. Fabrice hatte schon mit einer Krankenschwester gesprochen, dass Esther und er die anderen beiden Betten in dieser Nacht in Beschlag nehmen würden. Um in der Nähe zu sein, um bei der Familie zu bleiben, um nicht schon wieder getrennt zu werden.

Olivia hatte vor wenigen Minuten angekündigt, sich bald auf den Weg machen zu wollen. Sie hatte in den letzten Tagen für Fabrice die Nächte durchgearbeitet. Auch sie brauchte irgendwann einmal ihren Schlaf. Pascal Bernard hatte ihnen wirklich einen Engel geschickt. Natalie würde den ehemaligen Ermittler aus Marseille nach Paris einladen, wenn sie alle wieder in der Heimat waren. Vielleicht hatte dann ja auch Pastor Thomas Zeit. Sie alle hatten darum gekämpft, dass Fabrice aus dem Gefängnis freikam.

Und Cara Allegri.

Natalie spürte einen Stich. Cara war tot. Sie hatte Alex das Leben gerettet, hatte er erzählt. Der Gedanke, dass ihr flüchtiger Abschied im Hotel am frühen Abend ihre letzte Begegnung hätte sein können, ließ alles Glück in ihr verfliegen. Cara hatte sterben müssen, damit Alex leben konnte.

Was Natalie nicht aus dem Kopf ging: Warum waren sie überhaupt zu diesem blöden Lichterzünden gegangen?

Sie kannte die Antwort: wegen Leopold Roth.

Natalies Gedanken kehrten ins Badezimmer im Hotel zurück. Zu dem Moment, als sie ihre roten Wangen im Spiegel entdeckt hatte. Und zu Oscar.

Er sagt, er wird jedes Mal rot, wenn er Cara sieht. Sie erinnert ihn an eine Raubkatze.

Immer und immer wieder gingen ihr diese Sätze durch den Kopf. So hatte sie Alex übersetzt, was Oscar zu ihr gesagt hatte. Aber hatte der taubstumme Koch das wirklich so *gesagt*? Er hatte es ja nicht ausgesprochen, er hatte es gebärdet. Natalie war sich inzwischen sicher, dass sie ihn falsch verstanden, seine Zeichen falsch gedeutet, falsch übersetzt hatte.

Was, wenn er gar nicht gemeint hatte, er werde rot? Sie konnte sich nicht mehr an die einzelnen Zeichen erinnern. Aber er hatte ohnehin einmal mehr zu schnell gebärdet, zumindest zu schnell für ihren eingerosteten Wortschatz. Hatte er ihr mit dem Begriff »rot« eigentlich etwas ganz anderes mitgeteilt?

Einen Namen?

Gebärdensprache war komplex, vor allem, wenn es um Eigennamen ging. Menschen gaben sich oder bekamen von anderen Menschen Namensgebärden, mit denen man sie umschreiben konnte. Diese Namensgebärden entsprachen oft einer besonderen Eigenschaft der Person. Die deutsche Bundeskanzlerin Angela Merkel beispielsweise hatte man lange Zeit anhand ihrer hängenden Mundwinkel beschrieben. Barack Obama hatte einst wegen seiner Segelohren das Handzeichen für Dumbo, den fliegenden Elefanten, bekommen. Äußere Merkmale waren beliebte Namensgebärden, ebenso dominante Charakterzüge. Manche aber erhielten ihre Gebärde auch wegen ihres Namens selbst.

Bei Leopold Roth war es einfach. Leo war ein Löwe, eine Raubkatze. Roth entsprach der Farbe Rot, da kam es auf die orthografische Schreibweise nicht an. Mit dem Zeigefinger zweimal über das Kinn wischen, dabei »rot« mit den Lippen formen. So einfach ließ sich der Name gebärden.

Nur was hatte Oscar sonst gesagt?

Natalie war es inzwischen immer und immer wieder durchgegangen. Mittlerweile war sie sich fast sicher.

»Ich glaube, Oscar hat mir wirklich mitteilen wollen, dass er Leopold Roth und Cara Allegri zusammen gesehen hat«, sagte sie in die Stille des Krankenzimmers hinein. »Und zwar in der Küche des Hotels.«

Natalie hatte ihnen vor wenigen Minuten davon erzählt. Dass sie Oscar falsch verstanden haben könnte. Dass ihr das im Badezimmer bewusst geworden war. Dass sie auf dem Weg zum Parkhaus darüber nachgedacht habe.

Alex schaute sie nun skeptisch an. Er war nicht überzeugt. Cara hatte sich eindeutig als lesbisch geoutet. Was aber, fragte Natalie nun, wenn Cara sich trotzdem auf Männer eingelassen hatte? Was, wenn sie in ihrer Position als Lobbyistin auf die Avancen eines Mannes eingegangen war? Was, wenn sie darin eine Chance gesehen hatte, an Informationen zu gelangen?

»Das ist nicht nur ein fürchterliches Klischee, liebe Freunde«, mischte sich Olivia ein. »Damit reduziert ihr eine Frau darauf, dass sie nur etwas erreicht, wenn sie ihre Reize einsetzt. Egal wie clever sie ist oder was sie wirklich will.« Alle Augen richteten sich auf die Anwältin. »Und um ehrlich zu sein, beleidigt ihr damit auch mich.«

»Wie meinst du das?«, wollte Esther wissen.

»Ich liebe auch Frauen statt Männer.«

Als keiner etwas sagte, lachte Olivia.

»Was denn? Spielt das eine Rolle? Erfülle ich nicht genügend Punkte auf der Liste der stereotypischen Merkmale einer Vorzeigelesbe?«

»So war das nicht gemeint«, erwiderte Esther. »Ich bin nur in einer Zeit groß geworden, in der man nicht darüber gesprochen hat.« Sie lächelte verlegen.

Auch Olivia lächelte. »Das weiß ich doch, liebe Esther, aber genau das ist das Problem. Wir dürfen hier nicht annehmen, dass eine Frau wie Cara Allegri einfach so ihre Identität verleugnet hat, nur um an Informationen zu gelangen. Womit ich nicht sagen will, dass sie es nicht trotzdem getan haben könnte.«

Natalie sah zu Alex. Er legte sich gerade in seinem Pyjama wieder zurück ins Bett und vergrub seinen langen Körper unter der Bettdecke. Sexuelle Orientierung, Verführung und körperliche Triebe waren nicht gerade seine Lieblingsthemen. Aber irgendetwas arbeitete in ihm, das sah sie ihm an.

»Woran denkst du?«, fragte sie ihn.

»An etwas, das Cara kurz vor ihrem Tod gesagt hat. Dass sie nicht ganz ehrlich zu uns gewesen sei. Und dass sie Roth als ›falsch‹ bezeichnet hat. Sie wollte mit uns reden, um uns ein paar Dinge zu erzählen. Sie hat gesagt: ›Dann verstehst du besser, was gerade in mir vorgeht.‹«

»Nehmen wir wirklich einmal an, sie hätte es wirklich getan – egal aus welchen noch so absurden Gründen: Meinst du, sie hätte dir von ihrer Affäre mit Roth erzählen wollen?«, fragte Olivia.

»Es würde Sinn machen«, sagte Alex.

Er stockte. Natalie sah den Schmerz in seinen Augen.

»Als sie in meinen Armen lag, wusste sie, dass sie sterben würde. Sie hat gesagt, sie habe Fehler gemacht und wir sollten es zu Ende bringen.«

Esther erhob sich und ging zu ihm hinüber. Natalie bewunderte sie für ihre Empathie, ihr Gespür, wann es anderen Menschen schlecht ging. Ohne ein Wort zu sagen, stellte sie sich neben Alex' Bett, griff seine Hand und drückte sie. Sie sah ihn dabei nicht an. Sie wusste wohl, dass zu viel Nähe Alex abgeschreckt hätte. An Alex' nacktem Unterarm erkannte Natalie, dass er den Druck erwiderte. Auf seinem Handrücken klebte ein großes, weißes Pflaster. Alex hatte durch den Sturz viele Schrammen davongetragen, aber er hatte großes Glück gehabt. So großes Glück.

»Aber was hätte Cara wirklich von einer Affäre mit diesem Roth gehabt?«, fragte Fabrice. »Vorausgesetzt, dieser Koch hat wirklich gesagt, dass er sie und Roth zusammen gesehen hat, dann muss sie hinter etwas Großem her gewesen sein, wenn sie dafür bereit war, nicht nur ihre Prinzipien über Bord zu werfen, sondern auch einen Teil ihrer Persönlichkeit. Das muss für sie doch unerträglich gewesen sein.«

»Und was, wenn das am Ende ihr Fehler war?«, fragte jetzt Esther. Sie hielt noch immer Alex' Hand. »Wenn sie wirklich herausfinden wollte, ob dieser Roth etwas zu verbergen hatte, und sich so unmerklich in Gefahr begeben hat?«

Alex richtete sich in seinem Bett auf. Esther griff neben sich und zog ein zweites Kissen von einer Anrichte. Sie stopfte es hinter seinen Rücken, sodass er halbwegs aufrecht sitzen konnte.

Er sprach zu Fabrice. »Cara hat mir erzählt, dass du den Roth mal in ihrem Beisein getroffen hast. Wie lief das ab?«

Fabrice dachte nach. »Stimmt. Das war am letzten Abend vor meiner Verhaftung. Sie hatte mir gerade von dem angeblich bevorstehenden Anschlag erzählt. Wir wollten uns an einen ruhigeren Ort zurückziehen. Da hat sich Roth uns in den Weg gestellt. Als ob er prüfen wollte, was hier im Busch war. Es war nur ein kurzer Austausch, ein kleines Scharmützel zwischen den beiden. Dann war es vorbei.«

»Das Gleiche habe ich auch miterlebt«, erwiderte Alex und schaute nach draußen. »Das war heute Mittag. Im Hotel. Die beiden haben sich auf der Galerie in der Lobby gezofft. Cara war stinksauer, aber Roth ist ruhig geblieben. Als ob sie ihm nichts anhaben könnte.«

»Meinst du, sie hat ihn zur Rede gestellt?«, fragte Natalie.

»Denkbar. Da war nichts Vertrauliches zwischen den beiden. Das war eine ehrliche und offene Abneigung. Vielleicht hat Roth sie später deshalb noch mal angerufen. Um sich mit ihr zu treffen und sie auszuhorchen«, sagte Alex.

»Oder um sie in eine Falle zu locken«, warf Fabrice ein.

Alle sahen ihn an.

»Was, wenn er wusste, was heute Abend beim Lichterzünden passieren sollte?«

»Stopp, liebe Leute«, mahnte Olivia. »Ihr geht gerade zu weit. Ihr fügt Dinge zusammen, die einzig auf der vagen Annahme basieren, dass ein taubstummer Koch, ohne dass er sich dessen bewusst gewesen wäre, Natalie eine alles andere als eindeutige Botschaft übermittelt hat, wonach Cara etwas hätte machen müssen, das gegen ihre Natur und Überzeugung gewesen wäre.«

»Dann müssen wir herausfinden, was uns Cara wirklich sagen wollte«, meinte Natalie.

In diesem Augenblick ließ Alex seinen Kopf nach hinten fallen. »Das Buch!«, sagte er und schloss die Augen. »Wie konnte ich das vergessen?«

»Welches Buch?«, fragte Esther.

»Cara hat noch gesagt, wir sollten ein Bild für uns nutzen. Erst habe ich nicht verstanden, was sie meinte. Dann hat sie gesagt: ›Im Buch!‹«

»Du meinst die Anthologie?« Fabrice sah ihn zweifelnd an.

»Das ist das einzige Buch, das sie gemeint haben könnte. Sie hat es selbst mit herausgegeben. Und wir haben ihre persönliche Ausgabe.«

»Wo ist das Buch gerade?«

»Bei uns im Hotelzimmer.«

»Dann werden wir es gleich morgen früh holen«, sagte Fabrice entschlossen.

Natalie spürte, wie Alex zu ihr sah. Sie wusste genau, was sein Blick bedeutete. Hatten sie sich nicht darauf geeinigt, dass sie morgen nach Hause fahren wollten? Hatte Natalie nicht deutlich gemacht, dass es für sie nichts Wichtigeres gab? Sie war schwanger, verdammt noch mal! Sie wollte endlich in Sicherheit sein.

Aber Alex wusste nichts davon. Sie musste mit ihm reden. Zu zweit. In Ruhe. Sie wollte ihm endlich davon erzählen. Sie wollte sein Gesicht sehen. Sie wollte wissen, ob er sich darüber freute. Ob sie sich gemeinsam darauf freuen konnten. Sie wollte endlich keine Angst mehr davor haben.

Aber konnten sie jetzt überhaupt fahren? Der Bombenanschlag hatte alles verändert. Cara war tot. Waren sie es ihr nicht schuldig, zumindest den Behörden mitzuteilen, was sie wussten? Oder sollten sie gar Caras Bitte folgen und die Wahrheit herausfinden? Aber wie anmaßend war es, zu glauben, sie allein seien in der Lage, die Hintermänner all dessen aufzuspüren? Mit Sicherheit waren inzwischen Geheimdienste aus der ganzen Welt eingeschaltet worden. Die Ermittler in Köln gingen jedem Hinweis nach. Und bei aller Verachtung, die Natalie für Volker Aurach und Sebastian Schulze empfunden hatte: Hatten die beiden nicht einfach nur ihre Arbeit gemacht?

Sie alle würden alles dafür tun, die Täter zu finden. Das Problem war nur, dass der Haupttäter tot war. Oder zumindest das ausführende Organ. Der Mann, der erst die Moschee und dann sich selbst in die Luft gesprengt hatte. Das hieß, dass sich die Behörden auf die Hintermänner konzentrieren mussten. Außer es gab noch weitere Terrorzellen.

NNN berichtete inzwischen von einem Dschihadisten. Natürlich NNN. Wer sonst? Markus Nossak. War er darin verwickelt? Natalie wurde bewusst, dass dieser Gedanke einzig und allein darauf beruhte, dass Nossaks Name immer wieder gefallen war und Pastor Thomas ihr von diesem Typen erzählt hatte. Alles, was sie über Nossak wusste, schürte eine tiefe Abneigung gegen ihn. Vielleicht wollte sie einfach nur glauben, dass ein Mann wie er darin verwickelt war. Ein Kritiker aller Katholiken, die nicht genauso radikal waren wie er. Ein Mitglied der Christian-Identity-Bewegung, der eine ganze Armada an rechtspopulistischen Reportern in seinem Heer wusste, die alternative Fakten produzierten und verbreiteten. Ein Mann, der die Wahrheit umdeutete, der moderne Lügen erfand, um Sündenböcke und Hassobjekte zu kreieren, um Minderheiten zu diskreditieren. Wenn sie es sich recht überlegte, welches Chaos die Anschläge angerichtet hatten, konnte das genau seine Handschrift tragen.

Und welche Rolle spielte Leopold Roth? Was hatten Alex und Cara erzählt? Roth war ein Piusbruder, ein ebenso unbarmherziger Hardcore-Katholik, ein verkappter Rassist und Antisemit.

War Cara Allegri den beiden auf die Schliche gekommen? Die Zentralmoschee in Köln, der Rat der Religionen, der Friedensvertrag, der Besuch der Tochter des US-Präsidenten, das Zünden der Chanukkakerzen – alles nur, um in Deutschland Hass zu säen? Um zu demonstrieren, dass Deutschland plötzlich einer globalen Bedrohung ausgesetzt war?

Natalie verzog das Gesicht. Hass war ein Gift. Man konnte es anderen injizieren. Aber man vergiftete sich damit auch selbst.

32

10. Dezember, Köln

Alex konnte nicht schlafen. Wer dieses Krankenbett konstruiert hatte, musste etwas anderes im Sinn gehabt haben, als dem Patienten einen erholsamen Schlaf zu bescheren. Sein schmerzender Rücken machte es nicht gerade besser. Egal in welche Position Alex sich rollte, legte, streckte, in seine Decke einwickelte, die Wunden an seinem Körper hielten ihn wach.

Und die Bilder in seinem Kopf.

Immer wieder lief der Film vor seinem inneren Auge ab. Die Explosion, der Moment des Aufschlags, das benommene Gefühl der Hilflosigkeit, die panische Angst, zu ersticken. Und dann war da Cara. Ihr Körper, in zerrissenen Klamotten am Boden. Ihr Gesicht, die Augen geschlossen. Ihre Haare, verdreckt und blutig. Die sterbende, ihrem Schicksal sich selbst überlassene Cara, ohne Hoffnung auf Rettung. Dabei hatte sie ihn gerettet.

In der Dunkelheit des nach Desinfektionsmittel riechenden Zimmers konnte Alex ihren Anblick nicht aus seinen Gedanken verdrängen.

Genauso wenig wie den Anblick Natalies, als er sie nach dem Anschlag im Sankt Hildegardis wiedergesehen hatte. Wie sie kraftlos auf einer Liege gelegen hatte, mit einem Turban aus Mullbinden um ihren Kopf, aus dem ihre schwarzen Haare herausquollen wie die Schlangen der Medusa.

Was hatte Dr. Voß gesagt? »Ihr und dem Baby ist nichts passiert.«

Ein Baby. Natalie war schwanger. Sie erwartete ein Kind. Ihr Kind. Sein Kind. Sie wurden Eltern, eine richtige Familie. Wie glücklich Suzanne sein würde, wenn sie davon erfuhr, wenn Natalie und er vor ihr stehen und es ihr sagen würden.

Aber wie ging es Natalie dabei? Und was fühlte er selbst? Diese Fragen beschäftigten ihn seit Stunden. Alex spürte, dass er seine eigenen Empfindungen erst erkennen würde, wenn er wusste, ob Natalie glücklich war. Konnte sie sich vorstellen, eine gute Mutter zu sein? Oder stünde ihr die Tatsache im Wege, dass sie einen Menschen getötet hatte?

So langsam dämmerte es ihm, dass Natalie unmittelbar vor ihrem überstürzten Aufbruch aus Paris von ihrer Schwangerschaft erfahren haben musste. Deswegen hatte sie sich einfach ihren Rucksack umgeschnallt, die Wanderschuhe angezogen und war gegangen. Um diese alles verändernde Neuigkeit zu verarbeiten.

Im Grunde gab es für sie beide gar keine andere Option, als so schnell wie möglich nach Hause zu fahren. Sein Versprechen, das er Cara Allegri gegeben hatte, erschien nun in einem ganz anderen Licht. Er verspürte nur noch den Drang, ihre Zelte in Köln abzubrechen und den Rat der Religionen, den Friedensvertrag, die Tochter der Vereinigten Staaten und vor allem die Terroristen, die für den ganzen Schlamassel verantwortlich waren, hinter sich zu lassen. Sollten sie sich doch gegenseitig bekämpfen, bekriegen, umbringen, ihre Vergangenheit als Rechtfertigung nutzen, um sich ihre Zukunft zu zerstören.

Wer seine Hände vor Wut zu Fäusten ballte, konnte seinem Gegenüber nicht die Hand reichen.

Alex blickte auf eine digitale Uhr auf einem Tischchen zwischen ihren Betten. Kurz nach vier Uhr morgens. Er hörte das ruhige, vertraute Atmen Natalies. Auf der anderen Seite des Raumes schliefen Esther und Fabrice. Olivia Ziffzer hatte sich irgendwann verabschiedet und würde sich am Morgen noch einmal mit Volker Aurach und Sebastian Schulze treffen. Fabrice hatte ihnen erzählt, wie der Name Leopold Roth auf Schulzes Handydisplay erschienen war. Zeitlich kam dies mit dem Anruf hin, den Roth getätigt hatte, um sich von Cara und Alex abzusondern. Wenn jetzt auch noch Schulze in die Gleichung gehörte, dann würde –

Alex brach den Gedanken ab. Das war es, wovon er sich abhalten musste. Beruhige deine Gedanken, flüsterte er sich ein. Er musste sich von der Verantwortung freimachen, noch irgendetwas mit diesem Fall zu tun zu haben.

Er schloss die Augen. Vielleicht fand er noch etwas Schlaf, ehe der Tag begann.

Gerade spürte er, wie sein Körper sich entspannte und in die Matratze einsank, als er hochschrak. Auch in dem Bett, in dem Fabrice lag, tat sich etwas. Er musste es auch gehört haben. Ein unverwechselbares Geräusch, ein metallenes Quietschen, zwei Isolierungsschichten, die sich voneinander lösten, das leise Ansaugen der Luft zwischen der Tür und dem Rahmen, ehe sie vollends aufschwang.

Die Tür zu ihrem Zimmer hatte sich noch nicht vollständig geöffnet, da betätigte Fabrice bereits den Lichtschalter an seinem Bett. Das Deckenlicht flackerte auf. Alex blinzelte kurz und erkannte im Türrahmen einen Mann. Groß, stämmig, in einem dunklen Anzug.

»Jaron!« Fabrice hatte den Secret-Service-Mann zuerst erkannt. »Was machst du hier um diese Uhrzeit?«

Jetzt wachten auch Natalie und Esther auf, richteten sich auf und blickten verwirrt umher. Alex starrte den Agenten wortlos an.

»Ihr habt Besuch.«

Mehr sagte Jaron Glasser nicht. Er sah sich kurz um, scannte die Umgebung des Zimmers. Dann trat er zur Seite.

Ins Zimmer kam eine Frau, gefolgt von fünf weiteren Männern von Glassers Schlag. Hochgewachsen, mit ausdruckslosem Gesicht, alle in Anzug, Hemd und mit Krawatte, alle mit dem Anstecker des Secret Service am Revers.

Doch Alex starrte die Frau an. Ziva. Die Tochter des Präsidenten der Vereinigten Staaten von Amerika. Die First Daughter.

In einem züchtigen Kleid, dunkelgrün, dünne Lederhandschuhe in einer Hand, mit einer Perlenkette um den Hals, dem passenden Armband und Ohrringen. Ihre blonden Haare trug sie offen, ihr Auftritt wirkte perfekt, ganz so, als ob es nicht vier Uhr morgens wäre und jeder normale Mensch zu schlafen versuchte.

Sie trat in den Raum. Jung, attraktiv, sich ihrer Stellung bewusst, ihres privilegierten Lebens und der außergewöhnlichen Situation, vom US Secret Service beschützt zu werden. Die Männer, die nun an der Tür, am Fenster und auf dem Gang vor dem Zimmer Position bezogen, waren bereit, ihr Leben für diese Frau zu geben. Auch Jaron Glasser, der die Tür nun schloss und neben Ziva trat. Es war unübersehbar, dass er ihre Vertrauensperson war.

Die First Daughter wandte sich an Fabrice und sprach ihn in einem höflich förmlichen Englisch an. »Rabbi Mannarino, ich bin gekommen, um mich bei Ihnen zu entschuldigen. Sie sind wegen meiner Anwesenheit in etwas hineingezogen worden, das die Polizei zwar noch nicht geklärt hat, aber ich habe mir versichern lassen, dass man Sie hinters Licht geführt hat. Es tut mir leid, wenn Sie durch mich Unannehmlichkeiten erleiden mussten. Deswegen bin ich hier.«

Sie sah sich um, sah zu Esther, Natalie und schließlich zu Alex.

»Sie alle müssen sich fragen, warum ich um diese Uhrzeit hier einfach so hereinplatze. Aber es ist leider nicht ganz leicht, mich in meiner Position frei zu bewegen. Manchmal sind nächtliche Besuche die einzige Chance für mich, unter Leute zu kommen.«

Sie lächelte fast schon verlegen. Alex fragte sich, ob sie diese Geste einstudiert hatte oder ob sie sich wirklich genierte. Aber er musste zugeben, dass es sie sympathisch wirken ließ, menschlich, viel nahbarer, als ihr Erscheinen hier im Zimmer mit ihren Bodyguards vermuten ließ.

Fabrice begann mit einer Antwort. »Vielen Dank, Mrs –«

»Bitten nennen Sie mich Ziva«, unterbrach sie Fabrice. »Mein jüdischer Name. Wenn kein Rabbiner, wer sollte mich sonst schon so nennen?« Sie kicherte. »Das gilt natürlich auch für Sie alle.« Die Präsidententochter drehte sich leichtfüßig auf ihren Fersen um, fast wie ein Kind, das eine Pirouette drehen wollte, und strahlte Natalie und Alex an. »Bitte, ich weiß, welche Rolle ich in der Welt offiziell bekleide. Aber ich habe kein Interesse daran, wie die hochmütige Kuh dazustehen, für die mich die Welt ohnehin schon hält.«

Sie knetete die Lederhandschuhe mit ihren Fingern. Sie war tatsächlich ein klein wenig nervös, dachte Alex. Er sah zu Fabrice und konnte nicht sagen, was Natalies Onkel gerade empfand. Ein Rabbiner auf der Hut? Womöglich.

»Vielen Dank, Ziva«, nahm Fabrice den Faden wieder auf. »Ich weiß Ihre Geste sehr zu schätzen. Wir sind wohl alle gerade zu überrascht, um angemessen auf Ihre Worte zu reagieren. Allein schon, wie wir hier vor Ihnen sitzen.« Er deutete an sich hinab und fuhr sich anschließend durch sein ergrautes Haar.

Ziva lachte. »Keine falsche Scheu, Rabbi! Ich kann schlecht mitten in der Nacht bei Ihnen aufkreuzen, Sie aus Ihrem Schlaf reißen und erwarten, dass Sie frisch frisiert und ausgehfertig in Ihren Betten liegen. Ich wollte wirklich nur meine besten Wünsche persönlich übermitteln. Vor allem«, sie wandte sich an Alex, »weil ich gehört habe, dass wir froh sein können, dass Sie überhaupt hier bei uns sind, Professor! Ich will mir nicht vorstellen, was Sie gestern Abend erlebt haben. Schon gar nicht, weil ich selbst hätte dort sein sollen und dem Attentat nur deswegen entkommen bin, weil meine starken Jungs hier«, sie sah dankbar zu Jaron, »ihr Veto eingelegt haben. Sonst läge ich vielleicht auch hier.« Ihre Miene verdüsterte sich. »Oder auf einer Metallbahre einige Etagen tiefer.«

»Wir sind alle froh, hier zu sein«, war das Einzige, was Alex als Erwiderung einfiel.

Am liebsten hätte er sich anständige Kleider angezogen. Die Situation behagte ihm nicht. Aus dem Augenwinkel sah er, wie Natalie an ihrem Turban herumfummelte, der im Schlaf verrutscht war und ihr nun in der Stirn hing.

»Man hat mir gesagt, dass die Behörden von über zwanzig Opfern ausgehen«, fuhr Ziva fort. »Es ist schrecklich. Ich hoffe sehr, dass der morgige Tag ein klares Signal setzt. Wir haben noch heute Nacht beschlossen, dass der Vertrag trotzdem unterzeichnet werden soll. Der Rat der Religionen wird in den nächsten Tagen gleich seine erste Bewährungsprobe erleben. Wir können ein Zeichen setzen.« Sie sah wieder zu Fabrice. »Und ich würde mir wünschen, Rabbi, dass Sie und Ihre Familie meine Gäste sind. Es würde mir viel bedeuten, wenn wir morgen gemeinsam auf dem Petersberg auftreten. Auch als Zeichen, dass uns nichts entzweien kann.«

Fabrice tauschte einen kurzen Blick mit Esther. Ein flüchtiges Lächeln legte sich auf ihr Gesicht.

»Vielen Dank, Ziva, wir nehmen Ihre Einladung sehr gerne an. Vorausgesetzt«, unterbrach sich Fabrice selbst und blickte zu Natalie und Alex, »die Ärzte geben das Okay. Wir möchten uns in diesen Stunden gerade ungerne voneinander trennen.«

»Selbstverständlich«, antwortete Ziva. »Es tut mir leid, das war unsensibel von mir. Natürlich nur«, sie wandte sich Natalie und Alex zu, »wenn Sie sich danach fühlen. Bitte geben Sie Jaron Bescheid, sollten Sie sich entschließen, ins Grandhotel zu kommen. Er wird dann alles für Sie arrangieren. Sie werden selbstverständlich auch dort übernachten, wenn Sie das wünschen. Ich werde alles veranlassen.«

»Das ist sehr großzügig«, sagte Fabrice. »Wir melden uns gerne nachher nach der Visite bei Jaron. Es wäre uns eine Freude, bei der Vertragsunterzeichnung anwesend zu sein.«

»Schön, das freut mich«, sagte Ziva. Sie klang erleichtert. »Dann lasse ich Sie jetzt besser mal wieder schlafen.«

Die First Daughter ging von Bett zu Bett und reichte nacheinander Fabrice, Esther, Alex und Natalie die Hand. Mit einem letzten Gruß verabschiedete sie sich und entschwand so schnell, wie sie gekommen war. Die Agenten folgten ihr.

Bis auf Jaron Glasser.

»Eines noch, Fabrice«, sagte der Secret-Service-Mann. »Die CIA hat den deutschen Behörden eine Information zukommen lassen, die euch interessieren dürfte.«

Alex richtete sich wie von selbst in seinem Bett weiter auf.

»Boris Ulbricht«, fuhr Glasser fort.

»Der Moscheebomber?«, fragte Fabrice.

»Genau der«, bestätigte der Agent. »Die CIA hat Beweise, wonach er enge Kontakte mit jemandem pflegte, der gestern Abend auch auf dem Theo-Burauen-Platz war.«

»Mit wem?«, fragte Fabrice.

»Leopold Roth.«

Mit diesen Worten ließ Jaron Glasser die Tür ins Schloss fallen. Alex, Natalie, Fabrice und Esther saßen in ihren Betten und starrten einander sprachlos an.

33

10. Dezember, Köln

Sie saßen noch eine Weile verwirrt in ihren Betten, zu müde, um ernsthaft über den Besuch der First Daughter zu sprechen, zu wach, um einfach zurück in die Kissen zu sinken und wegzunicken. Irgendwann zwangen sie sich, es noch einmal mit Schlafen zu versuchen, aber Alex fand in dieser Nacht keine Ruhe mehr.

Dieses Mal waren es nicht die Bilder von Natalie oder Cara, die ihn wach hielten. Es war Jaron Glassers letzter Satz. Die Verbindung zwischen Leopold Roth und Boris Ulbricht, dem Bombenleger von der Moschee. Wie haltbar waren die Hinweise? Alex fragte sich, wie die CIA überhaupt an sie gekommen war. Okay, die allmächtige NSA konnte quasi überall auf der Welt Menschen überwachen, schließlich hatte sie es selbst bei europäischen Staatsoberhäuptern versucht, aber das waren gezielte Lauschangriffe gewesen. War auch Roth abgehört worden, wodurch der Kontakt zu Ulbricht aufgefallen war? Oder hatten sie andere Hinweise?

Alex hatte schon über ihr Dreieck aus Markus Nossak, Leopold Roth und Sebastian Schulze nachgedacht. Ein Politiker, ein Medienmogul und ein Ermittler. Wenn man sich in diesem Geflecht jetzt noch einen verrückten Reichsbürger und einen potenziellen Islamisten vorstellte, ergab sich ein ziemlich besorgniserregendes Bild. Was fehlte, waren tragfähige Beweise. Es sei denn, die CIA konnte diese inzwischen liefern.

Oder aber Alex konnte sie finden.

Das Buch. Das Bild, das Cara erwähnt hatte. Die Anthologie.

Keine fünf Minuten später hatte sich Alex angezogen und stand auf wackeligen Beinen vor dem Krankenzimmer auf dem Flur. Fabrice war aufgewacht und hatte versucht, ihm den sofortigen Aufbruch noch auszureden, aber Alex ließ sich nicht beirren. Er konnte ohnehin nicht mehr schlafen. Und er wollte nicht warten, so lädiert er sich auch noch fühlte.

Es war kurz nach fünf, als er auf der Rückbank eines Taxis durch die dunkle und kalte Kölner Nacht fuhr. Wie es jetzt wohl den Bewohnern der Stadt ging, wenige Stunden nach dem zweiten Anschlag innerhalb von nicht einmal drei Wochen? Einige fanden wohl wie er keinen Schlaf. Er konnte nicht einschätzen, wie die Deutschen auf Terrorismus reagierten. Die Bombe in der Moschee war anders gewesen. So pervers es klang, aber es war ein Anschlag auf die muslimische Gemeinde gewesen, auf etwas, das für viele Westeuropäer noch immer fremdartig und weit entfernt war. Mit muslimischen Gemeinden wollten viele Deutsche nichts zu tun haben – ob sie es laut aussprachen oder nicht.

Der Anschlag vor dem Rathaus wog dagegen viel schwerer. Es war ein Attentat auf die christlich-jüdischen Beziehungen gewesen, ausgeführt von einem potenziellen Islamisten, an einem Ort, der den Kölnern viel bedeutete. Ein symbolischer Ort. Diese Tat würde die Öffentlichkeit sofort als Akt des Terrors einstufen. Des islamistischen Terrors, der dunklen Macht, die sich über die Welt gelegt hatte. Der Anschlag auf die Moschee war als einzelner Akt des Rechtsextremismus abgehakt worden. Er hatte zwar dafür gesorgt, dass der Rat der Religionen aus den Ruinen des Gotteshauses emporgestiegen war, doch der Anschlag auf die Menschen vor dem Rathaus würde als ein weiterer Angriff auf die Freiheit der westlichen Welt interpretiert werden. Und es würde nicht lange dauern, ehe Rechtspopulisten auch die eingestürzte Moschee als Symbol ihrer kruden Theorien missbrauchten.

In Frankreich hatten die Anschläge in den letzten Jahren zu einer gefährlichen Mischung aus Trotz und verletztem Stolz geführt. Ein Gebräu, das sich noch immer im Reifeprozess befand und dessen endgültigen Geschmack man erst in ein paar Jahren kennen würde. Entweder es schmeckte herb, doch mit einer süßlichen Note. Oder aber die Zutaten vertrugen sich nicht, und das Endergebnis war ein bitteres, ungenießbares Produkt, das die Franzosen trotzdem zu schlucken hatten.

In seine Gedanken versunken, merkte Alex gar nicht, dass er längst am Excelsior angekommen war und der Taxifahrer ungeduldig auf seine Bezahlung wartete. Alex drückte dem Mann einen Zwanziger in die Hand und stolperte unbeholfen hinaus in die Kälte. Die Folgen der Explosion steckten ihm noch tief in den Knochen, aber die kalte Luft des frühen Morgens hauchte ihm eine neue Frische ein. Er blieb einen kurzen Moment am Gehsteig stehen und atmete tief durch.

In der Lobby angekommen, hielt er inne. Hier hatte er vor einigen Stunden noch mit Cara an seiner Seite gestanden, auf dem Weg zum Lichterzünden. Und war zuvor Zeuge ihres Streits mit Leopold Roth geworden.

Was hatte Cara vor ihnen verborgen? Eine Affäre mit Roth? Den Versuch, an Informationen zu gelangen? Oder noch mehr? Alex wagte nicht, sich etwas vorzustellen, das darüber hinausging. Trotzdem musste er sich eingestehen, dass alle Fäden bei Cara Allegri zusammenliefen oder, um genauer zu sein, von ihr ausgingen. Sie hatte Fabrice in die Sache hineingezogen. Durch sie war er in den Besitz ihrer Anthologie gelangt. Sie hatte den Kontakt zur Reichsbürger-Bewegung hergestellt und über das Darknet im Waffendschungel recherchiert. Cara Allegri hatte immer mehr gewusst als andere.

Aber war das nicht auch ihr Job als Lobbyistin? Immer einen Schritt voraus zu sein, um knifflige Entwicklungen vorherzusehen?

Dann war da aber noch etwas anderes, das Alex nicht losließ: Cara hatte ihm das Leben gerettet.

Er fragte sich, wie sie sich hatte auf ihn werfen können, noch ehe er überhaupt die Gefahr realisiert hatte. Es schien, als habe Cara gewusst, dass sich der Mann mit dem Feuermal im nächsten Augenblick in die Luft sprengen würde.

Eine wüste Theorie, schalt sich Alex. Schließlich hätte Cara dafür mit dem Attentäter in einem Boot sitzen müssen. Er musste die Anthologie an sich bringen, sie würde Antworten liefern. Zumindest hoffte er das.

Er nahm den Aufzug und stand eine Minute später vor der

Tür zu dem Zimmer, in dem Natalie und er die letzten Nächte verbracht hatten.

Die Tür stand offen.

Das Schloss war zersplittert.

Wie vom Donner gerührt harrte Alex aus. Er musste sich nicht fragen, was passiert war. Nichts war jetzt mehr Zufall.

Er sah sich um. Neben den Aufzügen stand ein Wagen der Putzkolonne. Alex vergewisserte sich, dass niemand auf dem Flur zu sehen und nichts zu hören war. Schnellen Schrittes ging er zurück zu dem Wagen, griff sich einen Besen, setzte ihn schräg auf dem Boden auf und trat mit einem Fuß auf den Holzstiel. Vergeblich. Er sammelte seine Kräfte. Dann trat er erneut zu. Diesmal gab der Stab mit einem Knacken nach, und Alex hielt einen knappen Meter des Stocks in der Hand. Das stumpfe Ende in seiner Handfläche wiegend, fühlte er sich zumindest etwas besser. Die vielen Jahre des Fechtens hatten ihm das Gefühl verliehen, einen Degen als verlängerten Arm führen und Gegner so auf Distanz halten zu können.

Aber was erwartete ihn überhaupt auf der anderen Seite der Tür? Er sagte sich, dass er eigentlich mit dem Aufzug nach unten fahren und am Empfang die Polizei verständigen sollte. Sein Gehirn erinnerte ihn daran, dass Fabrice nur vor wenigen Tagen in einem Hotel in eine Falle gelockt worden war. Jetzt durfte er nicht so töricht sein, es ihm gleichzutun. Schon gar nicht mit einem lächerlichen Holzstiel in der Hand.

Aber Alex schlug die Warnungen seines Unterbewusstseins in den Wind. Vorsichtig öffnete er die Tür zum Hotelzimmer.

Er sah sofort, dass niemand mehr hier war.

Aber dass jemand hier gewesen war, sah er ebenfalls. Natalies und seine Klamotten lagen wild verstreut auf dem Teppichboden. Wer auch immer hier gewütet hatte, hatte alles auf links gedreht. Koffer, Rucksack, Kleidung, Kleiderschrank, Kommode, Schubladen, Bett, Kissen, Matratze, Decken, Nachttisch, Minibar. Auch im Bad lag alles durcheinander auf dem Fliesenboden.

Alex stellte verwundert fest, dass ihn dieser Anblick der Verwüstung und der Gewalt nicht mehr überraschte. Zwar hatte er es nicht direkt kommen sehen. Nichts von dem, was in den letzten Tagen passiert war, hatte er kommen sehen. Aber war dies hier nicht trotzdem die logische Folge? Natalie, Cara, Fabrice und er hatten das Spiel des jüdischen Sündenbocks nicht mitspielen wollen, sondern stattdessen begonnen, sich zu wehren, Fragen zu stellen. Jetzt wollte die Gegenseite wissen, welche Antworten sie erhalten hatten. So, wie Leopold Roth versucht hatte, bei Cara nach Hinweisen zu bohren. Nur, dass die Einbrecher hier im Hotelzimmer nichts gefunden hatten. Oder doch?

Alex erschrak.

Die Anthologie.

Sofort begann er, das Zimmer nach dem Buch abzusuchen. Er fand es vor dem Fenster auf dem Boden unter einem der Kopfkissen. Noch einmal las er den Titel des Buches, das sie in der Synagoge gefunden hatten: »Für eine Zukunft in Frieden und Koexistenz«, herausgegeben vom Rat der Religionen.

Alex setzte sich auf die Bettkante und schlug es auf. Auf die erste Seite hatte Cara Allegri ihren Namen geschrieben. Dem eigentlichen Buch war eine Inschrift vorangestellt:

»Du kannst die Vergangenheit nicht ungeschehen machen. Aber du kannst die Gegenwart verändern.«

Damit die Zukunft eine andere Vergangenheit hat, vollendete Alex den Gedanken.

Ein Bild, hatte Cara gesagt. Sie sollten es nutzen, um die Wahrheit aufzudecken. Was hatte sie damit gemeint? Er fing an zu blättern. Die Anthologie war ein Buch voller Texte, Festschriften, Redebeiträge, Gedichte und historischer Erzählungen. Doch in der Mitte waren tatsächlich zahlreiche Fotos versammelt, wie in manchen Büchern, in denen die Bilder auf besonderem Papier gedruckt und mittig eingebunden waren: die Zentralmoschee in ihrer einstigen Pracht. Die Moschee in Schutt und Asche. Die Kölner Synagoge, zerstört in der Reichspogromnacht. Ihre Gedenkhalle an die Opfer des Holocausts. Der hohe, schlanke Glockenturm der evangelischen Trinitätskirche. Sankt Gereon, eine der ältesten Kirchen Deutschlands. Und natürlich der Kölner Dom.

Alex blätterte hin und her. Welches Bild konnte Cara gemeint haben? Es gab gut fünfzig Aufnahmen mit den unterschiedlichsten Motiven, vom Chanukkaleuchter über ein stilisiertes Minarett bis hin zu einem Wasserspeier an der Domfassade.

Er fühlte sich überfordert, der Aufgabe plötzlich nicht mehr gewachsen. Seine Augen scannten die Aufnahmen ab, suchten nach Hinweisen, nach versteckten Botschaften, nach der eingeknickten Ecke einer Seite, nach einer handschriftlichen Notiz, nach irgendetwas, das ihn auf die richtige Spur führte. Er ließ die Seiten wie ein Daumenkino durch seine Finger gleiten. Der goldene Rand des Papiers schimmerte gleichmäßig im Licht der Zimmerbeleuchtung. Doch Alex wurde aus diesem Buch nicht schlau.

»Was wolltest du uns damit sagen, Cara?«, flüsterte er.

34

10. Dezember, Köln

Fabrice stand auf einem Gang des Krankenhauses am Fenster und sah, wie sich das Taxi mit Alex in Bewegung setzte. Er hatte ihn aufhalten wollen, war aufgestanden und ihm gefolgt. Was für eine Schnapsidee, am frühen Morgen aus dem Bett zu steigen, nur Stunden nachdem Alex von einer Explosion durch die Luft geschleudert worden war. Und das nur, um ein verdammtes Buch zu holen.

Fabrice hatte sogar kurz mit dem Gedanken gespielt, hinter Alex herzufahren und dafür zu sorgen, dass dieser schleunigst wieder ins Krankenhaus zurückkehrte. Aber er wollte Esther und Natalie nicht allein lassen. Der Herr Professor war erwachsen genug und brauchte keinen alten Rabbiner, der ihm die Leviten las. Das würde Natalie übernehmen, wenn er wieder zurück war. Abgesehen davon hatte Fabrice ihnen allen noch nicht erzählt, dass sie am Morgen Besuch bekommen würden. Fabrice hatte vor wenigen Stunden eine SMS erhalten. Es würde eine schöne Überraschung werden.

Also schlurfte Fabrice wieder zurück und trat gerade rechtzeitig in den Krankenflügel, um eine Gestalt das Zimmer betreten zu sehen, in dem Natalie und Esther schliefen. Ihn überkam ein ungutes Gefühl. Wer betrat um diese Uhrzeit ein Zimmer, in dem er nichts zu suchen hatte? Fabrice dachte kurz an Jaron Glasser und den Besuch der First Daughter, verwarf den Gedanken aber sofort wieder. Vom Secret Service war niemand mehr zu sehen, genauso wenig von Ziva. Wer also war es nun?

Er ging weiter und beschleunigte seinen Schritt. In Gedanken ging er seine Optionen durch. Als er zum verwaisten Schwesternzimmer kam, sah er sich darin eilig um. Krankenakten, Ordner, Papiere, Rezepte und diverses Büromaterial lagen quer über einen Schreibtisch verteilt. In der hinteren Ecke stand eine große Kaffeemaschine, die gluckernde Geräusche von sich gab. Mehrere Schränke standen an den Wänden. Fabrice trat ein und ging zum Schreibtisch. Er hatte nicht viel Zeit. Er zog an zwei Schubladen, fand aber nichts, was er gebrauchen konnte. Er ging hinüber zu den Schränken. Als er eine der Türen öffnete, sah er überrascht auf das, was vor ihm lag. Es war zwar nicht das, wonach er Ausschau gehalten hatte, aber es würde seinen Dienst tun, sollte es vonnöten sein.

Auf leisen Sohlen schlich er zurück auf den Flur und an die Tür ihres Vierbettzimmers heran. Sie war angelehnt. Drinnen hatte jemand Licht gemacht. Was ging da vor sich?

Natalie war starr vor Angst. Sie hatte keine Ahnung, wie der Mann hereingekommen war. Plötzlich war das Deckenlicht aufgeflammt, das grelle Leuchten hatte sie aus dem Schlaf gerissen. Erst hatte sie vermutet, eine Krankenschwester habe rüde und rücksichtslos den Lichtschalter betätigt, um die morgendliche Visite anzukündigen. Aber vor den Fenstern war es noch dunkel. Dann war ihr aufgefallen, dass weder Alex noch Fabrice in ihren Betten lagen. Stattdessen stand eine große, schwarz gekleidete Gestalt vor ihnen, von der Statur her eindeutig ein Mann. Esther hatte vor Schreck aufgeschrien, aber der Eindringling hatte einen Finger auf seinen Mund gelegt und ihr bedeutet, still zu sein. Seine Geste war unmissverständlich, denn in seiner anderen Hand hielt er eine Pistole mit Schalldämpfer.

Natalie konnte den Mann nicht erkennen. Er trug eine schwarze Kappe, darunter eine Skimaske, die nur seine Augen und seinen Mund freigaben. Der Mann sprach kein Wort. Stattdessen blickte er auf die beiden leeren Betten. Es schien ihn kurz zu irritieren. Aber nichts an seiner Reaktion machte Natalie Hoffnung, dass er wieder gehen würde. Sie ahnte, wofür er gekommen war. Ein Auftragskiller. Und lägen Fabrice und Alex noch in ihren Betten, wären sie vermutlich schon alle tot.

»Sie sind nicht da«, sagte Natalie schnell. Sie sprach Englisch und versuchte dabei, so selbstsicher wie möglich zu klingen. »Was wollen Sie? Wer sind Sie?«

Keine Antwort. Nur ein Blick, der Natalie verstummen ließ.

Sie hörte Esther vor Angst keuchen. Selbst wagte sie kaum zu atmen. Alles in ihrem Kopf kreiste nur um einen Gedanken: Sie musste überleben. Für sich, für Alex, für das Baby. Sie spürte, wie ihre trotzige Seite stärker wurde. Nein, dieser Mann würde seinen Job nicht ohne Gegenwehr erledigen.

Noch immer sagte er kein Wort, sah sich um, blickte zur Tür. Die war nur angelehnt, wie Natalie erkannte. Ob jemand draußen irgendwas mitbekam? Was, wenn eine Schwester über den Gang spazierte, sich wunderte, warum die Tür offen stand, eintrat und dann einfach abgeknallt wurde?

Und wo, verdammt noch mal, steckten Alex und Fabrice?

Sie sah sich eilig im Zimmer um, ob es irgendetwas gab, das sie als Waffe nutzen konnte. Aber es gab nichts, was sich dafür eignete. Ihr Blick fiel auf den Alarmknopf, der über ihrem Kopf an einer Strippe baumelte. Doch was half das, wenn sie ihn drückte? Ein Pfleger oder eine Krankenschwester würde kommen und sterben. So einfach war das. So einfach, so aussichtslos.

Der Mann schien ihren Blick aufgefangen und richtig gedeutet zu haben. Als Natalie ihn wieder ansah, richtete er seine Waffe auf sie. Stumm schüttelte er den Kopf.

»Was?«, spie ihm Natalie entgegen. »Willst du mich erschießen, wenn ich den Knopf drücke? Das ist doch sowieso dein Job.«

Da bemerkte Natalie aus dem Augenwinkel eine minimale Veränderung. Mit aller Macht widerstand sie dem Reflex, in die Richtung der Bewegung zu gucken, bemerkte jedoch, wie Esther herumfuhr und zur Tür blickte, die sich soeben geöffnet hatte.

Fabrice!

Der Mann in Schwarz zögerte nicht. Ohne sich zu vergewissern, wer da plötzlich hinter ihm stand, riss er seine Waffe herum und feuerte. Ein gut trainierter Schütze, ging es Natalie durch den Kopf, ein Soldat. Sie hörte Esther kreischen. Ein schriller, markerschütternder Laut. Spätestens jetzt musste hier im Krankenhaus jemand aufgewacht und alarmiert worden sein. Wie automatisch schrie auch sie selbst, ehe sie hörte, wie die schallgedämpfte Pistole mehrfach feuerte. Dann ein Klicken, das in ein Zischen überging. Ein Stöhnen. Der dumpfe Aufprall eines Körpers, der zu Boden krachte.

Doch es war nicht Fabrice, der zusammenbrach. Stattdessen sank der Mann in Schwarz zu Boden, geschüttelt von Krämpfen. Seine Pistole fiel ihm aus der Hand. Sein Körper vollführte unkontrollierte Tänze, wilde Zuckungen, als hätten seine Gliedmaßen jede Verbindung zum Hirn ihres Gebieters verloren. Eine Marionette, die von ihrem Puppenspieler noch ein letztes Mal geschüttelt wurde, ehe er die Streben kappte und sich von ihr trennte.

Natalie sah zu Fabrice. Auch er stand nicht mehr wie zuvor im Türrahmen. Erst glaubte sie, er sei getroffen worden. Doch dann löste er sich aus der Hocke, aus einer Schusshaltung, wie Natalie jetzt erkannte. In der Hand hielt er etwas, das wie eine gekrümmte Taschenlampe aussah. Es hätte auch eine Art Revolver sein können. Aber weder aus Revolvern noch aus Taschenlampen traten in der Regel Kabel hervor. Da erkannte sie, dass Fabrice einen Taser in der Hand hielt, eine Elektroschockpistole.

»*Mon Dieu!*«

Esther warf das Bettlaken zurück und lief so schnell sie konnte auf Fabrice zu. Der trat vor und nahm seine Frau in den Arm.

»Seid ihr beide in Ordnung?«

Es sah zu Natalie herüber.

»Du hast uns das Leben gerettet«, stammelte Esther, der die Tränen über die Wangen liefen. Sie küsste ihren Mann liebevoll und vergrub ihren Kopf an seiner Schulter.

Auch Natalie fühlte sich vor Erleichterung plötzlich so lebendig wie lange nicht mehr. Bis sie bemerkte, dass Fabrice allein gekommen war.

»Wo ist Alex?«, rief sie.

»Im Hotel«, sagte Fabrice schnell. »Das erzähle ich euch später.«

Er blickte auf die Gestalt am Boden, bückte sich und riss die Skimaske vom Kopf. Alle drei stießen gleichzeitig einen Laut des Erstaunens aus. Sie kannten den Mann, der gerade versucht hatte, sie zu töten.

Fabrice fasste sich als Erster wieder. »Natalie, ruf sofort Olivia an!«, sagte er. »Erzähl ihr, was passiert ist. Sie soll die Polizei informieren. Sobald wir hier raus sind, rufen wir Alex an. Aber erst müssen wir hier weg. Und zwar sofort.«

Esther löste sich von ihrem Mann und blickte auf den Elektroschocker, den Fabrice abgefeuert hatte.

»Woher im Himmel hattest du dieses Ding?«

»Manchmal muss man Glück haben. Ich hatte eigentlich nach einer Spritze gesucht«, antwortete Fabrice. »Diese Dinger hier sind in Deutschland eigentlich mittlerweile verboten. Aber das Krankenhauspersonal hat das wohl noch nicht mitbekommen.«

Natalie hatte davon gehört, dass sich einige Pfleger und Schwestern in Europa in den letzten Jahren mit leichten Waffen versorgt hatten. Eine Folge der Flüchtlingskrise. Sie hatten Angst, Opfer von Plünderungen zu werden. Natalie hielt das zwar für völlig übertrieben und die Folge politischer Panikmache. Aber in diesem Augenblick war ihr das herzlich egal. Sie hätte dem Typen auch einen Defibrillator um sein bestes Stück gebunden, wenn sie ihn damit unschädlich gemacht hätte.

»Wohin sollen wir denn jetzt?«, fragte sie.

Esther raffte ihre Sachen zusammen. Ihr Gesicht war aschfahl. Ihre Hände zitterten. Natalie ging zu ihr, gab ihr einen Kuss auf die Stirn und half ihr beim Packen.

»Ich habe schon eine Idee«, entgegnete Fabrice, der dabei war, den bewusstlosen Mann mit einem zerrissenen Bettlaken zu fesseln.

Als sie das Zimmer verließen, blickte Natalie nicht mehr zurück. Aber sie spürte, dass sich etwas in ihr regte. Fabrice hatte sie gerade vor dem sicheren Tod bewahrt. Und wenn nötig, hätte er den Mann dafür getötet.

So, wie sie damals den Mann getötet hatte, der Alex umbringen wollte.

Für die Menschen, die sie liebten, waren sie zu allem fähig.

35

10. Dezember, Köln

Alex starrte noch immer auf die Fotos. Er hatte es aufgegeben, nach einer versteckten Botschaft zu suchen. Aber als er erneut den Wasserspeier an der Fassade des Kölner Doms betrachtete, kam ihm ein Gedanke. Es war ein mittelalterliches Motiv, Alex kannte es gut. Ein dämonisches Fabelwesen, auf dem eine nackte Frau ritt. Ein Symbol für den alten Volksglauben, dass Hexen übernatürliche Kräfte besaßen. Sie konnten heilend, aber auch unheilbringend sein. Letzteres war der Kern des »Malleus Maleficarum«, des »Hexenhammers«. Mit diesem Buch war die Ermordung Zehntausender Frauen im Mittelalter legitimiert worden. Der grundlegende Gedanke war einfach: Hexen hatten einen Pakt mit dem Teufel geschlossen und gehörten dafür auf den Scheiterhaufen.

Alex musste bei dem Bild des Wasserspeiers an Cara denken. Hatte auch sie sich auf einen Dämon eingelassen? Oder drohte sie nun zu Unrecht von ihnen verteufelt zu werden?

Er griff in seine Umhängetasche, die er aus dem Krankenhaus mitgenommen hatte und die den Einbrechern vorenthalten geblieben war. Er wollte gerade sein Tablet über sein Smartphone mit dem Internet verbinden, als er merkte, dass der Akku im Telefon leer war. Alex blickte sich um. In dem Chaos des Zimmers konnte er das Ladekabel nicht entdecken. Das musste also warten. Er koppelte sein Tablet stattdessen mit dem Hotelnetzwerk und begann seine Recherche.

Ein Pakt mit dem Teufel? Nur, wer war der Teufel, wenn sie recht hatten? Leopold Roth und Boris Ulbricht, zwischen ihnen gab es offenbar eine Verbindung. Dann waren da noch Sebastian Schulze und Markus Nossak. Wenn Nossak wirklich eine so große Nummer in der rechten Szene war, musste etwas im Internet darauf hindeuten. Und Cara hatte Alex gezeigt, wo er suchen musste.

Er öffnete das 8chan-Forum und begann zu lesen. Wobei es kein richtiges Lesen war, wie er es kannte. Er musste sich durch einen Wust aus Abkürzungen, Wortschöpfungen und Fäkalsprache kämpfen. Er überflog Mikroartikel und Kurzbeiträge, folgte Unterhaltungen zwischen Usern zu unzähligen Themen. Immer wieder sprang Alex zur Suchfunktion des Forums zurück und ließ die Inhalte nach »Markus Nossak« und dem »Nossak News Network« filtern. Er fügte weitere Begriffe an, um die Suche einzugrenzen. Aber das meiste, was er fand, bestand aus mehr oder weniger hitzigen Diskussionen über die Rolle Nossaks in der rechten Community. Nichts von besonderem Belang, keine echten Hinweise auf Nossaks Verwicklungen und auch keine hilfreichen Querverweise zu anderen Persönlichkeiten, die zusammen mit Nossak unter einer Decke stecken konnten.

Bis Alex aufs Geratewohl den Namen des Medienmoguls mit dem Begriff »CIA« kombinierte. Warum nicht, dachte er sich, wenn die Amerikaner auch etwas gegen Roth herausgefunden hatten? Vielleicht brachte ihn das ja weiter.

Sofort sprang ihm eine Diskussion mit dem Titel »IHS« entgegen. Er verstand nur etwa die Hälfte von dem, was die User von sich gaben, aber mehr brauchte er auch nicht. Teile der 8chan-Community waren offensichtlich davon überzeugt, dass Nossak an einer Firma mit dem Namen IHS Group beteiligt war. Angeblich operierte sie in Deutschland, und wenn Alex den Verschwörungstheorien glauben durfte, war diese IHS Group ein privater Auftragnehmer der Central Intelligence Agency und stand damit in direkter Verbindung zur Regierung der Vereinigten Staaten von Amerika.

Alex las immer weiter. Einzelne User verstiegen sich sogar dazu, dass die IHS Group jene Schmutzarbeit auf europäischem Boden übernahm, die die CIA nicht selbst übernehmen wollte. So konnte sie sich fein herausreden, wenn eine Operation scheiterte oder an die Öffentlichkeit gelangte. Alex hatte gehört, dass solche Firmen immer häufiger auftraten, weil der Sicherheitssektor noch stärker als früher von privaten Firmen dominiert wurde. Sie bedeuteten zwar höhere Kosten für den Staat, aber auch weniger Risiko und Verantwortung.

Alex stockte. Ihm sprang ein weiterer Beitrag ins Auge. Ein User behauptete, die Firmenadresse zu kennen. Die IHS Group sollte ihren Sitz demnach in Pirmasens haben, genau wie NNN. Und zwar in der Delaware Avenue auf einem ehemaligen Gelände des US-Militärs.

Was hatte Cara Allegri noch mal über den Ursprung des Sprengstoffes gesagt, den die Reichsbürger für die Moschee verwendet hatten? Aus Beständen des amerikanischen Militärs.

Oder aber, dachte Alex, aus den Beständen eines privaten Vertragspartners der CIA.

Die IHS Group. Alex öffnete ein neues Fenster im Browser und googelte den Firmennamen. Tatsächlich war ein solches Unternehmen in Pirmasens gemeldet. Das Register der Stadt wies die Daten aus, doch für mehr als nur den Namen und die Anschrift hätte Alex eine Bearbeitungsgebühr entrichten müssen. Einzig das Logo der Firma war zusätzlich verfügbar. Es zeigte ein Eisernes Kreuz, das von zwei Schwertern durchstoßen wurde. In der Mitte prangten eine Krone und ein Kreuz. Alex kannte das Symbol, aber dessen Geschichte wollte ihm gerade partout nicht einfallen. Er glaubte, damit kürzlich in Kontakt gekommen zu sein. Aber der Groschen wollte nicht fallen.

Er gab es auf, darüber zu grübeln, und sprang zurück in die Ergebnisübersicht seiner Suchanfrage. Er ließ seine Augen über die weiteren Resultate wandern, hatte aber kaum Hoffnung, dass er noch etwas Verwertbares fand. Da erblickte er einen Link, der auf den ersten Blick nichts mit seiner Suchanfrage zu tun hatte. Mit der flachen Hand schlug sich Alex auf die Stirn. Dass er das nicht gesehen hatte!

Es war ein Link zu einer katholischen Ausgabe von Wikipedia. Dort wurden die Buchstaben »IHS« erklärt: Jesus.

Natürlich! Markus Nossak, ein Anhänger der Christian-Identity-Bewegung. Er hatte seiner Firma den Namen von Gottes Sohn gegeben. Nichts weniger war gut genug für einen Mann, der glaubte, in Gottes Namen zu handeln.

Es passte zusammen. Die Christian-Identity-Bewegung hatte sich als Sekte vor allem in den USA ausgeprägt. Entstanden war sie eigentlich in Großbritannien als komplettes Gegenteil ihrer heutigen Bedeutung. Ursprünglich hatte ihr Glaube als eine Art Anglo-Israelismus existiert, der eine Verwandtschaft zwischen Briten und Juden predigte. Populär war sie aber erst in den USA geworden, wo von Brüderlichkeit mit den Juden plötzlich keine Rede mehr war. Die Ideologie ging von einer jüdisch-satanischen Verschwörung aus, die nichts anderes im Sinn hatte, als die adamisch-arische Herrenrasse zu unterjochen. Die Juden als Satans Kinder waren die Grundlage dieser Schwarze-Schafe-Doktrin, die später den Ku-Klux-Klan und die White Supremacists prägte.

Die Christian-Identity-Bewegung wurde dafür bekannt, von der Außenwelt abgeschottete Anlagen zu verwalten und dort ihre Mitglieder zu radikalisieren. Für Alex waren diese Compounds nicht viel anders als die Terrorcamps für Dschihadisten. Die Sekte hielt sich paramilitärische Einheiten wie die Aryan Nations und The Order. Wo also war der Unterschied?

Wenn Nossak wirklich diese Bande in die USA geknüpft und in Pirmasens ein Unternehmen aufgebaut hatte, das Aufträge der CIA entgegennahm, war ein anderer Gedanke nicht weit weg: dass Nossak eine paramilitärische Einheit der Christian-Identity-Bewegung unter seine Fittiche genommen hatte. Ein furchteinflößender Gedanke, dachte Alex, der an Dramatik noch gewann, wenn selbst die Tochter des US-Präsidenten, eine Jüdin, ins Fadenkreuz geraten war.

Alex musste unbedingt mit Fabrice über diese Entdeckung sprechen. Er sah auf die Uhr. Es war inzwischen kurz vor sechs. Er wollte wieder zurück im Krankenhaus sein, bevor Natalie und Esther aufwachten. Nun, da er herausgefunden hatte, was sich offensichtlich hinter Nossak verbarg, fühlte er sich besser. Und irgendetwas sagte ihm, dass das längst nicht alles war.

Er sammelte zusammen, was Natalie und er gebrauchen konnten und was von Wert war, packte es in ihren Rucksack und sah sich noch einmal im Zimmer um. Das Chaos sollte das Hotel beseitigen. Er steckte die Anthologie ein und verließ das

Zimmer. Am Empfang teilte er dem verdutzten Nachtportier mit, dass in ihr Zimmer eingebrochen worden sei und die Polizei die Sache eingehend untersuchen müsse. Schon entschwand er aus der Lobby, sprang in das nächste Taxi und ließ sich zurück zum Sankt Hildegardis bringen.

Als das Taxi auf die Klinikzufahrt einbog, wurde Alex von Blaulicht geblendet, das die Dunkelheit durchschnitt. Zunächst löste es in ihm keine Verwunderung aus. Erst als er realisierte, dass das Licht zu den Signallampen mehrerer Polizeiautos gehörte, setzte sein Herz einen Schlag aus.

Er warf dem Taxifahrer einen Geldschein auf den Vordersitz und sprang aus dem Wagen, noch ehe dieser vollständig angehalten hatte. Fast wäre Alex zu Boden gefallen, fing sich aber und lief so schnell er konnte zum Eingang. Er sah Beamte, die in Gruppen mit Mitarbeitern und Patienten sprachen. Er musste sofort zu Natalie, Esther und Fabrice aufs Zimmer. Erst der Einbruch im Hotel, jetzt Polizei im Krankenhaus?

Keine Zufälle!

Er wollte gerade loslaufen, da hörte er eine Stimme hinter sich.

»Professor Kauffmann?«

Es war Dr. Caroline Voß. Die Ärztin kam auf ihn zugelaufen. Sie sah müde, aber auch erregt aus. Ihre Wangen waren gerötet.

»Professor, woher kommen Sie denn? Wir suchen nach Ihnen.«

»Nach mir?«

»Nach Ihnen allen. Mademoiselle Villeneuve hat die Polizei verständigt. Aber als die Beamten eintrafen, waren Sie schon weg. Was hat das zu bedeuten?«

»Was hat *was* zu bedeuten?«, rief Alex.

In seinem Kopf drehten sich Fragen über Fragen und mischten sich mit Antwortfetzen.

»Ich bin heute früh kurz ins Hotel gefahren. Da war noch alles in Ordnung. Was um alles in der Welt ist passiert?«

Die Ärztin sah ihn besorgt an.

»Sie wissen es nicht?« Dr. Voß blickte sich um. »Soviel ich weiß, hat Ihre Anwältin die Polizei angerufen und erklärt, Mademoiselle Villeneuve habe ihr einen Angriff in der Klinik gemeldet. Die Polizei sollte sofort kommen und den Täter festnehmen.«

»Was heißt Angriff? Wo ist meine Verlobte? Wo sind Fabrice und Esther Mannarino? Wie geht es ihnen?«

»Das Einzige, was wir sagen können, ist, dass Ihre Verlobte und Ihre beiden Gäste das Krankenhaus verlassen haben. Die Beamten waren noch nicht da, da waren sie schon weg. Ich habe keine Ahnung, wo sie hin sind. Wurden Sie nicht angerufen?«

Sein Handy! Alex zog es aus der Tasche und blickte auf das schwarze Display. Erst jetzt fiel ihm wieder ein, dass die Batterie leer war. Er musste es sofort aufladen.

Dr. Caroline Voß schien seinen Gedanken zu erraten. »Was haben Sie für ein Modell?«, fragte sie.

Er zeigte ihr sein Telefon.

»Kommen Sie mit!«

Sie führte ihn in einen Aufenthaltsraum für Ärzte. An einem Fenster stand ein Tisch. Aus der Wand ragte eine Steckerleiste, an der diverse Kabel befestigt waren. Alex erkannte, dass sie für unterschiedlichste Smartphones gedacht waren. Hier konnte jeder Arzt in seiner Pause sein Telefon aufladen.

Er schloss sein Telefon an den Strom an. Verdammtes Handy! Ungeduldig starrte er auf den Bildschirm und wartete wie hypnotisiert darauf, endlich nachschauen zu können, ob eine Nachricht eingegangen war. Eigentlich war Geduld eine seiner großen Stärken. Jetzt hätte er das Telefon am liebsten angeschrien, sich zu beeilen. Da erwachte es endlich zu neuem Leben, und das Display leuchtete auf.

»Professor«, riss Dr. Voß ihn aus seinen Gedanken, »ich kenne keine Details, aber ich habe vorhin ein bisschen gelauscht.«

Alex entsperrte das Gerät und wartete darauf, dass sich das Smartphone mit einem lokalen Netzanbieter verband. Dann blickte er auf.

»Sie haben Einschusslöcher in einer Wand gefunden«, sagte die Ärztin.

»Was sagen Sie da?«

Der verbale Schlag in die Magengrube fügte ihm physische Schmerzen zu. Er stieß Luft aus, war aber unfähig, einen neuen Atemzug zu nehmen.

»Wenn es Sie beruhigt«, sprach Dr. Voß sofort weiter, »man hat kein Blut gefunden. Die Schüsse müssen ihr Ziel verfehlt haben. Allerdings hat jemand den Schützen mit einer Elektropistole außer Gefecht gesetzt. Der Taser gehört eigentlich einer unserer Krankenschwestern. Wer ihn betätigt hat, weiß die Polizei wohl noch nicht. Aber vorhin habe ich jemanden sagen hören, dass der Mann wahrscheinlich Sie alle ermorden wollte. Man hat wohl eine Pistole mit Schalldämpfer bei ihm gefunden.«

»Wissen die schon, wer er ist?«

Dr. Voß sah unentschlossen aus. »Ich habe da einen Namen gehört, bin mir aber nicht sicher, ob ich ihn richtig verstanden habe.«

»Was haben Sie gehört?«, fragte Alex drängend.

»Sein Nachname ist Glaser oder Glasser. Den Vornamen habe ich nicht richtig verstanden.«

»Jaron«, keuchte Alex.

»Sie kennen ihn?«

Und ob! Alex' Gedanken überschlugen sich. Er war hierhergekommen, weil er gedacht hatte, den entscheidenden Hinweis gefunden zu haben. Weil er geglaubt hatte, das Rätsel, das Cara Allegri ihm aufgegeben hatte, gelöst zu haben. Stattdessen hatte ein Agent des US Secret Service versucht, sie alle umzubringen. Und nicht irgendein Agent, sondern der persönliche Vertraute der First Daughter.

»Die Polizei wird mit Ihnen sprechen wollen«, unterbrach Dr. Voß seine Gedanken.

Alex sah sie an und war ihr dankbar für ihre sachliche und vorausschauende Art. Bei aller Müdigkeit und Verunsicherung wollte sie noch immer einfach nur ihrem Patienten helfen.

»Danke«, erwiderte Alex. »Sie sind eine gute Ärztin.« Er zögerte kurz. »Und eine große Hilfe.«

Sie schenkte ihm ein Lächeln.

Da piepste sein Handy. Endlich! Eine Textnachricht von Fabrice. Alex las sie und atmete auf.

»Gute Neuigkeiten?«

»Ja«, antwortete Alex. Dann sah er Dr. Voß an. »Aber dürfte ich Sie noch ein letztes Mal um Ihre Hilfe bitten?«

»Zum Hinterausgang geht es hier entlang«, antwortete Dr. Voß und deutete mit einem Lächeln in Richtung einer Tür.

36

10. Dezember, Köln

Der Taxifahrer setzte Alex am Sürther Rheinufer ab. Es lag im Süden Kölns und wirkte auf Alex mehr wie ein Vorort denn wie ein belebter Stadtteil. Wohin hatte Fabrice ihn nur beordert? Und wie war er auf die Idee gekommen, hier seien sie sicher?

Alex warf sich Rucksack und Umhängetasche über die Schulter und sah sich um. Im Osten erhob sich gerade erst die Sonne über dem Rhein und blendete ihn. Die Schäl Sick! Jetzt verstand er, was damit gemeint war. Eine Hand schützend vor den Augen, sah er Menschen aus ihren Häusern schlendern. Sie kratzten das Eis von den Scheiben ihrer Fahrzeuge, klopften sich die Kristalle von ihren Handschuhen und stiegen ein, in der Hoffnung, dass die Heizung im Auto den Innenraum in wenigen Minuten mit warmer Luft durchströmen würde. Zu seiner Überraschung fror Alex selbst nicht. Auch die Müdigkeit, die ihn auf der Fahrt hierher beinahe übermannt hätte, war verflogen. Er wollte Natalie sehen, sicher sein, dass es ihr gut ging. Er wollte mit Fabrice und Esther sprechen und hören, was passiert war. Er wollte ihnen erzählen, was er selbst herausgefunden hatte. Aber eigentlich wollte er nur noch, dass dieser Alptraum ein Ende nahm.

Alex sah auf den Steg hinaus, den Fabrice ihm in der Textnachricht beschrieben hatte. Ein Bootshaus lag einige Meter unter ihm auf Stelzen im Wasser. Kleinere Motorboote, Barkassen und Ruderboote, aber auch größere Kähne lagen vertäut auf dem Wasser und wogten bedächtig mit dem Wellengang hin und her.

Alex gelangte über eine Rampe zum Ufer. Er hätte auch eine Metalltreppe zum Steg hinabklettern können, aber es war nur eine Notstiege bei Hochwasser. Vor Kurzem musste der Pegel des Rheins deutlich über dem üblichen Level gelegen haben. Alex sah die dunklen Verläufe an den Steinwänden und Bäumen, die die Natur hinterlassen hatte. Der Boden glich einer Moorlandschaft, und Alex achtete auf jeden Schritt, den er in Richtung Bootshaus machte. Die Holzplanken des Stegs waren mit Moos überzogen, glitschig und gefährlich rutschig. Meter für Meter tastete er sich vor.

Das Plätschern des Wassers, das gegen die Holzpfeiler klatschte, erweckte den trügerischen Eindruck, Alex befände sich am Meer. Dass jeder Schritt ihm jedoch körperliche Schmerzen bereitete, erinnerte ihn spürbar an die Folgen des Anschlags vom Vorabend.

Rechter Hand lag ein Bootshaus, dessen Restaurant noch nicht geöffnet hatte. Im Sommer musste man hier auf der Terrasse eine herrliche Aussicht haben. Jetzt aber hielt Alex nach etwas anderem Ausschau. Und entdeckte es am entfernten Eck des letzten Stegauslegers: ein Hausboot. Es war gebaut wie ein schwimmender Bungalow mit großen Fenstern und einer weit umlaufenden Veranda, auf der Liegestühle unter Plastikplanen ihren Winterschlaf hielten. Die Beleuchtung war eingeschaltet, und je näher Alex kam, desto deutlicher erkannte er durch die Fenster die Umrisse mehrerer Personen.

Einer der Schatten löste sich aus der Gruppe, verschwand kurz aus dem Blickfeld und trat dann durch eine Tür auf das Heck des Hausbootes. Ein Mann, dem Alex vor geraumer Zeit das letzte Mal begegnet war. Er trug Blue Jeans, ein blaues Hemd über einem weißen T-Shirt, ein graues Sakko. Alles an ihm war ergraut. Die Haare, deren Schnitt er stets als praktisch beschrieben hatte, seine Augenbrauen, seine Augen. Selbst seine schmalen Lippen schienen mit dem Gesicht zu verschmelzen.

»Lange nicht gesehen«, rief Pascal Bernard ihm zu.

»Viel zu lange«, entgegnete Alex und nahm den ehemaligen Ermittlungsbeamten aus Marseille in die Arme. »Will ich wissen, wie du hierhergekommen bist?«

»Das Boot gehört einem Freund von mir, mit dem ich öfter segeln bin«, antwortete Bernard in seiner tiefen, harten Stimme. »Ein Deutscher, der im Sommer hier in der Nähe lebt und im Winter im Luberon. Zoé und ich haben ihn vor bald zwanzig Jahren im Urlaub kennengelernt.«

Alex suchte nach einem Zeichen in Pascal Bernards Mimik, doch inzwischen erwähnte er den Namen seiner verstorbenen Frau ohne Trauer und Wehmut. Zoé war bereits tot gewesen, als sie sich durch den Fall der Wächter kennengelernt hatten. Zoés Schwester Paulette, Pascals Schwägerin, wohnte aber in Paris und war inzwischen eine gute Freundin von Suzanne.

»Lass uns reingehen«, sagte Pascal. »Es gibt da jemanden, der dich gerne sehen will.« Er führte ihn über eine Metallbrücke auf das Boot und in den Bungalow.

Alex hatte das Wohnzimmer kaum betreten, da kam Natalie auf ihn zu. Sie hatte ihre Haare vom Verband befreit und auch die Krankenhauskleidung abgelegt. Mit einem Gesichtsausdruck, den er nicht deuten konnte, stand sie vor ihm und blickte ihn aus ihren braunen Augen an. Da boxte sie ihm unvermittelt auf die Brust.

»Du Scheißkerl, du verdammter Sturkopf, musstest wieder allein losziehen?«, schimpfte sie und versetzte ihm mit jedem Wort einen Hieb. »Wenn du uns damit nicht das Leben gerettet hättest, könntest du dich jetzt auf ein Donnerwetter gefasst machen.«

Sie küsste ihn.

»Scheißkerl«, sagte sie noch mal, drehte sich um und blickte Fabrice an, der an einem kleinen Tisch neben Esther saß. »Und du auch. Ihr alle beide. Lebensrettende Scheißkerle. Esther, wie hältst du es nur mit diesem Hornochsen aus?«

»Übung, Geduld und Alkohol«, antwortete Esther ohne Zögern.

»Alkohol für ihn oder für dich?«

»Sehe ich so aus, als ob ich ihn auch noch für irgendwas belohnen würde?«

Esther und Fabrice lachten und tauschten einen Blick, den sich nur ein glückliches Ehepaar nach über vierzig Jahren Ehe schenken konnte.

Alex warf Rucksack und Umhängetasche auf die Ablage einer Küchenzeile. Es war ein modernes Hausboot und überraschend geräumig. Wenn der Boden unter ihm nicht geschwankt hätte, wäre der Raum einem luxuriösen Appartement nahegekommen. Den Bewohnern fehlte es hier an nichts. Es gab ein Schlafzimmer, ein Bad und im Wohnraum sogar eine kleine Bar, die hinter einem Sofa emporragte. Eine schmale Treppe führte auf das Dach des Bungalows, wo Alex von draußen bereits die Steuerkabine entdeckt hatte. Aber sie waren nicht für eine Bootstour hierhergekommen. Leider nicht.

»Dann machen wir es uns mal gemütlich«, sagte Pascal Bernard dennoch.

Er ging zu einem Wasserkocher und goss Tee auf. Alex setzte sich zu Natalie, Esther und Fabrice an den Tisch. Bernard leistete ihnen kurz darauf mit fünf Tassen und einer großen Kanne Tee Gesellschaft.

»Dann fange ich einfach mal an«, sagte Fabrice und richtete sich auf.

Jaron Glasser also, dachte Alex, während er Fabrice' Worten lauschte. Erst war er mit der First Daughter ins Krankenhaus gekommen, um sie zu besuchen und in Sicherheit zu wiegen. Anschließend war er noch einmal zurückgekehrt, um sie alle zu töten. Wohl nachdem er ihr Zimmer im Hotel durchsucht und nichts von Wert gefunden hatte.

Aber wie passte das zusammen? Und warum hatte Glasser ihnen zum Abschied noch gesagt, dass die CIA eine Verbindung zwischen Roth und Ulbricht hergestellt habe?

Nachdem Fabrice geendet hatte, erzählte Alex seine kleine Geschichte vom frühen Morgen im Excelsior. Vom Einbruch in ihr Zimmer, wenn auch nicht von Zorro, dem wagemutigen Holzkopf mit dem Holzstock, der geglaubt hatte, sich den Einbrechern in den Weg stellen zu können. Von der Anthologie und dem Foto des Wasserspeiers an der Fassade des Kölner Doms, durch das er auf die Idee gekommen war, bei 8chan zu recherchieren. Er berichtete, was er über Markus Nossak, die IHS Group, die CIA und die Christian-Identity-Bewegung herausgefunden hatte.

»Jesus?«, fragte Pascal Bernard. »Das würde dann aber nicht zu Jaron Glasser und zu Ziva passen.«

»Aber zu Nossak und Roth«, erwiderte Natalie.

»Ich frage mich«, fuhr Bernard fort, »welche Rolle der Präsident selbst in alldem spielt. Es wäre nicht das erste Mal, dass Geheimdienstorganisationen versuchen, Druck auf das Weiße Haus auszuüben.«

»Aber mit der Ermordung der Tochter?«, fragte Esther.

»Sollte sie wirklich jemals ermordet werden?«, entgegnete Bernard. »Fabrice wurde in ein Zimmer gelockt, in dem alles bereitlag. Das stimmt. Aber wo war der Attentäter?«

»Der hat sich ein paar Tage später in Köln in die Luft gejagt«, warf Alex ein, der Bernards Gedanken weiterspann. »Und es war auch klar, dass Ziva nie zum Zünden der Kerzen vor dem Rathaus kommen würde, weil die Sicherheitslage dies nie erlaubt hätte.«

»Also gab es für die First Daughter nie eine ernsthafte Bedrohung«, schloss Bernard. »Aber das Szenario hat sicher als Botschaft an den Präsidenten getaugt, damit er seinen politischen Kurs schön beibehält.«

»Und welcher Kurs soll das bitte schön sein?«, fragte Natalie.

Bernard goss sich Tee nach. »Der Präsident hat sich im Wahlkampf viele Stimmen ganz rechts außen gesichert. Die wollen dafür etwas geboten bekommen. Wenn sie also das Gefühl haben, ihr Mann im Oval Office wird zu moderat, könnten sie auf die Idee kommen, ihm eine Warnung zukommen zu lassen.«

»Und da würde sich seine jüdische Tochter als Ziel gut eignen«, schloss Fabrice.

»Roth und Nossak sind aber Deutsche«, warf Natalie ein.

»Das ja, aber zumindest Nossak hat schon in den USA gelebt. Er war dort Korrespondent«, gab Fabrice zu bedenken.

»Zudem würde die IHS Group ohne die CIA kaum existieren«, fuhr Bernard fort. »Abgesehen davon zählt für Leute wie Roth und Nossak weniger die Nationalität als die religiöse Gesinnung. Auch scheint es ihnen ja nicht unrecht zu sein, wenn Deutschland in Aufruhr gerät. Je mehr Chaos, desto mehr profitiert ein Medienmogul. Und wenn Roth Innenminister werden sollte, hätte er die Rechtfertigung, mit harter Hand aufzuräumen.«

Esther lehnte sich am Tisch vor. »Noch mal die Frage, welche Rolle es spielt, dass Jaron Glasser Jude ist. Immerhin sollte er uns töten. Er war sicher kein Opfer irgendeiner Verschwörung.«

Kurz herrschte Schweigen. Alex wusste, worüber sie alle grübelten. Jaron Glasser war Jude. Ziva war eine zum Judentum konvertierte Christin. Ihr Ehemann galt als Hardliner mit Attitüden, die ihn, wäre er nicht selbst Jude, in die rechte Ecke rücken ließen. Eine verwirrende Konstellation, bei der sie nicht vergessen durften, dass nicht jeder Mensch seinem religiösen Ursprung aus Überzeugung folgte. Es hatte auch Juden gegeben, die für die Nazis gearbeitet hatten. Genauso wie es heute Christen gab, die insgeheim zum Islam konvertierten und in den Dschihad zogen.

Gerade als Alex auf Cara Allegri zu sprechen kommen wollte, klopfte es. Olivia Ziffzer stand im Türrahmen des Hausbootes.

»Ich wäre euch sehr dankbar, wenn ihr aufhören könntet, euch derart in Gefahr zu begeben.« Mit ernster Miene trat die Anwältin ein. Ihr Gesichtsausdruck hellte sich jedoch auf, als sie Pascal Bernard erblickte und ihn in die Arme schloss. »Du kommst hierher und sagst mir erst Bescheid, wenn du schon da bist? Du solltest dich schämen!«

Sie küsste Bernard auf die Wange, der nur amüsiert die Augen verdrehte. Er holte eine weitere Tasse, rückte den letzten verfügbaren Stuhl heran und blickte Alex erwartungsvoll an. »Du wolltest was sagen?«

Alex griff zu seiner Tasche und zog die Anthologie hervor.

»Ich habe es mir angeschaut. Die Fotos sind in der Mitte einsortiert. Aber es sind zu viele, als dass ich bisher etwas hätte finden können«, gestand er und reichte das Buch herum.

Sie besahen es sich einer nach dem anderen. Als Natalie es in die Hände nahm, berührte sie den Einband fast ehrfürchtig. Sie schlug das Buch nicht auf, sondern inspizierte es von außen. Dann öffnete sie es doch und ließ die Seiten durch ihre Finger gleiten, wie Alex es im Hotelzimmer getan hatte.

Da veränderte sich ihr Gesichtsausdruck.

Alex betrachtete sie, wie sie noch einmal darin blätterte. Doch jetzt schienen ihre Augen den Inhalt zu ignorieren. Stattdessen ließ sie den vergoldeten Rand der Seiten nicht aus den Augen. Da schlug sie die Anthologie wieder zu. Diesmal aber presste sie die Seiten aufeinander.

»Was machst du da?«, fragte Fabrice.

»Gib mir eine Sekunde«, sagte Natalie und betrachtete das Buch von der Seite. »Ich habe einen Schatten bemerkt und mich gefragt –«

Unter ständigem Druck schob sie die obere Buchhälfte leicht nach hinten, sodass sich der Längsschnitt an der Seite des Buches verschob. Die Seiten lagen jetzt nicht mehr bündig aufeinander, sondern um jeweils den Bruchteil eines Millimeters verschoben.

Olivia war die Erste, die es sah.

»Da steht was!«

Tatsächlich. Jetzt, da die geschnittenen und vergoldeten Seiten nicht mehr perfekt übereinanderlagen, erschien auf der Außenkante des Buches eine Schrift. Eine Handschrift. Jemand hatte, bevor die Seiten vergoldet worden waren, eine versteckte Botschaft auf die Seitenränder gemalt.

»Ein Fore-edge Painting«, sagte Natalie sichtlich zufrieden. »Eine Kunst aus dem Mittelalter für versteckte Botschaften oder Gemälde. Künstler haben auf diese Weise früher Bücher veredelt. Sie haben das gedruckte Werk in einen Schraubstock gespannt, die Seiten schräg verschoben, mit einem Minimum an Wasserfarbe den Rand bepinselt und nach der Trocknung mit einem Goldrand verziert. Und wenn ich mir das so anschaue, hat Cara genau das Gleiche mit diesem Buch gemacht.«

Fasziniert starrte Alex auf das, was Natalie entdeckt hatte. Erst jetzt realisierte er, dass es Cara gar nicht um ein Foto im Buch gegangen war, sondern um ein Bild. Sie sollten die äußere Bemalung der Anthologie finden. Ein verstecktes Bild. Eine Botschaft. Für einen kurzen Moment kam er sich lächerlich vor, in den einzelnen Fotos nach einer verschlüsselten Nachricht gesucht zu haben. Dann sah er, was Cara ihnen wirklich hinterlassen hatte.

Es waren drei Symbole: eine Zahl, ein Monogramm und ein Logo.

Das Logo erkannte er sofort. Es war das Wappen der IHS Group.

Dann stand da eine Zahl.

»770«, las Natalie vor.

»Die Abkürzung für die Adresse der Chabad-Gemeinde in Crown Heights«, sagte Fabrice sofort. »Das war wohl Caras Hinweis auf Jaron Glasser.«

Mit einem Male fiel Alex ein, was ihn irritiert hatte, als Natalie und er vor zwei Tagen am Petersberg angekommen waren. Ihre Namen hatten auf einer Liste gestanden, als sie sich bei dem Sicherheitsposten hatten ausweisen müssen. Ihre beiden Namen! Dabei hatte er Glasser in der SMS von der Synagoge aus nur seinen Namen genannt, nicht den von Natalie. Jemand hatte den Mann vom Secret Service also informiert und sie vielleicht sogar beschattet.

»Aber wenn Cara über Glasser Bescheid gewusst hat, warum hat sie uns das nicht von Anfang an gesagt?« Fabrice häufte einen Löffel Zucker in seinen Tee. »Sie hatte doch reichlich Gelegenheit, uns direkt zu informieren.«

»Deswegen«, sagte Alex und deutete auf das Monogramm, das aus vier Buchstaben bestand: »IHSV.«

»IHS steht für Jesus und damit für die IHS Group, so viel ist mir klar«, sagte Natalie und fuhr mit einem Finger über das vergoldete Papier. »Aber warum das V am Ende?«

»In hoc signo vinces«, sagte Alex sofort.

»Wie bitte?« Natalie sah ihn verwirrt an.

»IHS ist nicht nur das Kürzel für den Namen Jesu, sondern auch die Abkürzung für *In hoc signo vinces*.«

»Damit bin ich noch immer nicht schlauer.« Natalie klang jetzt genervt. »Was heißt das?«

Überraschend sprang Bernard ein. »Wenn ich mich recht erinnere, geht der Satz auf eine Schlacht zwischen Konstantin dem Großen und Maxentius zurück. Er hat Konstantin trotz eines deutlich kleineren Heeres Glück gebracht. Heute ist der Spruch deshalb sogar das Motto des deutschen Sondereinsatzkommandos.«

»Und was heißt er?«

Alex sagte es ihr.

Natalie sah ihn verständnislos an.

Die Übersetzung war der Schlüssel zu allem, dachte Alex. Diese vier Worte führten sie nicht nur zu Markus Nossak und der IHS Group. Sie lösten alles. Alex sah sie nun klar vor sich, die Puzzleteilchen, die er zunächst übersehen oder nicht an die richtige Stelle gesetzt hatte.

Er brauchte nur wenige Minuten, dann hatte er ihnen erklärt, was er in diesem Satz erkannt hatte.

Für einen Moment herrschte Schweigen am Tisch.

Esther war die Erste, die es brach. »Dann lagen wir mit unserer Vermutung also haarscharf daneben?«

Alex sah zu Natalie. Sie saß stumm da, starrte auf die Anthologie und spielte mit ihrer goldenen Halskette.

»Was ist?«, fragte er vorsichtig.

»Oscar«, sagte sie leise.

Dann sah sie Alex an. »Was, wenn ich Oscar doch nicht falsch verstanden habe? Was, wenn er sehr wohl jedes Mal bei Caras Anblick rot geworden ist?« Sie schlug die Anthologie auf und blätterte zu dem Foto mit dem Wasserspeier.

»Woran denkst du?«, fragte Bernard.

Olivia antwortete an Natalies Stelle. Auch bei ihr war der Groschen gefallen. »Daran, welches dämonische Fabelwesen wirklich das Symbol der Hexen war.«

Natalie nickte und erklärte ihnen, was Oscar ihr verraten hatte, ohne dass weder ihm noch ihr das Ausmaß dieser Information bewusst gewesen wäre.

Jetzt passte alles, dachte Alex und blickte auf das Foto des Wasserspeiers. Der Pakt mit dem Teufel ermöglichte es den Bösen, zwischen Menschen- und Tiergestalt zu wechseln. Und es gab nur eine Gestalt, in die sich ein Zauberer oder eine Hexe wirklich verwandeln konnten.

»Das heißt aber«, sagte Bernard schließlich, »dass wir auf Konfrontation gehen müssen. Denn beweisen können wir gar nichts. Das können wir erst, wenn wir sie aus der Reserve locken.«

»Hast du eine Idee?«, fragte Fabrice.

»Wir brauchen Hilfe. Olivia, ich finde, wir sollten unseren Freund Volker Aurach anrufen.«

»Was hast du vor?«, fragte die Anwältin.

Pascal Bernard erklärte es ihnen.

»Du willst ausgerechnet Volker Aurach um diesen Gefallen bitten?« Natalie schnaubte verächtlich.

»Ich mag ihn auch nicht«, hakte Olivia ein. »Er hat Fehler gemacht. Aber ich will auch nicht wissen, unter welch enormem Druck er steht. Ich vertraue Pascals Urteil.«

Alex teilte Natalies ungutes Gefühl. Es lag an ihrer Vergangenheit. Niemand wusste das besser als Bernard. Es wäre nicht das erste Mal, dass sie ihr Vertrauen in den falschen Polizisten legten. Doch Bernard blieb unverrückbar in seiner Überzeugung, dass Volker Aurach der richtige Mann für das war, was sie vorhatten.

»Und was ist mit Schulze?«, ließ Natalie nicht locker. »Was ist mit Roths Anruf, den er erhalten hat?«

Olivia und Bernard tauschten einen Blick.

»Ich habe heute früh schon einmal mit Volker Aurach telefoniert«, verriet Olivia. »Mir hat Roths Anruf bei Schulze auch nicht gefallen. Ich habe Aurach direkt darauf angesprochen.«

»Und?« Jetzt war auch Alex neugierig.

»Wäre der Anschlag nicht passiert, hätte sich Roth gestern Abend noch zu einem Gespräch mit Aurach und Schulze einfinden müssen. Deshalb hat er ihn angerufen. Er wollte sich rausreden und um Aufschub bitten.«

»Weshalb wollen sie ihn denn sprechen?«, fragte Esther.

»Wegen der CIA-Geschichte und seiner Verbindung zu diesem Boris Ulbricht?«, fragte Natalie.

»Weil Schulze einen Maulwurf enttarnt hat«, sagte Olivia. »Einer seiner Leute in seinem Team. Niemand ganz oben in der Nahrungskette, aber einer, der Roth in den letzten Tagen offensichtlich ein paar Infos gesteckt hat.«

Alex suchte Blickkontakt mit Pascal Bernard.

Der verzog sein Gesicht und zuckte mit den Achseln. »Wir sollten keine voreiligen Schlüsse ziehen«, sagte der einstige Ermittler. »Das muss nicht heißen, dass dieser Polizist mit denen unter einer Decke steckt. Vielleicht hat er Roth einfach nur hin und wieder einen Gefallen getan. Es wäre nicht das erste Mal, dass ein Polizist versucht, dem vermeintlich nächsten Innenminister zu gefallen. Aber sei's drum, Sebastian Schulze und Volker Aurach sind die Guten. Darum geht es. Also, seid ihr dabei?«

Natalies Widerstand war gebrochen. Olivia zückte ihr Telefon, aktivierte den Lautsprecher und rief beim Staatsschutz an. Als sich Aurach mit einem Brummen meldete, schmunzelte die Anwältin.

»Ich freue mich auch, Sie wiederzuhören«, sagte sie auf Französisch.

»Was ist es diesmal, *madame l'avocate*?«

»Wir brauchen Ihre Hilfe.«

»Wer ist wir?«

»*Ich* brauche deine Hilfe, du Sturkopf«, schaltete sich Bernard ein.

»Bist du das, Pascal?« Aurachs Stimme klang plötzlich freundlicher. »Dass ich das noch mal erleben darf!«

»Darfst du. Also hör zu!«

Gebannt saßen Alex, Natalie, Fabrice und Esther auf ihren Stühlen und lauschten der Unterhaltung zwischen Pascal Bernard, Olivia Ziffzer und Volker Aurach. Zu Alex' Überraschung zeigte sich der Direktor des Staatsschutzes sofort aufmerksam und interessiert. Obwohl er Bernards Idee eigentlich nicht gutheißen durfte, stimmte er zu. Er konnte zwar nichts versprechen, aber er wollte sehen, was in seiner Macht stand.

Noch während des weiteren Gesprächs zog Natalie plötzlich Alex am Ärmel. »Lass uns nach draußen gehen!«

Er fragte nicht nach. Ohne ein weiteres Wort entfernten sie sich leise vom Tisch und gingen auf die Veranda. Die Sonne wärmte die ansonsten kalte Luft, sie standen unter blauem Himmel nur wenige Zentimeter oberhalb des Rheins und blickten einem Polizeiboot nach, das langsam am gegenüberliegenden Ufer entlangglitt.

»Alex, ich muss dir etwas sagen«, begann Natalie.

Alex spürte, wie sich sein Herzschlag beschleunigte. Er versuchte, sich nichts anmerken zu lassen, und redete sich ein, dass das, was jetzt kommen würde, für Natalie mindestens genauso aufregend war wie für ihn selbst.

»Ich habe jetzt keine Angst mehr«, begann Natalie. Sie ergriff seine Hände. »Ich habe dir zu viel nicht erzählt, nicht mit dir geredet. Das tut mir leid.« Sie sah ihn entschlossen an. »Das, was mich so aufgewühlt hat, der Grund, weshalb ich weggelaufen bin – ich war beim Arzt. Ich bin schwanger, Alex. Wir bekommen ein Kind.«

Die Worte erfassten ihn wie einen Wanderer, der nach tagelangem Aufstieg plötzlich hinter einer Kuppe den Gipfel des Berges erspähte. Obwohl Alex darauf vorbereitet gewesen war, überwältigte ihn das, was Natalie ihm soeben gesagt hatte. Nicht nur, dass sie schwanger war, sondern dass sie es endlich ausgesprochen hatte. Er war unfähig, etwas zu erwidern. Das Strahlen in seinem Gesicht setzte wie von selbst ein und verwandelte sich in glühende Hitze, die sich in Windeseile im ganzen Körper ausbreitete. Mit einem Male riss er Natalie an sich und hielt sie fest. Er wollte sie nie wieder loslassen.

»Danke«, war das einzige Wort, das ihm über die Lippen kam.

Er spürte, wie Natalie in seinen Armen zu beben begann. Dieses Mal waren es keine Tränen der Angst, der Wut, der Hilflosigkeit oder der Alpträume.

Es waren Tränen der Freiheit.

37

10. Dezember, Petersberg

Fabrice dachte nicht zum ersten Mal in diesen Tagen, dass er langsam zu alt wurde für solche Unternehmungen. Andererseits spürte er das angenehme Flackern, als das Adrenalin durch seine Adern schoss. Wer wollte schon einem in die Jahre gekommenen Rabbiner die Freude verwehren, sich noch einmal jünger zu fühlen?

Er war allein gekommen. Hierher, in die Rotunde des Grandhotels auf dem Petersberg. Die anderen waren nicht weit. Sie würden nach dem Gespräch zu ihm stoßen. Dafür aber musste alles glattlaufen, die Audienz, derentwegen sie Volker Aurach um Hilfe gebeten hatten. Sie hatten alles bis ins Kleinste vorbereitet. Aber würde es auch funktionieren?

Um ihn herum herrschte Hochbetrieb. Noch am Mittag wollte hier in der Rotunde der Rat der Religionen zusammenkommen. Die Vertreter der zahlreichen Glaubensgemeinschaften wollten den Vertrag doch noch unterzeichnen. Es war also nicht alles verloren. Der Bombenanschlag auf dem Rathausvorplatz hatte die Verantwortlichen sogar noch darin bestärkt. Jedenfalls erzählte man es Fabrice so. Zumindest diejenigen, die noch mit ihm redeten.

Als er die Lobby des Grandhotels betreten hatte, hatten ihn Dutzende Augenpaare entgeistert angestarrt. Sein Leben hatte man in den vergangenen zwei Tagen medial vor ihnen ausgebreitet, nachdem sein Name an die Öffentlichkeit durchgesickert war. Sie alle glaubten jetzt zu wissen, wer er angeblich war: ein Terrorist, das Mitglied einer jüdischen Untergrundorganisation. Er, Fabrice Mannarino, war der Gebrandmarkte, der Verräter, der Judas. Sein Name würde nie ganz reingewaschen sein. Es würde immer der Restverdacht bleiben, der Schatten über seinem Namen, über seiner Familie.

Es sei denn, ihr Stunt funktionierte. Wenn ihr Plan Erfolg hatte. Dann bestand Hoffnung. In vielerlei Hinsicht.

Das Gespräch, das er in wenigen Minuten führen würde, fand nicht hier statt. Aber jetzt in der Rotunde zu stehen, umgeben von Menschen, die die letzten Vorbereitungen für den großen Moment trafen, war Teil des Plans. Er sah sich um, sah in die Scheinwerfer, die alle auf ihn gerichtet schienen. Das war natürlich Quatsch. Genauso waren die vielen Kameras nicht auf ihn gerichtet. Doch das, was ihm bevorstand, brauchte diese Kulisse. Ob die Kameras schon liefen? Ob die Mikrofone schon aufzeichneten? Ob jemand hätte mithören können, wenn er hier und jetzt angefangen hätte zu erzählen, was er wusste?

Da kamen sie. Zwei Mann. Dunkle Anzüge, Hemd, Krawatte, einheitliche Kleidung, die verräterischen Anstecknadeln am Revers, keine Sonnenbrillen, dafür aber die durchsichtigen Ohrstecker und die sichtbar ausgebeulten Sakkos, unter denen sie die Handfeuerwaffen des US Secret Service verbargen.

Sie kamen ohne Umwege auf ihn zu und nahmen ihn in ihre Mitte. Keine Fragen, keine Höflichkeiten, Fabrice wurde links und rechts flankiert und aus der Rotunde geführt. Unter den Blicken Dutzender Zeugen und diverser Kameras, die hektisch in ihre Richtung geschwenkt wurden, ging Fabrice ruhig zwischen den beiden Bodyguards zurück zur Lobby, nach draußen an die frische Luft und weiter in Richtung Kapelle.

Die St.-Peter-Kapelle lag gegenüber dem Haupteingang des Hotels. Ein kleines, schmuckes Gotteshaus mit sechs Sitzreihen, vier Fenstern zu jeder Seite und dem Altar, dunkel und geheimnisvoll unter einem Fresko gelegen. Die Luft war kühl, roch nach Weihrauch und erloschenen Kerzen. Das Licht fiel nebelartig durch das vergitterte Glas und warf ein grauweißes Muster auf den Mittelgang.

Fabrice sah sich kurz um. Das rote Licht einer kleinen Überwachungskamera hoch über seinem Kopf verriet ihm, dass sie zwar ungestört, aber nicht allein waren. Die Tochter des amerikanischen Präsidenten saß reglos in der zweiten Reihe. Sie wandte auch dann nicht den Kopf, als er sich gemächlich zu ihr setzte.

»Sie sind wirklich gekommen«, sagte die First Daughter kalt. »Ich hätte nicht gedacht, dass Sie derart an Selbstüberschätzung leiden.«

»Ihr Agent Jaron Glasser hat versucht, meine Familie auszulöschen«, antwortete Fabrice leichthin. »Da dachte ich, es sei das Mindeste, mich noch einmal für Ihren nächtlichen Besuch zu bedanken.«

»Ihren Humor haben Sie nicht verloren, wie ich sehe.«

»Sie dagegen haben Ihren Leibwächter verloren.«

»Das werden wir noch sehen. Ich bezweifle, dass die deutsche Justiz einem Agenten des Secret Service den Prozess machen würde.«

»Weil versuchter Mord in Ihrer Welt ein Kavaliersdelikt ist?«

»Weil er auf Sie geschossen hat, nachdem Sie ihn mit dem Taser angegriffen hatten. In meiner Welt ist Selbstverteidigung nicht strafbar.«

Fabrice nahm es gelassen hin. Er hatte sich auf dieses Gespräch gut vorbereitet. Ziva offenbar auch.

»Es gibt Zeugen, Ziva!«

»Ihre Familie!« Sie lachte auf. »Die würde alles sagen, um Sie zu entlasten. Genauso wie Ihre Familie alles getan hat, um Sie aus dem Gefängnis zu holen.«

»Das ärgert Sie, nicht wahr? Ich frage mich nur, warum. War der Auftritt im Krankenhaus nur Show, um sicher zu sein, dass Sie uns auch wirklich alle an einem Ort hatten?«

»Sie sind doch nicht dumm, Rabbi! Jaron Glasser hat Sie genauso wenig töten wollen wie Sie mich mit der Drohne.«

Fabrice dachte über den letzten Satz nach. Er erkannte, was sie ihm sagen wollte. Wenn ihm etwas untergeschoben worden war, konnte es bei Glasser genauso passiert sein. Auch wenn sie es beide besser wussten. Aber im Zweifel würde man es hinterher einfach so aussehen lassen, als ob es ein Missverständnis zwischen einem übereifrigen Agenten und einem alten Mann gewesen war, der zu viele Krimis geschaut hatte.

Rochade. Der Schachzug, bei dem man den König in Sicherheit brachte und mit dem Turm zum Angriff überging. Ein Spielzug, der die Kräfteverhältnisse verändern konnte. Manchmal aber blieb er nichts anderes als eine Täuschung. Und genau das betrieben sie hier gerade.

»Sind Sie mit den Schriften von Derrida und Milbank vertraut?«

Die Frage kam aus dem Nichts und überraschte Fabrice. Er hatte vieles kommen sehen, aber nicht, dass sie ihn auf diese beiden Philosophen ansprechen würde. Für ihn gehörten sie zur Pflichtlektüre. Aber bei Ziva? Vielleicht hatte er sich in seiner Meinung über sie von der öffentlichen Wahrnehmung fehlleiten lassen. Hatte er sie unterschätzt?

Als er nicht sofort antwortete, fuhr sie fort.

»Beide haben sich ausführlich zur Frage geäußert, wann Menschen anderen Menschen vergeben sollten. Wissen Sie, dass Derrida der Meinung ist, dass echte Vergebung überhaupt erst bei Verbrechen gegen die Menschlichkeit anfängt? Nur wer das Unverzeihliche verzeiht, ohne dafür eine Gegenleistung zu erwarten, vergibt wirklich.«

Jetzt ahnte Fabrice, worauf sie hinauswollte. »›Du sollst nicht töten‹ als Ausgangspunkt echter Vergebung«, antwortete er.

»Ganz genau. Dann wissen Sie auch, dass Milbank das anders sieht.« Sie blickte sich in der Kapelle um. »Gott und die Heilige Dreifaltigkeit als einzige Instanz für wahre Absolution. Der Mensch sündigt ohnehin ständig weiter, wie soll er da vergeben können, wenn er quasi im selben Moment schon wieder selbst zum Sünder wird? Nur Gott kann vergeben.«

»Dumm nur, wenn man Jude ist und nicht an die Heilige Dreifaltigkeit glaubt, oder?« Fabrice versuchte eine andere Sitzposition auf der unbequemen Holzbank. »Dann greift Milbanks Theorie zu kurz.«

Fabrice erinnerte sich, mit seinem Freund, Pastor Thomas, diese Frage bei einem ihrer ersten Treffen diskutiert zu haben. Was war Vergebung? Und wer konnte überhaupt welche Taten wem vergeben? Milbanks Theorie hatte ihn immer etwas irritiert zurückgelassen, weil Vergebung durch die Trinität dafür sorgen sollte, dass die Opfer ihre Vergangenheit wieder positiv empfanden. Fabrice fragte sich, ob Milbank das jemals mit einem Überlebenden des Holocausts diskutiert hatte.

»Da Sie den beschwerlichen Weg gewählt haben, zum Judentum überzutreten«, fuhr Fabrice fort, »sind Sie bestimmt mit der Teshuva vertraut.«

»Das Prinzip der Rückkehr«, antwortete Ziva, ohne zu zögern. »Natürlich. Ein Sünder kann öffentlich um Vergebung bitten. Dann wird er wieder in den Kreis der Gemeinde aufgenommen.«

»Nicht ganz. Ohne Reue keine Vergebung. So weit richtig. Aber genauso wenig keine Vergebung, ohne dass die Leidtragenden zufriedengestellt sind. Was in meinen Augen trotzdem Schwächen hat. Ich glaube zwar, Menschen können immer vergeben. Aber nur das Leid, das ihnen selbst angetan wurde. Ich würde mir nie anmaßen, im Namen meiner Eltern oder Großeltern zu vergeben. Ich wüsste ja nicht, ob sie es auch getan hätten. Tote können nicht vergeben. Und niemand sollte es an ihrer Stelle tun. Eine allumfassende Vergebung steht niemandem zu, schon gar nicht für sechs Millionen ermordete Juden.«

»Außer Gott.«

»Gott soll vergeben dürfen, was er selbst hat geschehen lassen?«

»Solch kritische Worte aus dem Mund eines Rabbiners?«

»Mein Glaube verbietet mir nicht, meinen Verstand zu benutzen oder eine eigene Meinung zu haben. Das unterscheidet eine friedliche Religion von radikalen Sekten wie der Christian-Identity-Bewegung.«

Während er die letzten Worte aussprach, beobachtete Fabrice Ziva aus dem Augenwinkel. Doch sie verzog keine Miene, ließ nicht erkennen, ob sie wusste, worauf er anspielte.

Vergebung. Diese ganze Diskussion hatte sie zu diesem Punkt geführt. Zu der Frage, ob grausame Taten nicht trotzdem eine Art Vergebung erfahren durften. Konnte es eine Rechtfertigung dafür geben, eine Moschee in Schutt und Asche zu legen oder sich auf einem Rathausvorplatz in die Luft zu jagen? Konnten die Täter dafür Absolution erwarten? Fing Vergebung tatsächlich erst mit den unmenschlichsten Taten an?

Für Fabrice ein Gedanke, der fast an den Wahnsinn herankam, den es brauchte, solche Taten überhaupt zu begehen. Für ihn gehörten rassistische oder antisemitische Verbrechen zu den Verbrechen gegen die Menschen als Menschen selbst. So, wie die Juden bis heute immer noch zu Opfern wurden, einfach weil sie es wagten zu existieren. Nicht, weil sie etwas anderes glaubten oder eine andere Meinung hatten. Waren diese Verbrechen nicht sogar metaphysischer Natur? Wenn man jetzt noch das Verzeihen und das Aussöhnen missbrauchte, um solche Taten zu rechtfertigen, stand es um den moralischen Kompass der Menschheit noch viel schlimmer, als er ohnehin schon dachte.

Dennoch hatte Ziva das Thema nicht umsonst angesprochen. Jetzt musste sie nur noch den letzten Schritt gehen, sagen, was sie wirklich wollte.

»Der Rat der Religionen wird noch heute ins Leben gerufen, Ziva«, versuchte Fabrice sie in die richtige Richtung zu bewegen. »Wenn er eine Chance haben soll, müssen wir reinen Tisch machen. Die Taten müssen aufgeklärt werden.«

Die First Daughter hob ihren Blick in Richtung Decke. Dabei rutschte ihr das Tuch, das sie locker über ihre blonden Haare gelegt hatte, vom Kopf. Lange sagte sie nichts, spielte geistesabwesend mit dem Ehering an ihrem Finger. Schließlich richtete sie sich auf, wandte sich ihm zu und sah ihm das erste Mal während dieses Treffens direkt in die Augen.

»Was wollen Sie?«, fragte sie.

»Es gibt eine Möglichkeit, dass Jaron Glasser mit Ihnen nach Hause fliegt, als wäre nichts gewesen«, sagte Fabrice. »Aber dafür brauchen wir etwas von Ihnen.«

»Und das wäre?«

»Die Hilfe Ihres Vaters.«

»Was hat er damit zu tun?«

»Er muss die CIA beauftragen, alle Informationen herauszugeben, die sie über zwei deutsche Staatsbürger hat.«

»Über wen?«

»Markus Nossak und Leopold Roth.«

Wieder beobachtete Fabrice Ziva genau, aber wieder verzog sie keine Miene.

»Das ist alles?«

Fabrice nickte.

Ziva erhob sich. Das Gespräch war beendet. Keine weiteren Fragen, sie musste nicht mehr wissen. Für die First Daughter zählte nur noch, dass der Secret Service und die CIA nicht mit den Anschlägen in Verbindung gebracht wurden. Das hätte ihr Fabrice zwar nicht versprechen können, aber das hatte bereits jemand anderes getan.

Volker Aurach.

Nur deshalb hatte Ziva überhaupt einem Treffen zugestimmt.

Fabrice hatte erreicht, weshalb er hergekommen war. Auf dem Weg nach draußen blickte er ein letztes Mal zu der Überwachungskamera hinauf und gestattete sich ein Lächeln.

Die Rochade war beendet. Der König war in Sicherheit. Jetzt konnte der Turm zum Angriff übergehen.

38

10. Dezember, Pirmasens

Der Silver Shadow glitt elegant und kraftvoll zugleich über den Zufahrtsweg. Sanft kam er vor dem Haupteingang des Grandhotels auf dem Petersberg zum Stehen. Der Chauffeur stieg aus und eilte zum Fond des Rolls-Royce. Die schwere Tür schwang langsam auf, und der Mann auf der Rückbank stieg schwungvoll aus der Nobelkarosse. Sein kariertes Sakko warf er sich nonchalant über die Schulter, als er noch einmal einen kurzen Blick auf das Gefährt warf.

Markus Nossak beobachtete die Szene über einen Monitor in seinem Büro der IHS Group in Pirmasens. Gerade hatte er noch mit dem Mann telefoniert, der nun um das Gefährt herumging und mit einer Hand über den rechten Kotflügel strich. Nossak wusste, dass an genau dieser Stelle eine Beule in der Karosserie hatte entfernt werden müssen. Ob sich der Besitzer des Rolls-Royce ebenso lebhaft wie Nossak an den schicksalhaften Zusammenstoß mit Kemal erinnerte? Eine Begegnung, die ihrer aller Leben verändert hatte, ehe Kemals Leben vor nicht einmal vierundzwanzig Stunden zu Ende gegangen war.

Nossak blickte gespannt auf den Monitor. Silver Shadow, der silberne Schatten. Das gleiche Modell stand in der Tiefgarage der IHS Group und würde ihn später nach Hause bringen. Nossak hatte es sich gekauft, nachdem er das erste Mal in dem Rolls-Royce mitgefahren war, der nun auf dem Petersberg in Richtung Parkplatz davonrollte. Er hatte einen solchen Luxus in einem Automobil auf vier Rädern kaum für möglich gehalten. Dabei war er nun wahrlich Luxus aller Art gewohnt.

Eine Bewegung auf dem Monitor holte ihn in das Hier und Jetzt zurück. Der Rabbiner trat aus der Kapelle. Nossak hatte gewusst, dass Fabrice Mannarino bei der First Daughter um ein Rendezvous gebeten hatte. Er wusste sogar, was sie besprochen hatten. Wort für Wort. Schließlich hatte er das Gespräch auf seinem Bildschirm verfolgt. Gleichzeitig hatte er den Live-Feed von der Überwachungskamera in der Kapelle aus der Zentrale der IHS Group in den Silver Shadow übertragen, damit auch sein Kompagnon alles mitbekam. Sie hatten beide der Unterhaltung gelauscht und parallel am Telefon konferiert, wie sie mit der veränderten Situation umgehen wollten.

Für beide war klar, was zu tun war. Sie hatten sich auf eine längst besprochene Strategie geeinigt.

Weshalb Nossak nun sah, wie der Mann zu seinem Handy griff und einen kurzen Anruf tätigte. Die nötigen Befehle zu erteilen dauerte nur wenige Sekunden. Das gab dem Mann die Zeit zu warten, bis der Rabbiner außer Sichtweite war. Nossak sah, wie das Handy in einer Hosentasche verschwand und der Mann auf dem Petersberg direkten Kurs auf die Kapelle nahm. Die Secret-Service-Agenten wagten es nicht einmal, den Mann abzutasten, als dieser durch die Tür in das kleine Gotteshaus trat.

Nossak wechselte die Kameraeinstellung und sah rechtzeitig, wie Ziva, wie der Rabbiner sie genannt hatte, gerade den Gang heraufkam, als sich der Mann ihr in den Weg stellte.

»Welch Freude, dich zu sehen«, hörte Nossak seinen Kompagnon sagen.

Dann reichte Stephan Wolf der First Daughter die Hand.

39

10. Dezember, Pirmasens

Markus Nossak stand mit beiden Händen auf die Tischplatte gestützt vor seinem Laptop. In dem Gebäude an der Delaware Avenue herrschte reges Treiben. Stephan Wolf hatte den Befehl gegeben, die IHS Group aus dem digitalen Gedächtnis der Server, Rechner, Laptops, Tablets und Smartphones zu löschen. Techniker waren damit beschäftigt, alle Spuren aus Nullen und Einsen zu vernichten, während andere Mitarbeiter die analogen Beweise auf altmodische Art in einem Ofen verbrannten. Das war keine große Sache. Alles passierte ruhig und unaufgeregt. Für den Fall, dass sie enttarnt wurden, existierte ein knappes, unmissverständliches Protokoll.

In wenigen Minuten würde von der IHS Group nichts mehr übrig sein außer einem leeren Gebäude mitten in Pirmasens. Die Mitarbeiter würden durch das Tunnelsystem unter dem ehemaligen Militärgelände evakuiert und an einer entlegenen Stelle der Stadt wieder ans Tageslicht kommen. Das einzige Problem stellten die Waffen dar. Sie lagerten ebenfalls in den Tunneln und waren verloren. Aber sie konnten genauso ersetzt werden wie das Hauptquartier. Das Unternehmen würde an einem anderen Standort wieder aufgebaut werden.

Dafür aber musste Markus Nossak untertauchen. Sein Name war verbrannt. Er hatte es kommen sehen, nur nicht, dass die deutschen Behörden einen Hebel finden würden, um ihn über die CIA mit den Anschlägen in Köln in Verbindung zu bringen. Das war ein Ärgernis, dem nun vieles zum Opfer fallen würde. Allem voran seine Existenz hier in Pirmasens, das Nossak News Network, ein Teil seines Vermögens. Aber er hatte sich für diesen Fall schon vor Jahren einen Notausgang geschaffen. Diesen würde er nun wählen, eine neue Identität annehmen und zusammen mit seiner Familie für eine Weile von der Bildfläche verschwinden.

Am meisten, gestand er sich ein, würde ihm seine Privatbibliothek fehlen. Seine wertvollsten Bücher würde er natürlich mitnehmen, allen voran seine Ausgabe von »Alice im Wunderland« aus dem Jahr 1865. Trotzdem reichte die Zeit nicht mehr, um die vollständige Sammlung zu verpacken. Er konnte ja schlecht eine Umzugsfirma beauftragen, ihm all seine Sachen aus der Villa nachzuschicken, wenn die Geheimdienste Europas hinter ihm her waren.

Er spürte einen Anflug von Ärger in sich aufsteigen. Er, Markus Nossak, musste sein Leben aufgeben, während sein langjähriger Geschäftspartner und ach so kluger Kompagnon weiter als unbescholtener, großherziger Milliardär und Liebling der Massen weiterleben durfte. Stephan Wolf hatte es schon immer verstanden, seinen Namen aus allem herauszuhalten, das ihn hätte beschädigen können. Insgeheim beneidete Nossak ihn bis heute um dieses Talent. Er war der wahrhaftige Wolf im Schafspelz. Der unbescholtene Bürger, der bei Vollmond zum Werwolf mutierte.

Werwolf. So hatte Cara Allegri ihn genannt. Es sollte wie ein liebevoller Kosename klingen. Aber Nossak hatte sie irgendwann durchschaut. Er hatte erkannt, was sich hinter der vordergründigen Bewunderung wirklich verbarg. Allegri und Wolf hatten sich flüchtig aus den USA gekannt, zwei ehemalige Studenten aus Massachusetts. In Deutschland hatten sie sich dann wiedergetroffen und waren ein Liebespaar geworden. Zumindest hatte Wolf das geglaubt. Die Blindheit für Allegris wahren Charakter war Wolfs einziger Fehler gewesen. Er hatte wirklich geglaubt, eine Lesbe zum starken Geschlecht bekehren zu können. Das war seine einzige Schwäche gewesen. Er hatte Allegri zu lange vertraut. Bei Gott, er hatte dieses Weibsbild sogar noch einmal im Excelsior gevögelt und hinterher gegenüber Nossak damit geprahlt, dass ein Küchengehilfe sie gesehen hatte. Erst hatte Nossak erwogen, den Knaben ausschalten zu lassen. Das hätte aber zu viel Wirbel verursacht. Am Ende war er zu dem Schluss gelangt, dass ein taubstummer Koch keine Gefahr darstellte.

Ja, Cara Allegri war Wolfs einzige Schwäche gewesen, aber

Nossak hatte sich schließlich um sie gekümmert. Er hatte Leopold Roth dazu benutzt, Allegri zum Theo-Burauen-Platz zu locken. Hätte sie Kemal nicht in letzter Sekunde erkannt, wäre nicht nur sie, sondern auch dieser Professor gestorben. Dass Alexander Kauffmann noch lebte, war der einzige Grund, warum er, Markus Nossak, jetzt seine Siebensachen packen und abtauchen musste. Kauffmann, der den Anschlag überlebt hatte. Kauffmann, der nicht im Krankenzimmer gewesen war, als Glasser den Auftrag ausführen sollte, sie alle zu erledigen. Kauffmann, der sich offenbar noch einmal in sein Hotelzimmer geschlichen und etwas mitgenommen hatte, das Nossaks Leute übersehen hatten. Kauffmann, der mit seiner Verlobten und dem Rabbiner ihm und Roth am Ende auf die Schliche gekommen war.

Dass dagegen Stephan Wolfs Name nicht im Gespräch zwischen der First Daughter und Fabrice Mannarino gefallen war, wunderte Nossak nicht. Wie hätten sie auch auf Wolf kommen sollen? Einzig Cara Allegri hätte ihn verraten können. Aber irgendetwas hatte sie offenbar lange genug davon abgehalten. Vielleicht hatte sie ja doch so etwas wie Zuneigung für Wolf empfunden. Es spielte keine Rolle mehr. Sie war für ihre Neugier bestraft worden.

Abgesehen davon hatten Nossak und Wolf penibel darauf geachtet, dass niemand sie miteinander hätte in Verbindung bringen können. Nossak hatte das Computergenie vom MIT vor langer Zeit kennengelernt, in Washington während eines Präsidentschaftswahlkampfes. Wolf hatte sein Geld an der Börse gemacht und widmete sich inzwischen wieder statt dem Handel mit Wertpapieren dem Handel mit den Daten amerikanischer Bürger. Nossak selbst hatte gerade seinen Job als Korrespondent in der US-Hauptstadt angetreten und damit begonnen, Informationen über Wolf zu sammeln. Dieser hatte irgendwann davon Wind bekommen und ihn kontaktiert. Auf der einen Seite der Milliardär, Sohn eines deutschen Vaters und einer amerikanischen Mutter, geboren in Oklahoma City, eine Ikone im Silicon Valley und ein Manipulator von Wahlkämpfen. Auf der anderen Seite der deutsche Journalist aus einfachen Verhältnissen in Bayern. Ein ungleiches Paar. Doch Wolf hatte Nossak erst davon überzeugt, sich immer intensiver mit der Dynamik des Faschismus vertraut zu machen. Schließlich hatte er ihm das nötige Geld gegeben, um in Deutschland NNN aufzubauen. Da hatte Nossak bereits seinen Rauswurf bei der Frankfurter Allgemeinen Zeitung provoziert und die Pläne für ein eigenes News Network in der Schublade. Wolfs Geld war natürlich nicht ohne Hintergedanken gekommen und nur unter einer Bedingung: Niemand durfte je erfahren, woher es stammte. So hatte alles begonnen.

Die IHS Group folgte schließlich von ganz allein. Wolf hatte den neuen Präsidenten mit seinem Geld und seiner Big-Data-Agentur quasi im Alleingang ins Weiße Haus gehievt. Da war der Mann im Oval Office ihm etwas schuldig gewesen. So hatten Wolf und Nossak ihre Privatarmee in Europa bekommen. Die CIA nutzte die IHS Group, um ihre Agenten in Übersee mit Geld und Ausrüstung zu versorgen. Wolf und Nossak ließen dagegen offiziell die Finger von dem Unternehmen und nutzten ausländische Anwälte als Firmeninhaber und Geschäftsführer. Tatsächlich aber lief alles über Nossaks Schreibtisch. Wenn auch nur von Wolfs Gnaden.

Und dann war da noch der arme Leopold Roth. Ein alter Bekannter Nossaks aus Schulzeiten. Ein Hardliner, der auf dem politischen Parkett über Leichen ging, aber ein Unwissender, wenn es auf die wahren Hintergründe ihrer Unternehmungen ankam. Roth wusste nichts von Wolf, umgekehrt wusste Wolf alles über Roth und hatte in dem Politiker von Anfang an die perfekte Marionette gesehen. Wäre alles glattgegangen, hätten Wolf und Nossak den nächsten Innenminister auf ihrer Gehaltsliste gehabt. So aber musste Roth an Wolfs Stelle stürzen, ohne wirklich zu wissen, was geschehen war.

Nossak warf noch einen letzten Blick auf den Laptop vor sich, strich sich seinen marineblauen Nadelstreif glatt und entschied, dass es Zeit war. Er griff zum Telefonhörer und rief den Techniker. Auch dieser Computer musste bereinigt werden. Eine

Minute später klopfte es an der Tür. Nossak richtete sich seinen doppelten Windsor und öffnete das Sicherheitsschloss.

Die SIG Sauer P229 war das Letzte, was Markus Nossak in seinem Leben sah. Schlagartig wurde ihm klar, dass Wolf ihn verraten hatte. Dass alles hier ein Ende nehmen würde. Der Mann, der die Kugel aus der Standardwaffe des US Secret Service abfeuerte, würde hinterher sauber machen. Die IHS Group würde verschwunden sein, noch ehe die deutschen Behörden hier auftauchten.

Und er auch.

Er, Markus Nossak, würde verschwunden sein. Aus Pirmasens, aus Deutschland und aus diesem Leben. Er dachte an das Wappen seiner Firma. Im Zeichen Jesu. Unter dem Kreuz der Kirche und der Krone der Macht. *In hoc signo vinces.* In diesem Zeichen wirst du siegen.

Oder alles verlieren, dachte Nossak.

Dann traf ihn die Kugel.

40

10. Dezember, Petersberg

Fabrice trat in den Konferenzraum und schloss hinter sich die Tür. Alex sah ihn gespannt an. Der Rabbiner erwiderte den Blick und lächelte. Da wusste Alex, dass es geklappt hatte. Dass sie jetzt nur noch abwarten mussten. Abwarten und hoffen. Hoffen, dass Stephan Wolf den Fehler machte, auf den sie alle setzten.

In diesem Zeichen wirst du siegen.

In hoc signo vinces.

IHSV.

Diese Worte hatte Stephan Wolf in seiner Rede auf dem Theo-Burauen-Platz ausgesprochen, ehe der Attentäter seinen Sprengsatz gezündet hatte. Es war das verabredete Signal gewesen. Für den jungen Mann mit dem Feuermal, sich und viele andere Menschen ins Paradies zu befördern, und für Wolf, gerade noch rechtzeitig in Deckung zu gehen. Auch Cara Allegri musste auf diese Worte reagiert haben. Nur so war es ihr möglich gewesen, sich gerade noch rechtzeitig vor Alex zu stellen, um ihn vor der Explosion zu schützen. Sie war tatsächlich ein Verhältnis mit Wolf eingegangen. Aus welchen Motiven, würden sie wohl nie herausfinden. Doch am Ende hatte es Alex das Leben gerettet und sie das ihre gekostet.

In diesem Zeichen wirst du siegen.

Nein, dachte Alex, Stephan Wolf durfte nicht siegen. Er durfte nicht damit durchkommen. Sie mussten ihn drankriegen. Sie brauchten ein Geständnis. Er sollte ihnen sich selbst ausliefern. Nur dann hätten sie genug gegen ihn in der Hand und konnten die vielen Spekulationen der letzten Stunden endlich zu einem Gesamtbild zusammenfügen.

Deshalb waren sie hier. In einem Konferenzraum im Grandhotel auf dem Petersberg. Alex und Natalie, Fabrice und Esther, Pascal Bernard und Olivia Ziffzer – und Volker Aurach. Dieses

Mal saßen sie sich nicht feindselig gegenüber, einen Tisch und eine unsichtbare Barriere aus Vorurteilen zwischen ihnen. Diese Mauern hatten sie eingerissen und sich die Hand gegeben. Stattdessen saßen sie nun alle um eine mobile Überwachungseinheit herum. Vier Bildschirme, auf denen vier Live-Feeds zu sehen waren. In einem zweiten Raum direkt nebenan saß der Rest von Aurachs Team, einsatzbereit und mit den gleichen Bildschirmen vor der Nase. Sie alle blickten gespannt auf das, was sich dort abspielte. In der kleinen Kapelle, keine hundert Meter Luftlinie von ihrem digitalen Beobachtungsposten entfernt.

»Wie geht es deinem Kopf?«, hörten sie das amerikanische Englisch der First Daughter durch die Lautsprecher auf dem Konferenztisch und sahen aus mehreren Kameraperspektiven, wie sie Stephan Wolf nach der Begrüßung ihre Hand entzog. »Ich habe gehört, du hast dich verletzt.«

Auch Stephan Wolf war aus mehreren Blickwinkeln auf den Bildschirmen zu sehen. Aurach hatte dafür gesorgt, dass vor dem Treffen zwischen Ziva und Fabrice mehrere Miniaturkameras in dem Gotteshaus angebracht worden waren. So konnten sie nun sehen, wie der Milliardär der First Daughter ein mildes Lächeln schenkte. Er fuhr sich mit einer Hand durch seine frühzeitig ergrauten Haare und tastete nach etwas.

»Nur ein kleiner Kratzer. Nichts Wildes«, erklang Wolfs Bariton. Die Stimme triefte vor Spott. »Ich habe mir den Kopf bei dieser hässlichen Explosion gestoßen. Du hast bestimmt davon gehört.«

»Wie schade, dass es nur ein kleiner Kratzer ist.«

»Ich habe mich rechtzeitig ducken können«, überging Wolf die Spitze und wirkte, als hätte sich Ziva liebevoll nach seinem Wohlbefinden erkundigt. »Ich hatte schon immer ein gutes Timing. Und dann war da noch diese stahlverstärkte Kanzel, auf der ich stand. Nicht auszudenken, was hätte passieren können, wenn ich die Hebebühne nicht selbst ausgesucht und dafür gesorgt hätte, dass sie besonders stabil und sicher ist.«

Alex sah zu Volker Aurach. Der hob nur eine Augenbraue und notierte sich etwas.

»Ich habe gehört, der Rabbiner neben dir hatte nicht so viel Glück«, war Zivas Stimme zu hören.

»Der arme Kerl«, gab Wolf zurück. »Hätte er sich nur auch so schnell geduckt wie ich.«

»Du hättest ihn ja vorwarnen können.«

»Also bitte, wie hätte ich das tun sollen? Das klingt ja fast so, als würdest du mir unterstellen, ich hätte etwas von dieser abscheulichen Tat gewusst.«

In diesem Moment betrat ein Mitarbeiter Aurachs den Raum und ging zu seinem Chef. Sie tauschten sich kurz flüsternd aus, dann verschwand der Polizist wieder im Nebenraum.

»Der Einsatz in Pirmasens hat begonnen«, verkündete Aurach.

Die IHS Group und Markus Nossak bekamen soeben Besuch. Alex fragte sich, ob sie rechtzeitig kamen, um genügend Beweise zu sichern. Wenn es überhaupt welche gab. Insbesondere Wolf hatte seine Spuren bislang hervorragend verwischt. Alex hielt es für wahrscheinlich, dass selbst eine Razzia in den Räumen der IHS Group keine direkten Schlüsse auf eine Beteiligung Wolfs bringen würde. Aurachs Leute hatten jedenfalls seit ihrem Anruf am frühen Morgen aus dem Bootshaus nahezu nichts herausfinden können, was nicht ohnehin in der Öffentlichkeit über Wolf bekannt war. Der Mann schien paranoid und penibel darauf bedacht, sich und sein Leben komplett von der Außenwelt abzuschirmen.

Kein Wunder, dachte Alex, sein Leben aus dem digitalen Gedächtnis der Welt herauszuhalten dürfte für den MIT-Absolventen Wolf ein Leichtes gewesen sein. Das Geld dazu hatte ihm ebenfalls nie gefehlt, auch nicht vor seinem Erfolg als Unternehmer. Wolf stammte aus einer wohlhabenden Familie aus Oklahoma City, der Metropole in den Great Plains, der großen Ebene, die sich östlich der Rocky Mountains von Kanada im Norden bis an die Grenze zu Mexiko im Süden erstreckte. Wolf war in einer Hochburg streng konservativer Werte aufgewachsen und hatte diese später ins Land seiner Vorfahren, nach Deutschland, importiert.

Nun stand dieser Mann der Tochter seines Präsidenten gegenüber und sprach mit ihr, als wäre sie ein kleines, dummes Mädchen. Alex hatte aber das Gefühl, dass sich Wolf sehr wohl bewusst war, wer ihm da gegenüberstand. Eine viel klügere Frau, als mancher ihr zugestehen wollte. Ihr Ruf mochte unter ihrem Vater gelitten haben, nicht aber ihr Intellekt. Alex hatte mal gelesen, sie sei die einzige Person bei Verstand in der ganzen Familie. Er war sich sicher, dass Wolf ebenso dachte und vorsichtig war. Denn inzwischen wusste Alex auch, dass der Milliardär die Präsidentenfamilie schon lange kannte.

»Ziva«, nahm Wolf wieder den Faden auf. »Darf ich dich eigentlich Ziva nennen? Ach was, ich mache es einfach. Der Name geht einem so locker von der Zunge.«

»Mir wäre es lieber, du würdest meinen jüdischen Namen nicht benutzen. Aus deinem Mund klingt er schmutzig und verächtlich.«

»Das liegt daran, dass ich dich verachte, Ziva«, sagte Wolf ungerührt. »Aber ich will das für einen Moment außer Acht lassen. Nehmen wir einfach mal an, ich hätte tatsächlich von dem Anschlag gewusst. Was würdest du mir vorwerfen? Oder müsstest du mir nicht vergeben? Ich mag mich täuschen, aber hast du nicht vorhin dem Rabbiner noch erklärt, dass Vergebung erst bei einem Verbrechen gegen die Menschlichkeit beginnt?«

Alex sah, wie sich Zivas Mundwinkel zu einem Schmunzeln verzogen. Als hätte Wolf einen Witz gemacht, der sie zumindest milde amüsierte. Er hatte ihr soeben demonstriert, dass er ihr Gespräch mitgehört hatte. Wie zum Beweis wandte er seinen Blick von ihr ab und sah nach oben zu der einen für alle sichtbaren Überwachungskamera. Das rote Lämpchen, das wusste Alex, leuchtete nicht mehr. Aurach hatte diese Kamera abschalten lassen. Doch Wolf wusste nicht, dass genügend andere versteckte Kameras und Mikrofone auf ihn und seine Gesprächspartnerin gerichtet waren. Darauf setzten sie. Und darauf, dass Ziva ihm etwas entlocken konnte. War die Zeit nun gekommen?

»Bittest du denn um Vergebung?«, fragte die First Daughter wie aufs Stichwort.

Dieses Mal lachte Wolf auf. Herzhaft, laut. Doch die Ernsthaftigkeit kehrte so schnell in ihn zurück, wie das Lachen gekommen war. »Niemand muss mir vergeben. Nicht einmal der liebe Gott. Ich lebe nach seinem Vorbild und bekämpfe die, die sich gegen ihn verschworen haben. Für mich sind es keine Verbrechen gegen die Menschlichkeit, sondern Taten für die Menschheit. Schritte gegen die Apokalypse, die uns bevorsteht, wenn wir weiter jüdischen Satanskindern wie dir folgen.«

»Weißt du, Stephan, was ich an dir nicht verstehe? Du gehörst zu den intelligentesten Menschen, die ich kenne. Wie kann ein Mann, der mit Logik reich geworden ist, so unlogisch argumentieren und handeln? Du sprichst davon, Gottes Werk auf Erden zu verrichten, und begehst dabei eine Todsünde nach der anderen.«

Alex dachte daran, dass für viele Menschen auf der Welt sich Logik und Glaube, Wissenschaft und Religion nicht ausschlossen. Im Gegenteil. Es würde immer Dinge geben, die man nicht erklären konnte. Doch selbst wenn es irgendwann für alles Naturgesetze gab, blieb die fundamentalste aller Fragen auf ewig bestehen: Wer hat diese Gesetze geschaffen? In diesem Kosmos würde der Glaube an eine übernatürliche Kraft alles überdauern.

»Wenn jemand den sieben Todsünden entsagt«, sprach Wolf, »fährt er den Gewinn im Himmel ein. Wenn nicht, fährt er den Gewinn schon auf Erden ein. Ich habe mich für den letzteren Weg entschieden.«

»Du glaubst, indem du eine Moschee zerstören und Menschen an Chanukka in Stücke reißen lässt, machst du Gewinn?«

»Jeder definiert Gewinn anders. Niemand weiß das im Übrigen besser als dein Vater.«

»Und du glaubst, Gott mit deinem Gewinn bestechen zu können, damit er dir all deine Sünden erlässt?«

Alex sah, dass sich Fabrice ein Grinsen nicht verkneifen konnte. Ziva war gut. Aber war sie auch gut genug, um Wolf aus der Reserve zu locken?

»Was ist schon ein kleiner, irdischer Verrat hier oder da?«, antwortete Wolf. »Hast du nicht selbst das Christentum verraten, indem du zum Judentum konvertiert bist? Da können wir beide ja froh sein, dass Jesus selbst für jene um Vergebung gebeten hat, die ihn verraten und ans Kreuz geschlagen haben.«

»Es tut mir ja leid, wenn ich dich in deinem Bibelstudium belehren muss. Aber Jesus sagte: ›Vergib ihnen, Vater, denn sie wissen nicht, was sie tun.‹ Du aber, Stephan Wolf, weißt sehr genau, was du getan hast.«

Nun sah Alex gebannt auf den Bildschirm. Und mit ihm alle anderen. Sie spürten förmlich, wie Wolfs Geduld auf eine Probe gestellt wurde, wie Ziva ihn provozierte und ihre Worte langsam Wirkung zeigten. Wolf musste sich in seiner Ehre gekränkt fühlen. Nicht nur, weil ihm eine Frau seinen Glauben wie einen Spiegel vor die Nase hielt, sondern weil diese Frau die Tochter des Mannes war, dem Wolf einen großen Dienst erwiesen hatte. Aurach hatte ihnen erklärt, dass Wolf in nicht unerheblichem Maße dazu beigetragen hatte, dass Zivas Vater in einem nahezu aussichtslosen Wahlkampf ins Weiße Haus gespült worden war. Eine Gefälligkeit, die der Milliardär sicher nicht vergessen würde.

»Ich erinnere mich, dass meine Taten für dich noch gut genug waren, als sie deinem Vater geholfen haben. Glaubst du, eine Präsidentschaft gibt es ohne Gegenleistung? Gib dich nicht dümmer, als du bist. Das steht dir nicht. Dein Vater hat versprochen, unser Land wieder in eine Nation der Stärke und des Stolzes zu verwandeln. Ich helfe ihm dabei. Aber nur nach meinen Prinzipien.«

»Indem du andere Länder schwächst.«

»Indem ich Deutschland, das Land meines Vaters, wieder auf den rechten Weg führe.«

»Den rechten Weg. Eine interessante Wortwahl«, erwiderte Ziva trocken. »Die Kerze eines anderen auszupusten lässt deine eigene Kerze nicht heller scheinen, Stephan.«

»Deswegen lege ich lieber Feuer, als einen Sturm heraufzubeschwören. Feuer kann man kontrollieren, Wind nicht.«

»Du glaubst, du hast im Griff, was du angerichtet hast?«

»Was ich im Griff habe, ist die Angst der Menschen«, zischte Wolf.

Er verlor nun sichtlich die Geduld. Alex beugte sich vor. Aus dem Augenwinkel sah er Aurach, wie dieser zu einem Funkgerät griff. Auch der Mann vom Staatsschutz spürte, dass nun alles ganz schnell gehen konnte.

»Wer die Angst der Menschen kontrolliert, kontrolliert ihr Handeln«, fuhr Wolf in aggressivem Tonfall fort. Er war Ziva nun bedrohlich nahe gerückt. »Dein Vater kennt sich damit bestens aus. Er hat mit dieser Angst die Wahl gewonnen. Deshalb fand ich es treffend, ihn daran zu erinnern, als wir dich ins Visier genommen haben. Dieser ganze Stunt um das Attentat auf dich sollte euch beide fühlen lassen, worum es geht. Es sollte euch zeigen, wie verwundbar ihr seid. Dein Vater soll gar nicht erst auf die Idee kommen, von unserem gemeinsamen Kurs abzuweichen. Jaron Glasser war nicht der einzige Mann im Secret Service, der auf meiner Gehaltsliste steht und der bereit wäre, für unsere Ziele zu sterben. Ihr seid mit mir im Aufzug bis nach ganz oben gefahren. Aber wenn ich will, lasse ich den Fahrstuhl jederzeit wieder abstürzen. Nur, dass ich vorher aussteige, während ihr am Boden zerschellen werdet.«

Stephan Wolf stand nur noch Zentimeter von der Tochter des US-Präsidenten entfernt. »Richte deinem Vater aus, dass die Anschläge in Köln jederzeit auch in den USA stattfinden können. Und wenn er nicht brav weiter meinen Weg mitgeht, dann wirst auch du irgendwann vielleicht zur falschen Zeit am falschen Ort sein.«

Sie starrten sich eine Sekunde lang an. Zivas Augen waren zu Schlitzen verengt. Sie atmete heftig.

Doch plötzlich entspannte sich ihr Blick. »Das reicht, denke ich«, sagte sie in selbst für Alex überraschend ruhigem Tonfall. Dann trat sie schnell zwei Schritte zurück.

Sie alle im Konferenzraum hörten, wie die Tür zur Kapelle aufflog. Stephan Wolf fuhr herum, doch ehe er realisieren konnte, was passierte, prallten zwei massige Körper gegen seine Hüften und rissen ihn mit voller Wucht von den Füßen. Der Aufprall musste seinen Lungen alle Luft entzogen und seinen Magen in Aufruhr versetzt haben. Sekunden später erbrach er sich auf dem

Kirchenboden. Im nächsten Moment wurde er schon wieder gepackt und auf die Füße gestellt. Die beiden Agenten des Secret Service, die geschworen hatten, die First Daughter mit ihrem Leben zu beschützen, drehten Wolf die Arme auf den Rücken und legten ihm Handschellen an.

Da stürzte Aurach los.

Einen Augenblick lang blieben sie alle gebannt sitzen, wechselten Blicke. Natalie war es, die den ersten Schritt machte. Pascal Bernard wollte sie noch aufhalten, doch schon stürmte sie Aurach hinterher. Alex und Fabrice zögerten keine Sekunde und folgten ihr, während die anderen im Konferenzraum zurückblieben.

Alex holte Natalie wenige Meter vor der Kapelle ein. Er ergriff ihre Hand, und sie verlangsamten ihre Schritte. Aurach hatte offenbar bemerkt, dass sich hinter ihm etwas tat, und drehte sich noch einmal um, ehe er die Kirche betrat.

Zu Alex' Überraschung lächelte er.

Gemeinsam traten sie durch das Portal in die Kapelle.

41

10. Dezember, Petersberg

Die kleine St.-Peter-Kapelle füllte sich wie zu einem Gottesdienst. Die Zeremonie, die nun anstand, versprach jedoch deutlich weniger stimmungsvoll zu werden. Alex, Natalie und Fabrice beobachteten, wie vier Polizisten zu den Männern des US Secret Service traten und den verhafteten Stephan Wolf in ihre Obhut nahmen.

Volker Aurach trat zu ihm. »Herr Wolf, ich würde gerne behaupten, ich freue mich auf die nächsten Tage. Leider fürchte ich, dass wir nach all dem Leid, das Sie unserem Land zugefügt haben, noch einiges an Ärger werden hinzuaddieren müssen.«

Er sprach fließendes Englisch, wie Alex feststellte. Aurach wollte offenbar sichergehen, dass alle Anwesenden ihn verstanden. Auch Prinzessin Ziva.

»Dank der großzügigen Kooperation der First Daughter verfügen wir wenigstens schon über Ihre wichtigsten Aussagen, die wir benötigen, um Sie hinter Gitter zu bringen. Und bevor Sie auf die Idee kommen, sich auf Ihren amerikanischen Pass zu berufen: Erstens verfügen Sie auch über einen deutschen. Und zweitens würden Sie, wenn ich das richtig einschätze, im Falle einer Auslieferung an die USA wegen Verschwörung zum Mord an der Tochter des Präsidenten angeklagt werden. Überlegen Sie sich also gut, was Ihnen lieber wäre!« Aurach bedankte sich mit einer Geste bei Ziva und signalisierte den Polizisten, sie sollten Wolf abführen.

Alex betrachtete Stephan Wolf, wie er auf ihn zukam. Sein Rollkragenpullover war ihm aus der Hose gerutscht. Auf dem dunklen Stoff zeichneten sich Spuren von Erbrochenem ab. Die Haut in dem feingliedrigen Gesicht wirkte blass, die grauen Augen so farblos wie der gesamte Anblick des Mannes, der für die fürchterlichen Taten der letzten Wochen verantwortlich war. In diesem Augenblick strahlte Wolf nichts von dem superreichen Genie aus, zu dem er sich in der Öffentlichkeit stilisiert hatte. Alex sah einen zornigen Mann vor sich, der verzweifelt über einen letzten Gegenschlag nachgrübelte.

Da blickte Wolf direkt in Alex' Augen. »Wie haben Sie es herausgefunden?«, fragte er auf Englisch.

Alex zögerte keine Sekunde. »Signora Allegri. Sie hat Sie verraten. Spät, aber nicht zu spät.«

Auf Wolfs Gesicht fiel eine müde Traurigkeit.

»Und dann war da noch Ihre Rede auf dem Theo-Burauen-Platz«, fuhr Alex fort. »Sie haben dem Attentäter das Zeichen gegeben, wann er sich in die Luft sprengen soll. Damit Sie die eine Sekunde Vorsprung haben, um auf der Hebebühne in Deckung zu gehen.«

»In diesem Zeichen wirst du siegen«, murmelte Wolf.

»In hoc signo vinces«, bestätigte Alex. »Ich habe die Worte zu spät wiedererkannt. Sie konnten es sich nicht verkneifen, den Wahlspruch Ihrer Firma als verbalen Fernzünder für Ihren Attentäter zu verwenden.«

»Sie sind nicht der erste Psychopath, der an seinem Ego scheitert«, schaltete sich Natalie ein. »Und nicht der letzte. Aber dank Cara Allegri sind wir doch noch auf Sie gekommen. Wissen Sie eigentlich, dass jemand Sie beide beim Sex in der Küche des Excelsior gesehen hat?«

Wolf schwieg.

»Ein taubstummer Koch. Er hat mir von Ihnen erzählt.« Natalie formte eine Gebärde. Wolf sah sie voller Überraschung an. »Leider habe ich sie anfangs falsch übersetzt. Ich dachte, sie bedeutete Raubkatze. Bis ich gemerkt habe, dass sie Wolf bedeutet.«

»Genug der Plauderei«, schritt Aurach ein. »Dafür gibt es in den nächsten Tagen noch genügend Zeit.«

Der Chef des Kölner Staatsschutzes nickte den restlichen Anwesenden in der Kapelle noch einmal kurz zu. Bei Fabrice blieb er einen Moment stehen. Schließlich gab er ihm die Hand und drückte sie länger als üblich. Dann signalisierte er den Polizisten, sie sollten Wolf aus der Kapelle führen.

Dieser blieb noch einen Moment ungerührt stehen. Dann hob er den Kopf und sprach mit geschlossenen Augen wie bei einem Gebet:

»Egal wie schmal das Tor, wie groß,
wie viel Bestrafung ich auch zähl.
Ich bin der Meister meines Los'.
Ich bin der Käpt'n meiner Seel.«

Mit diesen Worten verließ Stephan Wolf die Kapelle.

Im nächsten Moment vernahm Alex von draußen das unverwechselbare Klicken von Fotokameras. Die Medienmeute hatte offenbar inzwischen bemerkt, dass in der Kapelle etwas im Gange war. Dass man ihnen mit Stephan Wolf aber den Hauptschuldigen für die Anschläge präsentieren würde, damit hatte wohl niemand von ihnen gerechnet. Die Agenten des Secret Service handelten umgehend. Während zwei von ihnen in der Kapelle blieben, formierten sich die anderen Leibwächter vor dem Eingang. Hier würde niemand mehr eintreten, solange sie es nicht gestatteten.

»Was war das denn jetzt?«, fragte Natalie. Sie sprach noch immer Englisch und blickte in die Runde. »Weiß jemand, was Wolf da gerade gesagt hat?«

Nur noch Prinzessin Ziva mit ihren Leibwächtern sowie Natalie, Alex und Fabrice waren zurückgeblieben. Zu Alex' Überraschung antwortete die First Daughter.

»Das war der letzte Vers aus ›Invictus‹ von William Ernest Henley«, antwortete sie. »Ein Gedicht, das einem der größten Männer dieses Planeten geholfen hat zu überleben: Nelson Mandela. Er hat es später mal zitiert und gemeint, es habe ihm auf Robben Island viel Kraft verliehen. Leider gibt es noch jemand anderen, der es zitiert hat. In seinem Abschiedsbrief.«

»Wer?«, fragte Natalie.

»Timothy McVeigh«, entgegnete Ziva.

»Der Bomber von Oklahoma City?«, fragten Natalie und Alex unisono.

»Ganz genau. Und ich fürchte, dass Wolf dieses Zitat ganz bewusst gewählt hat.«

»Weil er selbst aus Oklahoma City stammt«, warf Fabrice ein. »Und weil Timothy McVeigh ein christlicher Radikaler war. Um genau zu sein«, Fabrice rieb sich mit einer Hand über das Gesicht, »war er Mitglied der Christian-Identity-Bewegung.«

Die First Daughter nickte. »Wolf hatte gerade die High School abgeschlossen, als McVeigh das Murrah Federal Building in die Luft gejagt hat. Es war der bis dahin schwerste Terroranschlag in der Geschichte meines Landes.«

Alex beobachtete Ziva. Sie war nun nicht mehr die Tochter des mächtigsten Mannes der Welt. Sie war nur noch eine junge Frau, die eine Geschichte erzählen wollte. Eine Zeugin, die voller Scham ihr Wissen loswerden wollte, das sie viel zu lange für sich behalten hatte. Wenn Alex richtiglag, dann wusste sie viel mehr über Stephan Wolf, als ihr lieb war.

»Wolf muss um die achtzehn gewesen sein, als die Bombe explodiert ist«, fuhr Ziva fort. »Einhundertachtundsechzig Tote, darunter neunzehn Kinder. Es gab kaum jemanden im Land, der nicht geschockt war. Aber es gab auch Leute, die gejubelt haben. Die gibt es immer, nicht wahr? Wolf war einer von ihnen. Er begann, alles über McVeigh zu lesen. Soviel ich weiß, hat er später auch die ›Turner-Tagebücher‹ gelesen.«

»Ein Buch voller Rassismus und Antisemitismus«, warf Fabrice ein. »Ein Aufruf zum unausweichlichen Überlebenskampf der weißen Rasse.«

Alex dachte, dass diese Geschichte auch für Fabrice eine Reise in die Vergangenheit sein musste. Schließlich war er selbst in den USA groß geworden.

Ziva fuhr fort: »Der Anschlag in Oklahoma City und die Tagebücher waren für Wolf wie ein Weckruf. McVeigh war ein einfacher Hacker, Wolf dagegen war ein Genie. Er ging nach Boston und studierte am MIT. Der Rest ist bekannt. Zumindest das, was an der Oberfläche passierte. Im Hintergrund hat er sich über die Jahre immer weiter radikalisiert. Nur hat es keiner mitbekommen, weil Wolf wusste, wie er seine Spuren verwischen musste. Besonders in der digitalen Welt.«

»Und dann begegnete er Ihrem Vater«, warf Alex ein.

Ziva verzog das Gesicht. »In einer Welt, in der man Wahlen mit Big Data gewinnt, kein Wunder. Das Problem war, dass es meinem Vater egal war, ob er einen Pakt mit dem Teufel einging, solange es den gewünschten Erfolg brachte.«

»Bis Wolf die Karte Deutschland zog«, meinte Alex. Wolf hatten seine deutschen Wurzeln offenbar nie losgelassen. Der Gedanke einer immer weiter wachsenden Europäischen Union musste ihn endgültig in den Wahnsinn getrieben haben.

»Er sieht in der EU eine Blase wie am Aktienmarkt«, bestätigte Ziva. »Irgendwann wird sie platzen, weil sie niemand mehr unter Kontrolle hat. Wolf will, dass die Heimat seines Vaters sich wieder zu einem Nationalstaat entwickelt.«

»Dann haben die EU und Wolf etwas gemeinsam«, sagte Natalie. »Größenwahn.«

»Und Angst«, sagte Ziva. »Das war immer sein Leitmotiv. Stephan Wolf hat immer geglaubt, dass Länder wie die USA und Deutschland von Rassenlehre geformt wurden. Und wir alle wissen, aus welcher Quelle sich Rassenlehre ernährt: aus einem riesigen Reservoir an Angst. Und dieses Reservoir hat er immer wieder angezapft. Bis zum bitteren Ende.«

Stumme Blicke wurden getauscht, alle schwiegen. Es schien, als gebe es nichts weiter zu sagen. Als seien sie am Ende aller Erklärungen angelangt.

»Und was nehmen wir jetzt aus alldem mit?«, fragte Alex.

»Dass gleich ein Rat der Religionen ins Leben gerufen werden soll, der genau diese Angst reduzieren soll«, sagte Fabrice. »Je mehr wir übereinander wissen, desto weniger müssen wir uns vor dem Unbekannten fürchten.«

Ziva schenkte ihm ein Lächeln.

»Dann wollen wir uns mal auf den Weg in die Rotunde machen.«

42

10. Dezember, Petersberg

Für Fabrice' Geschmack saßen zu viele Männer und zu wenige Frauen an dem großen, runden Tisch in der Rotunde. Religion war eben noch zu selten ein Ort für Gleichberechtigung. Gott hatte Mann und Frau zwar als gleichwertiges Paar erschaffen. Aber die Genesis erzählte die Geschichte Adams, der aus der Erde hervorgegangen war und seiner Gehilfin Eva zur Entstehung verhalf. Und weil die Frau als Erste von der Frucht gegessen hatte, galt sie obendrein als Ursprung der Sünde. Der Mann hatte sich hinterher nur aus Solidarität zu ihr versündigt.

Gab es eigentlich eine noch ältere Vorlage für Vorurteile als die Frau, den Apfel und die Schlange? Auch Leute wie Stephan Wolf und seine Christian-Identity-Jünger folgten diesem Glauben der weiblichen Verschwörung mit dem Teufel. Fabrice fürchtete, dass der Rat der Religionen keinen Einzigen dieser Fanatiker je erreichen oder gar bekehren würde.

Aufbrandender Applaus riss ihn aus seinen Gedanken. Fabrice stand neben Natalie und Alex an der Brüstung der Treppe, die von der Lobby in die Rotunde führte. Sie hatten den besten Blick auf die Tafelrunde, auf die Vertreter der Religionen und auf die Politiker, die soeben den Friedensvertrag unterschrieben hatten und sich nun zum Gruppenfoto aufstellen sollten.

Fabrice sah Ziva inmitten der Glaubensführer. Sie schüttelte Hände, umarmte Freunde und Fremde und posierte freudig für die Kameras. Sie gab sich ganz so, wie man es von der Tochter des umstrittenen US-Präsidenten erwartete. Für einen kurzen Augenblick trafen sich ihre Blicke. Ziva hielt inne, sah zu ihnen hoch. Ihre Miene entspannte sich, sie lächelte Fabrice an und formte mit ihren Lippen ein stummes »Danke«. Er erwiderte ihren Blick, nickte und verfolgte, wie sie eine weitere Hand ergriff und schüttelte.

Es war tatsächlich geschafft.

Ihm kam ein Zitat aus Goethes »Faust« in den Sinn, und er fragte sich, warum er gerade jetzt daran dachte.

Bilde mir nicht ein, ich könnte was lehren,

Die Menschen zu bessern und zu bekehren.

Was würde sich wirklich ändern? Diese Frage hatte Fabrice schon vom ersten Tag an beschäftigt, als er nach Köln gekommen war, um den Friedensvertrag mitzugestalten. Gerade Ziva und ihr Vater standen jetzt im Mittelpunkt. Die USA hatten sich zur Karikatur einer Weltmacht entwickelt. Die Urväter hatten in die Bill of Rights noch geschrieben, dass die Vereinigten Staaten von Amerika keiner Religion unterliegen durften. Inzwischen aber behaupteten selbst moderate Republikaner, dass die USA als christliches Land gegründet worden seien. Sie verdrehten ihre eigene Geschichte, sie verleugneten sich selbst. Und all das nur, um die Stimmen der ultrarechten Bewegungen einzufahren.

Nicht anders lief es in Deutschland und in Frankreich. Diskussionen wüteten, ob die Länder auf einer christlich-jüdischen Geschichte basierten oder ob der Islam nicht doch irgendwie dazugehörte. Dabei wussten die Lautesten unter den Schreihälsen nicht einmal, was *der* Islam wirklich war. Geschweige denn, dass sie ihre eigene Verlogenheit bemerkten, wenn sie die Juden mit ins Boot holten, um christlich tolerant zu wirken.

»*C'est tout?* Das war's dann also?« Natalie unterbrach seine Gedanken. »Ein Rat der Religionen. Haltet mich für eine Zynikerin, aber wenn dieser Rat die Welt verändert, ziehe ich in den Palais de l'Élysée.«

»Wenn es dir nichts ausmacht, bleibe ich dann bei Suzanne wohnen. Du kannst ohne mich regieren«, entgegnete Alex.

»Optimistisch wie eh und je«, grinste Fabrice.

»Wir stehen hier am Geländer wie diese beiden alten Quälgeister aus der ›Muppet Show‹«, konterte Alex. »Dann will ich mich wenigstens auch so verhalten.«

»Wenn ich ehrlich bin«, erwiderte Fabrice, »will ich ohnehin nicht länger hierbleiben. Ich schnappe mir jetzt meine Esther und fliege zurück nach Bordeaux. Und ihr zwei sammelt Suzanne in Paris ein und kommt uns besuchen. Es ist immerhin Chanukka.«

Natalie und Alex tauschten einen kurzen Blick, der ihm nicht entging.

»Fabrice, wir möchten dir noch etwas sagen«, begann Natalie.

Doch Fabrice trat näher an sie heran. Er legte eine Hand auf ihren Bauch und zwinkerte ihr zu.

»Wenn du Frankreichs Präsidentin werden willst«, sagte er, »musst du lernen, deine Geheimnisse besser zu verbergen.« Fabrice sah zu Alex hinüber. »Außer natürlich vor diesem gefühlsblinden Schmock.«

Er küsste sie auf die Wange.

Natalie strahlte. Alex suchte plötzlich nach Staubkörnern auf seinen Schuhen, aber auch seine Mundwinkel zeigten in die Höhe.

Fabrice nahm Natalie bei der Hand, und zu dritt verließen sie den Ort, den er vor vier Tagen noch in Handschellen verlassen hatte.

Sie sahen sich nicht noch einmal um.

43

10. Dezember, Köln

Alex telefonierte mit Olivia Ziffzer, während Natalie im Hotelzimmer umherwuselte. Die Polizei hatte ihre Arbeit getan, aber aufgeräumt hatte niemand. Von einem luxuriösen Appartement konnte nach den Verwüstungen der letzten Nacht keine Rede mehr sein. Natalie suchte ihre Sachen zusammen, Stück für Stück, aus allen Ecken des Zimmers. Zum Glück hatte sie keine wertvollen Dinge mitgebracht. Ihre Regenjacke hatten die Einbrecher mit einem Messer aufgeschlitzt. Nichts, was sie nicht ersetzen konnte. Sie verspürte nicht einmal den Anflug von Ärger. Was war schon eine kaputte Jacke im Vergleich zu dem, was sie in den letzten Tagen überstanden hatten? Sie wollte gerade eine Hose in den Rucksack stopfen, als sie alles sinken ließ und sich aufs Bett setzte.

Während sie dort hockte und mit ihrer Halskette spielte, reifte ein Entschluss in ihr. Diese Reise, die sie als Flucht begonnen hatte, würde hier in Köln nicht enden. Auch nicht in Paris, wenn sie wieder daheim waren. Für Natalie hatte die Reise gerade erst begonnen. Nur, dass sie ab sofort vor nichts mehr weglief, sondern das Ziel kannte. Die Erinnerungen strömten zurück an die Oberfläche. Die Ruhe, die sich auf den Wanderwegen beinahe gewaltsam über sie gelegt hatte. Die Einsamkeit, die ihr fast den Atem geraubt hatte, war aus ihrem Herzen verschwunden. Wie ein Schleier, den sie abgelegt hatte, erkannte sie jetzt, was am Ende der Reise auf sie wartete. Sie schaute zu Alex hinüber, der mit dem Handy am Ohr aus dem Fenster blickte und zu den Domspitzen emporsah. Natalie spürte eine Kraft und Energie in sich aufsteigen, die sie seit Jahren nicht mehr empfunden hatte. Sie stand auf, trat zu ihm und umarmte ihn von hinten.

Für einige Sekunden verharrten beide in dieser Position, und sie spürte, wie er ihre Arme an sich drückte. Dann löste sie sich von ihm. Leise verließ sie das Zimmer.

Sie wollte sich von jemandem verabschieden. Kurz überkam sie die Panik, ihn vielleicht verpasst zu haben. Sie lief die Treppen hinunter in die Lobby, folgte dem Gang, auf dem sie ihn das erste Mal getroffen hatte, und öffnete die Tür mit dem Schild »STAFF ONLY«.

Der Flur dahinter war verwaist, doch sie hörte entfernte Stimmen. Als sie den Aufenthaltsraum der Hotelangestellten erreichte, in dem sie in ihrer ersten Nacht in Köln die Currywurst verschlungen hatte, verstummten sofort die Gespräche. Mehrere Männer und Frauen saßen an den Tischen, Teller vor sich, Gabel und Messer wie eingefroren in der Luft. Sie starrten Natalie an.

»Entschuldigt«, sagte Natalie auf Englisch. »Ist Oscar hier?«

Da erst hörte sie von einem Tisch in einer Ecke noch das Klappern von Besteck auf Porzellan. Doch auch dieses Geräusch verstummte jetzt. Oscar saß mit dem Rücken zu ihr und hatte sie nicht wahrnehmen können. Nun aber drehte er sich um. Er musste gespürt haben, dass sich etwas im Raum verändert hatte. Als er sie erblickte, strahlte er.

Natalie grinste. Sie spürte, wie die anderen Männer im Raum sie abschätzten. Dass sich eine junge Frau ausgerechnet für den taubstummen Koch interessierte, schien dem einen oder anderen Typen ein Rätsel zu sein.

Sie gab Oscar ein Zeichen, der sofort nickte und aufstand. Er räumte sein Geschirr ab, ignorierte die Blicke seiner Kollegen, und gemeinsam verließen sie den Raum. Natalie hörte noch, wie die Gespräche hinter ihnen wieder aufgenommen wurden. Sie verstand zwar kein Wort, aber sie war sich sicher, dass sich alles um Oscar und die fremde Frau drehte.

Oscar führte sie in einen verlassenen Konferenzraum und machte Licht. Der junge Koch stand vor ihr in einer schwarzweiß karierten Hose, einer weißen Kochjacke, deren Ärmel er hochgekrempelt hatte, und trug sein Haar wild verstrubbelt. Er sah sie erwartungsvoll an. Natalie holte tief Luft. Dann aber lachte sie. Zum Gebärden brauchte sie doch gar keine vollgepumpten Lungen.

Wo sollte sie anfangen?

Sie wollte einfach drauflos erzählen. Doch so einfach war das nicht. Nicht nur, weil sie sich konzentrieren musste, um die richtigen Gebärden zu finden. Sondern auch, weil die Erinnerungen an die letzten Tage mit jedem Handzeichen vor ihrem inneren Auge auftauchten. Was mit Alex und Cara auf dem Theo-Burauen-Platz passiert war. Dass Cara nicht überlebt hatte. Wie sie selbst im Krankenhaus gelandet war. Dass ein Mann versucht hatte, sie dort zu ermorden. Wie sie alle entkommen waren. Was schließlich auf dem Petersberg passiert war und dass sie immer wieder an etwas hatte denken müssen, das er, Oscar, ihr gesagt hatte.

Als Oscar realisierte, was sie meinte, schlug er die Hände vor den Mund. Seine Augen waren während Natalies Geschichte immer größer geworden. Jetzt stand er fassungslos vor ihr. Seine Beobachtung in der Küche, die er Natalie eigentlich nur erzählt hatte, um sie zum Lachen zu bringen, hatte geholfen, um Stephan Wolf zu enttarnen?

Schließlich griff er nach Natalies Händen. Er sah sie einen Moment an, dann umarmte er sie. Es war eine kurze, unbeholfene Geste, und ebenso schnell löste er sich wieder von ihr und blickte zu Boden. Natalie tippte ihm auf die Brust und forderte ihn auf, ihr in die Augen zu sehen. Sie gebärdete langsam, wollte sicher sein, dass sie sich nicht verhaspelte.

»Du hast mir sehr geholfen, Oscar«, bedeutete sie ihm. »Mehr, als du dir vorstellen kannst. Das werde ich dir nie vergessen. Ich möchte, dass wir in Kontakt bleiben und dass du mich mal in Paris besuchen kommst. Dann koche ich auch für dich.« Sie lachte, verneinte schnell. »Besser, ich lasse für dich kochen, ansonsten kommst du nie wieder.« Sie hielt kurz inne. »Danke!«

Natalie beugte sich vor und gab ihm einen Kuss auf die Wange.

Oscar wirkte verlegen, schien erst nicht zu wissen, wie er reagieren sollte. Dann fing er an, mit seinen Händen eine Antwort zu formulieren: »Es tut mir sehr leid um die große blonde

Frau mit den kurzen Haaren. Sie war immer sehr nett zu mir«, begann er. »Ich komme dich gerne besuchen. Dann machen wir zusammen die beste Currywurst der Welt.«

Die zweite Umarmung fiel Oscar leichter. Natalie drückte den Koch an sich. Manchmal brauchte es weder Worte noch Gebärden, um jemandem zu sagen, wie viel er einem bedeutete.

Als Natalie in ihr Zimmer zurückkehrte, warf Alex gerade sein Smartphone aufs Bett.

»Liebe Grüße von Olivia, Thomas und Pascal«, sagte er. »Wir werden alle drei bald wiedersehen.«

»Ach ja?«

»Sie meinten, sie müssten sich davon überzeugen, dass wir gute Eltern sind.«

»Das nennst du bald?« Natalie streichelte sich über ihren Bauch, der sich ihrem Gefühl nach bislang nur minimal verändert hatte. »Oder weißt du mehr, als du mir sagen willst?«

»Vielleicht«, sagte Alex leichthin und klappte dabei den Deckel seines Koffers zu. »Vielleicht auch nicht. Was ich aber sicher weiß: Wir sollten uns beeilen, wenn wir rechtzeitig am Flughafen sein wollen. Wo warst du eigentlich?«

»Ich wollte mich bei einem Freund bedanken.«

»Und?«

»Olivia, Thomas und Pascal sind nicht die Einzigen, die uns bald besuchen kommen werden.«

Epilog

24. Dezember, Margaux, Frankreich

Am Anfang war die Angst, dachte Alex.

Er stand auf der untersten Stufe der breiten Steintreppe und blickte über die kahlen Weinberge. Ein kühler Wind wehte vom Atlantik herüber. Alex nippte an dem heißen Tee, den er in den Händen hielt. Hinter ihm ragte die imposante Fassade des Château de l'Étoile auf, des Weinguts, das einst Natalies Familie gehört hatte. Hier hatten die Wächter Alex einige seiner dunkelsten Stunden beschert. Er hatte um Natalie gebangt und war von der Angst um sie regelrecht erdrückt worden. Diese Angst hatte ihm erst gezeigt, was er für Natalie empfand.

Inzwischen gehörte das Weingut Natalie und Fabrice. Die Leitung des Château de l'Étoile hatten sie guten Freunden übertragen. Jetzt aber, an Weihnachten, lag das Schloss mit seinen endlosen Reihen an Weinstöcken nahezu verlassen da. Die Arbeiter würden erst in ein paar Tagen zurückkehren, und selbst die Farben der Natur versteckten sich. Ein weißer Nebelschleier lag über den kargen, gestutzten Reben. Im Sommer verschlug es einem die Sprache, welche Kraft von den tiefgrünen Feldern und Hängen ausging. Nun strahlte dieser Ort eine in sich gekehrte Ruhe aus.

»Ich werde nie vergessen, wie wir hier mit der Polizeikolonne vorgefahren sind.«

Fabrice kam die Treppe vom Hauptportal herunter und stellte sich neben ihn. Gemeinsam blickten sie auf eine von Zypressen gesäumte Allee, die an einem massiven Gittertor endete.

»Sie kommt bald«, fuhr Fabrice fort. »Hab Geduld!«

»Alles wird anders sein.«

»Zum Glück. Zu eurem Glück.«

Alex antwortete nicht. Fabrice wusste, was in ihm vorging. Sie hatten am Vorabend lange am Kamin gesessen, nachdem alle anderen ins Bett gegangen waren. Sie hatten sich durch die verschiedenen Weine des eigenen Hauses getrunken und dabei so viel Salzschokolade gegessen, dass ihr Haushalt an Glückshormonen für das nächste Jahr gefüllt sein musste. Trotzdem konnte Alex seine Sorgen nicht gänzlich zur Seite schieben.

Zwei Waisenkinder, die eine Familie gründeten, Eltern wurden, einem Kind ein Zuhause geben sollten, das sie selbst nicht erlebt hatten.

Fabrice legte einen Arm um Alex' Schulter. Einen Moment standen sie so da, dann gingen sie zurück ins Schloss.

Man hatte den herrschaftlichen Bau schon vor vielen Jahren in zwei Bereiche unterteilt. Im Westflügel befanden sich die Büros, der Zugang zur Cave, eine Bar für Besucher, um die Weine degustieren zu können, und ein Verkaufsraum. Der Ostflügel war auf allen vier Etagen in privater Nutzung verblieben.

Sie betraten das Kaminzimmer, wo ein Frühstücksbuffet auf sie wartete. Esther Mannarino trat zu ihrem Mann und gab ihm einen Kuss. Auch die anderen waren schon wach. Sie saßen in Sesseln oder auf Sofas, standen an einem der beiden Kamine oder hockten an einem kleinen Tisch am Fenster.

Da waren die beiden Winzer Ariel und Yaron Clement. Sie leiteten inzwischen die Geschicke auf Château de l'Étoile. Pascal Bernard und seine Schwägerin Paulette waren gekommen und saßen zusammen mit Olivia Ziffzer in den tiefen Sesseln am Kaminfeuer. Thomas, leger und so gar nicht pastoral in Jeans und Strickpullover gekleidet, blickte vom Frühstücksbuffet auf, als er sich zwei übergroße Pancakes auf seinen Teller schaufelte. Und dann war da noch Oscar. Der Koch hatte es sich nicht nehmen lassen, das Buffet selbst vorzubereiten. Keiner der anderen beherrschte zwar die Gebärdensprache. Aber Oscar machte es ihnen leicht, und er schien froh, überhaupt dabei zu sein.

Natalie wusste nicht, dass sie alle gekommen waren. Alex und Fabrice hatten ihr lediglich gesagt, dass die Familie sie erwarte. Niemand in diesem Raum bestritt, dass es anders gekommen war. Sie alle gehörten zur Familie.

Beaufsichtigt wurde dieser Aufmarsch von Suzanne Villeneuve. Natalies Mutter saß neben ihrer Freundin Paulette am

Kamin und strahlte das Glück einer baldigen Großmutter aus. Sie wirkte, als sei ihr Lebenstraum in Erfüllung gegangen. Ein Traum, den sie als junges Mädchen in Auschwitz nie zu träumen gewagt hätte.

Alex betrachtete den Kaminsims, vor dem sie saßen. Ein Steinmetz hatte vor langer Zeit die Worte »*Le Sang de la Terre*« in die Oberfläche gemeißelt. Das Blut der Erde.

Auf dem Kaminsims stand ein silberner Chanukkaleuchter. Das Lichterfest war zwar schon vorüber. Aber wer sagte, dass man es nicht auch nachfeiern konnte? Zumal Weihnachten war. Fabrice und Thomas hatten sich als ihre familiären Kirchenoberhäupter geeinigt, dass sie am Abend Weihnukka feiern würden. Mit allem, was dazugehörte. Sie hatten einen Tannenbaum aufgestellt und ihn so bunt behängt, dass die Zweige unter der Last der Kugeln, Kerzen und des Lamettas ächzten. Unter Oscars Supervision hatte ein Truthahn samt allen Zutaten den Weg ins Haus gefunden. Zusammen mit Esther, die Oscar die Grundregeln koscheren Essens beibringen wollte, plante der junge Koch später in der Küche des Châteaus ein kulinarisches Wunder zu vollbringen.

Was fehlte, war die Hauptdarstellerin.

Alex sah auf die Uhr. Er goss sich Tee nach und ließ die traute Runde allein. Vor dem Haus überquerte er den Vorplatz und betätigte einen Hebel, der das massive Gittertor zur Allee öffnete. Er lehnte sich an einen der Torpfosten und starrte in die Ferne. Eine weiße Mauer trennte das Grundstück von der schmalen Zufahrtsstraße.

Wie lange er dort gestanden hatte, wusste er nicht. Doch schließlich bog eine schmale Figur auf die Allee ein. Ein großer Rucksack war fest auf ihren Rücken geschnallt. Unter ihrer Mütze traten schwarze Locken hervor und wehten im Wind. Festen Schrittes näherte sie sich und machte den Eindruck, als hätten ihr die rund hundert Kilometer von Mussidan bis Margaux in den letzten Tagen nichts ausgemacht.

Natalie hatte ihre Wanderung doch noch beendet.

Am Ende stand die Hoffnung, dachte Alex.

Danksagung

Jedes Buch verändert seinen Autor, heißt es. Verändert jedes Buch auch seine Leserinnen und Leser?

Veränderung ist ein Prozess, der nie aufhört, in dem man vielleicht einmal innehält, sich bewusst oder unbewusst umsieht, aufblickt, zurückschaut, dann aber den Blick doch wieder nach vorne richtet. So ging es auch mit diesem Buch, von der ersten Idee, die in einer schlaflosen Nacht im Herbst 2016 in Köln entstand. Nicht gesucht und doch gefunden, erst vage skizziert, dann Wort für Wort aufgeschrieben.

Ohne meine Agentin Anna Mechler wäre aus dieser ersten Idee nicht mehr geworden als ein Produkt meiner Phantasie.

Ohne die Literaturakrobaten des Emons Verlages wäre aus der Idee kein Manuskript wäre kein Thriller wäre kein fertiges Buch geworden. Mit einem Titel, einem Cover, einer Geschichte zwischen Deckel und Buchrücken.

Alex und Natalie wären nicht zurückgekehrt ohne meinen Lektor Lothar Strüh, der mit spitzer Feder, roter Tinte und behutsamer Sorgfalt die gesponnenen Fäden gestärkt und ihre Verknüpfungen geprüft hat.

Dann wären da die Helden hinter der Heldenstory. Abraham Lehrer, ein treuer Freund der Familie, der mir in seiner Funktion als Vizepräsident des Zentralrats der Juden in Deutschland erklärte, was ein Rat der Religionen bewirken könnte. Mein Onkel Klaus Merten, der mich auf die Spuren der Wernerkapelle von Bacharach führte. Eduard Bopp, ein Fotograf aus Leidenschaft und ein echter Pirmasenser, der mir das Tor zu seiner Heimat öffnete. Sonja Eich, ohne die mir die Alexithymie bis heute unbekannt wäre. Michael Esser, Benedikt Kleimann und Frithjof Sempell, ohne die mir entscheidende Einblicke in die Arbeit der Polizei und des Staatsschutzes verwehrt geblieben wären. Ich hoffe, sie verzeihen mir, dass Volker Aurach und Sebastian Schulze erst am Ende der Geschichte ihren guten Charakter zeigen konnten.

Ein großes Dankeschön gehört den Vertreterinnen und Vertretern, den Buchhändlerinnen und Buchhändlern, den leidenschaftlichen Seelen des Buchmarktes, die mit Liebe und Verve für die kleinen und großen Schätze der Literatur kämpfen.

Es heißt, Schreiben sei eine sehr einsame Beschäftigung. Gewiss war ich in dieser Zeit meist allein, manchmal isoliert von der Außenwelt, zurückgezogen, nur für mich. Aber dank dir, Kirsty, war ich nie einsam.

Köln, im Juli 2018